現代人을 위한 東洋古典新書

옮긴이
●
김 석 환

학영사

채 근 담

菜根譚 解題

　사람은 단순히 일하고 먹고 잠자는 생활에 만족하지는 못한다. 무언가 허전한 마음을 채워 줄 정신적 양식을 갈구한다. 우리에게 이와 같은 것을 제공해 줄 수 있는 것이 위대한 고전이다. 현대인은 정보의 홍수 속에 살고 있다. 신문·잡지·TV·라디오 등의 정보매체와 소설·시집·사상서 등의 각종 서적이 산더미처럼 쏟아져 나오고 있다. 지적풍토 역시 대량생산에 대량소비 시대인 것이다.

　옛날의 지식인들은 사서오경이나 고문진보, 당시선, 자치통감 등의 명저를 읽기만 하면 되었다. 그러나 오늘날의 정보매체와 서적의 홍수 시대에는 그만큼 선택의 중요성이 높아지고 있는 것이다.

　쏟아져 나온 서적 중에는 독자들의 사랑과 관심 속에서 낙양(洛陽)의 지가를 올리고 있는 것도 있다. 그러나 시간의 엄격한 선택에서 살아남아 후세에까지 읽혀질 그런 책을 찾아내기란 쉬운 일이 아니다. 고전은 이미 엄격한 시간의 검열과 선택과정을 거친 작품들이다. 그것은 독창성과 풍부한 내용으로 인간의 사고(思考)를 끌어올리며 보편적 진리를 담고 있기 때문이다. 그러므로 오랜 세월 동안 수많은 사람들의 이해와 공감을 얻을 수 있는 것이다. 우리가 고전을 읽어야 하는 것도 이와 같은 이유 때문이다.

　필자는 채근담(菜根譚)을 독자들에게 소개하고자 한다. 이 책은 옛날 우리 나라 선비들이 생활의 지침서로 밤을 지새우며 읽었던 고전이다. 철학적 경구와 고도로 세련된 문학적 표현으로 이루어진 이 명저는 정치(精緻)한 대구와 압축된 시적 묘사로 독자들을 깊은 감동의 세계로 이끌어 준다.

채근담이란 서명은 송나라 시대의 유학자 왕신민(汪信民)이 '사람은 언제나 나물 뿌리를 먹을 수 있다면 곧 모든 일을 잘 이루어 낼 수 있을 것이다'(人常咬得菜根, 則百事可做)라는 말에서 인용한 것이다. 즉 풀뿌리를 씹는 가난한 생활 속에서도 양심과 지조를 지키며 자연의 대도(大道)에 순응하는 것이 선비의 진정한 길이라는 뜻이다.

이 책은 명(明)의 만력연간(1573~1620)에 환초도인(環初道人) 홍자성(洪自誠)의 본과 청(淸)의 건륭연간(1736~1795)에 환초당주인(環初堂主人) 홍응명(洪應明)의 두 판본이 있다. 두 사람 사이에는 약 170년의 시차가 있다.

홍자성과 홍응명이 과연 어떤 관계에 있었는지는 알려진 바 없다. 다만 홍응명 본은 홍자성 본을 저본으로 하여 부연한 것이라는 것에 대체적인 의견이 모아지고 있다. 그러므로 홍자성 본이 채근담의 정본인 것이다. 홍자성 본은 전집 225장과 후집 134장으로 도합 359장으로 이루어져 있다. 이 책은 정본인 홍자성 본(만력본)을 번역한 것이다.

번역의 순서는 역과 원문, 주석, 해설의 순서로 배열하였다. 원문에는 음과 토를 달아 한문에 약한 현대인들이 쉽게 읽을 수 있도록 했으며 주석은 쉽고도 자세하게 하였다. 그리고 해설에 있어서도 필자 나름의 창견과 개성을 살리기 위해 노력해 보았다. 그러나 이미 출간된 주해본도 두루 참조하여 객관성을 잃지 않도록 배려하였다. 안타깝게도 이 채근담의 저자인 홍자성에 대해서는 거의 알려진 사실이 없다. 다만 그의 친우였던 우공겸(于孔兼)의 제사(題詞)를 통하여 그의 사람됨을 짐작해 볼 수 있을 뿐이다.

우공겸은 명사(明史)에 그에 대한 기사가 실려 있어 생애가 알려진 인물이다. 그는 금단(金壇) 태생으로 자(字)는 원시(元時)이며, 명(明)의 만력(萬曆) 8년(1580)에 과거에 급제한 이후 여러 공직을 거쳐 의제낭중(儀制郞中)으로 승진하였다. 후일 묘당(廟堂)의 잘못된 정책을 지적하는 상소(上疏)로 신종 황제의 역린(逆鱗)을 사서 공직에서 밀려났다. 그 뒤 그는 20년 동안 독서와 사색으로 소일하다가 생을 마쳤다고 한다.

그는 채근담제사(菜根譚題詞)에서 '나의 벗에 홍자성이란 이가 있어 채근담을 가지고 와서 나에게 보이고 서문을 부탁하였다'고 적고 있다. 이 채근담의 제사에서 미루어 보면 홍자성은 인생의 온갖 간난고초를 겪으며 세상풍파에 시달리면서도 끝내는 삶을 달관하며 살았던 지조있는 선비였다.

철은 제련과정에서 두드리면 두드릴수록 순도 높은 강철이 된다고 한다. 때를 만나지 못한 서러움과 온갖 시련이 오히려 사람의 인격수양과 내면적 충실의 계기가 될 수도 있다. '글은 곧 사람이다'라고 한다.

독자는 이 책에서 실의와 좌절의 쓰라림을 딛고 지조와 인간적 품성을 지닌 고결한 인격과 만날 수 있을 것이다. 홍자성은 자신의 사고(思考)의 근원을 유교에 두면서도 노장철학과 불교사상까지 폭넓게 수용하고 있다. 그는 천지의 대도(大道)에 순응하는 생활을 역설하면서도 세속적인 가치인 물질과 명예도 무조건 부정적인 태도로 대하지는 않는다. 이 책이 부자와 빈자, 성공한 사람이나 실패한 사람을 막론하고 만인(萬人)에게 삶의 지혜와 희망과 용기를 주는 수양서가 되는 것도 이와 같은 이유 때문이다.

이 품위 있는 명상록은 독자를 사색의 오솔길로 안내하고 있다. 그곳에서 독자들은 지성의 옹달샘을 찾게 될 것이다. 그 샘의 시원한 물을 마셔본 사람은 평생 그 맛을 잊지 못한다. 현대인은 바쁘고 벅차게 하루하루를 살아가고 있다. 남들과의 경쟁에서 행여 뒤질세라 그들은 안간힘을 쓰고 있다. 언제나 스트레스에서 벗어나기 힘들다. 그러므로 한가한 시간에도 스포츠나 여행, 오락 등으로 시간을 보내며 사색과 독서와는 담을 쌓고 살아가는 사람이 많은 것이 현실이다. 그러나 좋은 책은 우리에게 시간과 공간의 제약에서 벗어나 많은 유익한 간접체험을 하게 해 준다.

이 의미 있는 수신서(修身書)는 동적으로 살아가는 현대인에게는 늘 부족하기 쉬운 내면적 자기 성찰과 심오한 사색의 경지를 열어 준다. 과거 중국, 한국, 일본의 동양 삼국의 지성인들은 이 책을 삶의 지침서로 삼아 애독해 왔다. 그리고 해방 이후 오늘날까지 이 땅의 최고 지성들이 변함 없이 관심을 보여 주고 있는 것은 이 채근담의 깊이와 독창성을 말해 주는 것이기도 하다.

아무쪼록 이 동아시아의 광세가 성실하게 오늘을 살고 있는 현대인에게 마음의 양식이 되며 지혜로운 처세훈이 되었으면 하는 것이 주해자의 소박한 바람이다.

엮은이

차 례

일 러 두 기

1. 이 책은 명(明)의 홍자성(洪自誠)이 쓴 본(만력본)을 번역한 것이다.

2. 번역의 순서는 역(譯)과 원문(原文)을 싣고, 이어 주석, 해설을 곁들여 이해를 쉽게 하였다.

3. 해설에는 역자 나름대로의 창견과 개성을 살리기 위해 약간의 첨언을 했다.

4. 청(淸)의 홍응명(洪應明)이 쓴 판본도 있으나 여기서는 다루지 않았다.

5. 내용 중 미비하거나 오류가 있다면 다음 수정본에 완벽을 기해 독자 제위께 내놓을 것을 약속한다.

菜根譚

前　集　225

1

　도덕을 지키며 사는 사람은 한때 쓸쓸한 생활을 하게 되나, 권세에 아부하며 빌붙어 사는 사람은 영원히 처량하게 된다. 사물의 이치에 통달한 사람은 사물 밖의 진리를 깨닫고, 죽은 후의 명예를 생각한다. 그러므로 한때의 적막함을 당할지언정, 영원히 처량한 신세는 안 될 것이다.

棲守道德者는 寂寞一時하고 依阿權勢者는 凄涼萬古이니라.
서 수 도 덕 자　　적 막 일 시　　의 아 권 세 자　　처 량 만 고

達人은 觀物外之物하고 思身後之身하나니 寧受一時之寂寞
달 인　　관 물 외 지 물　　사 신 후 지 신　　영 수 일 시 지 적 막

이언정 毋取萬古之凄涼하라.
　　　무 취 만 고 지 처 량

❖

서수(棲守) : 머물러 지키는 것.
의아(依阿) : 빌붙어 아부함.
처량(凄涼) : 쓸쓸한 모습.
달인(達人) : 사물의 이치와 도리에 통달한 사람.
물외지물(物外之物) : 사물 밖의 사물, 즉 현상계(現像界)의 배후에 있는 실재(實在)의 세계.
신후지신(身後之身) : 육신이 사라진 다음에 오게 되는 명예, 평판.

<풀이>

　양심을 속이지 않고 지조 있게 살아가는 사람은 일시적으로는 융통성이 없다고 해서 따돌림을 받는다. 이에 반하

여 권세에 아첨하며 이권에만 매달리는 사람은 그 약삭빠른 처세술을 인정받아 잘 사는 경우가 많다. 그러나 세상일은 반드시 올바른 평가를 받을 때가 오는 것이다. 달관한 사람은 세속적인 지위와 재물을 넘어선 진리의 세계를 내다보며 자신의 사후에 올 평판을 생각한다. 그러므로 그는 한때의 소외된 생활을 인간수업으로 승화시키며 영원히 불명예와 오명을 남길 그런 행위를 하지 않도록 도덕적인 무장을 갖추는 것이다.

2

세상과의 접촉이 얕으면 그만큼 때 묻음도 얕고, 세상과의 접촉이 깊으면 그만큼 남을 속이는 계략도 깊게 마련이다. 그러므로 군자는 능소능란하기보다는 소박한 편이 바람직하고, 주도면밀하기보다는 소탈하고 자연스러운 것이 오히려 낫다.

涉世淺이면 點染亦淺이요 歷事深이면 機械亦深이라.
섭 세 천   점 염 역 천   역 사 심   기 계 역 심

故로 君子는 與其練達로는 不若朴魯하고 與其曲謹으로는 不
고   군 자   여 기 련 달   불 약 박 로   여 기 곡 근   불

若疎狂이니라.
약 소 광

❖

섭세(涉世) : 세상과 교섭하며 살아가는 것.

점염(點染) : 세속의 때와 악에 물드는 것.

역사(歷事) : 세상의 여러 가지 일에 대한 경력.

기계(機械) : 권모술수, 계략, 속임수, 수단.

연달(練達) : 노련하고 통달함.

박로(朴魯) : 순박하고 노둔함.

곡근(曲謹) : 치밀하고 매사를 삼가함. 주도면밀함.

소광(疏狂) : 소탈하여 형식에 얽매이지 않고 자연스러운 것.

<풀이>

　세상에는 능소능란한 처세술로 빈틈없이 타산적으로 살아가는 사람도 적지 않다. 세상과의 접촉이 많고 그에 대한 경험이 많으면 많을수록 남을 속이는 계략과 술수도 늘게 되어 있다. 그러므로 세상살이에 닳고 닳은 약삭빠른 사람에게는 순수한 인간미를 찾아볼 수는 없다. 군자는 산전수전을 다 겪은 노련하고 능숙한 처세가가 되기보다는 자잘한 형식에 구애받지 않는 소탈함과 인간본연의 진실성을 잃지 말아야 한다. 명예, 재산, 지위 등의 세속적인 모든 것을 다 소유하고 있더라도 따뜻한 인간미를 상실한다면 그것들이 지니고 있는 가치와 의미를 반감시키는 것이다.

3

　군자의 마음가짐은 푸른 하늘의 빛나는 태양처럼 남들로 하여금 모두 알아보게 해야 하며, 군자의 재능과 슬기로움은 옥구슬과 진주가 깊숙이 감추어진 것같이 남들로 하여금 쉽사리 알게 해서는 안 될 것이다.

君子之心事는 天淸日白하여 不可使人不知요 君子之才華는
군자지심사　　천청일백　　불가사인부지　　군자지재화

玉韞珠藏하여 不可使人易知니라.
옥온주장　　불가사인이지

❖

군자(君子) : 다음과 같은 전인적인 능력을 갖춘 사람을 말함.
　첫째, 책임 있는 자리에서 백성을 잘 다스릴 수 있을 것(유
　위자 : 有位者).
　둘째, 학문적 소양을 갖출 것(유식자 : 有識者).
　셋째, 덕망이 있을 것(유덕자 : 有德者).
심사(心事) : 마음가짐, 마음, 마음씀.
천청일백(天淸日白) : 푸른 하늘과 빛나는 태양. 마음가짐, 마음
　씀이 공명정대(公明正大)한 것을 뜻함.
재화(才華) : 탁월한 재주와 뛰어난 슬기.
옥온주장(玉韞珠藏) : 옥구슬이 바위 속에 숨겨져 있고 진주가
　바닷속 깊숙이 감추어져 있는 것. 즉 자신의 재능과 슬기를
　보물처럼 깊이 간직하여 함부로 드러내지 않음을 뜻함.
이지(易知) : 용이하게 알다, 쉽사리 알다.

<풀이>

　군자의 마음가짐은 언제나 푸른 하늘에 밝게 빛나는 태
양처럼 일점의 의혹도 없이 공명정대하여야 한다. 그러나
자신의 재능과 지혜는 바닷속에서 남몰래 자라나는 진주처
럼 감추어져 있어야 한다. 그러나 오늘날은 자기 PR 시대라
하여 그다지 대수롭지 않은 재주를 이용해 인기와 명성과
돈을 얻기 위해 몸부림치는 사람도 많다. 그들은 겸양지덕
을 농경 시대의 처사의 가치관으로만 알고 있다. 신데렐
라 콤플렉스에 빠져 있는 이들 중에는 자신의 특기가 인정을

받아 하루 아침에 대중의 우상이 되는 사람도 있다. 그러나 이들 중 인격적으로 미숙한 사람은 무절제한 생활로 자기 관리를 제대로 하지 못하다가 패가망신하는 경우도 드물지 않다. 그러므로 재주를 내세우기 전에 인격도야가 앞서야 하는 것이다. 사람의 마음가짐은 인간됨의 바탕(體)이며 그가 가진 재주는 쓰임새(用)인 것이다.

4

권세와 명리(名利), 사치와 호화로움을 가까이 하지 않는 사람을 결백하다고 하지만, 이를 가까이 하면서도 물들지 않은 사람을 더욱 결백하다고 한다. 책략과 속임수의 교활함을 모르는 사람을 고결하다고 하지만, 알고 있으면서도 쓰지 않는 사람은 더욱 고결하다고 하는 것이다.

勢利紛華는 不近者爲潔이나 近之而不染者는 爲尤潔이요
세리분화　불근자위결　근지이불염자　위우결

智械機巧는 不知者爲高나 知之而不用者는 爲尤高이니라.
지계기교　부지자위고　지지이불용자　위우고

세리(勢利) : 권세와 명리(名利).
분화(紛華) : 사치와 호화로움.
위결(爲潔) : 깨끗하다고 하다, 결백하다고 하다.
우결(尤潔) : 더욱 깨끗함, 더욱 결백함.
지계기교(智械機巧) : 권모와 술수, 책략과 속임수, 나쁜 지혜와 교활한 꾀.

우고(尤高) : 더욱 고상함, 더욱 높음, 더욱 고결함.

<풀이>

'빛나는 것이 모두 금은 아니다.'라는 속담도 있다. 권력, 명예, 재산, 사치 등은 겉으로는 멋지게 보이지만 그것에 탐닉하는 경우 사람을 정신적으로 병들게 하기가 쉽다. 이 것을 애시당초 멀리 할 수 있는 사람은 청렴결백하다고 말하며, 이것과 접촉하고 있으면서도 물들지 않는 사람은 더욱 청렴결백한 사람이라고 한다. 또한 계략과 속임수를 모르는 사람을 고결한 인격자라고 칭찬한다. 그러나 이것을 잘 알고 쓸 수 있는 능력이 있으면서도 쓰지 않는 사람은 더욱 고상한 인격자이다. 이런 사람은 자신의 양심을 지키겠다는 보다 확고한 도덕적 신념의 소유자인 것이다.

5

귀에는 언제나 거슬리는 말을 듣고, 마음 속에는 언제나 어긋나는 일이 있으면 이것은 곧 덕성을 기르고 행실을 닦는 숫돌이 되는 것이다. 만일 말마다 귀를 기쁘게 하고, 일마다 마음을 만족케 한다면 이는 곧 자신의 삶을 짐독에 파묻는 것이 된다.

耳中에 常聞逆耳之言하고 心中에 常有佛心之事하면 纔是
이 중   상 문 역 이 지 언   심 중   상 유 불 심 지 사   재 시

進德修行的砥石이니 若言言悅耳하고 事事快心이면 便把此
진 덕 수 행 적 지 석   약 언 언 열 이   사 사 쾌 심   변 파 차

生하여 埋在鴆毒中矣니라.
생   매 재 짐 독 중 의

❖

역이지언(逆耳之言) : 귀에 거슬리는 말, 충고, 충언(忠言), 간
   언(諫言).

불심지사(佛心之事) : 마음에 어긋나는 일.

재시(纔是) : 바로 ～ 이다.

진덕수행(進德修行) : 덕을 기르고 행실을 닦음.

지석(砥石) : 숫돌.

열이(悅耳) : 귀를 즐겁게 함, 귀를 기쁘게 함.

변(便) : 곧.

차생(此生) : 이 생명, 이 몸.

짐독(鴆毒) : 짐새의 깃털에 있는 독.

＜풀이＞

충고나 비판의 말은 자신의 잘못이나 약점을 지적당하는
것이 되므로 이에 반발하는 사람도 많다. 그러나 좋은 약은
입에 쓰지만 병에는 유익하고 간언(諫言)은 귀에는 거슬리
나 행실에는 이로운 것이다(《공자가어》에서). 사실 최고의
권력을 누리는 사람들 중에는 언제나 인의 장막 속에서 아
첨하는 말만 들으며 민의(民意)를 외면하다가 나라와 자신
을 파멸의 구렁텅이에 빠뜨린 이들도 적지 않다. 그리고
사람에게는 실패가 인격 향상의 약이 되는 경우도 많다.
만일 모든 일이 자기 마음먹은 대로 순풍에 돛단배 가듯
한다면 인격 수양에는 오히려 도움이 안 되는 면도 있다.
사람은 실패를 통하여 자기 자신을 되돌아보며 그 일을 자

기 향상의 계기로 삼을 수 있는 것이다. 원래 실패와 좌절의 쓴잔을 마시며 눈물로 베갯머리를 적셔 본 사람만이 인생의 참맛을 알게 되는 것이다.

6

거센 비바람에는 새들도 근심하고, 갠 날씨와 산들바람에는 초목도 기뻐하는 듯하다. 천지에는 하루라도 온화한 기운이 없어서는 아니 되고, 사람의 마음에는 하루라도 기쁨이 없어서는 아니 되는 것이다.

疾風怒雨에는 禽鳥도 感感하고 霽日光風에는 草木도 欣欣
질풍노우   금조   척척   제일광풍   초목   흔흔

하나니 可見天地에 不可一日無和氣요 人心에 不可一日無
가견천지   불가일일무화기   인심   불가일일무

喜神이니라.
희신

❖

질풍(疾風) : 사납고 세차게 부는 바람.

노우(怒雨) : 성난 듯 퍼붓는 비.

금조(禽鳥) : 날짐승.

척척(感感) : 근심에 잠긴 모습.

제일광풍(霽日光風) : 맑게 개인 날의 서늘한 바람.

흔흔(欣欣) : 기뻐하는 모습, 즐거워하는 모양.

화기(和氣) : 따뜻하고 부드러운 기운.

희신(喜神) : 기쁜 마음, 즐거운 마음.

<풀이>

사나운 폭풍우가 몰아치는 거친 날에는 한갓 미물에 지나지 않는 새와 짐승들도 근심과 불안에 떨며 보금자리 속에 몸을 숨긴다. 이와 반대로 선들바람이 불어오는 맑게 개인 날에는 초목도 기뻐하는 듯하다. 이럴 때는 천지에 따뜻하고 부드러운 기운이 충만해 있다. 이와 마찬가지로 사람의 마음가짐도 언제나 따뜻하고 부드러워야 한다. 그것은 자신 뿐만이 아니라 주변사람에게도 좋은 영향을 줄 수 있기 때문이다. 사람과 사람의 관계가 부드럽고 원만할 때 비로소 보다 바람직한 건전한 사회를 이룰 수 있는 것이다.

7

농도 짙은 술, 기름진 고기와 맵고 단맛이 참다운 맛은 아니다. 참다운 맛은 오로지 담백할 뿐이다. 기이한 재주와 탁월한 행실이 있어야 지인(至人)이 되는 것은 아니다. 지인은 오로지 평범할 뿐이다.

醲肥辛甘이 非眞味라 眞味는 只是淡하며 神奇卓異는 非至
농 비 신 감   비 진 미   진 미   지 시 담   신 기 탁 이   비 지

人이라 至人은 只是常이니라.
인   지 인   지 시 상

❖

농비(醲肥) : 짙은 술과 기름진 고기.
신감(辛甘) : 맵고 단맛.
진미(眞味) : 참맛.

담(淡) : 담담한 것, 담백함.

신기(神奇) : 기이한 재주, 신비롭고 이상한 재주.

탁이(卓異) : 특이하고 유별난 행위, 탁월한 행실.

지인(至人) : 도(道)를 체득한 참된 인격자.

<풀이>

진한 술과 기름진 고기, 달고 시고 매운 자극성이 강한 음식은 사람들이 즐겨 먹지만 날마다 먹으면 곧 싫증을 낸다. 이에 반하여 밥과 같이 별다른 맛이 없는 담백한 것은 싫증을 내지 않고 오래도록 먹을 수 있다. 그러므로 자극성이 강한 것이 참맛(眞味)이 아니요, 냉수와 쌀밥과 같이 담백한 것이 참맛임을 알 수 있다. 사람의 경우도 이것과 같다. 사실 신기한 재주와 별난 행동에는 세상의 민심(民心)을 현혹케 하는 불순한 동기가 숨겨져 있는 경우가 적지 않다. 도(道)를 체득한 참다운 인격자는 신기하고 별난 재주를 과시하거나 기이한 행위를 하지는 않는다. 지인(至人)은 그저 평범할 따름이다. 그러나 그의 평범은 비범함을 간직한 평범임을 잊어서는 안 될 것이다.

8

하늘과 땅은 고요하여 움직이지 않지만 그 작용에는 잠시의 휴식이 없고, 해와 달은 밤낮으로 달리고 있지만 그 밝음은 영구히 변치 않는다. 그러므로 군자는 한가한 때에는 비상시에 대비하는 마음을 지녀야 하고, 바쁜 가운데에서도 여유로운 마음가짐이 있어야 한다.

天地는 寂然不動이로되 而氣機는 無息少停하고 日月은 晝
천지　적연부동　　　이기기　무식소정　　　일월　주

夜奔馳로되 而貞明은 萬古不易이니라. 故로 君子는 閒時에
야분치　　이정명　만고불역　　　고　군자　　한시

要有喫緊的心思하며 忙處에 要有悠閒的趣味니라.
요유끽긴적심사　　　망처　요유유한적취미

❖

적연부동(寂然不同) : 고요하여 움직이지 않는 것.

기기(氣機) : 천지와 음양의 작용.

분치(奔馳) : 바쁘게 달림, 부지런히 뛰어감.

정명(貞明) : 밝음, 광명.

불역(不易) : 바뀌거나 변하지 않는 것.

끽긴적심사(喫緊的心事) : 다급한 일에 대비하는 마음, 비상시에
　　대처하는 마음.

유한(悠閒) : 여유 있고 한가함.

취미(趣味) : 멋, 마음가짐, 취향, 심적 자세.

< 풀이 >

천지는 겉으로는 전혀 움직임이 없는 듯 보이나 음양이기
(陰陽二氣)의 작용으로 만물을 생성화육케 하며 춘하추동의
사시를 순행하는 등 그 활동을 멈추는 법이 없다. 또한 해
와 달은 밤낮으로 운행하지만 그 밝음은 영원히 변함이 없
는 것이다. 이와 같이 대자연의 법칙에는 부동(不動) 속에
도리어 움직임이 있고, 변화와 유전(流轉) 속에 오히려 영
원히 변치 않는 요소가 있다. 천지의 도(道)를 깨달아 삶
을 달관하고 있는 군자는 이와 같은 자연의 이법(理法)을 모

범삼아 한가하고 여유가 있을 때에 어려울 때를 대비하는 심모원려가 있어야 한다. 또한 분주한 때에도 언제나 망중한의 여유로움을 잊지 않는 생활의 멋을 지녀야 하는 것이다.

9

밤이 깊어 인기척이 없이 고요할 때에 홀로 앉아 자신의 마음을 살펴보면, 비로소 망상이 사라지고 참마음이 나타나게 되는 것을 깨닫게 되며, 매양 이런 가운데서 커다란 진실을 얻게 된다. 그러나 이미 참마음이 나타났는데도 망상에서 벗어나기 어려움을 깨닫게 되면, 또한 이 가운데서 진실로 부끄러움을 느끼게 되는 것이다.

深夜人靜에 獨坐觀心하면 始覺妄窮而眞獨露하나니 每於此
심야인정   독좌관심   시각망궁이진독로   매어차

中에 得大機趣니라. 旣覺眞現而妄難逃하면 又於此中에 得
중   득대기취   기각진현이망난도   우어차중   득

大慚忸이니라.
대참뉵

❖

관심(觀心) : 자기의 본심을 살펴봄.
망궁(妄窮) : 망령된 생각이 사라짐, 망상이 없어짐.
진독로(眞獨露) : 참마음이 홀로 나타남, 순수한 마음이 홀로
   드러남.
대기취(大機趣) : 깨닫는 데서 얻어지는 큰 진리, 자유자재(自由
   自在)한 마음의 작용.

참뉵(慚忸) : 부끄러움, 수치.

<풀이>

　깊은 밤의 정적 속에서 잠 못 이루고 홀로 앉아 고요히 자신의 마음을 살펴보면 낮시간 동안의 거친 세파에서 일어난 갖가지 망령된 생각은 사라지고 본래의 순수하고 참된 마음(善心, 本心, 眞心)이 나타남을 깨닫게 된다. 이것은 자아 발견의 의미 있는 순간이며, 마음속에 참다운 희열도 느끼게 된다. 그러나 이런 순간에도 욕망의 집착에서 완전히 벗어나지 못하는 나약한 자신을 발견하고 어쩔 수 없는 인간적 한계에 비애감과 수치를 동시에 맛보게 된다. 그러나 이러한 성찰과 명상은 자기 수양과 자기 향상의 길잡이가 된다.

10

　원래 은총 속에서 재앙은 싹트게 된다. 그러므로 마음에 흡족할 때 모름지기 빨리 머리를 돌려 살펴야 한다. 실패 후에 도리어 성공할 수도 있다. 그러므로 일이 뜻대로 되지 않는다고 해서 곧 그 일을 포기해서는 안 될 것이다.

恩裡에 由來生害하나니 故로 快意時에 須早回頭하고 敗後에
은리　유래생해　　　고　쾌의시　수조회두　　패후

或反成功하나니 故로 佛心處에 莫便放手하라.
혹반성공　　　고　불심처　막변방수

❖

은리(恩裡) : 은총을 받는 중에.

유래(由來) : 원래, 본래, 본시(本是).

생해(生害) : 재앙이 싹틈, 재앙이 발생함.

쾌의시(快意時) : 만족스러울 때, 일이 뜻대로 잘 되어 의기양
    양할 때.

회두(回頭) : 머리를 돌려 주변을 살핌.

불심(佛心) : 일이 뜻대로 되지 않아 마음이 유쾌하지 못한 것.

변(便) : 곧.

방수(放手) : 손을 놓음, 포기함.

<풀이>

윗사람의 총애를 받는 위치에 있다고 해서, 오만하거나,
일이 뜻대로 잘 풀린다고 해서 방심해서는 안 된다. 또 이
와 반대로 일이 뜻대로 되지 않는다고 해서 쉽사리 좌절하
거나 포기해서도 안 된다. '실패는 성공의 어머니이다'라는
서양 격언도 있듯이 그것을 거울삼아 성공의 발판을 마련할
수도 있기 때문이다. 원래 사람의 길흉화복이란 고정된 것
이 아니라 순환관계에 있다고 보아야 한다. 은총 속에 재
앙이 싹트게 되고 화 속에 복이 숨어 있는 경우가 많기 때
문이다. 그러므로 사람은 인생만사를 언제나 긴 안목으로
바라보는 여유로움과 불상사에 대비하는 슬기로움을 동시에
갖추어야 하는 것이다.

11

명아주국으로 입맛을 달래고 비름나물로 창자를 채우는

사람 중에는 얼음처럼 맑고 옥처럼 깨끗한 사람이 많지만,
비단옷을 입고 기름진 음식을 먹는 사람 중에는 종처럼 무
릎을 조아리고 억지로 얼굴 표정을 꾸미는 비굴한 일도 서
슴지 않고 하는 사람이 많다. 대체로 지조는 담박함으로써
밝아지고 절개는 기름진 고기와 맛있는 음식을 좋음으로써
잃게 되는 것이다.

黎口莧腸者는 多氷淸玉潔하고 袞衣玉食者는 甘婢膝奴顔하
여구현장자　　다빙청옥결　　　곤의옥식자　　감비슬노안

나니 蓋志以澹泊明하고 而節從肥甘喪也이니라.
　개지이담박명　　　이절종비감상야

✧

여구(黎口) : 명아주국으로 입맛을 달램.

현장(莧腸) : 비름나물로 창자를 채우는 것.

빙청옥결(氷淸玉潔) : 얼음처럼 맑고 옥처럼 깨끗함. 곧 지조와
　절개를 상징한 말임.

곤의(袞衣) : 왕이나 고관대작들이 입는 비단옷.

옥식(玉食) : 영양가 높고 맛있는 음식.

감(甘) : 기꺼이 여김.

비슬(肥膝) : 종처럼 무릎을 조아리는 것.

노안(奴顔) : 종처럼 웃는 얼굴로 아부함.

담박(澹泊) : 맑고 깨끗함, 청렴결백함.

절(節) : 절개.

비감(肥甘) : 기름지고 맛있는 요리, 부귀와 영화를 뜻함.

상(喪) : 잃다, 상실하다.

<풀이>

거칠고 험한 음식을 먹으며 가난한 생활을 영위하는 가

운데서도 인간적인 품위를 지키고 사는 사람도 드물지 않다. 그러나 물질적 욕망에 연연하는 사람은 그것을 얻기 위해서 자신의 양심을 속이고 남의 비위를 맞추는 등 비열한 행위도 서슴지 않는다. 이런 사람에게서는 지조나 절개를 찾아볼 수 없는 것이다. 그러므로 청렴결백한 생활을 하면 지조 있는 인물로 뭇사람의 귀감이 될 수 있으나 부귀에 탐닉하게 된다면 깨끗한 마음은 이미 상실하게 되는 것이다.

12

살아 생전에는 마음을 활짝 열어 그 너그러움으로 사람들의 불평의 탄식이 없도록 해야 하며, 죽은 뒤의 은혜는 오랫동안 이어지게 하여 사람들이 부족함을 느끼지 않도록 해야 한다.

面前的田地는 要放得寬하여 使人無不平之歎하며 身後的惠
면전적전지　　요방득관　　　사인무불평지탄　　　신후적혜

澤은 要流得久하여 使人有不匱之思하라.
택　　요류득구　　　사인유불궤지사

❖

면전(面前) : 살아 있는 동안, 눈앞, 현재.
전지(田地) : 마음, 마음의 밭, 마음가짐, 심지(心地).
방득관(放得寬) : 마음을 너그럽게 열어 놓음.
신후(身後) : 몸이 사라진 이후, 즉 사후(死後)를 말함.
유득구(有得久) : 남기어 오래 지속되게 함.

불궤(不匱) : 넉넉함, 부족함이 없음, 넉넉하여 만족함.

<풀이>

사람은 살아서는 언제나 마음의 문을 활짝 열어놓고 편견과 아집을 버려야 한다. 그리하여 선악, 현우를 가리지 않고 만인을 포용할 수 있는 관대한 도량을 지녀야 한다. 독단과 편파적인 마음가짐으로서는 비난과 원망의 대상이 될 뿐이다. 그리고 죽은 후에는 유덕을 남기어 길이 세인의 칭송의 대상이 되도록 노력해야 한다.

13

오솔길 좁은 곳에서는 한 걸음을 멈추어 남이 먼저 지나가도록 하고, 기름지고 맛있는 음식은 3분의 1을 덜어 내어 남이 먹도록 양보하라. 이것이 세상을 살아가는 가장 즐거운 방법이 된다.

徑路窄處에는 留一步하여 與人行하며 滋味濃的은 減三分하
경 로 착 처   유 일 보   여 인 행   자 미 농 적   감 삼 분

여 讓人嗜하라. 此是涉世의 一極安樂法이니라.
　　양 인 기　　　차 시 섭 세　　일 극 안 락 법

❖

경로(徑路) : 오솔길, 지름길, 작은길(小路).
착처(窄處) : 좁은 장소.
여인행(與人行) : 남이 먼저 지나가게 길을 양보함.
자미(滋味) : 영양가가 높고 맛있는 음식.

농적(濃的) : 진한 맛이 나는 기름진 음식.
감삼분(減三分) : 3분의 1을 덜어 냄.
양인기(讓人嗜) : 다른 사람에게 양보하여 맛보게 함.
섭세(涉世) : 세상을 살아감.
일극(一極) : 최고, 제일.
안락(安樂) : 편안하고 즐거운.

<풀이>

　사람에게는 원래 자기 보존의 욕구가 있다. 그러므로 어
느 정도의 자기 이익의 추구는 당연한 일이기도 하다. 그
러나 그것이 지나쳐 이기주의에만 집착한다면 사람과 사람
의 상호간에는 분쟁과 불신만 불러들이게 된다. 이와 같은
인간관계를 '사람은 사람에 대하여 늑대이다'(Homo ho-
mini lupus)라고 극단적인 표현을 하는 학자도 있다. 보다
바람직한 인간관계를 형성하기 위해서는 우선 자기 자신이
먼저 남에게 양보할 줄 아는 아량이 있어야 한다. 내가 남
의 이익을 존중하면 남도 나의 이익을 존중하게 되므로 보
다 살기 좋은 사회를 만들 수 있는 것이다.

14

　사람됨이 어떤 큰 사업을 이룬 것이 없더라도 능히 속된
감정에서 벗어날 수만 있다면 곧 명사측에 들 수 있고, 학
문을 함에 있어서는 특출한 업적은 없을지라도 능히 물욕을
덜어 낼 수만 있다면 성인의 경지로 들어갈 수 있는 것이
다.

作人이　無甚高遠事業이라도　擺脫得俗情이면　便入名流하고
작 인　무 심 고 원 사 업　　　파 탈 득 속 정　　　변 입 명 류

爲學이　無甚增益工夫라도　減除得物累면　便超聖境이니라.
위 학　무 심 증 익 공 부　　　감 제 득 물 루　　　변 초 성 경

❖

작인(作人) : 위인(爲人 : 사람됨).

무심(無甚) : 탁월하게 ~하지는 못한다, 뛰어나게 ~하는 것은
　없다, 과도하게 ~하는 것은 없다.

고원사업(高遠事業) : 높고 위대한 일, 높고 원대한 일.

파탈(擺脫) : 털어 버리다, 벗어나다.

속정(俗情) : 속된 감정, 속된 마음.

명류(名流) : 저명 인사.

증익(增益) : 보태어 이바지함, 더하여 도움이 되게 함.

감제(減除) : 덜어 내고 제거함.

물루(物累) : 물욕, 사심, 세속적인 지위나 재물에 마음이 얽매
　어 있는 것.

변초(便超) : 바로 넘어 들어가다.

성경(聖境) : 성인의 경지.

< 풀이 >

　그 사람됨이 어떤 위대한 사업을 이룬 것은 없을지라도
세속적인 욕망에서 벗어날 수 있다면 곧 진정한 의미에서의
일류급 명사에 들어갈 수 있고, 학문을 함에 있어서도 남
달리 내세울 만한 특출한 업적은 없을지라도 능히 세속적인
지위나 재물 등에 대한 집착에서 벗어날 수 있다면 그는
벌써 성인의 경지에 들어간 인물일 것이다. 사람은 그의
외적인 업적도 중요하지만 한 인간으로서의 됨됨이, 즉 내
적인 인간성은 더욱 중요한 것이다.

일찍이 상대성이론을 발표하여 인류에게 새로운 우주관을
열어 준 아인슈타인 박사는 라듐의 발견자 퀴리 부인(노벨
물리학상·화학상 수상)을 이렇게 평한 바 있다. '그녀는 명
성으로 인하여 타락되지 않은 유일한 사람이다'고. 사실 사
회의 저명인사 중에는 자신의 재능이나 업적에 대한 세속
적인 인기와 관심을 이용하여 본업에 대한 정진보다는 오
히려 세속적인 지위나 재물에 대한 욕구 충족에 더욱 열중
하는 사람도 드물지 않다. 우리는 퀴리 부인이나 아인슈타
인 박사의 생애를 통하여 재능과 업적이 인격과 조화를 이
룬 이상적인 인간상을 발견하게 되는 것이다. 즉 과학자로
서, 천재로서의 업적에 못지 않게 인간으로서도 그들은 만
인의 사표(師表)가 될만한 존재들인 것이다.

15

벗을 사귐에는 모름지기 삼분의 협기를 지녀야 하며, 사
람됨에는 반드시 한 점의 깨끗한 본심을 간직해야 한다.

交友에는 須帶三分俠氣하고 作人에는 要存一點素心이니라.
교우   수대삼분협기   작인   요존일점소심

❖

대(帶) : 허리띠를 두르다, 즉 언제나 몸에 간직하고 있음을 뜻
　함.
삼분(三分) : 10분의 3.
협기(俠氣) : 남의 어려운 처지를 외면하지 못하는 의로운 마
　음, 의협심.

작인(作人) : 사람됨, 위인(爲人).
소심(素心) : 순수한 마음, 깨끗한 마음, 본연의 마음.

<풀이>

'벗은 현실이요, 우정은 이상이다'라고 했다. 그만큼 순수한 우정을 나눈다는 것은 쉬운 일은 아닐 것이다. 우리가 좋은 벗과 사귀기 위해서는 먼저 자신이 좋은 벗이 되어야 하는 것이다. 참다운 우정을 나눌 수 있는 벗이 있다면 그것은 험한 인생길에 커다란 위안과 도움이 될 것이다. 그리고 사람은 지식과 능력을 갖추는 것도 중요한 일이지만 무엇보다도 순수한 인간성을 잃지 말아야 한다. 괴로움과 피나는 역경 속에서도 이에 굴하지 않고 순수한 마음을 간직하며 진실하게 살려고 했던 사람도 적지 않다. 인간다운 품위를 잃지 않았던 그들의 생애는 만인에게 감동을 주며 귀감이 되고 있다. 그것은 어떤 경우이든 사람을 감동케 하는 것은 순수하고 진실한 인간성이기 때문이다.

16

총애와 이익되는 일에는 남보다 앞서지 말고 덕업에는 남보다 뒤떨어지지 말라. 받아서 누리는 것은 분수를 넘지 말고 몸과 마음을 닦는 행위는 분수 이하로 줄이지 말라.

寵利에는 毋居人前하고 德業에는 毋落人後하라. 受享에는
총리   무거인전   덕업   무락인후   수향

毋蝓分外하고 修爲에는 毋減分中하라.
무유분외   수위   무감분중

❖

총리(寵利) : 총애와 이익, 은총과 명리(名利).

무(毋) : ~ 하지 말라.

덕업(德業) : 덕행(德行).

수향(受享) : 남에게서 무엇을 받아서 누림, 향수.

유(踰) : 넘다, 넘치다, 초과하다.

분외(分外) : 분수 밖.

수위(修爲) : 몸과 마음을 닦아 실행함.

분중(分中) : 분수의 안, 능력의 한도.

<풀이>

사회생활에 있어서 지나치게 은총과 이익추구에 집착하게
되면 남의 시기와 증오의 대상이 되기가 쉽다. 이런 일에는
좀더 여유를 가지고 한 발자국 물러서는 자제심(自制心)이
있어야 하는 것이다. 그러나 덕을 닦고 그것을 실천하는
일에는 남보다 앞장서는 적극적인 자세가 필요하다. 그리고
분수에 넘치는 대접이나 보수를 남에게서 받는 것은 언제나
좋지 않은 결과를 초래하게 마련이다. 그보다는 몸과 마음
을 닦고 좋은 일을 실천하는 것에 자신의 역량을 기울여야
할 것이다. 이렇게 할 수만 있다면 지혜와 덕성을 갖춘 장
자(長者)로서 타인의 모범이 될 수 있는 것이다.

17

세상을 살아가는 데는 한 걸음 물러설 줄 아는 것을 높게
여기나니, 한 걸음 양보하는 것은 곧 스스로 전진할 바탕이

되기 때문이다. 사람을 조금 너그럽게 대하는 것이 복이
되나니, 남을 이롭게 하는 것은 사실은 자신을 유익하게
하는 근본이 되기 때문이다.

處世에는 讓一步를 爲高하니니 退步는 卽進步的張本이요 待
처세   양일보   위고   퇴보   즉진보적장본   대

人에는 寬一分이 是福이니 利人은 實利己的根基니라.
인   관일분   시복   이인   실이기적근기

❀

처세(處世) : 이 세상을 살아 나가는 일.
위고(爲高) : 고상하게 여기다, 높게 여기다, 고귀하게 보다.
즉(卽) : 곧.
장본(張本) : 바탕, 근본, 토대.
대인(待人) : 남을 대접함, 사람을 대우함.
관(寬) : 너그러움, 관용.
일분(一分) : 10분의 1, 조금, 약간.
시복(是福) : 이것은 바로 복이 됨.
이인(利人) : 남을 이롭게 함.
이기(利己) : 자기를 유익하게 함.
근기(根基) : 바탕, 근거.

<풀이>

어느 시대에나 사람은 경쟁 속에서 살아가게 마련이다.
그리고 그것은 사회발전에 도움이 되는 점도 적지 않다.
그러나 지나친 경쟁으로만 일관한다면 결국은 이기주의와
분쟁으로 사회가 바람직하지 않는 방향으로 치닫게 마련이
다. 사실 세상살이에는 양보하는 것이 오히려 전진의 토
대가 되는 수가 있고 지는 것이 이기는 길이 되는 수도 적지

않다. 한 걸음 물러설 줄 안다는 것은 여유를 가지고 바라
보는 지혜와 안목이 있기 때문일 것이다. 극단적인 이기주
의가 팽배하는 현대사회에서 양보와 사양지심(辭讓之心)은
미덕으로서 마땅히 칭송을 받아야 할 것이다. 그리고 대인
관계에서는 언제나 관용과 사랑이 있어야 한다. 그것 없이
는 인간 상호간의 이해와 화합은 불가능하기 때문이다.

지금 세계 도처에서 벌어지고 있는 인종·종교의 분규와
대립은 이것의 결핍 때문이다. 인류가 증오와 분쟁의 자기
파멸에서 벗어나는 길은 관용과 사랑의 정신을 실천하는 것
뿐이다. 진실로 우리 각자가 남을 이롭게 하도록 노력한다
면 그것은 우리 모두가 보다 인간적인 사회에 살게 되는
것이므로 결국은 자기 자신을 이롭게 하는 지름길이 되는
것이다. 이런 사회, 이런 인간관계에서는 우리 모두의 이상
인 최대다수의 최대행복이 실현될 수 있을 것이다.

18

세상을 뒤덮을 큰 공로도 한낱 자랑할 긍(矜)자 하나를
당해 내지는 못하고, 하늘에 가득 찬 큰 죄과도 한낱 회(悔)
자 하나를 당해 내지는 못한다.

蓋世功勞도 當不得一個矜字요 彌天罪過도 當不得一個悔
개 세 공 로   당 부 득 일 개 긍 자   미 천 죄 과   당 부 득 일 개 회

字니라.
자

❖

개세(蓋世) : 이 세상을 뒤덮음.
부득(不得) : ～하지 못하다, ～할 수 없다.
일개(一個) : 한낱.
긍(矜) : 자랑하다, 으시대다, 뽐내다.
미천(彌天) : 하늘까지 가득 차 있음.
죄과(罪過) : 죄와 허물, 죄와 과오.
회(悔) : 참회하다, 후회하다, 뉘우치다.

<풀이>

세상 사람들이 알아 주는 큰 공로를 세울지라도 자기 스스로가 그것을 자랑하고 교만하게 되면 그는 이미 빈축의 대상이 될 뿐이다. 또한 하늘까지 가득 찰 큰 죄악을 저지른 사람도 본인이 진심으로 참회한다면 개과천선할 수 있는 길이 있을 것이다.

일찍이 상대성이론의 주창자로서 뉴톤의 고전역학을 수정하여 20세기 과학계에 새로운 이정표를 제시한 아인슈타인 박사는 겸허한 인품으로서도 만인을 감동케 한 바 있다. 제2차 세계대전 이후 미국에 있는 그를 이스라엘 국민들은 대통령으로 추대하고자 하였다. 그러나 그는 시종 겸허한 자세로서 이를 사절하며 학자로서 일관한 바 있다. 아인슈타인과 만나서 이야기해 본 사람은 자신을 특별한 사람이라고 내세우는 법이 없는 그의 인품에서 큰 감명을 받았다고 한다.

한편 이와는 대조적인 경우도 있다. 일찍이 권신 홍국영은 그 기민한 두뇌 회전과 임기응변의 책략으로 왕세손 시절의 정조를 잘 보호하고 보위에 오르게 하여 일등 공신이

된다. 임금이 된 왕세손(정조)은 홍국영의 공로에 보답하기
위하여 금위대장과 도승지(비서실장)의 요직을 그에게 맡긴
다. 모든 정무에 대한 결재권까지 위임받게 된 그는 무소
불위의 권력을 휘두르며 직권남용을 서슴지 않았다. 자신의
공로와 권세에 대한 자부심이 지나쳤던 것이다. 만일 이때
그가 겸손의 미덕을 알고 인간적으로 수양이 되어 있었다면
현명한 군주를 모시고 상당한 치적도 올렸을 것이다. 주변
의 질시와 증오와 경계의 대상이 된 그는 마침내 임금의
신임마저 잃게 된다. 뜻밖에 실각을 당한 홍국영은 울분과
실의 끝에 34세의 젊음을 추방지인 강릉 땅에서 마감하고
만다(1780년, 정조 4년). 교만한 사람의 말로는 흔히 이렇게
비참한 경우가 많다.

19

  좋은 이름과 아름다운 지조는 혼자만 차지하지 말라. 그
것을 남에게도 조금은 나누어 주어야 재앙을 멀리하여 몸을
보전할 수 있다. 욕된 행실과 더러운 이름은 남에게만 미
루지 말라. 그것을 조금은 자기에게 돌려야 빛을 감추고
덕을 기를 수 있다.

完名美節은　不宜獨任이니　分些與人이면　可以遠害全身이요
완명미절　　불의독임　　　분사여인　　　가이원해전신

辱行汚名은　不宜全推이니　引些歸己면　可以韜光養德이니
욕행오명　　불의전추　　　인사귀기　　　가이도광양덕
라.

❖

완명(完名) : 좋은 이름, 손상되지 않은 명예, 온전한 명예.
미절(美節) : 아름다운 절개, 아름다운 지조, 빼어난 절개.
불의(不宜) : 마땅치 않음.
독임(獨任) : 독차지하는 것, 독점함.
사(些) : 조금은, 약간, 사소한.
여인(與人) : 다른 사람에게 주다.
가이(可以) : ~로 ~할 수 있다.
욕행(辱行) : 더러운 행실, 욕된 행위.
오명(汚名) : 더러운 이름, 불명예스러운 이름.
전추(全推) : 모두 남에게 미룸, 모두 남에게 떠맡김.
귀기(歸己) : 자기 자신에게로 돌림, 자신의 과오로 돌림.
도광(韜光) : 빛을 감추는 것, 능력이나 지혜가 밖으로 나타나
지 않도록 깊숙이 숨겨두는 것.
양덕(養德) : 덕성을 기르는 것.

<풀이>

남들이 알아주는 명예로움과 빼어난 절개는 혼자만의 것
으로 하고 싶은 것이 사람들의 보편적인 심정일 것이다.
그러나 이렇게 되면 주변 사람들의 질시와 원망으로 원만한
인간관계가 유지되기 어려운 경우도 있다. 역사에는 약관의
나이에 뛰어난 공적과 재능을 보여 장래가 촉망되던 사람이
주변의 적대세력의 질시와 모함으로 더이상 커 보지 못하고
몰락하는 경우가 적지 않았다. 그러므로 명예, 좋은 일은
남들과 조금씩 나누어 가지는 지혜와 아량이 필요한 것이
다. 또한 사람이 살다 보면 불명예와 오명 등의 추문이 자
신의 주변에까지 파급이 될 경우도 있다. 이럴 때 그 모든
것을 남의 탓으로만 돌리고 자신은 거기에 대하여 아무런

연대의식이나 책임을 느끼지 못한다면 유덕한 사람이라고 할 수 없는 것이다. 그럴 경우에 도의적 책임을 통감하며 책임의 일부는 자신이 지기로 한다면 그것이 곧 덕망이 있는 사람이 취할 태도인 것이다. 그의 이와 같은 태도에서 사람들은 마음에서 우러나오는 존경심으로 그를 따르게 되는 것이다.

20

일마다 조금쯤은 채우지 못하는 것을 남겨 완벽하게 하겠다는 뜻을 두지 않는다면 조물주도 나를 꺼리지 않을 것이요, 귀신도 나를 해치지 못할 것이다. 만약 하는 일마다 반드시 다 이루어지기를 바라고 공적도 가득 차기를 바란다면, 안에서 변고가 일어나지 않으면 반드시 밖으로 근심 걱정을 부르게 되는 것이다.

事事에 留個有餘하여 不盡的意思면 便造物도 不能忌我하고
사사   유개유여   부진적의사   변조물   불능기아

鬼神도 不能損我니라. 若業必求滿하고 功必求盈者는 不生
귀신   불능손아   약업필구만   공필구영자   불생

內變이면 必召外憂니라.
내변   필소외우

❦

사사(事思) : 모든 일, 일마다, 매사.

개(個) : 하나의, 조금쯤, 일개.

유여부진(有餘不盡) : 약간 부족한 듯함, 다하지 못한 구석이

있는 듯함.

조물(造物) : 조물주.

구만(求滿) : 완전히 이루어지길 바람.

내변(內變) : 안에서 생기는 변(變), 안에서 일어나는 변고.

외우(外憂) : 밖에서부터 오는 근심, 걱정.

<풀이>

사람이 완성된 것, 완벽한 것에 대해서만이 만족할 수 있다면 그것은 자신에게나 남에게 일종의 강박관념으로 작용하여 좋지 않은 영향을 미치게 된다. 원래 가득 찬 것은 곧 넘치거나 기울어지기 마련이며, 기울어진 것이 다시 차게 됨은 자연의 변함없는 법칙이다. 그러므로 우리는 언제나 여유 있는 마음가짐으로 조금 부족한 듯한 시점에서 만족할 줄 아는 지혜가 필요하다.

우리가 잘 알고 있는 이슬람권 국가의 국기에는 모두 초생달이 그려져 있다. 이것은 보름달은 가득 찬 것이므로 곧 쇠퇴와 몰락을 암시하는 것으로 보고 초생달을 미래의 발전과 비약의 상징으로 삼은 것이다. 이것은 물론 이슬람교 자체의 상징이기도 하다. 그리고 고대 그리이스인들은 복수의 여신 네메시스(Nemesis)를 통하여 정의롭지 못한 자, 교만한 자, 지나치게 번영하는 자에 대한 분노를 나타내고 있다.

이와 같이 지나친 것, 너무 완벽하게 이루어진 것이 오히려 상서롭지 못하다는 것은 동서양인의 공통된 경계심인 것이다. 이와 같은 발상은 결국 인간이 가지고 있는 중용감각, 균형감각 때문일 것이다. 그리고 '지나친 것은 모자라는 것보다 못하다. 하늘과 땅의 섭리는 가득 찬 것을 덜

어 내어 부족한 것에 보태어 준다. 공을 이룬 다음에는 곧
물러나는 것이 하늘의 이법이다'라고 강조하는 것은 특히
우리 동양철학의 지혜임은 널리 알려진 사실이다.

21

집안에 한 분의 참된 부처님이 있고, 비근한 일상생활
속에 참다운 도리가 있다. 사람이 성실한 마음과 친화(親化)
한 기운을 지니고, 즐거운 표정에 자상한 말씨로서 부모형
제를 한몸이 되게 하며 뜻을 서로 통하게 한다면, 고요히
앉아 호흡을 고르게 하며 참선을 하는 것보다 훨씬 더 의미
있는 일일 것이다.

家庭에 有個眞佛하고 日用에 有種眞道라. 人能誠心和氣하
가정   유개진불   일용   유종진도   인능성심화기

고 愉色婉言하여 使父母兄弟間으로 形骸兩釋하고 意氣交流
  유색완언   사부모형제간   형해양석   의기교류

하면 勝於調息觀心萬倍矣니라.
   승어조식관심만배의

❖

일용(日用) : 평범한 일상생활.
종(種) : 일종의.
유색(愉色) : 즐거운 표정, 기쁜 표정.
완언(婉言) : 부드러운 말씨, 완곡한 말씨.
형해(形骸) : 몸, 육신.
양석(兩釋) : 둘이 풀려 하나로 융화됨.

의기교류(意氣交流) : 뜻을 서로 통하게 함.

어(於) : ～보다

조식(調息) : 호흡을 조절하는 것, 도교(道敎)의 도사(道士)들이
　　행하는 양생법의 일종임.

관심(觀心) : 조용히 앉아 자신의 마음을 살피며 선과 악, 시
　　(是)와 비(非), 유(有)와 무(無)에 개의치 않고 안락하고 자
　　유로운 경지에 이르는 것. 선불교(禪佛敎)의 좌선수양법.

<풀이>

　사람이 성실한 마음가짐과 화애로운 기운으로 부모에게
효도하고 형제자매와 화목하게 살아가며 가정적인 행복을
가꾸어 나간다면, 이것은 도교의 방사(方士)들이 단전호흡
법 등의 양생술로 몸과 마음을 수양하며, 불교의 스님들이
참선을 통하여 해탈의 경지에 이르는 것보다 더 의미 있는
일일 것이다. 진리와 도리는 어렵고 높은 데에서 찾기에
앞서 쉽고도 가까운 우리의 일상생활에서 찾아낼 수 있어야
하는 것이다.

22

　움직이기를 좋아하는 이는 구름 속에서 번쩍이는 번개와
바람 앞에서 흔들리는 등불과 같고, 고요함을 즐기는 이는
타다가 꺼져 버린 재와 앙상하게 마른 나무와 같도다. 모
름지기 멈춘 구름과 잔잔한 물 위에서 소리개가 날고 물고
기가 뛰노는 기상이 있어야 하나니 이것이 바로 도를 체득
한 이의 마음인 것이다.

好動者는 雲電風燈이요 嗜寂者는 死灰槁木이라. 須定雲止
호동자　　운전풍등　　기적자　　사회고목　　　수정운지

水中에 有鳶飛魚躍氣象하니 纔是有道的心體니라.
수중　　유연비어약기상　　　재시유도적심체

❖

운전(雲電) : 구름 속에서 일어나는 번개.

풍등(風燈) : 바람에 흔들리는 등불.

기적자(嗜寂者) : 고요함을 즐기는 사람.

사회고목(死灰槁木) : 타다가 꺼져 버린 재와 마른 나무. 생기와
　활력이 없음을 뜻함.

정운지수(定雲止水) : 멈춘 구름과 잔잔한 물. 정적상태(靜的狀
　態)를 뜻함.

연비어약(鳶飛魚躍) : 소리개가 날고 물고기가 뛰노는 것. 만물
　이 모두 각자의 주어진 분수와 천성에 따라 유유히 살아가는
　모습을 말하고 있음. 생명의 약동을 표현한 말이기도 함.
　시경(詩經)과 중용(中庸)에서 인용한 구절임.

심체(心體) : 마음의 실체(實體), 마음의 본체(本體), 마음의 본
　바탕.

< 풀이 >

　사람의 생활은 동적인 면과 정적인 면이 알맞게 조화를
이루어야 하는 것이다. 즉 지나치게 활동력이 왕성한 사람
은 구름 속에서 번쩍거리는 번갯불과 같고 바람 앞에 흔들
리는 등불처럼 안정성이 없는 것이다. 이에 반하여 너무
정적이어서 고요함만을 즐기는 사람은 타다가 꺼져 버린
재와 죽어서 말라 버린 고목처럼 생기와 활력을 찾아볼 수
없다. 저 하늘에서 유유히 날아가는 솔개와 물 속에서 힘
차게 뛰노는 물고기는 각자에게 부여된 분수와 타고난 본

성대로 욕심없이 살아가며 고요함 속에서도 활발한 생명의 약동을 보여주고 있다. 도를 터득하여 삶을 달관하는 사람의 마음의 경지도 이와 같은 것이다. 즉 언제나 중용(中庸)을 얻어 극단을 피하고 고요 속의 활발함으로 삶을 영위하는 것이다.

23

남의 나쁜 점을 질책하되 너무 엄해서는 안 된다. 그가 그것을 받아서 견뎌낼 수 있는가를 생각해 보아야 한다. 남을 선으로서 가르치되 지나치게 높은 수준으로서 하지 말라. 그가 따라갈 수 있는 것으로 하여야 하는 것이다.

攻人之惡엔 毋太嚴하라. 要思其堪受니라. 敎人以善엔 毋
공 인 지 악　무 태 엄　　요 사 기 감 수　　　교 인 이 선　　무

過高하라. 當使其可從이니라.
과 고　　　당 사 기 가 종

❖

공(攻) : 비난함, 공격함, 꾸짖음, 질책함.
악(惡) : 나쁜 점, 잘못, 과오, 허물, 결점.
무(毋) : ～하지 말라, ～해서는 안 된다.
태엄(太嚴) : 지나치게 엄격한 것.
감수(堪受) : 받아서 견뎌 낼 수 있음. 받아서 감당할 수 있음.
과고(過高) : 지나치게 수준이 높은 것, 너무 고상한 것.
가종(可從) : 따라갈 수 있음.

<풀이>

남의 허물과 결점을 들어서 책망을 하거나 비판을 할 때에는 먼저 그 사람이 받아들이고 감당할 수 있는 정도를 신중히 고려해 보아야 한다. 즉 지나치게 엄격하고 직선적인 태도로 책망과 비판을 한다면 상대방이 자포자기하거나 반발심을 일으키게 되어 도리어 역효과를 가져오게 되는 것이다. 그리고 사람을 선으로서 교화할 때에도 이것 역시 그 사람의 실천능력에 맞추어야 하는 것이다. 즉 상대에게 너무 높고 고상한 수준의 것을 요구한다면 그는 그것을 받아들여 실천할 능력이 없으므로 열등감만 맛보게 되는 것이다. 그러므로 책망을 한다든가 교화를 할 때에는 상대의 수용능력에 맞도록 실행해야 참다운 효과를 거둘 수 있는 것이다.

24

굼벵이는 더러우나 변하여 매미가 되어 가을바람에 깨끗한 이슬을 마시고, 썩은 풀은 빛이 없건만 화해서 반딧불이 되어 여름밤에 광채를 발한다. 참으로 깨끗한 것은 항상 더러운 것에서 나오고, 밝음은 매양 어두움에서 생긴다는 것을 알 수 있는 것이다.

糞蟲은 至穢나 變爲蟬하여 而飮露於秋風하고 腐草는 無光
분충 지예 변위선   이음로어추풍   부초 무광

이나 化爲螢하여 而耀采於夏月하나니 固知潔常自汚出하고
화위형   이요채어하월   고지결상자오출

明每從晦生也니라.
명 매 종 회 생 야

❖

분충(糞蟲)：벌레, 구더기, 굼벵이.
지예(知穢)：매우 더러움.
선(蟬)：매미.
부초(腐草)：썩은 풀.
형(螢)：반딧불, 개똥벌레.
요채(耀采)：빛을 내다, 광채를 발하다.
고(固)：진실로, 참으로.
회(晦)：어둠.

<풀이>

　사물은 원래 자신 속에 모순되고 상반된 면을 지니고 있다. 밝고 깨끗한 면이 있는가 하면 어둡고 더러운 면이 있는 것이다. 그러나 이와 같은 것은 결국은 동전의 양면처럼 동일한 사물의 이중적인 성격에 지나지 않는다. 굼벵이는 더럽지만 허물을 벗으면 아름다운 매미가 되어 맑은 이슬을 먹게 된다. 썩은 풀 속에서 나온 반딧불은 여름밤 하늘에 찬란한 빛을 내게 된다. 깨끗하고 밝은 것은 더럽고 어두운 것에서 생겨나는 것이다. 그러므로 더러운 거름에서 장미꽃이 피어나고 흙탕물에서 연꽃이 자라나듯이 사람도 수양과 노력 여하에 따라 학문과 도덕성을 동시에 갖춘 고결한 인격자가 될 수 있는 것이다.

25

우쭐대고 잘난 체하는 것은 모두 객기에 지나지 않는다. 그 객기를 항복케 하여 물리친 후에야 올바른 기운이 펼쳐질 수 있다. 욕망과 타산적인 생각은 모두 헛된 마음에 속한다. 그것을 소멸시켜 사라지게 한 다음에야 참마음이 나타난다.

矜高倨傲는　無非客氣니　降伏得客氣下而後에　正氣伸하고
긍 고 거 오　　무 비 객 기　　항 복 득 객 기 하 이 후　　정 기 신

情慾意識은　盡屬妄心하니　消殺得妄心盡而後에　眞心現이니
정 욕 의 식　　진 속 망 심　　소 쇄 득 망 심 진 이 후　　진 심 현
라.

❖

긍고(矜高) : 우쭐대고 잘난 체함.

거오(倨傲) : 거만함, 교만함, 오만함.

객기(客氣) : 쓸데없는 혈기(血氣), 만용.

정기(正氣) : 올바르고 떳떳하며 참다운 기운, 공명정대(公明正
　　大)한 기운.

정욕(情慾) : 욕망, 욕구, 욕심.

의식(意識) : 이해타산하는 지혜.

망심(妄心) : 헛된 마음, 허망한 생각, 망상(妄想).

소쇄(消殺) : 지워 없어짐, 소멸하여 사라짐.

진심(眞心) : 참마음, 도심(道心), 본심(本心).

<풀이>

　잘난 체하며 교만한 태도를 보이는 것은 어리석은 객기에 지나지 않는다. 이와 같은 것들이 말끔하게 소멸된 후에야 원래의 밝고 순수하며 올바른 기운이 자라나게 된다. 갖가지 욕망과 이해타산의 분별심은 우리를 망령된 생각에 사로잡히게 한다. 이와 같은 헛되고 어리석은 망상을 깨끗하게 없애 버린 다음에야 참된 마음이 되살아나는 것이다. 원래 사람의 타고난 마음은 올바르고 진실된 것이다. 이와 같은 참마음(眞心, 本心, 道心)이 되살아날 때 우리의 삶도 올바르고 의미 있는 것이 될 것이다.

26

　배부른 뒤에 음식맛을 생각하면 곧 기름진 맛과 담백한 맛의 구별을 할 수 없고, 정사(情事)를 가진 후에 정욕을 생각하면 남녀의 구분이 없어진다. 그러므로 사람은 항상 일을 치룬 후에 있게 될 뉘우침을 가지고 일에 임할 때의 어리석음과 혼돈을 깨뜨린다면, 본성이 안정되어 행동을 그르치게 될 일이 없게 될 것이다.

飽後에 思味하면 則濃淡之境이 都消하고 色後에 思婬하면
포 후　사 미　　즉 농 담 지 경　도 소　색 후　사 음

則男女之見이 盡絶이니라. 故로 人常以事後之悔悟로 破臨
즉 남 녀 지 견　진 절　　고　인 상 이 사 후 지 회 오　파 림

事之癡迷하면 則性定而動無不正이니라.
사 지 치 미　　즉 성 정 이 동 무 부 정

❖

농담(濃淡) : 짙은 맛과 옅은 맛, 기름진 맛과 담백한 맛.
도소(都消) : 모두 사라짐, 다 없어짐.
색후(色後) : 정사 후, 성관계 후에.
음(婬) : 정욕, 성욕.
남녀지견(男女之見) : 남녀간의 성(性)에 대한 의식.
회오(悔悟) : 뉘우침, 후회, 잘못을 깨닫는 것.
임사(臨事) : 일을 시작할 때, 일을 착수할 때.
치미(癡迷) : 어리석음과 혼돈, 어리석음과 헤매임.
성정(性定) : 타고난 올바른 성품(性品)이 바로 잡히는 것.

<풀이>

사람은 일단 자신의 욕망을 충족한 후에는 쉽사리 권태
감을 느끼게 된다. 아침, 저녁으로 산해진미(山海珍味)만을
대하는 자신은 음식에 대한 즐거움을 막노동하는 사람만큼
도 가져 보지 못한다고 불평한 황제도 있다(나폴레옹 1세).
음욕도 일단 채우고 나면 시들해지므로 이성(異性)이 곁에
있어도 별다른 감정이 생기지 않는다. 그러므로 사람은 일
을 착수할 때에 사후(事後)에 있게 될 후회를 염두에 두면서
혼미함을 물리칠 수 있다면, 타고난 성품(性品)을 바로잡게
되어 과오나 실수를 하는 일이 없을 것이다. 다시 말하자면
사람이 욕망의 노예로 전락하지 않고 언제나 이성(理性)과
자제심으로 자기 관리를 할 수 있다면 그것이 곧 인격 향
상의 지름길이 될 것이다.

27

　선비는 높은 벼슬에 있을 때에도 자연을 벗삼는 고상한 취미가 없어서는 안 되며, 자연에 묻혀 이름 없는 처사의 생활을 할지라도 모름지기 국가경륜의 포부를 지니고 있어야 하는 것이다.

居軒冕之中이나 不可無山林的氣味하고 處林泉之下나 須要
거 현 면 지 중　　불 가 무 산 림 적 기 미　　처 림 천 지 하　　수 요

懷廊廟的經綸이니라.
회 랑 묘 적 경 륜

❖

헌면(軒冕) : 헌(軒)은 대부(大夫 : 장관급)의 수레, 면(冕)은 대신(大臣)의 관(冠), 즉 높은 벼슬아치.

산림적기미(山林的氣味) : 자연을 벗삼는 고상한 취미, 자연에 묻혀 사는 탈속(脫俗)한 멋.

임천(林泉) : 시골, 초야(草野), 자연.

낭묘(廊廟) : 조정(朝廷), 낭(廊)은 대궐의 복도, 묘(廟)는 종묘(宗廟)를 뜻함.

경륜(經綸) : 국가를 통치하는 일, 정치에 대한 일가견.

< 풀이 >

　선비는 조정의 요직에 있으면서 국정의 일익을 담당하는 때에도 자연에 파묻혀 풍월을 읊는 은사(隱士)의 여유와 멋을 잃지 말아야 한다. 벼슬아치의 생활이란 딱딱한 위계질서 속에서 자칫 실무적인 일에만 몰두하기 쉽기 때문이다.

이와 반대로 초야에 묻혀 불우한 처사(處士)로 지낼 때에는 언제나 일신상의 문제에만 집착하지 말고 국가경륜에 대한 포부를 지니고 있어야 한다. 단순한 백면서생(白面書生)이나 속사(俗士)가 아닌 유능한 인물은 언젠가 때를 만나면 나라를 다스리는 큰 일에 크게 쓰일 수도 있기 때문이다.

28

세상을 살아가는 데에는 꼭 성공만을 바라고 있어서는 안된다. 과오가 없으면 그것이 바로 성공인 것이다. 남에게 베풀 때에는 자신의 은덕에 감격할 것을 바라지 말라. 원망을 사지 않으면 그것이 바로 은덕인 것이다.

處世엔 不必邀功하라. 無過면 便是功이니라. 與人엔 不求
처세　　불필요공　　　무과　　변시공　　　　여인　　불구

感德하라. 無怨이면 便是德이니라.
감덕　　　무원　　변시덕

❖

처세(處世) : 세상을 살아가는 것.
요공(邀功) : 공명(功名)을 억지로 바람, 성공을 억지로 요구함.
무과(無過) : 잘못이 없는 것, 과오가 없는 것.
여인(與人) : 남에게 은혜를 베푸는 것.
감덕(感德) : 은덕에 감동하는 것.
무원(無怨) : 원망이 없음, 원망을 사지 않음.

<풀이>

　사람이 이 세상을 살아가는 데 있어서 너무 성공 여부에
만 집착하는 것은 바람직한 일이 못 된다. 그렇게 되면 무
리한 일도 서슴지 않을 것이고 불미스러운 결과도 초래하게
될 것이다. 우리의 삶은 결과도 중요하지만 과정 자체가
더욱 중요한 것이다. 그러므로 성실하게 살면서 별다른 허
물이 없다면 우선 그것으로 만족하는 여유로움이 필요한
것이다. 그리고 남에게 무엇인가 은혜를 베풀 때에는 그에
게서 반대급부를 바라는 것은 바람직한 태도가 못 된다.
조건없이 베풀어 주는 것 자체에서 의미와 보람을 찾아야
하는 것이다. 남에게 은혜를 베풀고도 도리어 배은망덕의
쓰라림을 겪은 사람도 적지 않다. 그러므로 상대방의 원망
을 듣지 않는 선에서 만족하는 태도가 바람직한 것이다.

29

　모든 일에 근심하고 부지런함은 아름다운 덕성이긴 하지
만 너무 지나치게 수고하면 본성에 맞추거나 마음을 즐겁게
할 수가 없다. 청렴결백한 것은 고상한 품격이지만, 너무
엄격하면 남을 건져 내거나 사물을 이롭게 할 수가 없다.

憂勤은 是美德이나 太苦則無以適性怡情하고 澹泊은 是高
우근　시미덕　　　태고즉무이적성이정　　　담박　　시고

風이나 太枯則無以濟人利物이니라.
풍　　태고즉무이제인이물

❖

우근(憂勤) : 일을 근심하고 삼가하며 성실하게 노력하는 것.

미덕(美德) : 아름다운 덕, 아름다운 덕성.

태고(太苦) : 지나치게 수고하다.

적성(適性) : 본연의 성정(性情)에 맞음, 타고난 성품에 맞음.

이정(怡情) : 마음을 즐겁게 함, 심정을 편안하게 함.

담박(澹泊) : 맑고 깨끗함, 소탈하고 담백함, 청렴결백함.

고풍(高風) : 고상한 품격, 고상한 기풍, 높은 풍도(風度).

태고(太枯) : 지나치게 메말라서 인간미가 없음.

제인(濟人) : 어려운 사람을 구제함, 어려움에 처한 사람을 건
져 냄.

이물(利物) : 일이 잘 되도록 하는 것, 사물을 이롭게 하는 것.

<풀이>

매사에 근심하고 성실하게 노력하는 것은 미덕이지만 너
무 노심초사한다면 본성을 편안하게 하거나 마음을 즐겁게
할 여유가 없는 것이다. 이와 같은 풍도(風度)는 자신의 행
복을 건전하게 추구하는 것은 못 된다. 부패와 부조리가
만연하는 세태에서 맑고 깨끗한 지조는 우러러볼 만한 것
이다. 그러나 그것도 너무 지나쳐 도학자적 염결(廉潔)로
일관한다면 인간미는 찾아볼 수 없는 것이다. 이렇게 되면
어려움에 처한 사람을 도와주거나 일을 이롭게 할 수도 없
는 것이다. 모든 일에는 융통성과 중용(中庸)이 필요한 것
이다.

30

일이 막히고 형세가 불리한 사람은 마땅히 그 처음의 마음을 생각해 보아야 하고, 공을 이루고 만족한 상태에 있는 사람은 마땅히 그 말로를 살펴야 한다.

事窮勢蹙之人은 當原其初心하고 功成行滿之士는 要觀其
사궁세축지인　　당원기초심　　　공성행만지사　　요관기

末路니라.
말로

❖

사궁(事窮) : 일이 막히는 것.

세축(勢蹙) : 형세가 위축됨.

초심(初心) : 처음 일을 착수할 때의 마음.

행만(行滿) : 일이 뜻대로 잘 풀리는 것.

말로(末路) : 인생의 끝, 종말, 마지막.

< 풀이 >

하는 일이 막히고 형세가 곤궁하게 될 때에는 포기하거나 좌절하지 말고 그렇게 된 원인을 냉철하게 분석해 보아야 한다. 그리고 그 일에 처음 착수했을 때의 의욕과 도전의식을 되새겨 보아야 한다. 그리고 이와 반대로 성공하여 만사가 뜻하는 바 대로 풀리는 경우에는 자칫 자만심에 빠져 방심하는 수가 있다. 이렇게 되면 종국에는 실패의 쓴 잔을 마시기가 쉽다. 그러므로 궁하면 통하는 것이요, 기쁨이 다하면 슬픔이 오게 되는 이치를 명심하고 비상시나 종

말에 대비하는 심모원려(深謀遠慮)가 있어야 하는 것이다.

31

　귀한 집안은 마땅히 너그럽고 후해야 하는데 오히려 샘을 내고 몰인정하다면, 부귀하면서도 빈천한 사람의 행위를 하는 것이니 이래서야 어찌 그것을 능히 지켜 나갈 수 있겠는가. 총명한 사람은 마땅히 자신의 재주를 여미고 감추어야 하는데 도리어 드러내어 자랑하기에 급급하다면, 이는 총명하면서도 어리석고 몽매한 병폐가 있는 것이니 어찌 실패하지 않을 수 있겠는가.

富貴家는 宜寬厚이어늘 而反忌刻이면 是는 富貴而貧賤其行
부 귀 가　　의 관 후　　　이 반 기 각　　시　　부 귀 이 빈 천 기 행

矣니 如何能享이리오. 聰明人은 宜斂藏이어늘 而反炫耀하면
의　　여 하 능 향　　　총 명 인　　의 렴 장　　　이 반 현 요

是는 聰明而愚惛其病矣니 如何不敗리오.
시　　총 명 이 우 몽 기 병 의　　여 하 불 패

❖

관후(寬厚) : 너그럽고 인정이 많음, 후(厚)는 두텁다는 뜻임.
기각(忌刻) : 샘을 내고 몰인정함, 시기하고 각박한 것.
향(享) : 부귀와 복락을 누리는 것.
염장(斂藏) : 거두어서 깊숙이 감추어 두는 것, 여미고 깊이 간
　직하는 것.
현요(炫耀) : 찬란하게 빛나는 것, 눈부시게 번쩍거리는 것, 드
　러내어 보이며 으시대는 것, 자랑함.

　우몽(愚朦)：어리석고 어두운 것, 어리석고 몽매한 것, 사리판
　　단을 제대로 할 수 없는 것.

<　풀이　>

　부귀를 누리는 사람은 너그럽고 후한 마음으로 어려운
이웃을 생각하고 돕는 아량이 있어야 한다. 그러나 오히려
남을 시기하고 각박하게 처신한다면 이는 장자(長者)의 행
실이 아닌 것이다. 그리고 이런 사람은 자신의 부귀가 주는
복락(福樂)을 제대로 누리고 산다고 할 수 없는 것이다. 원
래 잘 산다는 것은 반드시 물질적 풍요나 출세 여부만을
가지고 말하는 것은 아닐 것이다. 거기에는 인간답게 사는
것, 특히 남에게 덕을 베풀 수 있는 그런 마음도 있어야
하는 것이다. 그러므로 옛부터 남에게 선을 베푸는 집안은
반드시 경사가 있게 된다고 했고, 서경(書經)에서도 선행을
좋아하는 것(유호덕：攸好德)을 오복(五福)의 하나에 넣고
있는 것이다. 우리가 잘 살 수 있는 것은 자신의 노력과
능력만으로 되는 일은 아니다. 주변 사람의 협력과 도움이
없이는 불가능한 일이다. 그러므로 상부상조하는 정신은 이
사회를 건전하게 발전시키는 밑거름이 될 것이다. 그리고
재주가 탁월한 사람은 그것을 거두고 감추어 내적충실을
기해야 한다. 함부로 내놓고 자랑한다든지 의시대는 것은
인격자가 취할 행위가 못 된다. 능력 있는 매는 발톱을 감
춘다고 했다. 아무쪼록 재주는 깊숙이 간직하여 때가 오기
를 기다려야 하는 것이다.

32

　낮은 곳에 있어 본 후에야 높은 데에 올라감이 위험한 일인 줄 알게 되고, 어두운 곳에 있어 본 후에야 밝음을 향함이 눈부신 줄 알게 된다. 조용한 생활을 해 본 후에야 활동을 좋아함이 번거롭다는 것을 알게 되며, 침묵을 지키는 수양을 쌓은 후에야 말 많은 것이 시끄러운 것인 줄 알게 된다.

居卑而後에　知登高之爲危하고　處晦而後에　知向明之太露하
거비이후　　지등고지위위　　처회이후　　지향명지태로

며　守靜而後에　知好動之過勞하고　養默而後에　知多言之爲
　수정이후　　지호동지과로　　양묵이후　　지다언지위

躁니라.
조

❖

　거비(居卑) : 낮은 곳에 있어 봄.

　처회(處晦) : 어두운 곳에 처해 봄.

　향명(向明) : 밝음을 향함.

　태로(太露) : 지나치게 드러남, 지나치게 노출되어 눈이 부심.

　수정(守靜) : 조용한 생활을 함.

　호동(好動) : 움직이기 좋아함, 활동하기 좋아함.

　과로(過勞) : 지나치게 수고로운 것, 지나치게 번거로운 것.

　양묵(養默) : 침묵을 지키는 수양을 쌓음.

　조(躁) : 시끄러움, 떠들썩함.

<풀이>

어두운 곳에 있어 보아야 빛의 눈부심을 알게 되며, 낮은 지위에 있어 보아야 높은 지위를 차지하는 것이 위험한 일인 줄 깨닫게 된다. 외롭고 소외된 속에서 눈물 젖은 빵을 먹어 본 사람은 인생의 쓰라린 맛을 알게 되며, 감방의 속박된 생활을 해 본 사람은 자유의 소중함을 깨닫게 된다. 고요함을 지키며 유유자적한 생활을 해 본 사람은 활동을 좋아함이 피로한 일이라는 것을 알게 되며, 침묵으로 수양하며 명상의 시간을 가져 본 사람은 쓸데없는 잡담과 잡기 등으로 시간을 낭비하는 것이 무의미하다는 것을 깨닫게 된다. 이와 같이 사람은 상반된 위치에서 사물을 보아야 그것의 장단점과 진면목을 제대로 파악할 수 있는 것이다.

33

공명과 부귀에 대한 욕심을 버려야만이 겨우 범속(凡俗)에서 벗어날 수 있고, 도덕과 인의에 대한 집착에서 벗어나야만이 비로소 성인의 경지에 이르게 되는 것이다.

放得功名富貴之心下라야 便可脫凡이요 放得道德仁義之心
방 득 공 명 부 귀 지 심 하   변 가 탈 범   방 득 도 덕 인 의 지 심

下라야 纔可入聖이니라.
하   재 가 입 성

❖

방득하(放得下) : 털어 버리는 것, 놓아 버림, 벗어나는 것, 탈피함.

탈범(脫凡) : 세속의 때 묻은 마음에서 벗어나는 것.
재(纔) : 비로소, 겨우, 곧.
성(聖) : 성인(聖人).

<풀이>

입신출세나 부귀공명은 모든 사람들의 선망의 대상이다.
그러나 그것에 대한 과도한 집착에 얽매여 있는 한 그는
평범한 세속인의 수준에서 탈피할 수 없다. 인의와 도덕에
대한 관념은 정상인이라면 모두 지니고 있다. 그러나 그것
에 대해 의식적인 추구와 시비지심으로 일관한다면 그런
사람은 구태의연한 윤리관(倫理觀)에서 더 이상 발전하지
못한다. 참다운 도덕적 행위는 의도적으로 이루어지는 것은
아니다. 도덕적 자율성이 몸에 밴 사람은 일상생활 그 자
체가 바로 도덕적 질서와 윤리규범에 합치되는 것이다. 이
와 같은 경지에 들어선 사람을 우리는 성인(聖人)이라고 불
러도 좋을 것이다.

34

이권에 대한 욕망이 모두 마음을 해치는 것이 아니라,
독단적인 견해가 바로 마음을 해치는 벌레이다. 사랑에 대
한 욕구가 반드시 도에 방해가 되는 것이 아니라 어설픈
총명이 도(道)를 가로막는 장벽이다.

利慾이　未盡害心이라　意見이　乃害心之蟊賊이며　聲色이　未
이욕　　미진해심　　　의견　　내해심지모적　　　성색　　　미

必障道라 聰明이 乃障道之藩屛이니라.
필 장 도   총 명   내 장 도 지 번 병

❖

이욕(利慾) : 이권에 대한 욕망.

의견(意見) : 독단적인 견해.

모적(蟊賊) : 해충, 벌레.

성색(聲色) : 음악과 여색. 본문에서는 사랑에 대한 욕구를 뜻
하고 있음.

장도(障道) : 도를 가로막음.

번병(藩屛) : 울타리, 장애물, 장벽.

<풀이>

사람은 생존경쟁에서 살아남으려고 하는 자기 보존의 욕
구가 있다. 그러므로 어느 정도의 이기적 욕망은 자연스러
운 것이며 당연한 일이기도 하다. 그것보다는 자기만이 옳
고 진리에 대한 열쇠를 쥐고 있다는 독단적인 생각이 사회
에 해악을 끼치게 된다.

과거 근대의 서양에서는 16세기 초의 마틴 루터의 종교
개혁 운동 이후 백 년이 훨씬 넘게 구교도와 신교도 사이에
피비린내나는 종교 전쟁을 겪은 바 있다. 그들은 서로를
이단자로 파문하며 증오와 살육행위로 상대방의 말살을 시
도했다. 끝없는 대량학살과 소모전에 지친 그들은 비로소
타협과 관용의 정신만이 살 길이라는 것을 깨닫게 된다. 즉
서구인들이 관용의 정신을 배우는 데는 그처럼 오랜 기간의
무의미한 시련과 희생을 치러야 했던 것이다.

오늘날에도 세계 도처에서 벌어지는 종교적 대립이나 각
종 분규는 인간의 독단적인 생각이 빚어 내는 편견과 증오

심 때문일 것이다. 이와 같이 자기의 독단적인 견해나 신
조를 절대시하는 것은 인간사회를 비극과 절망의 늪에 빠
뜨리게 한다. 그리고 이성(異性)을 가까이 하고 싶어하는
욕망은 수양과 학문적 성취에 방해가 되는 경우도 있다.
그러나 그것보다는 자신의 총명을 과신하며 남의 의견이나
생각을 무조건 무시하고 배척하는 그런 자세가 사실은 장
애물이 되는 것이다.

20세기 최고의 역사가인 토인비가 자신에게 혹독한 비평
을 일삼던 역사가들을 너그럽게 친구로서 대하면서 그들의
의견에 대하여 마음의 문을 활짝 열어 놓았던 것은 그가
과연 그릇이 큰 학자라는 것을 여실히 말해 주고 있다. 이
점은 우리 후학들에게 시사해 주는 바 크다. 사람은 이와
같이 자아도취나 아집에서 벗어나야만이 독단의 깊은 잠에
서 깨어날 수 있다. 그런 사람에게는 진리의 문이 활짝 열
리게 되는 것이다.

35

사람의 마음은 변하기 쉽고, 인생행로는 험하기만 하다.
가기 어려운 곳에서는 모름지기 한 걸음 물러서는 방법도
알아야 하며, 쉽게 갈 수 있는 길이라도 힘써 삼분(三分)을
사양하는 공덕을 쌓아야 한다.

人情은 反復하고 世路는 崎嶇니라. 行不去處에는 須知退一
인정 반복   세로   기구   행불거처   수지퇴일

步之法하고 行得去處에는 務加讓三分之功이니라.
보 지 법　　 행 득 거 처　　 무 가 양 삼 분 지 공

❀

인정(人情) : 사람의 마음.

반복(反復) : 뒤집어지는 것, 자주 변하는 것, 변덕이 심함.

세로(世路) : 인생행로(人生行路), 세상길, 사람이 이 세상을 살아가는 길.

기구(崎嶇) : 험난한 산길, 험하고 어려운 세상살이.

행불거처(行不去處) : 가기 힘드는 험한 곳.

행득거처(行得去處) : 쉽사리 갈 수 있는 곳, 가기에 어렵지 않은 곳.

무가(務加) : 애써 보탬, 힘써 더함.

삼분(三分) : 10분의 3, 삼할.

공(功) : 공덕(功德).

<풀이>

　사람의 마음(人情)은 언제나 변하기 쉬운 것이다. 어제까지 다정했던 친구가 내일에는 적대자가 되는 경우도 있다. 그리고 이 세상은 착하고 순진한 사람만이 사는 곳은 아니다. 사악하고 교활한 사람도 적지 않다. 이와 같이 험한 세상을 살아가는 것은 마치 먼 나라를 배를 타고 항해하는 것과 같다. 폭풍우나 암초가 도처에서 여객을 괴롭히고 있는 것이다. 이러한 세상 인심과 인생행로에서 화평과 행복을 얻는 방안은 무엇인지 생각해 보아야 한다.

　먼저 우리가 열심히 노력하여도 쉽사리 성취할 수 없는 어려운 일이 있게 마련이다. 그와 같은 일에는 한 발자국 물러서는 여유 있는 자세가 필요하다. 그렇게 함으로써 좀

더 시간을 가지고 지혜롭게 성취할 수 있는 방안을 찾아볼
수 있는 것이다. 그리고 쉽게 성취할 수 있는 일이라도 남
에게 일부를 양보하는 너그러움이 있어야 한다. 자기의 욕
심을 다 채우려고 하는 사람은 어리석은 사람이다. 그것은
제왕의 무소불능의 권력으로서도 할 수 없는 일이며 과도한
탐욕 때문에 몰락의 비운을 당한 왕후장상(王侯將相)도 적지
않다. 그러므로 한 삼푼(3할) 정도는 남에게 양보하면서 살
아가는 지혜가 필요한 것이다. 과욕(寡慾)과 양보는 그것
자체로서 곧 아름다운 덕이요 원숙한 지혜인 것이다.

36

소인을 대하는 데는 엄격하기가 어려운 일이 아니다. 미
워하지 않기가 어려운 일이다. 군자를 대하는 데는 공경하
기가 어려운 일이 아니다. 절도 있는 예절로 대하기가 어
려운 일이다.

待小人엔 不難於嚴이나 而難於不惡하고 待君子엔 不難於
대 소 인   불 난 어 엄   이 난 어 불 오   대 군 자   불 난 어

恭이나 而難於有禮니라.
공   이 난 어 유 례

❖

소인(小人) : 학식과 수양이 부족하고 덕망이 없는 사람.
불오(不惡) : 미워하지 않음, 오(惡)는 미워하다의 뜻임.
유례(有禮) : 예의를 갖춤, 예절이 절도가 있음, 예절이 적절함.

<風이>

소인은 인격수양이 부족하고 덕망을 갖추지 못한 사람이다. 그런 사람을 엄격하게 대우하기는 별로 어려운 일이 아니다. 다만 그들의 무지와 도덕적 열등성을 미워하지 않고 따뜻한 인간애로서 감싸주고 선도(善導)하기란 그리 쉬운 문제가 아니다. 이에 반하여 군자는 학식과 덕망과 인격적 수양을 갖춘 고결한 인품의 소유자이다. 이런 인물에게는 스스로 마음에서 우러나오는 존경심으로 대접하게 되어 있다. 그러나 너무 공경함이 지나치게 되면 비굴한 행위가 된다. 이것은 상대방에 대한 예의가 아닌 것이다. 예의란 어디까지나 절도에 맞아야 하기 때문이다. 군자를 이와 같이 참다운 예절로 대우하기란 쉬운 일이 아닌 것이다.

37

차라리 순박함을 지키고 총명함을 물리침으로써 약간의 참다운 기운을 남기어 천지에 되돌려 주도록 하라. 차라리 화사(華奢)함을 사양하고 맑고 깨끗함을 달게 여김으로써 하나의 청렴결백한 이름을 이 세상에 남기도록 하라.

寧守渾噩하고 而黜聰明하여 留些正氣還天地하여 寧謝紛華
영 수 혼 악   이 출 총 명   유 사 정 기 환 천 지   영 사 분 화

하고 而甘澹泊하여 遺個淸名在乾坤하라.
       이 감 담 박   유 개 청 명 재 건 곤

❖

혼악(渾噩) : 순박하고 꾸밈이 없음, 소박하고 정직함, 질박하

　고 곧음.

출(黜) : 물리치다, 쫓아내다.

총명(聰明) : 재주와 꾀가 있음, 영리하고 지혜가 있음.

사(些) : 사소한, 약간의.

정기(正氣) : 바른 기운.

영(寧) : 차라리.

사(謝) : 사양하다, 사절하다.

분화(紛華) : 사치하고 호화로움.

청명(淸名) : 깨끗한 이름, 청렴결백한 이름.

건곤(乾坤) : 천지, 온누리, 이 세상, 우주.

<풀이>

　사람은 이 세상을 소박하고 정직한 태도로 살 것이지 영악함과 잔꾀로서 살아가려고 해서는 안 될 일이다. 그리하여 천지신명의 공명정대한 기운을 간직하고 있다가 죽어서는 다시 되돌려 주어야 한다. 그리고 사치와 화려함을 버리고 맑고 깨끗한 생활태도를 견지해 나가는 것이 바람직하다. 사치와 호화로운 생활의 이면에는 필경 세상의 부조리와 야합하는 약점이 있을 것이다.

　옛날 촉한의 명재상 제갈공명은 유능한 행정가요, 책사로서만이 아니라 청백리로서도 유명하였다. 그가 북정(北征)의 중도에서 죽은 후 나라의 관리가 그의 재산을 조사해 보니 밭 15경(頃)과 뽕나무 800주가 전부였다고 한다. 이것은 오늘날의 우리 나라 농가의 중농 정도의 규모이다. 비록 약소국이라고는 하지만 광대한 중국 대륙을 삼분하여 그 중 하나를 장악하고 있는 나라의 사실상의 실권자요, 재상으로서 그의 청렴결백함은 후세의 이도(吏道)의 귀감이

되고 있다. 사람이 이 세상에 머물러 있는 시간은 지극히
짧은 순간에 지나지 않는다. 그리고 남길 수 있는 것은 오
직 자신의 이름뿐이다. 깨끗한 이름을 후세에 남겨 길이
세인의 사표(師表)가 되어야 하는 것이다.

38

마귀를 항복시키려는 사람은 우선 자신의 마음속의 마귀
를 항복케 해야 한다. 자신의 마음을 제대로 다스리면 모든
잡귀는 스스로 물러나게 되는 것이다. 타인의 횡포를 누르
려거든 먼저 자신의 방자한 객기를 눌러야 한다. 객기가
평정되면 바깥의 횡포는 결코 침범하지 못하는 것이다.

降魔者는 先降自心하라. 心伏則群魔退聽이니라. 馭橫者는
항 마 자　선 항 자 심　　심 복 즉 군 마 퇴 청　　　　어 횡 자

先馭此氣하라. 氣平則外橫不侵이니라.
선 어 차 기　　기 평 즉 외 횡 불 침

❖

항마(降魔) : 마귀를 항복케 함, 악마를 복종케 함.
심복(心伏) : 마음을 항복케 함, 마음을 복종케 함.
퇴청(退聽) : 물러남.
어횡(馭橫) : 횡포를 누르고 제어하며 다스리는 것.
차기(此氣) : 혈기(血氣), 객기(客氣).
외횡(外橫) : 바깥으로부터 들어오는 횡포.
불침(不侵) : 침입하지 못함, 침범하지 못함.

<풀이>

우리에게 가장 중요한 일은 자신의 마음을 다스리는 일
이다. 사람은 외부의 횡포나 유혹의 손길이 미치기 이전에
먼저 자신의 사욕(私慾)과 그릇된 생각(망상)에 의해 무너
지는 경우가 많다. 사실 외부의 적과 싸워서 이기기는 쉽
지만 자신의 마음속에 도사리고 있는 사욕과 번뇌와 망상
등을 떨쳐 내기란 참으로 어려운 일인 것이다. 그러므로 옛
성현들도 '자신을 이기고 예로 돌아가는 것이 인(仁)이다'
라든가 '자기 자신을 이기는 사람이 가장 강한 사람이다'라
고 강조한 바 있다.

남의 횡포를 억제하기 이전에 먼저 자신의 방자한 혈기와
객기부터 잘 다스려야 한다. 심리적으로 잘 무장된 사람에
게는 바깥에서 오는 어떠한 압력도 영향을 미치지 못한다.
모든 것은 결국 자신의 마음의 자세에 달려 있기 때문이다.

39

자녀를 가르치는 것은 마치 규중의 처녀를 기르는 것과
같으니, 우선 출입을 엄격하게 하고 친구 사귐을 신중하게
하도록 해야 한다. 만일 한 번이라도 나쁜 사람과 접촉하게
되면 이것은 마치 깨끗한 밭에 잡초의 씨앗 하나를 뿌리는
것과 같으니, 평생토록 좋은 곡식을 심기가 어렵게 되는
것이다.

敎弟子는 如養閨女하여 最要嚴出入하고 謹交遊하나니 若一
교 제 자　　여 양 규 녀　　최 요 엄 출 입　　　근 교 유　　　약 일

接近匪人이면 是는 淸淨田中에 下一不淨種子하여 便終身
접 근 비 인   시   청 정 전 중   하 일 부 정 종 자   변 종 신

難植嘉禾矣니라.
난 식 가 화 의

❖

제자(弟子) : 자녀, 자제, 젊은이.

규녀(閨女) : 규중의 처녀.

최요(最要) : 가장 긴요한 것, 가장 필요한 것.

근(謹) : 삼가함.

교유(交遊) : 벗과의 사귐.

비인(匪人) : 나쁜 사람, 비(匪)는 비(非)의 뜻으로 쓰이고 있
    음.

청정(淸淨) : 맑고 깨끗한 것.

하(下) : 내리다, 뿌리다.

부정종자(不淨種子) : 질이 나쁜 씨앗, 잡초의 종자.

종신(終身) : 한 평생.

가화(嘉禾) : 좋은 벼, 질 좋은 곡식.

< 풀이 >

2세 교육문제는 작게는 한 집안의 미래를 결정하며, 크
게는 나라의 운명을 좌우하기도 한다. 그러므로 기성세대는
이들의 훈육에 세심한 주의를 기울여야 한다. 특히 친구
사귐에는 신중을 기하도록 하여 나쁜 사람과는 가까이 하지
말도록 해야 한다. 나쁜 사람과 접촉하는 것은 감수성이
예민하고 모방심리가 강한 이들에게 불행한 결과를 초래할
뿐이다. 평소 착실하던 젊은이가 친구를 잘못 사귀어 타락
의 길로 빠져드는 경우를 우리는 흔히 보게 된다. 그만큼
젊은이의 교우관계는 중요한 일이다. 보다 좋은 만남, 보다

좋은 사귐은 젊은이의 삶을 풍요롭게 해 준다. 좋은 벗과의 사귐은 서로의 장점을 키워 주며 생산적인 관계로까지 발전할 수도 있다.

40

욕망에 관한 일은 쉽게 즐길 수 있을지라도 손끝에 물들이지 않도록 하라. 한번 물들게 되면 이내 만길 절벽 아래로 추락하게 되는 것이다. 도리에 관한 일은 어려움이 있을지라도 결코 뒤로 물러서서는 안 된다. 일단 한 걸음 물러서게 되면 문득 천산의 거리만큼 멀어지게 되는 것이다.

欲路上事는 毋樂其便하여 而姑爲染指하라. 一染指면 便深
욕로상사 무락기변   이고위염지   일염지 변심

入萬仞이니라. 理路上事는 毋憚其難하여 理稍爲退步하라.
입만인   이로상사 무탄기난   이초위퇴보

一退步면 便遠隔千山이니라.
일퇴보 변원격천산

❖

욕로상사(欲路上事) : 욕망, 정욕에 관한 일.

변(便) : 용이함, 쉬움.

고(姑) : 잠시.

염지(染指) : 손가락에 물듬.

만인(萬仞) : 깊은 절벽, 만 길 깊이의 낭떠러지.

이로상사(理路上事) : 도리에 관한 일, 옳은 일에 관한 것.

탄(憚) : 꺼리다.
초(稍) : 조금, 점차.
원격(遠隔) : 멀리 떨어짐.
천산(千山) : 수많은 산.

< 풀이 >

정욕에 한번 빠져들게 되면 그 달콤한 맛에 취하여 쉽게
빠져나올 수 없게 된다. 그것에의 몰입에는 우리의 원초적
본능을 만족케 하는 흥분과 짜릿함이 있기 때문이다. 그러
나 이런 일에 계속 빠져들게 되면 결국은 자신과 가정을
파탄지경으로 몰아가게 마련이다. 이에 반하여 도리(道理)
에 합당한 일을 실천한다는 것은 번거롭기도 하거니와 무
미건조한 일이기도 하다. 그러므로 이런 책무를 외면하며
안이한 자세로 살겠다는 것이 보통 사람들의 마음이기도
하다. 그러나 한번 도리에 멀어지는 생활을 하게 되면 그
것이 점차 타성이 되어 자신의 양심과 이성은 마비되고 마
는 것이다. 정욕의 추구와 도리 외면의 바람직하지 못한
자세에서 벗어나 보다 양심적이고 도리에 맞는 일을 매일
매일 조금씩 실천해 나갈 수 있다면 우리의 미래는 보다
밝을 것이다.

41

인정이 많은 사람은 자신에게도 후하고 남에게도 역시
후하여 가는 곳마다 모두 너그럽게 대하지만, 인정이 메
마른 사람은 자신에게도 박하고 남에게도 또한 박하여 하는

일마다 냉담하다. 그러므로 군자는 일상생활의 즐기고 좋아
함에 있어 너무 너그럽거나 후하게 해서도 안 되며, 지나
치게 메마르거나 각박해서도 안 되는 것이다.

念頭濃者는 自待厚하고 待人亦厚하여 處處皆濃이요 念頭淡
염두농자　자대후　　대인역후　　처처개농　　염두담

者는 自待薄하고 待人亦薄하여 事事皆淡이라. 故로 君子는
자　자대박　　대인역박　　사사개담　　　고　군자

居常嗜好에 不可太濃艶하며 亦不宜太枯寂이니라.
거상기호　불가태농염　　역불의태고적

❖

염두(念頭) : 마음, 생각.

농(濃) : 짙음, 농후함, 너그러움, 인정이 많음.

담(淡) : 맑음, 얇고 각박함.

박(薄) : 후하지 못함, 야박함.

기호(嗜好) : 즐기고 좋아하는 것.

농염(濃艶) : 짙고 고움, 인정이 많고 후함.

고적(枯寂) : 메마르고 쓸쓸함, 각박하고 쌀쌀함, 인정머리가
　　없고 냉담함.

<풀이>

　다정하고 마음이 너그러운 사람은 언제나 남을 대함에
후덕(厚德)하다. 인정이 없고 냉담한 사람은 언제나 남을
대함에 각박하고 쌀쌀하다. 지나치게 너그럽고 후하다 보면
야무지지 못한 사람으로 보이기 쉽고, 지나치게 따지고 야
박하게 대하면 사람이 따르지 않는다. 이 점에 대하여 우
리는 중용의 덕이 필요하다. 지나치거나 모자라는 것은 모
두 다 바람직한 생활태도가 못되기 때문이다.

42

상대가 부(富)로서 하면 나는 인(仁)으로서 하고, 상대가
벼슬을 내세우면 나는 의(義)를 내세운다. 그러므로 군자는
본래 군주나 대신들에 농락당하는 일이 없다. 사람이 힘을
합하면 천명(天命)도 이길 수 있고, 뜻을 하나로 모으면 기
도 변하게 할 수가 있다. 그러므로 군자는 또한 조물주의
틀에 얽매이지 않는다.

彼富면 我仁이요 彼爵이면 我義니 君子는 固不爲君相所牢
피부　　아인　　피작　　아의　군자　고불위군상소뇌

籠이니라. 人定이면 勝天하고 志一이면 動氣하나니 君子는
롱　　　　인정　　　승천　　　지일　　　동기　　　군자

亦不受造物之陶鑄니라.
역불수조물지도주

❖

작(爵)：벼슬, 관직.
고(固)：참으로, 진실로.
군상(君相)：군주와 재상.
뇌롱(牢籠)：감옥과 새장, 가두고 마음대로 농락함.
인정승천(人定勝天)：사람이 힘을 합하면 하늘(즉, 天命)도 이길
　　수 있다는 뜻으로 사기(史記)에 나오는 말임.
지일동기(志一動氣)：뜻을 하나로 모으면 기(氣)도 변화시킬 수
　　있다는 뜻으로 맹자에서 인용한 말임.
도주(陶鑄)：그릇을 만들 때 사용하는 틀로서 조물주가 만들어
　　놓은 인간의 운명, 성격, 소질, 기질 등을 상징함.

<풀이>

재물이나 벼슬은 뜬구름과 같이 오늘은 있다가도 내일이면 사라질 수도 있는 것이다. 그러나 인(仁)과 의(義)는 변함없는 덕목이므로 그것을 체득한 군자의 지조를 돈이나 권력이 마음대로 휘어잡거나 농락하지 못하는 것이다. 사람들이 한결같이 힘을 모으고 뜻을 합한다면 하늘도 이길 수 있다. 그리고 견인불발(堅忍不拔)의 의지를 지닌 군자는 조물주가 만들어 놓은 운명의 범주(範疇)에도 결코 얽매이거나 속박되지 않는 것이다.

43

몸을 세움에 있어 남보다 한 걸음 더 높이 세울 수 없다면 이는 마치 먼지 속에서 옷을 털고 흙탕물에 발을 씻는 것과 같으니 어찌 인생을 달관할 수 있겠는가. 세상을 살아감에 있어 남보다 한 걸음 뒤로 물러설 줄 모른다면 이는 흡사 어리석은 불나방이 촛불에 날아들고 무모한 양이 울타리를 들이받는 것과 같으니 어찌 생활의 안락함을 바랄 수 있겠는가.

立身에 不高一步立하면 如塵裡에 振衣하고 泥中에 濯足하니
입신　불고일보립　여진리　진의　　니중　탁족

如何超達이리요. 處世에 不退一步處면 如飛蛾投燭하고 羝
여하초달　　처세　불퇴일보처　여비아투촉　　저

羊觸藩이니 如何安樂이리요.
양촉번　　여하안락

❖

　입신(立身) : 자신의 인격을 확립함, 뜻을 세움(立志).

　진리진의(振裡振衣) : 먼지 속에서 옷을 털다. 보람도 효과도
　　없는 일을 한다는 뜻임.

　니중(泥中) : 흙탕물 속.

　탁족(濯足) : 발을 씻음.

　초달(超達) : 초탈(超脫)과 달관(達觀). 세속의 이해득실과 희로
　　애락에 얽매이지 않음.

　비아(飛蛾) : 부나비.

　저양촉번(羝羊觸藩) : 양이 울타리를 들이받는 것.

<풀이>

　선비는 자신의 인격수양의 목표를 세상 사람보다 한 차원
더 높은 데에 두어야 한다. 그러지 않고서는 먼지 속에서
옷을 털거나 진흙탕 속에서 발을 씻는 것처럼 세속적인 이
해득실이나 감정의 사슬에서 벗어날 수 없는 것이다. 그리
고 처세에 있어서는 너무 경쟁의식에 빠져 남을 앞지르려고
하지 말아야 한다. 한 걸음 물러설 줄 아는 여유와 겸양은
보다 현명한 처세술인 것이다. 너무 독주하다가 오히려 주
변의 시기와 질투로 견제당하고 끝내는 몰락하고만 호걸지
사들을 우리는 많이 알고 있다. 인생은 새옹지마이므로 화
속에 복이 숨어 있고 지는 것이 도리어 이기는 것이 되는
경우가 많다. 무모하게 앞으로 나아가는 데에만 급급한다면
흡사 불꽃의 유혹에 끌려 제 몸을 태워 버리는 부나비나
자기의 힘만 믿고 울타리를 들이받는 숫양처럼 자승자박(自
繩自縛)의 곤경에 빠지게 되는 것이다.

44

학문하는 사람은 오로지 정신을 가다듬어 한 곳으로 집중해야 한다. 만약 덕을 닦으면서 뜻을 성공이나 명예에 둔다면 결코 깊은 경지에는 이르지 못할 것이요, 책을 읽으면서 단순히 읊조리는 맛이나 풍류에만 흥미를 느낀다면 결코 깊은 의미는 깨닫지 못할 것이다.

學者는 要收拾精神하여 倂歸一路라. 如修德而留意於事功
학자   요수습정신   병귀일로   여수덕이류의어사공

名譽면 必無實詣며 讀書而寄興於吟咏風雅면 定不深心이니
명예   필무실예   독서이기흥어음영풍아   정불심심

라.

❖

수습(收拾) : 흩어진 것을 거두어들임, 가다듬음.
병귀(倂歸) : 집중시키는 것.
여(如) : 만약, 만일.
수덕(修德) : 덕을 닦음.
유의(留意) : 마음을 둠.
사공(事功) : 사업, 공적, 성사.
실예(實詣) : 참된 경지, 참다운 조예(造詣).
기흥(寄興) : 흥을 일으킴.
음영(吟咏) : 시를 읊조림.
풍아(風雅) : 풍류.
심심(心深) : 깊은 마음, 깊은 경지, 참다운 핵심.

＜풀이＞

　우리가 학문을 탐구한다든가 마음을 수양하는 것은 이미 그것 자체로서 큰 의미를 지닌다. 세속적인 명성이나 출세를 염두에 둔 학문탐구는 크게 대성할 수도 없고 독창성을 기대할 수도 없는 것이다. 그리고 우리가 책을 읽을 때에는 그 글이 담고 있는 내용에 관심을 두어야지 그냥 기교적인 것에나 풍류 정도의 멋스러움에 머문다면 끝내는 저자의 심오한 경지는 이해하지 못할 것이다. 열린 마음의 눈(心眼)으로 책을 대한다면 그것을 쓴 사람과의 무언의 대화를 나눌 수 있으며 깊은 경지를 추체험(追體驗)할 수도 있을 것이다.

45

　사람마다 하나의 큰 자비심을 지니고 있으니 유마와 백정, 망나니가 두 마음이 아니며, 곳곳마다 모두 일종의 참된 멋이 있으니 고대광실(高臺廣室)과 초가집이 다른 것이 아니다. 단지 욕망에 덮이고 감정에 가리워져서 눈앞에 한 번 과오를 범하면 지척의 거리를 천리가 되게 하는 것이니라.

人人이 有個大慈悲하니 維摩屠劊가 無二心也요 處處에 有
인인　　유개대자비　　　유마도회　　무이심야　　처처　　유

種眞趣味하니 金屋茅簷이 非兩地也니라. 只是欲蔽情封하여
종진취미　　금옥모첨　　비량지야　　　　지시욕폐정봉

當面錯過하면 使咫尺千里矣니라.
당 면 착 과   사 지 척 천 리 의

❖

인인(人人) : 사람마다.

대자비(大慈悲) : 한없이 큰 사랑. 자(慈)는 어버이가 자식을
　　돌보아 주는 것과 같은 그런 마음(慈愛)이며, 비(悲)는 남의
　　불행을 슬퍼하고 동정하는 마음을 말함.

유마(維摩) : 유마거사(維摩居士). 부처님과 같은 시대의 인도인
　　으로 출가하지 않고 집안에서 보살도(菩薩道)를 행한 거사
　　(居士)임.

도회(屠劊) : 도(屠)는 백정, 회(劊)는 죄인의 목을 베는 회자수
　　(망나니).

종(種) : 일종의.

진취미(眞趣味) : 인생의 참다운 멋, 참다운 취미, 생활의 참맛.

금옥(金屋) : 호화주택.

모첨(茅簷) : 띠풀로 엮은 초가집.

지(只) : 단지, 다만.

폐(蔽) : 덮다, 가리다.

당면(當面) : 목전의, 눈앞의.

착과(錯過) : 착오와 과실, 그르침과 잘못, 실수와 허물.

지척(咫尺) : 매우 가까운 거리.

천리(千里) : 아주 먼 거리.

< 풀이 >

　얼핏 보기에는 사람의 마음 씀씀이는 천차만별인 것 같
지만 사실은 사람의 본심(本心)은 착한 것이다. 그러므로
유마거사와 같은 지혜와 덕망을 갖춘 성자나 천역에 종사
하는 망나니도 나름대로의 측은지심을 지니고 있는 것이다.

그리고 사람은 고대광실에 살거나 산간벽지의 오두막집에
살거나 다 자기 나름의 생활의 참다운 맛을 음미할 수 있는
것이다. 재물의 많고 적음이나 지위의 높고 낮음에 따라
인생의 참맛의 농도가 달라지는 것은 아닐 것이다.

　사람의 행복감은 어떤 객관적 기준이 있는 것이 아니다.
다만 당사자의 주관적 가치판단이나 만족도에 따른 문제일
뿐이다. 로키산맥의 눈 녹은 물은 동서로 그 흐르는 방향에
따라 미국의 내륙으로 달리는 콜로라도 강이 되기도 하고,
바다쪽으로 빠져 태평양의 일부가 되기도 하는 것처럼 욕
심과 감정에 가리워진 순간적인 실수 여하에 따라 원래 같
았던 본심이 선과 악으로 확연하게 갈라지는 것이다.

46

　덕을 기르고 도를 닦으려면 목석과 같이 흔들리지 않는
마음을 지녀야 한다. 만일 한 번 부귀를 부러워하는 마음이
생기게 되면 이내 욕망의 세계로 치닫게 되는 것이다. 세
상을 구제하고 나라를 경영할 때는 모름지기 떠도는 구름
이나 흐르는 물처럼 담담한 취미를 지녀야 한다. 만일 한
번이라도 지위에 집착하고 연연하는 마음을 지니게 되면
문득 위기에 떨어지게 되는 것이다.

進德修道에는　要個木石的念頭니　若一有欣羨이면　便趨欲
진덕수도　　　요개목석적염두　　약일유흔선　　　변추욕

境이니라. 濟世經邦에는　要段雲水的趣味니　若一有貪著이면
경　　　제세경방　　　요단운수적취미　　약일유탐착

便墮危機니라.
변 타 위 기

❖

진덕(進德) : 덕을 기름.

수도(修道) : 도를 닦음, 마음을 수양함.

목석적염두(木石的念頭) : 목석처럼 굳은 마음.

흔선(欣羡) : 부귀영화를 탐내고 부러워하는 것.

추(趨) : 쫓아감, 달려감.

욕경(欲境) : 탐욕의 경계.

제세경방(濟世經邦) : 세상을 구제하고 나라를 경영함.

단(段) : 일단, 약간, 조금.

운수적취미(雲水的趣味) : 지나가는 구름이나 흐르는 물처럼 맑
　고도 담담한 취미.

탐착(貪著) : 욕심과 집착, 탐내고 연연함.

< 풀이 >

　선비가 도를 닦거나 마음을 수양함에는 언제나 목석같이
굳은 정신무장이 필요하다. 한번 부귀를 탐내고 그것에 마
음이 흔들리게 되면 인격 수양은 뒷전에 밀려나고, 곧 무
절제한 욕망의 세계로 달려가게 될 것이다. 또한 선비가
모처럼 나라를 다스리는 책임 있는 자리에 참여하게 되더
라도 그 마음은 언제나 떠도는 구름이나 흘러가는 물처럼
무심하고 담담해야 하는 것이다. 만일 자신의 지위나 권세
에 집착하고 연연한다면 권력투쟁이나 정치적 음모 등의
불미스러운 일에 휘말려들기가 쉽다. 탐욕 때문에 패가망신
하는 그런 비극적 인물이 되어서는 안 될 것이다.

47

    착한 사람은 평상시의 행동이 편안하고 상서러울 뿐만 아니라, 잠자는 동안의 정신까지도 부드러운 기운이 흘러넘친다. 악한 사람은 하는 일이 사납고 거칠 뿐만 아니라, 목소리나 웃음소리에도 살기를 띠고 있다.

吉人은 無論作用安祥이요 卽夢寐神魂도 無非和氣니라. 凶
길인　　무론작용안상　　　즉몽매신혼　　무비화기　　　　흉

人은 無論行事狼戾요 卽聲音咲語도 渾是殺機니라.
인　　무론행사낭려　　즉성음소어　　혼시살기

❖

길인(吉人) : 착한 사람.

작용(作用) : 평상시의 행동.

안상(安祥) : 편안하고 복됨, 안락하고 상서로움.

몽매신혼(夢寐神魂) : 잠자는 동안의 마음과 정신.

흉인(凶人) : 악인, 나쁜 사람.

행사(行事) : 하는 일, 행위, 짓.

낭려(狼戾) : 늑대처럼 사납고 거침.

성음(聲音) : 목소리.

소어(咲語) : 웃음 섞인 말. 소(咲)는 소(笑)와 동의어임.

혼(渾) : 전부, 모두.

살기(殺機) : 살벌한 기운, 죽이는 기운, 살기(殺氣)로 흔히 표기함.

<풀이>

사람의 인품이나 교양은 평상시의 행동을 통하여 겉으로 표출되게 마련이다. 착한 사람은 평소 행동거지가 편안하고 상서로울 뿐만 아니라, 잠자는 모습도 정신이 화기에 가득 차 보기에 좋다. 이에 반하여 악한 사람은 행동이 사납고 거칠며 말소리나 웃음에도 음흉함과 살벌한 기운이 넘쳐 흘러 언제나 불안하다. 한 가지를 보면 백 가지를 알 수 있다고 한다. 악인을 멀리하고 선인을 가까이 해야 함은 세상 사는 지혜의 첫걸음인 것이다.

48

간에 병이 들면 눈이 보이지 않고, 콩팥에 병이 들면 귀가 들리지 않는다. 이와 같이 병은 남들이 볼 수 없는 곳에 생기지만 반드시 남들이 모두 볼 수 있는 곳에 드러난다. 그러므로 군자는 밝은 곳에서 죄를 얻지 않으려거든 먼저 어두운 곳에서 죄를 짓지 말아야 한다.

肝受病則目不能視하고 腎受病則耳不能聽하여 病受於人所
간 수 병 즉 목 불 능 시　　신 수 병 즉 이 불 능 청　　　병 수 어 인 소

不見이나 必發於人所共見이라. 故로 君子는 欲無得罪於昭
불 견　　필 발 어 인 소 공 견　　고　　군 자　　욕 무 득 죄 어 소

昭어든 先無得罪於冥冥이니라.
소　　선 무 득 죄 어 명 명

❖

수병(受病) : 병이 생기다, 병이 들다.

신(腎) : 콩팥, 신장.
인소불견(人所不見) : 남들이 볼 수 없는 곳.
발(發) : 드러나다, 나타나다, 노출되다.
소소(昭昭) : 환하게 밝은 곳.
명명(冥冥) : 어두운 곳, 남의 눈에 띠지 않는 곳.

<풀이>

　사회에는 겉으로는 권력과 부와 명예로 그럴싸하게 포장
된 인물이 안으로는 부패와 탐욕 등의 악덕에 젖은 생활을
하는 경우도 드물지 않다. 그러나 이들의 위선과 죄악의
가면은 결국은 벗겨지게 되고 역사의 준엄한 심판을 받게
되는 것이다. 그것은 마치 사람의 내장에서 발생하는 병도
시일이 지나면 외모에 그 병징이 드러나게 되는 것과 같다.
그러므로 대학에서는 ‘소인은 혼자 있을 때에 착하지 못한
짓을 거리낌없이 행하다가 막상 군자를 만나게 되면 능청
스럽게 그 착하지 못한 짓은 숨기고 그 착함만을 드러내려
고 애쓴다. 그러나 남들이 자기를 보는 것이 마치 폐나 간
을 들여다보는 것과 흡사하니 무슨 이득이 있겠는가? 이
것이 바로 안에서 성실하면 곧 바깥으로 드러나게 된다는
것이다. 그러므로 군자는 반드시 혼자 있을 때를 삼가하는
것이다.’

……小人間居에 爲不善하여 無所不至니라. 見君子而后에
　　소인 한 거　위불선　　무소부지　　　견군자이후

嚴然揜其不善하고 而著其善하니라. 人之視己이 如見其肺
엄 연 엄기불선　　이 저 기선　　인 지 시 기　여 견 기 폐

肝然이니 則何益矣리오. 此謂誠於中이면 形於外니라. 故로
간 연　　즉하익의　　차 위 성 어 중　형 어 외　　고

君子는 必愼其獨也니라. (대학 제2편 권문)
군자   필신기독야

라고 하며 이 점을 강조하고 있다. 요컨대 자신의 양심처럼 준엄한 심판관은 없다. 그것을 속이는 사람은 결국 자기 몰락의 구렁텅이에 빠지고 마는 것이다.

49

　복은 일이 적은 것보다 더 큰 복이 없고, 화는 마음 쓸 일이 많은 것보다 더 큰 화가 없다. 오직 일에 얽매여 본 사람이라야 바야흐로 일 적음이 큰 복임을 알게 되고, 오직 마음이 편안한 사람이라야 비로소 마음 쓸 일이 많음이 큰 화임을 깨닫게 된다.

福莫福於少事하고 禍莫禍於多心하나니 唯苦事者라야 方知
복 막 복 어 소 사 　　화 막 화 어 다 심 　　유 고 사 자 　　방 지

少事之爲福하고 唯平心者라야 始知多心之爲禍이니라.
소 사 지 위 복 　　유 평 심 자 　　시 지 다 심 지 위 화

❖

막(莫)~어(於) : ~보다 더한 ~는 없다.
소사(少事) : 일이 적음.
다심(多心) : 마음을 많이 쓰는 것. 신경 쓸 일이 많음.
고사자(苦事者) : 일에 시달려 본 사람, 번거로운 일에 얽매여
　본 사람.
방(方) : 바야흐로.
평심(平心) : 마음이 평화롭고 안정됨.

<풀이>

　‘일이 적은 것이 복이요, 마음 쓸 일이 많은 것이 화이다’ 라는 말은 오늘을 사는 우리들에게는 조금 생소한 말로 들릴 수도 있다. 그러나 참된 가치창조를 위해서는 지엽적인 것, 거짓된 것을 버릴 줄 알아야 된다는 점을 역설(力說)한 말일 것이다. 사실 스스로를 유능한 인물로 자부하는 사람들 중에는 하지 않아도 될 일을 하느라고 사서 고생하는 경우도 드물지 않다. 사람이 잡다한 일에 얽매이고 시달리다 보면 정작 자기 성찰과 수양에는 소홀해지기가 쉽다.

　현대인들은 과도한 경쟁 속에서 빈틈 없는 스케줄에 얽매이며 쫓기는 듯한 생활을 하고 있다. 그들은 왜 사느냐? 하는 근본적인 질문에 대해서는 묵비권을 행사하며 그날 그날의 스트레스와 감정의 앙금을 술이나 오락으로 희석시키려고만 한다. 그러나 과연 무엇을 이루어내기 위해서 이렇게 노심초사해야 되는지 한 번쯤 되돌아볼 필요가 있을 것이다.

　세상의 이치란 한 가지 사항을 얻기 위해서는 그만큼 한 가지 사항을 희생시켜야만 한다. 희생과 대가를 치루지 않고 얻어지는 것은 없기 때문이다. 그러므로 무엇을 버리고 무엇을 취해야 할지 신중하게 선택해야만 되는 것이다. 과욕에서 벗어나 안정된 마음으로 자기에게 주어진 일을 성실하게 해나가는 것이 진정한 행복일 것이다.

50

태평한 세상에 살 때에는 당연히 방정해야 하고, 어지러운 세상에 살 때에는 당연히 원만해야 하며, 치세도 난세도 아닌 평범한 세상에 살 때에는 당연히 방정함과 원만함을 동시에 갖추어야 한다. 착한 사람을 대할 때에는 마땅히 관대해야 하고, 악한 사람을 대할 때에는 마땅히 엄격해야 하며, 평범한 사람을 대할 때에는 마땅히 관대함과 엄격함을 함께 지녀야 하는 것이다.

處治世에는 宜方하고 處亂世에는 宜圓하며 處叔季之世에는
처 치 세   의 방   처 난 세   의 원   처 숙 계 지 세

當方圓並用이라. 待善人에는 宜寬하고 待惡人에는 宜嚴하며
당 방 원 병 용   대 선 인   의 관   대 악 인   의 엄

待庸衆之人에는 當寬嚴互存이니라.
대 용 중 지 인   당 관 엄 호 존

❖

치세(治世) : 태평한 시대, 잘 다스려지는 시대.
의(宜) : 마땅히, 당연히.
방(方) : 옳고 바름, 행실이 방정함.
난세(亂世) : 혼란한 시대, 어지러운 세상.
원(圓) : 원만함.
숙계지세(叔季之世) : 노나라의 삼환(三桓), 즉 맹손, 숙손, 계손이 집권했던 시대를 말함. 공자가 활동했던 춘추시대임. 치세도 난세도 아닌 평범한 시대의 뜻으로 기술하고 있음.
용중지인(庸衆之人) : 보통 사람, 평범한 사람.
호존(互存) : 함께 지니는 것.

<풀이>

사람이 세상을 살아가는 데에는 그때그때의 변화하는 상황에 대처하는 임기응변의 지혜가 있어야 한다. 나라의 정치가 잘 다스려져 태평할 때에는 모든 일이 제자리에서 순리대로 움직이게 된다. 이런 시대는 우리의 건전한 상식이 통하는 때이다. 그러므로 군자의 처신도 방정하여 한 점의 흐트러짐이 없어야 한다. 그러나 일단 난세가 되면 모든 일이 뒤죽박죽이 되어 옥석을 구분할 수 없게 되는 것이다. 부조리와 비행이 난무하는 이런 때에는 군자는 원만하고 융통성 있게 처신하여 가급적이면 남과 마찰을 피해야 한다. 치세도 난세도 아닌 어중간한 세상에서는 방정함과 원만함을 아울러 갖추어 변화하는 상황에 대하여 적절히 대처하는 슬기로움이 필요한 것이다.

그리고 착한 사람도 실수를 하는 경우는 있다. 고의적으로 나쁜 짓을 저지르지는 않을 것이다. 그러므로 그의 과실에 대해서는 너그럽게 대하여야 한다. 그러나 악한 사람은 언제나 비행(非行)과 사술(詐術)로서 남을 괴롭히기 마련이다. 이런 자에 대해서는 준엄한 태도를 보여 결코 그와 같은 행위를 용납한다든가 그것에 야합하지 않는다는 것을 분명히 보여야 할 것이다. 이 세상에는 별나게 선하지도 그렇다고 악하지도 않은 그저 평범한 사람들이 대부분이다. 군자가 이런 사람들을 대할 때에는 관대하게도 하며 엄격하게도 하여 경우에 따라 절도 있게 처신해야 하는 것이다.

51

  내가 다른 사람에게 베푼 공덕은 마음에 기억하지 말고, 다른 사람에게 잘못한 것은 기억해 두도록 하라. 그리고 다른 사람이 나에게 베푼 은혜는 잊지 말고, 다른 사람에게 원망이 있으면 잊어버리도록 하라.

我有功於人은 不可念이나 而過則不可不念이요 人有恩於我
아 유 공 어 인　불 가 념　　이 과 즉 불 가 불 념　　인 유 은 어 아

는 不可忘이나 而怨則不可不忘이니라.
　불 가 망　　이 원 즉 불 가 불 망

❖

공(功) : 공덕.
인(人) : 남, 다른 사람.
과(過) : 허물, 잘못, 과오.
불가불념(不可不念) : 잊지 않아야 함.
은(恩) : 은혜.
원(怨) : 원망, 원한.
망(忘) : 잊다.

＜풀이＞

  우리가 남에게 공덕을 베푸는 것은 먼저 그 동기가 순수해야 가치 있는 일이 될 것이다. 반대급부를 바라고 베푼다면 차라리 베풀지 않은 것만 못한 것이다. 그러므로 왼손이 하는 것을 오른손이 모르도록 하라는 그런 마음가짐을 지녀야 한다. 그리고 살다 보면 본의 아니게 남의 가슴을

아프게 한다든가 잘못을 저지르는 경우도 있다. 이런 일은 잊지 말고 깊이 마음에 새겨 다시는 그와 같은 전철을 밟지 말아야 한다. 또한 남에게 신세진 일은 잊어서는 안 될 것이다. 인간관계에 있어 은혜를 원수로 갚는 경우도 드물지는 않다. 그러나 최소한의 도의심을 지닌 사람이라면 그런 행위를 부끄러워할 것이다. 그리고 남에게 원한이 있으면 그것은 가급적 빨리 잊어버리도록 하는 것이 좋다. 왜냐하면 원한이 원한을 낳는 보복의 악순환이 되풀이되기 때문이다. 이 문제와 관련하여 우리가 한번 되새겨볼 일이 있다.

　태평양 전쟁이 일본 천황의 항복 선언으로 종식된 직후 장개석 군에는 일본군 장성 백여 명이 체포 구금되어 있었다. 이들은 중국 대륙을 침략하여 중국인들에게 무한한 고통을 안겨준 원흉들이었다. 민중은 이들의 처형을 주장하며 장 총통의 처분을 지켜보고 있었다. 그러나 장 총통은 일반의 예상과는 달리 이들 포로를 전원 석방하기로 결정하였다. 그는 포로들에게 이렇게 말했다고 한다. '당신네들이 우리 나라에서 저지른 만행을 생각하면 열 번 죽여도 분이 풀리지 않소. 그러나 이젠 전쟁도 끝났고 앞으로 중국과 일본은 우방이 되어야 하지 않겠소. 내 그대들을 석방하여 본국으로 귀환토록 조처하겠소. 그대들은 귀국하여 앞으로 중국과 일본의 우호증진을 위해 노력해 주시기 바라오.'

　사람에 따라서는 장 총통의 파격적인 조처를 송양지인(宋襄之仁)으로 비판할 수도 있을 것이다. 그러나 장 총통의 사면은 원한은 또다른 원한을 낳는 악순환에서 벗어나고자 하는 사려깊은 배려에서 나온 것이다. 그것은 자신에게도 남에게도 해악이 될 뿐이다. 이와 같은 것을 빨리 떨쳐 버릴 수 있는 사람이 덕망을 갖춘 인격자이다. 진정으로 덕망이 있는 사람은 언제나 자신에게는 엄격하면서 남에게는 관용과 아량을 베푸는 자세로 살아가는 사람인 것이다.

52

은혜를 베푸는 사람이 안으로 자신에게 생색을 내지 않고 밖으로 남에게도 생색을 내지 않으면, 이는 비록 한 말의 곡식이라도 가히 만 섬의 혜택을 베푼 것이 될 것이다. 그러나 남에게 이로움을 주는 사람이 자기의 베품을 계산하고 상대방이 갚기를 바란다면, 비록 천 냥의 큰 돈일지라도 한 푼의 공덕도 이루기 어려울 것이다.

施恩者 內不見己하고 外不見人하면 卽斗粟도 可當萬種之
시 은 자　내 불 현 기　　외 불 현 인　　즉 두 속　　가 당 만 종 지

惠어니와 利物者 計己之施하고 責人之報하면 雖百鎰이라도
혜　　　이 물 자　계 기 지 시　　책 인 지 보　　수 백 일

難成一文之功이니라.
난 성 일 문 지 공

❖

시은자(施恩者) : 남에게 은혜를 베푸는 사람.

내불현기(內不見己) : 안으로 자기 자신이 남을 돕고 있다는 생각을 하고 있지 않음. 현(見)은 드러나다, 나타나다, 보이다 (露也, 顯也, 現也) 뜻으로 쓰이고 있음.

외불현인(外不見人) : 밖으로 남에게 은혜 베푼 것을 자랑하거나 생색을 내지 않음. 따라서 은혜 받는 사람이 부담감을 갖거나

열등감을 갖도록 하지 않음.

두속(斗粟) : 한 말의 곡식, 소량의 곡식.

만종(萬種) : 많은 양의 곡식. 일종(一種)은 여섯 섬 네 말.

이물자(利物者) : 남에게 이로움을 주는 사람.

계기지시(計己之施) : 자기가 남에게 베푼 은혜를 계산하는 것.

책인지보(責人之報) : 남이 갚기를 바람.

백일(百鎰) : 많은 돈, 거금. 일일(一鎰)은 스무 냥(二十兩).

일문(一文) : 한 푼의 돈.

<풀이>

은혜를 베푸는 사람이 자신의 행위에 우쭐대는 마음이 없고 남에게 그것을 드러내려고 하지 않는다면 참다운 보시행위라고 말해도 좋을 것이다. 우리가 남에게 은혜를 베푸는 것은 사람으로서 사랑과 인정을 나누고자 하는 데 있는 것이다. 계산이 앞선 보시란 물량적으로 아무리 크더라도 공덕을 이룰 수는 없을 것이다. 보시행위라면 특별히 생각나는 여인이 있다.

1980년대에 스웨덴 한림원에서는 알바니아 출신의 수녀 테레사에게 노벨 평화상을 수여한 적이 있었다. 그녀는 수십 년 동안이나 세계 최빈국의 하나인 인도의 캘커타에 부랑인 보호시설을 설치하여 헌신적으로 일해 왔다. 인도의 대도시 캘커타의 뒷골목은 걸인들과 개들이 쓰레기 더미를 뒤지며 먹을 것을 차지하기 위하여 서로 싸움질을 하는 그런 장소이다. 그녀는 이곳이 사랑의 손길이 가장 먼저 닿아야 할 장소로 생각하고 자신의 선교활동과 봉사의 대본영을 설치한 것이다. 그녀는 수천 명의 걸인들을 수용하여 사랑과 따뜻한 관심을 베풀었다. 그 중에는 이미 불치병으로 죽어가는 걸인들도 있었다. 그러나 이들도 테레사의 따뜻한 손길을 통해 최소한 인간의 존엄성을 지닌 채 저 세상으로 떠날 수 있었다. 그녀가 가지고 있는 개인 재산이란 겨우 옷 몇 벌과 샌들, 묵주와 십자가가 전부이다. 비록 테레사 수녀와 종교를 달리하는 사람들도 그녀의 인간애에 대해서는 큰 감명을 받고 있다.

노벨 평화상을 수상한 그녀는 이미 세계적인 명사가 되어 외국을 방문하는 경우도 많다. 그녀는 방문국에서도 힘있는 사람들을 찾기보다는 가장 구석진 곳에서 살고 있는 약한 사람들에게 언제나 관심과 따뜻한 손길을 보내고 있다. 과연 진정한 인류애란 어떤 것이며 성직자의 사명이 무엇인가를 그녀는 몸소 실천해 보여 주고 있는 것이다.

53

사람들의 처지를 살펴보면 행복의 조건을 갖춘 이도 있고, 갖추지 못한 이도 있는데 어찌 유독 나 혼자 그와 같은 것을 다 갖출 수 있겠는가. 자신의 마음가짐을 살펴보면 도리에 맞는 것도 있고 맞지 않는 것도 있는데 어찌 남들의 그것이 다 도리에 맞기만을 기대할 수 있겠는가. 이와 같이 남과 나를 비교해 보고 스스로를 다스려 나간다면 이것 또한 삶의 좋은 방편이 될 수 있을 것이다.

人之際遇는 有齊有不齊어늘 而能使己獨齊乎아 己之情理는
인 지 제 우　　유 제 유 부 제　　이 능 사 기 독 제 호　　기 지 정 리

有順有不順이어늘 而能使人皆順乎아 以此相觀對治면 亦是
유 순 유 불 순　　　이 능 사 인 개 순 호　　이 차 상 관 대 치　　역 시

一方便法門이니라.
일 방 편 법 문

❖

제우(際遇)：여러 가지 사정, 갖가지 경우, 나름대로의 처지.

제(齊)：여러 가지 복(福)을 갖추는 것.

이(而)：그런데도.

독제(獨齊)：혼자 여러 가지 복을 다 소유하려고 함.

정리(情理)：마음가짐, 정신상태.

순(順)：도리에 따름, 이치에 맞음.

상관대치(相觀對治)：남과 나를 비교해 보며 균형 있게 스스로
　　를 다스림.

방편(方便)：부처님의 교법(진리)을 받아들이지 못하는 어리석
　　은 중생에게 그것을 깨우쳐 주기 위한 지혜로운 수단과 방
　　법을 말함.

법문(法門)：모든 번뇌와 속박을 끊어 버린 열반의 경지로 인
　　도하는 부처님의 교법(진리의 가르침)을 말함.

<풀이>

　사람은 행복한 생활을 누리고자 하는 당연한 욕구를 지
니고 있다. 그러므로 우리 동양에서는 예로부터 다섯 가지
복(五福)을 골고루 갖춘 사람을 부러워했다. 5복은 ①수
(壽：오래 사는 것) ②부(富：생활이 넉넉한 것) ③강령(康寧
：몸이 편안하고 건강한 것) ④유호덕(攸好德：식견이 높아 즐
거운 마음으로 덕을 닦으며 마음의 안정을 누리는 것, 즉 정신적
건강) ⑤고종명(考終命：하늘이 준 수명을 다 누리며 늙어 이
세상을 떠나는 것)을 말한다. 그러나 현실적으로 이 다섯 가

지의 조건을 다 갖춘 사람을 찾기란 쉬운 일이 아니다. 재물은 많으나 식견이 낮아 덕을 닦지 못한다든가 덕을 닦으며 마음의 안정을 누리고는 있지만 생활이 가난하다든가 하는 등 인간의 삶은 언제나 굴절되어 있다. 다시 말하자면 우리에게는 언제나 미흡하거나 골치 아픈 일이 있게 마련이다. 문제는 자기에게 주어진 조건을 어떻게 받아들이느냐 하는 데에 삶의 성패가 달려 있다. 자기만은 행복의 여러 가지 조건을 다 소유해야만 한다는 것은 지나친 욕심이다. 자신이 살고 있는 주변을 한번 살펴보자! 자기보다 훨씬 못한 처지에서 그날 그날을 힘겹게 살아가는 사람이 한 둘이 아닐 것이다. 그러므로 올려다보고만 살려고 해서는 안 된다. 내려다보고 사는 지혜도 필요한 것이다.

인간의 삶이란 천태만상이다. 그러나 역경에 굴복하지 않고 역사적인 업적을 이루어 낸 의지의 인물도 많다. 일찍이 사마천은 흉노의 포로가 된 이능을 변호하다 무제의 역린을 사서 궁형에 처해진 바 있었다. 궁형이란 남자의 생식기를 절단하는 치욕스러운 형벌이다. 불구자가 된 그는 여기에 굴복하지 않고 필생의 대작 사기를 저술하여 후세 사학의 모범이 된 바 있다. 이와 같은 인간 승리의 주인공들은 사마천 외에도 많이 있다. 이들은 모두 자신의 불행을 전화위복의 계기로 삼아 자기 창조에 정진했던 것이다.

'삶이 그대를 속일지라도 슬퍼하거나 노여워하지 말라. 슬픈 날을 참고 견디라. 즐거운 날은 반드시 오고야 말리니……'라고 러시아의 시인 푸시킨은 노래했다. 요컨대 사람은 자신에게 주어진 운명을 사랑하고 긍정적인 관점에서 사물을 바라보아야 할 것이다. 그리고 우리는 상대방의 입장을 이해하는 아량이 있어야 한다. 한번쯤 눈을 감고 자신의 마음가짐을 살펴보라! 도리에 맞는 것도 있고 맞지 않는 것도 있을 것이다. 그럼에도 불구하고 우리는 흔히 다른 사람의 마음가짐은 도리에 맞기를 요구하는 경우가 많다. 그리고 상대편이 자기의 기대치에 미치지 못하면 불평하고 비난하기가 일쑤이다. 이것 역시 모순된 일이다. 인간 사회의 여러 가지 오해와 분쟁은 언제나 자기의 일방적인 입장만을 두둔하고 고집하는 데서 생기는 것이다. 입장을 바꾸어 생각하는 역지사지(易之思之)하는 마음이야말로 인간의 상호 이해와 화합의 토대가 될 수 있을 것이다.

54

마음가짐을 깨끗이 하고 나서 비로소 책을 읽고 옛것을 배워야 할 것이다. 만약 그렇지 않으면 한 가지 착한 행실을 보아도 이것을 훔쳐서 사욕을 채울 것이고 한 마디 착한 말을 들어도 이것을 빌어 자기의 약점을 덮을 것이다. 이는 바로 적에게 무기를 빌려 주고 도둑에게 양식을 대어 주는 것과 같은 것이다.

心地乾淨이라야 方可讀書學古니라. 不然이면 見一善行에
심지건정　　　　방가독서학고　　　불연　　　견일선행

竊以濟私하고 聞一善言에 假以覆短하리니 是又藉寇兵 而
절이제사　　　문일선언　　가이부단　　　시우자구병 이

齎盜粮이니라.
재도량

❖

심지(心地) : 마음가짐, 마음바탕, 마음씀씀이.

건정(乾淨) : 깨끗함, 청정무욕.

불연(不然) : 그렇지 않으면.

제사(濟私) : 사리사욕을 채움.

부단(覆短) : 약점을 덮음, 허물을 감춤. 덮을 부(覆)로 읽음.

자구병(藉寇兵) : 적에게 무기를 빌려 줌. 병(兵)은 무기를 말
함.

재도량(齎盜粮) : 도둑에게 양식을 대어 줌.

<풀이>

사람에게 있어 가장 중요한 것은 마음가짐을 바르게 갖는
일이다. 마음바탕이 청결하지 못한 자가 높은 학벌로 고위
직에 올랐다면 그는 자신의 직책을 사리사욕을 챙기는 도
구로 이용할 것이다. 지금 전세계가 골머리를 앓고 있는
화이트 칼라의 지능적인 범죄가 바로 이것이다. 심성이 바
르지 못한 자가 많이 배운다는 것은 그만큼 사회에 해악을
끼치는 것이며 대단히 위험한 일이기도 하다. 말하자면 떼
강도에게 흉기를 쥐어 주며 도둑에게 월급을 주는 격이다.

우리가 잘 알고 있는 역사적 인물 중에는 학문적 소양이
나 정치적 능력은 제대로 갖추었으나 마음의 본바탕, 즉
인격적인 면에서는 문제가 있는 인물도 적지 않다. 성악설
의 주창자로서 유명한 순경의 문하에는 이사와 한비와 같은
걸물이 배출된 바 있다. 이사는 결국 진나라 시황제의 신
임을 얻어 재상의 지위에 오르게 된다. 폭군 시황제의 저
악명 높은 분서갱유는 바로 이사의 아이디어였다. 후일
그와 동문수학했던 한비도 시황제의 눈에 들어 바야흐로 발

탁될 찰나에 있었다. 한비의 명저 한비자에 피력된 냉혹한 인간 조종술이 황제의 마음에 들었던 것이다. 일이 이렇게 되자 이사는 옛친구를 제거하기로 결심한다. 아무래도 자기보다 학문이 월등한 한비가 등용되는 것이 불안했던 것이다. 이사는 결국 한비를 모함하여 감옥에 갇히게 한 후 사람을 보내어 그를 자결케 하고 만다. 후일 시황제의 사후에 그는 환관 조고의 책동에 휘말려 호해옹립의 음모에 가담하게 된다. 뛰는 놈 위에 나는 놈이 있게 마련이다. 결국 그는 간교한 내시 조고의 농간으로 형장의 이슬로 사라지고 마는 것이다. 마음의 본바탕이 청결하지 못한 이사는 뛰어난 학식과 정치적 수완을 일신상의 출세와 부귀영달에만 이용했던 것이다. 이사와는 대조적인 인물을 우리는 유명한 역사소설 삼국지연의에서 발견할 수 있다. 나관중의 삼국지연의 10권 중 마지막 다섯 권은 거의 제갈량의 활약상에 초점을 맞추고 있다. 그만큼 그는 당시의 정치무대를 주름 잡았던 탁월한 인물이었다. 다재다능했을 뿐만이 아니라 마음바탕이 깨끗했던 그는 청백리로서도 유명하다.

그가 여섯번째 북정 중 쉰네 살의 나이로 오장원에서 죽자 나라의 관리가 직무상 그의 사유재산을 조사한 바 있었다. 뽕나무 팔백 주와 밭 15경이 재산목록의 전부였다. 당시 밭 15경은 오늘날 우리 나라의 중농 정도의 규모에 지나지 않는 것이다. 그가 재물에 욕심이 없고 생활이 간소했던 것은 사실이었다. 일국의 실권자로서 나가면 야전군사령관이요, 들어오면 재상이 되는 그의 막강한 위치를 생각할 때 그의 청렴도는 더욱 돋보이고 있다. 요컨대 사람은 학식이나 여러 방면의 능력도 물론 중요하지만 우선 마음의 바탕이 청결해야 한다. 마음이 깨끗한 사람은 자신의 학식과 직책을 사회발전에 유용하게 쓸 것이다. 이에 반하여 마음의 바탕이 깨끗하지 못한 자가 학식과 학벌을 갖추면 그는 이것으로 사술과 농간을 부려 오히려 사회발전에 암적 존재가 될 뿐이다. 깊은 산 속의 맑고 깨끗한 옹달샘 물도 사슴이 마시면 녹용이 될 것이요, 뱀이 마시면 독이 되는 것이다.

55

사치스러운 사람은 넉넉한 생활에도 만족을 모르니, 어찌 검소한 사람의 가난 속의 여유로움과 같을 수 있겠는가. 유능한 사람은 일은 일대로 하면서도 남의 원망을 불러들이니 어찌 서툰 사람이 유유하게 본성을 지키는 것과 같을 수 있겠는가.

奢者는 富而不足이니 何如儉者의 貧而有餘리오. 能者는 勞
사 자   부이부족   하여검자   빈이유여   능자 노

而府怨이니 何如拙者의 逸而全眞이리오.
이부원   하여졸자   일이전진

❀

사자(奢者) : 사치스러운 생활에 빠져 있는 사람.

하여(何如) : 어찌 ~와 같으리오.

검자(儉者) : 소박한 생활을 하며 낭비가 없는 사람.

유여(有餘) : 여유가 있는 것.

능자(能者) : 일 처리를 잘하는 유능한 사람.

부원(府怨) : 원망을 사는 것, 원망을 모아들이는 것. 부(府)는
　　곳집, 즉 창고를 뜻함. 원망이 쌓이게 된다는 뜻임.

졸자(拙者) : 일 처리가 서툰 사람.

일(逸) : 한가함, 여유가 있고 편안함.

전진(全眞) : 본성을 지키는 것. 타고난 진실성을 간직하는 것.

<풀이>

　사치풍조의 만연은 참으로 경계해야 될 일이다. 그것은
단순히 물질적 낭비로만 끝나는 문제가 아니다. 탐욕과 부
조리와 비리 등의 망국적 부정행위로 이어지게 마련이다.
유럽의 중부지역 이남과 북아프리카, 중동지역의 일부까지
정복하여 강성함을 자랑하던 대로마제국도 사치와 낭비 등
의 퇴폐풍조로 인하여 멸망하게 된 것이다. 그것은 마치
축대 밑에 스며드는 물처럼 서서히 기초를 침식시키다가
일시에 무너뜨리는 역할을 하고 있다.

　이에 반하여 사치와 낭비를 모르는 검소한 생활에는 실
속이 있다. 그것은 크게는 국가의 경제를, 작게는 한 집안
의 살림살이를 떠받치는 기둥이다. 그러므로 우리의 물질적
생활은 언제나 소박하게 영위하는 것이 바람직한 일이다.
그러나 정신의 세계는 언제나 높고 의미 있는 것을 추구해
야 하며, 물질적 생활은 검소하게, 정신적 생활은 고상하게
하는 것이 생활의 지침이 되어야 한다.

　그리고 이 사회에는 어차피 유능한 사람도 있고 능력이
좀 떨어지는 사람도 있게 마련이다. 이들은 모두 극심한
경쟁 속에 살아야 한다. 유능한 사람은 일할 기회도 많고
또 자기 스스로 일을 찾아서 열심히 하게 마련이다. 그는
그 능력과 열성으로 자기가 소속한 집단의 존경과 신임을

받기도 하지만 동시에 질시와 원망의 대상이 되는 수도 있
다. 그만큼 모든 일에는 비싼 대가를 지불해야 하는 것이
다. 그러므로 능력 면에서는 다소 뒤지지만 자기의 맡은
일을 착실하게 해 나가면서 여유를 지닐 수 있다면 어떤
면에서는 그런 사람의 삶이 더욱 행복하다고 할 수도 있겠
다. 마음이 너그럽고 여유가 있다면 몸도 편안해진다. 우리
들의 복된 삶은 언제나 마음과 몸의 편안함에 그 뿌리를
두고 있는 것이다.

56

책을 읽어도 성현을 보지 못한다면 그는 필생에 지나지
않고, 벼슬 자리에 있으면서도 백성을 자식처럼 돌보지 못
한다면 의관을 갖춘 도둑에 지나지 않는다. 학문을 가르치
면서도 몸소 실천할 의지가 없다면 공염불이 될 것이고,
사업을 하면서도 덕을 심을 줄 모른다면 눈앞에 잠시 피었
다 지는 꽃에 불과한 것이다.

讀書에 不見聖賢이면 爲鉛槧傭이요 居官에 不愛子民이면
독서　　불견성현　　위연참용　　거관　　불애자민

爲衣冠盜요 講學에 不尙躬行이면 爲口頭禪이요 立業에 不
위의관도　강학　불상궁행　　위구두선　　입업　불

思種德이면 爲眼前花이니라.
사종덕　　위안전화

❖

연참용(鉛槧傭) : 글씨를 베끼는 필생. 종이가 귀하던 옛날에는

　나무판에 납으로 글씨를 썼음. 연(鉛)은 납필, 참(槧)은 나
　무판, 용(傭)은 인부, 노예, 고용인.
자민(子民) : 백성.
의관도(衣冠盜) : 의관을 걸친 도둑, 즉 부패한 관리.
궁행(躬行) : 몸소 착실하게 실천하는 것.
구두선(口頭禪) : 공염불, 입으로만 하는 참선.
입업(立業) : 사업을 함, 사업을 일으킴.
종덕(種德) : 은혜와 덕을 베풂, 은혜와 덕을 심음.
안전화(眼前花) : 눈앞에 잠시 피었다 시드는 꽃.

<풀이>

　송의 대철학자 정이천은 이렇게 말했다. '논어를 읽고 나
서도 무감동한 사람이 있고, 읽고 난 다음 한두 귀절을 얻
어서 즐거워하는 사람도 있고, 그 책을 다 읽고 난 후에도
그것을 좋아할 줄 모르는 사람도 있고, 기쁨에 겨워 춤을
추며 어찌할 바를 모르는 사람도 있다.'
　사실 좋은 책을 읽어도 단순한 자귀 해석에만 그치고 그
속에 들어 있는 성인과 현자의 진면목을 보지 못한다면 그
것은 지극히 피상적인 독서에 지나지 않는 것이다. 그에게
는 아직 성현의 가르침을 받아들일 정신적인 성숙이나 인
격적인 준비가 갖추어지지 못한 것이다. 또한 벼슬 자리는
개인의 영달을 위해서 있는 것이 아니다. 원래 공직사회는
국민들의 세금으로 유지되기 마련이다. 그러므로 공직자는
오로지 국민에게 봉사하는 자세로 업무에 임해야 하는 것
이다. 공직을 자신의 치부의 수단으로 삼아 부정과 비리를
저지른다면 그는 마땅히 여론의 지탄과 응징을 받아야 한
다. 탐관오리는 예나 지금이나 사회발전의 암적 존재인 것

이다. 그리고 학문의 궁극적인 목적을 생각해 보자. 만일 해박한 전문지식으로 학문을 강의하면서도 그것을 자신의 인격도야와 실천행위에 반영시키지 못한다면 입으로 하는 참선처럼 무의미한 것이다. 그러므로 칸트도 「순수이성비판」을 저술한 이후「실천이상비판」을 내놓아 지식과 도덕적 실천의지의 합일을 강조한 바 있다. 또한 사업의 경우도 이와 유사하다. 어떤 사업가가 성공하기까지는 남모를 고생과 노력이 있게 마련이다. 그러나 조금만 깊이 생각한다면 그의 성공은 혼자만의 힘으로 이루어 낸 것이 아님은 물론이다. 여러 사람의 피와 땀이 결집된 것으로 보아야 한다. 그러므로 그는 그의 축재를 사회발전을 위해서 건전한 방향으로 써야 한다. 단순히 사리와 사욕에만 눈이 어두운 사업가는 사회적 빈축과 멸시의 대상이 될 뿐이다.

사업가로서 후세의 귀감이 되는 인물로는 미국의 앤드류 카네기(1835~1919)를 들 수 있다. 스코틀랜드 태생인 그는 도미하여 철도회사에 근무하게 된다. 이재에 밝았던 카네기는 석유사업에 투자하여 거금을 쥔 후 제철업에 손을 대게 된다. 1873년 그는 베시머 제강법을 도입하여 일약 제철계를 주름잡게 되었다. 그러나 그는 돈 자체에만 매달리는 그런 위인은 아니었다. 카네기는 그가 번 돈을 흔쾌히 사회사업에 희사하였다. 학문, 교육, 예술활동 등을 지원하기 위해 설립한 유명한 카네기재단, 카네기협회 등은 그가 기부한 돈으로 창립된 것이다. 또한 음악가들이 한 번쯤은 그 무대에 서기를 선망하는 카네기홀도 그가 희사한 돈으로 만든 음악당이다. 그는 석숭이나 오나시스와는 성격이 다른 인물이었다. 사업가의 참다운 명예는 그가 얼마나 돈을 벌

었느냐 하는 데 있지 않고 그가 번 돈을 어디에 어떻게 쓰
느냐 하는 데에 있는 것이다.

57

사람의 마음속에는 저마다 한 편의 참된 문장이 있으나,
옛사람들이 남겨놓은 단편적인 글 때문에 모두가 묻혀 있게
된다. 또한 사람은 누구나 한 곡조의 참다운 노래를 지니고
있으나, 요사스러운 노래와 난잡한 춤 때문에 모두 없어지
고 마는 것이다. 그러므로 학문을 하는 사람은 마땅히 외
부의 사물을 쓸어 없애고, 타고난 참마음을 찾아야만 비로
소 진정한 보람을 얻게 될 것이다.

人心에 有一部眞文章이로되 都被殘編斷簡封錮了하며 有一
인심　　유일부진문장　　　도피잔편단간봉고료　　　유일

部眞鼓吹어늘 都被妖歌艶舞湮沒了하나니 學者는 須掃除外
부진고취　　도피요가염무인몰료　　　학자　　수소제외

物하고 直覓本來라야 纔有個眞受用이니라.
물　　　직멱본래　　　재유개진수용

❖

진문장(眞文章) : 참된 문장, 참된 글.
도(都) : 전부, 모두.
잔편단간(殘編斷簡) : 옛날 사람들이 남긴 단편적인 글.
봉고(封錮) : 갇힘, 막힘.
고취(鼓吹) : 풍류, 노래.
요가(妖歌) : 요사스러운 노래.

염무(艶舞) : 요염한 춤, 난잡한 춤.

외물(外物) : 바깥의 사물.

직(直) : 바로 ~하다.

멱본래(覓本來) : 타고난 본디 마음을 찾음.

진수용(眞受用) : 자신이 지니고 있는 참문장과 음악을 되찾아 보람을 느끼는 것.

<풀이>

과거 조선 왕조 숙종 때의 실학자 박세당은 송의 대철 (大哲) 주희의 사서집주에 만족할 수 없었다. 그는 독자적인 입장에서 사서(四書)에 대한 주석과 노자와 장자에 대한 주석도 집필한 바 있다. 그러나 그는 단지 그 이유만으로 사문난적으로 몰려 박해를 받아야 했다. 이웃나라인 중국의 경우 노자에 대한 주석서가 600여 권이나 되고 일본의 경우에도 250권이나 되는 점을 비교해 볼 때 과거 우리의 지적풍토가 얼마나 고루했는가 하는 점을 반성해 볼 필요가 있다.

일찍이 불세출의 악성 베에토벤은 언제나 '모든 것으로부터의 자유'(above all freedom)를 외치며 선배들이 남긴 음악적 틀을 깨뜨리며 창조의 횃불을 높이 든 바 있다. 학문과 예술의 발전에는 언제나 우상을 파괴하는 용기와 정직성이 있어야 한다. 사실 학문이나 예술 분야에 획기적인 공헌을 한 사람들 중에서는 시대에 앞섰다는 이유로 세인의 멸시와 몰이해 속에서 불우한 생애를 보낸 사람들이 적지 않다.

그러나 기존의 틀에서 벗어나지 못하는 사람은 단순히 모방자요, 전달자에 지나지 않는 것이다. 그러면 우리는 창조의 근원을 어디에 두어야 할 것인가? 그것은 결국 내면적인 자기 성찰과 사색에 뿌리를 두어야 할 것이다. 다시 말하자면 모든 독창적 요소의 계발(啓發)을 자신의 타고난 본디 마음과 독특한 개성에서 찾아야 한다. 이런 바탕하에서 옛사람의 글이나 작품에 접한다면 그것 또한 의미 있는 일이 될 것이다.

58

괴로움 속에서도 언제나 마음을 즐겁게 하는 멋을 얻고, 득의할 때에 문득 뜻을 잃는 슬픔이 생기는 것이다.

苦心中에 常得悅心之趣하고 得意時에 便生失意之悲니라.
고 심 중   상 득 열 심 지 취   득 의 시   변 생 실 의 지 비

❁

고심(苦心) : 일이 뜻대로 풀리지 않아 마음이 괴로운 것.
열심지취(悅心之趣) : 마음을 즐겁게 하는 멋.
득의(得意) : 만사가 마음먹은 대로 잘 되어 나가는 것.
변(便) : 문득.
실의(失意) : 뜻을 잃는 것. 실망에 잠기는 것.

<풀이>

우리가 살다 보면 자신의 일이 뜻대로 되지 않아 괴로움에 허덕여야 하는 경우가 많다. 그러나 모든 일은 언제나 변하게 마련이다. 기쁜 일이 도리어 슬픔의 씨앗이 되기도 하며 반대로 고생 끝에 즐거움이 오는 때도 있다. 또한 우

리의 감수성이란 지극히 예민한 것이므로 희로애락의 극과 극을 달리기도 한다. 득의의 절정에 있는 제왕도 문득 인생만사가 허무하다는 것을 깨닫고 슬픔에 잠기게 되는 것은 인간의 삶이 얼마나 무상(無常)하고 보잘것없는 것인가 하는 것을 말해 주고 있다. 그러나 우리가 감정의 늪에서 빠져나오지 못한다면 긍정적인 삶을 살아갈 수는 없는 것이다. 요컨대 담담한 마음가짐으로 자기에게 주어진 운명을 감수하며 자신의 길을 꿋꿋하게 걸어가는 의지가 있어야 할 것이다. 운명을 사랑하는 이에게는 운명의 여신도 결국 미소로서 그를 맞이할 것이다.

　우리가 가야 할 곳, 또한 가는 길은
　즐거움도 아니요, 슬픔도 아니다.
　다만 저마다 내일이 오늘보다 나은 것이 되도록
　행동하는 그것이 바로 목적이요, 길이 되어야 할 것이다.

• •

Not enjoyment and not sorrow,
　Is our destined end or way.
But to act, that each tomorrow,
　Find us farther than today.

〈롱펠로우의 인생찬가에서〉

59

　부귀와 명예가 도덕으로부터 온 것은 마치 산속에 핀 꽃처럼 저절로 무성하게 잘 자라고, 공훈으로부터 온 것은 마치 화분 속의 꽃처럼 문득 옮겨지기도 하며 시들거나 피어나기도 한다. 만약 권력으로부터 얻어진 것이면 마치 화병 속의 꽃처럼 뿌리를 심지 않았으므로 그 시들어가는 것을 그 자리에서 지켜볼 수도 있는 것이다.

富貴名譽의 自道德來者는 如山林中花하여 自是舒徐繁衍하
부귀명예　자도덕래자　여산림중화　　자시서서번연

고 自功業來者는 如盆檻中花하여 便有遷徙廢興이니라. 若
　자공업래자　여분함중화　　변유천사폐흥　　　약

以權力得者는 如瓶鉢中花하여 其根不植이니 其萎를 可立
이권력득자　여병발중화　　기근불식　　기위　　가립

而待矣니라.
이대의

❖

자도덕(自道德) : 도덕으로부터, 정의롭게, 정당하게.
산림중화(山林中花) : 숲속에 피는 꽃, 산속에서 자생하는 꽃.
자시(自是) : 스스로 ~하다, 저절로 ~하다.
서서(舒徐) : 서서히 잘 자람.
번연(繁衍) : 무성함, 번성해짐.
공업(功業) : 업적, 공덕, 공훈.
분함(盆檻) : 화분과 화단.
천사(遷徙) : 이리저리 옮기거나 이사함.
폐흥(廢興) : 망하거나 흥하는 것, 시들거나 피어나는 것.

병발(甁鉢) : 꽃병, 화병.

기근불식(其根不植) : 그 뿌리가 심어져 있지 않음.

위(萎) : 시들다.

입이대(立而待) : 서서 기다리다, 오래 가지 못한다는 뜻임.

<풀이>

저자는 이 장에서 부귀와 명예를 세 등급으로 나누어 언급하고 있다. 첫째 도덕으로부터 온 정당한 부귀·명예는 산속에서 스스로의 힘으로 피어난 꽃처럼 자생력이 있어 오랫동안 지속할 수 있는 것이다. 둘째, 세상이 깜짝 놀랄 업적으로 얻은 것은 화분의 꽃처럼 뿌리가 깊지 못하므로 시들기도 하고 피어나는 등 흥망과 부침(浮沈)이 있다. 셋째, 권력과 술수로 얻어진 것으로 도덕적 정당성이 없는 것이므로 이내 시들고 마는 것이다.

한때 나는 새도 떨어뜨릴 정도로 서슬이 퍼런 권세가들이 정치적 상황의 변화로 몰락한 후에는 여론의 비난과 원성으로 위축된 생활을 해야 하는 경우를 많이 보아 왔다. 이에 반하여 살아 생전에는 시류를 타지 못해 불우한 생애를 보내야 했던 현인 군자들이 그들이 남긴 학문적 업적이나 덕행으로 후세에는 길이길이 명예와 존경의 대상이 되고 있는 것이다. 부귀와 명예를 식물의 자생력에 결부시켜 비유한 것은 참으로 재미있는 착상이다. 이 장은 또한 부정부패의 추방과 비리척결을 시대적 과업으로 삼고 있는 오늘을 사는 우리들에게도 많은 것을 일깨워 주고 있다.

60

봄이 와서 시절이 따뜻해지면 꽃은 아름답게 피어나고 새
역시 몇 곡조 고운 노래를 지저귄다. 다행히 사군자가 두
각을 나타내어 따뜻하게 입고 배불리 먹으면서도 좋은 말과
좋은 일을 할 의사가 없다면, 이는 비록 이 세상에 백 년을
살지라도 단 하루도 살지 않은 것과 같은 것이다.

春至時和하면 花尙鋪一段好色하고 鳥且囀幾句好音하나니
춘 지 시 화   화 상 포 일 단 호 색   조 차 전 기 구 호 음

士君子가 幸列頭角하고 復遇溫飽하되 不思立好言行好事면
사 군 자   행 렬 두 각   부 우 온 포   불 사 립 호 언 행 호 사

雖是在世百年이라도 恰似未生一日이니라.
수 시 재 세 백 년   흡 사 미 생 일 일

❖

시화(時和) : 시절이 온화함, 날씨가 화창함.
포(鋪) : 깔다, 나타내다, 펴내다.
차(且) : 또한, 역시.
전기구(囀幾句) : 몇 곡조 지저귐.
호음(好音) : 아름다운 노래, 고운 소리.
사군자(士君子) : 선비.
행(幸) : 다행히.
열두각(列頭角) : 두각을 나타내어 벼슬길에 들어섬.
부(復) : 다시.
온포(溫飽) : 따뜻이 입고 배불리 먹음, 넉넉한 생활을 함.
입호언(立好言) : 세상의 모범이 될 좋은 말을 함.
행호사(行好事) : 좋은 일을 실천함.

흡사(恰似) : 마치 ~와 같다. ~와 방불하다.

<풀이>

봄이 와서 시절이 화창해지면 초목들도 아름답게 피어나
고 새 또한 고운 노래를 지저귄다. 이와 마찬가지로 선비도
때를 만나 윤택한 생활을 할 경우가 있다. 지성인인 그가
사회의 지도층에 끼게 되면 마땅히 남다른 사명감과 책임
의식을 지녀야 할 것이다. 즉 정직한 언행과 공평무사함으
로 아랫사람들의 본보기가 된다든가 특별히 사회의 구석진
곳에 봉사의 손길을 보낸다든가 하여 타인의 모범이 되어야
할 것이다. 만일 그러지는 않고 단순히 제 실속차리기에
급급한다든가 무사와 안일로 허송세월한다면 그는 사회의
엘리트라고 자부할 자격이 없는 것이다. 사실 이 사회에는
불우한 환경에서 번 돈으로 교육기관에 희사한다든가 자신
도 하루하루를 어렵게 살아가면서도 불우한 이웃에 따뜻한
손길을 보내는 서민층 독지가들이 드물지 않다. 사람이 훌
륭하다는 것은 그가 얼마나 남보다 많이 배웠느냐 또는 출
세를 했느냐 하는 점에 있는 것은 아닐 것이다. 사회봉사와
사람들에게 덕을 베푸는 정도에 의해 사람의 평가가 매겨
져야 할 것이다.

61

학문을 하는 사람은 일단 조심하는 마음을 지녀야 하되
또한 탁트인 멋도 아울러 지녀야 할 것이다. 만약 외곬로만

단속하여 언제나 청렴결백하기만 한다면, 이는 가을의 싸늘한 기운만 있고 봄의 따뜻한 기운이 없는 것이니 어떻게 만물을 자라나게 할 수 있겠는가?

學者는 要有段兢業的心思하되 又要有段瀟灑的趣味니라.
학자   요유단긍업적심사   우요유단소쇄적취미

若一味斂束淸苦하면 是는 有秋殺無春生이니 何以發育萬物
약일미렴속청고   시   유추살무춘생   하이발육만물

이리오.

❖

요유(要有) : ~를 가지는 것이 중요하다, ~을 지녀야 한다.

긍업(兢業) : 조심하고 삼가함, 일을 신중하게 처리하는 것.

우(又) : 또한.

소쇄(瀟灑) : 시원스럽고 탁트인 모습, 활달하여 작은 일에 구애받지 않음.

일미(一味) : 오로지, 한결같이, 외곬으로.

염속(斂束) : 거두어 졸라맴, 거두어 단속하는 것.

청고(淸苦) : 지나치게 청렴함, 지나치게 맑고 깨끗함.

시(是) : 이는.

추살(秋殺) : 가을의 싸늘한 기운, 초목을 시들게 하는 숙살(肅殺)한 기운.

춘생(春生) : 봄의 생동하는 기운, 모든 생명을 다시 소생시키는 봄의 따뜻한 기운.

하이(何以) : 어떻게 ~할 수 있겠는가? 무엇으로 ~하겠는가?

<풀이>

선비는 언제나 신중하고 조심스러운 태도로 처신해야 한다. 그러나 한편 자잘한 일에는 구애를 받지 않는 활달한 기상을 아울러 지녀야 할 것이다. 사람이 언제나 자신의 청렴과 결백만을 내세운다면 이는 가을의 냉기류가 산천초목을 시들게 하는 것처럼 원만하고 융통성 있는 인간관계가 성립될 수 없는 것이다. 물론 불의에 대해서는 추상 같아야 하지만 때로는 남의 자그마한 실수나 잘못을 눈감아 주는 아량이 있어야 한다. 그것은 마치 따뜻한 봄바람이 만물을 소생시키는 것처럼 인간과 인간의 관계에 있어서는 관용과 융통성이 필요한 것이다. 융통성과 인간미가 없는 사람에게는 사람이 따르지 않게 마련이다. 요컨대 냉철한 두뇌에 따뜻한 마음씨를 지닌 그런 사람이 되어야 하는 것이다.

62

참다운 청렴은 청렴이라는 이름이 없다. 청렴하다는 이름을 드러내는 것은 바로 탐욕이 있기 때문이다. 참으로 뛰어난 재주에는 교묘한 술책이 없다. 교묘한 술책을 부리는 사람은 곧 그 재주가 서툴기 때문이다.

眞廉은 無廉名이니 立名者는 正所以爲貪이요 大巧는 無巧
진렴   무렴명   입명자   정소이위탐   대교   무교

術이니 用術者는 乃所以爲拙이니라.
술   용술자   내소이위졸

❖

진렴(眞廉)：참다운 청렴결백.
염명(廉名)：청렴결백하다는 이름이 드러나는 것.
입명자(立名者)：이름을 드러내는 사람.
대교(大巧)：뛰어난 재주, 탁월한 기교.
교술(巧術)：교묘한 술책.
용술자(用術者)：교묘한 술책을 부리는 사람.
졸(拙)：졸렬하다, 서투르다.

<풀이>

　깊고 그윽한 경지는 언제나 사람의 언어로서는 표현이 불가능한 것이다. 그것은 말을 잃은 그런 경지이다. 이와 비슷한 예로서 참으로 청렴결백한 사람은 자기 스스로는 청렴결백하다는 의식이 없다. 이미 청렴결백함을 드러내는 것은 그의 의식 속에 그와 같은 명성에 대한 집착이 있기 때문일 것이다. 탁월한 기교에는 잔재주가 없다. 그리고 잔재주와 술책을 부리는 사람은 그 재능이 보잘것없기 때문이다. 능력이 있는 매는 발톱을 감춘다고 했다. 참으로 큰 재주를 지닌 사람은 재능을 함부로 과시하지는 않는다.

63

　기기는 가득 차면 엎어지고 박만은 비어 있을 때 온전하다. 그러므로 군자는 차라리 무의 경지에 살지언정 유에 살지 않으며, 모자라는 곳에 있을지언정 가득 찬 곳에 있지는 않는다.

敲器는 以滿覆하고 撲滿은 以空全이니라. 故로 君子는 寧居
기기   이만복   박만 이공전   고 군자   영거

無이언정 不居有하며 寧處缺이언정 不處完하니라.
무   불거유   영처결   불처완

❖

기기(敲器) : 속이 비면 기울어지고 반 정도면 똑바로 서고, 가
   득 채우면 엎어지는 물그릇. 옛날 주나라 시대의 임금이 중
   용(中庸)의 지혜를 배우기 위해 좌우에 두었다고 함. 공자가
   어(孔子家語)의 유좌기(宥坐器)가 바로 이 그릇임.
박만(撲滿) : 토기형(土器型) 저금통. 돈을 넣을 수는 있어도 꺼
   낼 수는 없으므로 가득 차면 깨뜨려야 하므로 비어 있을 때
   가 온전한 것이다.

<풀이>

옛날 기기라는 물그릇은 비어 있을 때는 기우뚱하고 가득
차면 넘어지고 반쯤 찼을 때야 반듯하게 설 수 있었다. 그
러므로 임금은 중용의 도리를 배우기 위해 이것을 좌우에
두었다. 또한 박만이라는 흙으로 빚어 만든 저금통은 돈을
넣을 수는 있으나 꺼낼 수는 없으므로 가득 차면 깨어지기
마련이었다. 그러므로 비어 있어야 온전하였다.

군자는 언제나 마음을 비우고 극단으로 치우치지 않는
중용의 지혜로서 세상을 살아야 한다. 그리고 좀 모자란
듯한 시점에서 만족할 줄 알아야 한다. 보름달은 기울고
사물은 전성기가 되면 곧 몰락하기 마련인 것이다. 이 장을
읽고 있으면 머리에 떠오르는 인물들이 있다.

일찍이 책략에 뛰어난 범저는 위나라에서 진나라로 망명
한 후 소왕을 섬겨 권신들을 몰아내고 국력증강에 큰 공을

세우게 된다. 진의 소왕은 범저를 응(應)에 봉하여 그를 응후(應侯)라 칭하였다. 그는 일약 재상의 자리에 오르게 된 것이다. 그러나 후일 자신이 추천한 정안평이 조나라에 항복하고 하동태수 왕계가 다른 나라와 내통하다 사형을 당하는 등 점차 정치적으로 곤란한 입장에 빠지게 된다. 이때 연나라의 유세객인 채택이 진나라에 왔다. 그는 사람을 시켜 연나라의 채택이 한번 임금을 만나게 되면 반드시 응후의 재상 자리를 빼앗을 겁니다 라는 말을 응후에게 전하게 하였다. 범저가 채택을 불렀음은 물론이었다. 이 자리에서 채택은 유창한 언변으로 상군, 오기, 오자서, 대부종 등의 현신들이 각기 나라와 임금에게 충성을 다했지만 끝내는 비명에 간 사실을 들어 더 늦기 전에 물러날 것을 종용한다. 그리고 네 사람의 현신들의 비극도 성공에 연연하여 은퇴할 시기를 놓쳤기 때문임을 역설한다. 그의 말이 사리에 맞음을 인정한 범저는 채택을 소왕에게 천거한 후 자신은 병을 핑계삼아 재상직을 사임하고 만다.

새로 재상직에 오른 채택은 주왕실의 땅을 입수케 하는 등 수완을 발휘한다. 그러나 불과 수개월 만에 자신을 비방하는 자가 나오자 채택도 병을 핑계로 사임하고 만다. 그는 강성군이란 칭호를 받으며 진의 소왕, 효문장, 장양왕 그리고 시황제까지 섬기게 된다. 그는 재상직 사임 후에도 연나라에 사신으로 가는 등 분수에 맞는 활동을 하게 된다. 이와 같이 범저와 채택은 조금 부족한 듯한 시점에서 정치 일선에서 물러남으로 일신상의 편안함을 누릴 수 있었던 것이다. 만일 이들이 권세에 대한 욕심으로 자리에 계속 연연했더라면 결국은 주변의 질시와 임금의 경계로 비운의 최후를 면키 어려웠을 것이다.

64

　명예에 대한 집착을 뿌리뽑지 못한 사람은 비록 임금의
지위를 대수롭지 않게 여기고 한 표주박의 음식을 맛있게
먹을지라도 모두 세속의 정에 빠져 있는 것이요, 객기를
다스리지 못한 사람은 비록 세상에 은택을 끼치고 만대에
이로움을 줄지라도 결국 쓸모 없는 재주에 그치게 될 것이
니라.

名根未拔者는 縱輕千乘甘一瓢라도 總墮塵情하고 客氣未融
명근미발자　종경천승감일표　　총타진정　　객기미융

者는 雖澤四海利萬世라도 終爲剩技니라.
자　수택사해리만세　　종위잉기

❖

명근(名根)：명예에 대한 미련을 버리지 못하는 마음.
발(拔)：뽑다.
종(縱)：비록.
경(輕)：대수롭지 않게 여기다.
천승(千乘)：병거(兵車) 천 대를 거느린 제후의 지위, 천자는
　　만승(萬乘), 제후는 천승, 대부(장관급)는 백승(百乘)을 거느
　　림.
감일표(甘一瓢)：한 표주박에 담긴 음식을 맛있게 먹음. 즉 청
　　빈한 생활 속에서도 즐거움을 잃지 않는다는 뜻임.
총(總)：모두, 전부.
진정(塵情)：세속적인 욕망.

객기(客氣) : 쓸데없는 용기, 객쩍은 기개.
융(融) : 녹이다.
택(澤) : 은혜, 혜택.
사해(四海) : 천하, 세상.
종(終) : 끝내, 결국, 마침내.
잉기(剩技) : 쓸모 없는 재주.

<풀이>

　소크라테스는 제자인 안티스테네스가 일부러 구멍 뚫린 옷을 입고 있는 것을 보고 이렇게 말했다. "그 옷구멍 속에 자네의 명예욕이 보여!" 안티스테네스는 부귀와 영화를 초개처럼 여긴 견유학파의 비조였다. 그러한 그도 남들이 자기를 알아주길 바라는 그런 마음만은 벗어날 수 없었던 것이다. 사실 속세를 등지고 깊은 산속에서 홀로 수양하는 저 은둔의 선비들도 명예욕만은 쉽사리 극복할 수 없었다.

　그들은 권세와 돈과 호화스러운 생활의 유혹에 대해서는 은일자(隱逸者)다운 냉소주의와 고답적인 자세를 취할 수 있었다. 그러나 이 세상 사람들이 자기를 알아주었으면 하는 그런 명성에 대한 선망만은 그리 쉽게 벗어날 수 없었다 한다. 이렇게 명예욕은 거의 본능처럼 뿌리가 깊은 것이다. 그러나 우리는 그런 명예욕을 극복해야만 한다. 왜냐하면 그런 외형적인 가치 기준에 우리의 마음을 얽매이게 할 수는 없기 때문이다.

　우리가 진정한 자유인이 되기 위해서는 그런 얽매임과 헤매임에서 벗어날 수 있어야 한다. 그리고 쓸모 없는 객기를 다스리는 것도 대단히 중요한 일이다. 비록 세상에 큰

은덕을 베풀고 후대에까지 미치는 업적을 쌓았다고 할지라
도 그것을 다스리지 못한다면 언제든지 비행과 과오의 길로
빠져들 수도 있기 때문이다. 자신의 순수한 본마음을 간직
하며 자기 관리를 제대로 할 수 있는 사람이라면 우리는
그를 이상적인 인격자라고 부를 수 있을 것이다.

65

마음의 본바탕이 밝으면 어두운 방구석에서도 푸른 하늘
이 있고, 마음속 생각이 어두우면 밝은 대낮에도 도깨비가
나타나리라.

心體光明하면 暗室中에도 有青天하고 念頭暗昧하면 白日下
심체광명　　　암실중　　　유청천　　염두암매　　백일하

라도 生厲鬼니라.
　　생려귀

❖

심체(心體) : 마음의 본바탕.
광명(光明) : 밝고 빛남.
암실(暗室) : 어두운 방 안.
염두(念頭) : 생각, 마음속.
암매(暗昧) : 사리에 어둡고 어리석은 것.
백일(白日) : 밝은 대낮.
여귀(厲鬼) : 사나운 악마, 마귀, 도깨비.

<풀이>

마음이 밝고 깨끗하여 한 점의 의혹도 없다면 그는 어떤 환경에 처할지라도 떳떳하게 살아갈 수 있다. 그러나 마음이 어둡고 어리석어 사리판단을 제대로 하지 못한다면 그는 온갖 망상에 빠져들게 된다. 밝고 올바른 마음가짐은 단정한 몸가짐의 선행조건이다. 그러므로 불가(佛家)에서도 모든 것은 마음에서 생긴다(一切唯心造)고 하며 마음가짐의 중요성을 강조하고 있다.

66

사람들은 명성과 지위가 즐거운 것인 줄은 알면서도, 명성도 없고 지위도 없는 것이 가장 참된 즐거움인 줄은 알지 못한다. 사람들은 굶주리고 추위에 떠는 것이 근심인 줄 알면서도, 굶주리지 않고 춥지도 않은 근심이 더욱 큰 근심인 줄은 깨닫지 못한다.

人知名位爲樂하고 不知無名無位之樂이 爲最眞하며 人知饑
인 지 명 위 위 락   부 지 무 명 무 위 지 락   위 최 진   인 지 기

寒爲憂하고 不知不饑不寒之憂가 爲更甚하나니라.
한 위 우   부 지 불 기 불 한 지 우   위 갱 심

❖

명위(名位) : 명예와 지위, 명성과 지위.
무명무위지락(無名無位之樂) : 명성과 지위가 없는 즐거움.
위최진(爲最眞) : 가장 참다운 즐거움이 되다.
기한(饑寒) : 굶주리고 추위에 떰.

갱심(更甚) : 더욱 큰 근심, 더욱 심한 근심.

<풀이>

고대 시실리 섬의 시라큐스 왕국은 디오니시우스가 다스리고 있었다. 그의 신하 다모클레스는 평소 입버릇처럼 임금의 권세와 부귀영화를 찬양하며 부러워하고 있었다. 하루는 디오니시우스 왕이 그를 옥좌에 앉힌 후 임금의 부유함과 권세를 보여 주었다. 그러나 문득 다모클레스가 천정을 쳐다보자 그의 머리 위에는 머리카락에 매단 칼이 흔들리고 있었다. 디오니시우스는 임금의 권세와 부유함 뒤에는 언제나 생명을 노리는 위험이 있음을 다모클레스에게 깨닫게 해 준 것이다. 빛나는 것이 모두 금은 아닌 것이다. 이와 비슷한 이야기는 사마천의 「사기」 '노장신한열전'에도 나온다. 초의 위왕은 장주가 현명하다는 소문을 듣고 사자를 보내어 재상으로 모시겠다는 뜻을 전하게 한다. 그러나 장주는 조용히 웃으며 사자에게 말했다. "천금은 큰 돈이며 재상은 높은 벼슬이다. 그대는 교제(交際)에 제물로 바쳐지는 소를 보지 못했는가? 몇 년 동안은 잘 먹이고 수놓은 비단옷을 입히지만 결국은 태묘의 제물로 희생이 된다. 그 때에 가서는 하찮은 돼지가 되고 싶어한들 이미 때가 늦은 것이다. 그대는 빨리 돌아가서 나를 더 이상 욕되게 하지 말라. 그런 식으로 더럽혀질 바에는 차라리 흙탕물에 뛰어들어 내마음대로 놀면서 유쾌함을 누리고자 한다. 나라의 최고 권력자에게 구속당하고 싶지는 않다. 한평생 벼슬길과는 담을 쌓고 내 뜻을 살려 유유자적하고 싶을 뿐이다."

남의 손에 쥔 떡은 언제나 커 보인다. 그러나 세상이치란 공평해서 무언가 얻는 것이 있으면 반드시 잃는 것도 있게 마련이다. 모든 것은 쉽게 얻어지는 것이 없고 반드시 응분의 대가를 치루어야 하는 것이다. 우리가 보다 잘 살기 위해서는 최선의 노력을 해야 함은 두말할 것도 없는 일이다. 그러나 동시에 자기의 처지와 분수를 알며 유유자적하는 여유도 지녀야 할 것이다.

67

악을 행하면서도 남들이 알까 두려워하는 것은 그 악함 속에도 오히려 선한 마음이 있음이요, 선을 행하되 남들이 빨리 알아주기를 바라는 것은 그 선함 속에도 곧 악의 뿌리가 있기 때문이다.

爲惡而畏人知는 惡中에 猶有善路요 爲善而急人知는 善處
위 악 이 외 인 지　악 중　유 유 선 로　위 선 이 급 인 지　선 처

即是惡根이니라.
즉 시 악 근

❖

외인지(畏人知) : 남이 알까 두려워하다.
유(猶) : 오히려.
선로(善路) : 선한 길, 선을 행할 수 있는 잠재력, 착한 일을
　할 수 있는 마음.
선처(善處) : 착함이 있는 곳.
악근(惡根) : 악의 근원, 악의 뿌리.

<풀이>

이 세상에는 선한 사람들이 많이 살고 있지만 악한 사람
도 드물지는 않다. 그러나 나쁜 일을 하는 사람도 남들이
알까 두려워하는 마음이 있다면 그것은 반드시 처벌이 두
려워서만은 아닐 것이다. 아직도 그에게는 일말의 양심이랄
까 착한 마음이 남아 있기 때문일 것이다. 이런 사람은 주
위에서 잘 이끌어 주면 개과천선할 수도 있다. 사실 흉악
범으로 사형집행을 당한 사람 중에는 마지막 순간에 종교에
귀의하고 장기(臟器)를 기증하는 등 모처럼 착한 일을 하고
떠나는 사람도 적지 않다. 이것은 그의 마음 바탕이 원래는
착하다는 증거이기도 하다. 이와는 반대로 착한 일을 하면
서도 그것을 자기 PR의 도구로 삼거나 생색을 내는 사람
들도 드물지 않다. 그러나 선행이란 왼손이 하는 것을 오
른손이 모르게 하는 그런 마음가짐으로 행해야 하는 것이
다. 자신의 선행을 남들이 알아주길 바라는 마음은 일종의
위선이라고 볼 수 있다.
　옛날 소아시아 미라의 사제 리콜라스는 불우한 이웃을
남몰래 돕는 것을 즐거움으로 삼고 있었다. 어린이들을 특
히 좋아했던 그는 후세에 어린이를 수호하는 성자(Saint)로
추서된다. 지금 기독교 문화권에서 행하는 크리스마스의 산
타클로스 풍습은 성리콜라스의 숨은 선행을 이어받은 것이
다. 우리 주변에도 숨은 미담의 주인공은 적지 않을 것이
다. 이와 같이 오로지 진실한 마음에서 행하는 보시행위는
메마른 사회에 한 줄기 찬란한 빛이 되는 것이다.

68

하늘의 기밀은 헤아릴 수가 없으니, 눌렀다가는 펴고 폈다가는 다시 누르니 이것은 모두 영웅을 희롱하고 호걸을 넘어뜨리는 짓이다. 그러나 군자는 천운이 거슬러와도 순리로 받아들이며, 편안할 때에 위태로움을 생각하나니 하늘도 역시 그 재주를 부릴 수 없는 것이다.

天之機緘은 不測하며 抑而伸하고 伸而抑하나니 皆是播弄英
천 지 기 함   불 측   억 이 신   신 이 억   개 시 파 롱 영

雄하고 顚倒豪傑處라. 君子는 只是逆來順受하고 居安思危
웅   전 도 호 걸 처   군 자   지 시 역 래 순 수   거 안 사 위

하여 天亦無所用其伎倆矣니라.
     천 역 무 소 용 기 기 량 의

❖

기함(機緘) : 엿볼 수 없는 기밀, 비밀.

불측(不測) : 헤아릴 수 없음.

억(抑) : 억누름, 역경에 처하게 함.

신(伸) : 펴나가게 함, 운이 풀리게 함.

개(皆) : 전부, 모두, 다

파롱(播弄) : 희롱, 우롱, 번농함.

전도(顚倒) : 뒤집어엎음, 넘어뜨림.

지(只) : 다만, 단지.

역래순수(逆來順受) : 천운이 거슬러와도 순리로 받아들임, 역경
　　이 오더라도 묵묵하게 받아들임.

거안사위(居安思危) : 편안할 때 위태로운 일을 생각함.

기량(伎倆) : 재주, 수완.

<풀이>

조카인 건문제의 황족세력 거세 조처에 반기를 든 연왕 주체는 마침내 금릉(남경)을 함락시키고 제위에 오르게 된다(1402년 6월). 연왕은 포로가 된 방효유에게 황제 즉위의 조칙을 쓰도록 명했다. 저명한 유학자요, 건문제의 측근이었던 방효유는 연왕 주체의 찬역(簒逆)에 동조할 수 없었다. 그는 분연히 연적찬위(燕賊簒位) 네 글자를 써 놓은 채 연왕을 꾸짖었다. 지조와 절개를 굽히지 않았던 방효유는 마침내 친족, 제자들과 함께 형장의 이슬로 사라지고 만다(향년 46세). 그가 죽기 직전에 남긴 절명시는 후세인들의 심금을 울리고 있다.

하늘이 난리를 내리시니 그 사연을 어찌 헤아릴 수 있으리오.
간신이 계략으로 나라를 장악하도다.
충신의 비분강개는 피눈물되어 흐르고
이에 님 위해 죽으니 달리 또 무엇을 구하리오.
슬프다! 내 어찌 바라고 불평함이 있겠는가!

사실 하늘의 조화와 기밀은 변화무쌍해서 인간의 미약한 지혜로는 살필 길이 없다. 때로는 영웅과 재사에게 기회를 주어 세상이 깜짝 놀랄 큰 일을 이루어 내게도 한다. 그러나 곧 패배의 쓴잔을 안겨 몰락의 늪에 빠지게도 한다. 그러나 군자는 언제나 안락할 때에 비상시에 대비하며 역경이 와도 불평함이 없이 묵묵히 받아들인다. 자신의 일에 확고한 사명감을 지니며 고난도 순리로 받아들이는 그에게는 하늘의 조화도 기구한 운명의 돌팔매도 힘을 미치지 못하는 것이다.

69

　성격이 조급한 사람은 타오르는 불꽃과 같아서 만나는 것마다 모두 태워 버리고, 은덕을 베푸는 일에 인색한 사람은 차가운 얼음과 같아서 만나는 것마다 반드시 죽여 버리며, 마음이 꽉 막힌 고집스러운 사람은 고인 물이나 썩은 나무와 같아서 산 기운은 이미 끊겨져 있으니 이런 사람들은 모두 공훈을 쌓고 행복을 누리기가 어려운 것이다.

燥性者는　火熾하여　遇物則焚하고　寡恩者는　氷淸하여　逢物
조 성 자　　화 치　　　우 물 즉 분　　　과 은 자　　빙 청　　　봉 물

必殺하며　凝滯固執者는　如死水腐木하여　生機已絶하니　俱難
필 살　　　응 체 고 집 자　　여 사 수 부 목　　　생 기 이 절　　　구 난

建功業而延福祉이니라.
건 공 업 이 연 복 지

❖

조성자(燥性者) : 성격이 조급한 사람.

화치(火熾) : 불처럼 타오름, 불꽃, 화염.

과은자(寡恩者) : 은덕을 베푸는 일에 인색한 사람, 인색하고
　박정한 사람.

빙청(氷淸) : 얼음처럼 차가운 것, 쌀쌀하고 냉정한 태도.

응체(凝滯) : 꽉 막히고 엉켜 있는 것.

사수(死水) : 흐르지 못하고 고여 있는 물, 웅덩이에 담긴 죽은

물, 썩은 물.

부목(腐木) : 죽어서 썩은 나무.

생기(生機) : 생생한 기운, 산기운, 생명력.

이절(已絶) : 이미 끊겨져 버림, 벌써 단절됨.

연복지(延福祉) : 행복을 누림. 연(延)은 맞이하다, 늘려나가다,
    연장(延長)하다의 뜻임.

<풀이>

성미가 침착하지 못하고 조급한 사람이나 비정하고 인색한 사람 또는 융통성이 없고 고집스러운 사람은 모두 치우친 성격의 소유자들이다. 이런 성격으로는 자기 자신에게도 남에게도 이로움을 주지는 못할 것이다. 왜냐하면 융통성과 균형감각 없이는 원만한 대인관계가 불가능하기 때문이다. '성격은 운명이다'라고 말하는 사람도 있다. 그만큼 타고난 성격을 고친다는 것은 쉬운 일이 아닌 것이다. 그리고 성격이 그 사람의 운명을 좌우하기도 한다.

이 장을 읽다 보면 생각나는 인물들이 있다. 소설 삼국지연의에 등장하는 관우와 장비는 청년시절부터 유비를 섬겨 이들의 동지애적 결속은 군신관계를 넘어선 형제애의 그것이었다. 이 두 사람은 어떠한 위험이나 역경에도 굴하지 않고 끝까지 주군을 받든 충신이었다. 그러나 대인관계에서는 결점이 적지 않았다. 먼저 장비의 경우에는 신분이 높은 자에게는 언제나 친절하고 예의가 발랐다고 한다. 그러나 평소 말단 부하들에게는 가혹한 폭군이었다. 그들의 사소한 잘못도 심한 매질로 다스린 것이다. 유비도 이 점을 우려해 충고하였다. '경은 부하들을 매일 채찍질하면서도 그대로 쓰고 있다. 이래서는 재난을 피할 수 없는 것이다.'

그러나 그는 끝내 부하들에게 은덕을 베풀지 못하고 포악한 태도로 일관하였다. 마침내 유비의 오나라 원정에 합세하기 직전 부하인 범강, 장달에 의해 밤중에 암살되고 만다.

그와 함께 유비를 섬긴 관우는 신분이 높은 관리들에게는 상대방이 모멸감을 느낄 정도로 교만한 자세로 대했다고 한다. 그러나 미천한 병졸들에게는 언제나 따뜻하게 감싸주는 이해심 많은 대장이었다. 평소 상관인 관우에게 멸시와 푸대접을 받아온 미방과 부사인은 그가 여몽의 계략에 속아 위기에 몰리자 전혀 도울 생각을 하지 않고 오군에 항복한다. 근거지인 강릉을 빼앗긴 관우는 허겁지겁 맥성으로 도주했으나 따르는 자는 겨우 십여 명에 지나지 않았다. 퇴로가 차단당한 그는 마침내 오군에게 생포되어 목을 베이고 만다.

우리는 이 두 호걸의 비극적 종말을 단순히 지혜가 부족했다거나 운이 나빴다고만 말할 수는 없을 것이다. 그들의 성격적 결함이 그들 자신에게 몰락을 안겨준 것이다.

70

복은 억지로 맞아들일 수 없는 것이니 즐거운 마음을 길러 복을 불러들이는 기틀로 삼아야 할 것이고, 재난은 마음대로 피하지 못하는 것이나 살기를 없앰으로써 재난을 멀리하는 방도로 삼아야 할 것이다.

福不可徼니 養喜神하여 以爲召福之本而已요 禍不可避니
복 불 가 요   양 희 신   이 위 소 복 지 본 이 이   화 불 가 피

去殺機하여 以爲遠禍之方而已니라.
거 살 기   이 위 원 화 지 방 이 이

❖

불가(不可) : ～하지 못하다, ～할 수 없다.

요(徼) : 구하다, 맞아들이다. 요(邀)와 같은 뜻임.

희신(喜神) : 즐거운 마음, 기쁜 정신.

이위(以爲) : ～로써 ～로 하다.

소(召) : 부르다, 불러들이다.

본(本) : 근본, 토대, 기틀.

이이(而已) : ～할 따름이다. ～할 뿐이다.

화(禍) : 재앙, 재난, 불행한 일.

살기(殺機) : 남을 해치려는 살벌한 마음. 殺機 = 살기(殺氣).

방(方) : 방법, 방책, 방도, 방안.

<풀이>

복은 구한다고 해서 쉽사리 얻어지는 것이 아니요, 재앙
은 피한다고 해서 반드시 멀어지는 것이 아니다. 그렇지만
모든 일을 운수 소관에 맡기고 체념하는 것은 건전한 생활
인의 자세는 아닐 것이다. 먼저 복을 받아들일 수 있는 건
실한 마음의 자세를 지니고 있어야 한다. 즉 먼저 남을 미
워하는 마음, 사회에 대한 불평 불만부터 버리고 감사하는
마음, 남을 돕고자 하는 마음으로 삶을 영위해야 한다. 이
런 사람, 이런 가정에 행복은 좀더 가까이 와 있다고 말할
수 있을 것이다.

'너의 죽음이 곧 나의 삶이다'(Mors tua, Vita mea)라는
로마 시대의 격언이 있다.

　이와 같은 살벌한 마음은 더불어 살아가야 할 인간사회를 견딜 수 없는 곳으로 만든다. 나치스의 유태인 학살 만행을 잘 알고 있는 사람들은 히틀러의 적은 유태인도 영국인도 아닌 바로 히틀러 자신이라는 사실을 깨닫게 된다. 남에게 던진 돌팔매는 부메랑이 되어 자신에게 되돌아 온다. 그리고 뿌린 씨앗은 반드시 뿌린 사람이 거두게 마련이다. 이것이 인과응보이다.

71

　열 마디 말 가운데에 아홉이 맞더라도 기이하다는 찬양은 없어도, 한 마디 말만 맞지 않아도 나무라는 소리가 사방에서 들려 오고, 열 가지 꾀하던 일 가운데에 아홉 가지를 이루어 낼지라도 공적을 돌리지 않지만, 한 가지 일만 이루어 내지 못하면 힐뜯는 소리가 도처에서 일어난다. 그러므로 군자는 차라리 침묵할지언정 떠들지 않고, 졸렬한 척할지언정 재주를 드러내지 않는 것이다.

十語九中이라도　未必稱奇나　一語不中이면　則愆尤駢集하고
십 어 구 중　　　미 필 칭 기　　일 어 부 중　　　즉 건 우 병 집

十謀九成이라도　未必歸功이나　一謀不成이면　則訾議叢興하
십 모 구 성　　　미 필 귀 공　　일 모 불 성　　　즉 자 의 총 흥

나니 君子는　所以寧默毋躁요　寧拙毋巧이니라.
　　　군 자　　소 이 영 묵 무 조　　영 졸 무 교

❖❖

구중(九中) : 아홉 마디가 맞음.

칭기(稱奇) : 기이하다고 찬양함.

건우(愆尤) : 잘못을 탓함.

병집(駢集) : 사방에서 모여드는 것.

십모구성(十謀九成) : 열 가지 꾀하던 일 가운데에 아홉 가지를
　　이루어 냄.

미필(未必) : 반드시 ~하지는 않다, 꼭 ~하는 것은 아니다.

귀공(歸功) : 공적을 돌리다.

불성(不成) : 일을 이루어 내지 못하다, 실패하다.

즉(則) : 곧.

자의(訾議) : 비방의 소리, 비난하고 헐뜯는 소리.

총흥(叢興) : 여기저기에서 한꺼번에 일어남.

소이(所以) : ~하는 이유.

영(寧) : 차라리.

무조(毋躁) : 떠들지 않다. 무(毋)는 금지사로 무(無)와 통함.

졸(拙) : 서툴다, 어리숙하다, 졸렬하다.

교(巧) : 재주, 솜씨, 재능. 무교(無巧)는 재주를 부리지 않다,
　　솜씨를 보이지 않다, 즉 자신의 재능을 감춘다는 뜻임.

<풀이>

　열 마디 말 중에 아홉 마디가 맞더라도 신기하다는 칭찬
은 없어도 한 마디만 이치에 어긋나면 비난하는 소리를 듣
게 된다. 열 가지 계획 중 아홉 가지를 성사케 하여도 공
로를 장본인에게 돌리지 않는 사람들이, 한 가지 계획만
실패해도 비웃음과 헐뜯는 말을 서슴없이 내뱉는다. 그리고
자신에게 아홉 번을 잘해 준 것은 쉽게 잊지만 한 번 섭섭
하게 대한 것은 잊지 않고 원한마저 품게 된다. 세상의 인
심은 흔히 이렇게 험한 것이다. 그러므로 이와 같은 세상
에서 덕망을 갖춘 사람은 함부로 아는 체 떠들지 않으며

묵묵히 자신의 맡은 바 소임을 다함으로 남들의 입방아에 오르지 않는 것이다.

72

천지의 기운은 따뜻하면 만물을 소생케 하고, 차가우면 죽게 한다. 그러므로 성격과 기질이 차갑고 쌀쌀한 사람은 그 복의 누림 역시 박하다. 오직 기질이 화기애애하고 마음씨가 뜨거운 사람이라야 그 복 또한 두터우며 그 은덕 역시 오래 갈 것이다.

天地之氣는 暖則生하고 寒則殺이라 故로 性氣淸冷者는 受
천 지 지 기　　난 즉 생　　　한 즉 살　　고　　성 기 청 랭 자　　수

享亦涼薄하나니 唯和氣熱心之人이라야 其福亦厚하고 其澤
향 역 량 박　　　　유 화 기 열 심 지 인　　　기 복 역 후　　　기 택

亦長하니라.
역 장

❖

성기(性氣) : 성격과 기질.
청랭자(淸冷者) : 맑고 차가운 사람, 쌀쌀하고 냉정한 사람.
수향(受享) : 복을 받아 누리는 것. 수향(受享) = 향수(享受).
역(亦) : 또한, 역시.
양박(涼薄) : 차갑고 얄팍한, 쌀쌀하고 각박한, 쌀쌀하고 엷은.
유(唯) : 오직.
기택(其澤) : 그 은덕, 그 은택, 그 덕택.
장(長) : 오래 감, 장구(長久)함.

<풀이>

위(衛)의 서공자인 공손앙은 법가 계열의 형명학(刑名學)을 좋아하였다. 진(秦)의 효공에게 발탁된 그는 신법을 포고한 후 자신의 정책을 밀고 나간다. 즉 다섯 집이나 열 집을 한 조로 묶어 서로 감시케 하며 범법자가 나오거나 이를 숨겨주는 경우 전원의 허리를 베어 죽이는 요참형에 처하도록 했다. 부자간에도 강제로 분가케 하고 농사와 길쌈을 장려하며 말리(末利 : 상공업)에 종사하는 사람들을 종으로 삼고 왕족이라고 하더라도 군공이 없으면 공족(公族)에서 제적하였다.

공손앙은 또한 위(魏) 나라를 쳐서 영토를 넓히고 전국을 31현으로 한 다음 도량형을 통일하였다. 독자들은 후일 진시황의 사업과 통치 스타일이 어디에서 비롯된 것인지 대략 짐작할 수 있을 것이다. 진의 효공은 그에게 상어(商於)의 열다섯 고을을 식읍으로 주고 상군(商君)이라 호하였다. 그가 재상의 자리에 있는 십년 동안 그의 신법은 성공을 거두었으나 백성들에게는 너무나 가혹하였고 또 왕족, 외척 중에서도 그를 원망하는 자가 많았다. 이 기미를 잘 알고 있는 사람이 그에게 물러날 것을 종용하였다. 그러나 상군은 이 말을 따르지 않았다. 그 뒤 다섯 달이 지나 진효공이 승하하고 태자가 보위에 오르자마자 그는 역적으로 몰려 이웃나라로 망명해야 하였다. 관소 근방의 여관에 유숙코자 한 그를 보고 여관주인이 말했다.

"상군의 법령에 여행증이 없는 손님을 재우면 연좌제로 다같이 벌을 받게 됩니다."

상군은 탄식했다.

'아! 신법의 폐단이 드디어 내 몸에까지 이르렀구나.'

우여곡절 끝에 그와 그의 군대는 정나라의 면지에서 진군
(秦軍)에게 토멸되고 만다. 그의 시신은 왕명에 의해 사지를
찢기는 거열형에 처해진다. 상군의 가혹한 통치는 그 자신
의 각박한 성격에서 나온 것이며 그것은 또한 그의 비참한
말로와 연관되어 있다.

73

하늘의 이법에 이르는 길은 매우 넓어서, 조금이라도 여
기에 마음을 두면 가슴속이 탁 트이고 상쾌해짐을 느끼게
된다. 사람의 욕망을 좇는 길은 매우 좁아서, 조금이라도
여기에 발을 붙이면 눈앞이 모두 가시밭과 진흙탕으로 뒤
덮이게 된다.

天理路上은 甚寬하여 稍游心이라도 胸中이 便覺廣大宏朗하
천 리 로 상   심 관   초 유 심   흉 중   변 각 광 대 굉 랑

고 人欲路上은 甚窄하여 纔寄迹이라도 眼前이 俱是荊棘泥
 인 욕 로 상   심 착   재 기 적   안 전   구 시 형 극 니

塗니라.
도

❖

천리(天理) : 하늘의 이법, 자연의 도리.
심관(甚寬) : 매우 넓음, 대단히 관대함, 매우 너그러움.
초(稍) : 조금, 약간.
유심(游心) : 마음을 씀, 뜻을 거기에 둠.

광대굉랑(廣大宏朗) : 넓고 탁 트여 상쾌하고 명랑함.
인욕(人欲) : 사람의 욕망.
심착(甚窄) : 대단히 좁음.
재(纔) : 겨우.
기적(寄迹) : 발을 들여놓는 것.
형극(荊棘) : 가시덤불, 가시밭.
니도(泥塗) : 진흙탕.

<풀이>

　하늘은 언제나 말이 없다. 그러나 그 이법은 넓고도 크다. 만일 여기에 마음을 둔다면 우리의 가슴속은 시원하게 탁 트이며 외물(外物)에 구애받지 않는 자적함이 있을 것이다. 그러나 인간의 욕구를 따르는 길은 언제나 좁고도 험악하기만 하다. 그것에 사로잡혀 있는 마음으로는 사물의 진면목을 볼 수도 없고 또 번뇌에서 벗어날 길도 없다. 생활은 간소하게 꾸려나가되 뜻은 항상 높은 곳을 지향하라고 하였다. 자신의 욕구에 얽매이지 않고 천지자연의 이법에 따를 수 있다면 우리의 삶은 보다 의미 있는 것이 될 것이다.

74

　괴로움과 즐거움을 서로 갈고 닦은 다음에 이룩한 행복, 이런 행복이 비로소 오래 간다. 의문과 믿음을 서로 대조하여 생각해 본 다음에 얻은 지식, 이런 지식이 비로소 참된 것이다.

一苦一樂을　相磨練하여　練極而成福者는　其福이　始久하고
일고일락　　상마련　　연극이성복자　　기복　　시구

一疑一信을　相參勘하여　勘極而成知者는　其知가　始眞하니
일의일신　　상참감　　감극이성지자　　기지　　시진

라.

❖

마련(磨練) : 연마하다, 갈고 닦다.
연극(練極) : 갈고 닦은 끝에, 연마한 후에.
시구(始久) : 비로소 오래 가다.
일의(一疑) : 하나의 의문, 의심, 회의.
상참감(相參勘) : 서로 참작하여 결정함, 서로 대조하여 생각해
　　보는 것.

<풀이>

　눈물 젖은 빵을 먹어 본 일이 없는 이, 슬픈 밤을 단 한 번이라도 잠자리 위에서 울며 잠 못 이룬 일이 없는 이는 인생의 참맛을 모른다고 어느 시인은 노래하고 있다. 사실 아무런 고생이나 세상풍파를 겪지 않고 모든 것이 보장된 분위기에서 살아가는 귀공자가 있다면 그만큼 그는 인생의 의미와 행복의 참맛을 모른다고 해야 할 것이다. 참다운 인간으로서의 성장도 고통과 좌절의 쓴잔을 마신 후에나 가능한 일이다.

　살다 보면 만사가 뜻대로 되지 않아 짜증이 나고 세상이 원망스러울 때도 있다. 그러나 쓴맛과 단맛을 다 맛본 후에 얻은 행복이 참다운 것이요, 지속성이 있는 것이다. 그리고 지식의 경우도 이와 마찬가지이다. 이 세상 사람들이 보편

적인 진리나 지식으로 받아들이고 있는 것도 일단 자신의
사고력으로 의심하고 분석하고 비판하는 자세는 반드시 필
요한 것이다. 왜냐하면 과거에는 절대적인 진리로 인정받던
것이 오늘날에 와서는 하나의 오류로 밝혀진 것도 적지 않
기 때문이다.

회의하는 자세는 지성인만이 가질 수 있는 특권이다. 아
무런 의문도 없이 받아들인 지식은 단순히 남의 것을 암기
하는 것에 불과하다. 이런 무비판적인 정신으로는 옛사람이
남긴 유산에서 한 발자국도 더 앞으로 나아갈 수 없고 또
무언가 새로운 것을 창출해 낼 수도 없다. 인류문화의 발
전은 언제나 지적인 모험심과 우상파괴의 용기를 지닌 이
들에 의해 이루어져 왔다. 제자가 언제까지나 제자의 수준
에만 머물러 있다면 그것은 스승에 대한 진정한 보답이 아
닐 것이다.

75

마음은 비어 있지 않으면 안 된다. 비어 있어야 의리가
와서 머물 수 있는 것이다. 마음은 차 있지 않으면 안 된다.
꽉 차 있어야 물욕이 들어오지 못하는 것이다.

心不可不虛니 虛則義理來居하고 心不可不實이니 實則物欲
심 불 가 불 허   허 즉 의 리 래 거   심 불 가 불 실   실 즉 물 욕

不入이니라.
불 입

❖

불가불(不可不) : ～하지 않으면 안 된다.

허(虛) : 마음을 비운 상태.

의리(義理) : 올바른 도리, 정의와 진실.

실(實) : 올바른 도리로 차 있음.

물욕(物欲) : 바깥 사물에 대한 욕망(欲望). 욕(欲 : 하고자 할)은
　욕(慾 : 욕심)과 통(通)함.

<풀이>

　후한의 양진은 학문과 덕망을 갖춘 인물이었다. 그가 동
래 태수로 부임할 때의 일이다. 창읍에 묵었던 그를 현령
왕밀이 몰래 방문하였다. 왕밀은 양진이 형주자사 재직시에
그의 추천으로 벼슬길에 오른 사람이었다. 왕밀은 옛날의
은혜도 갚고 또 앞날의 후원도 부탁할 겸 가지고 온 금덩
이를 내놓았다. 깜짝 놀란 양진이 말했다. '나는 평소 그
대가 정직한 사람이라고 믿어 왔는데 사람을 이렇게 대할
수 있소?' 왕밀이 부끄러운 듯 얼굴을 붉히며 말했다.
'지금은 밤중이라 아무도 이 사실을 알지 못합니다.' 그러
나 양진은 엄숙한 표정으로 말했다. '아니 무슨 말씀을 하
시는 거요. 하늘이 알고 땅이 알며 그대가 알고 또 내가
알고 있지 않소.'

　후세 사람들은 이 일화를 사지(四知)라고 하며 그의 깨끗
한 처세를 기리어 왔다. 양진의 이와 같은 처세는 그가 평
소 의리와 진실로 그의 마음을 채워 놓았기 때문일 것이다.
그와 같은 마음에는 물욕과 비리가 비집고 들어올 여백이
없는 것이다.

76

땅이 지저분하면 생물이 잘 자라지만 물이 너무 맑으면 언제나 고기가 살지 않는다. 그러므로 군자는 마땅히 때 묻고 더러운 것을 받아들이는 아량을 지녀야 하며, 깨끗한 것을 좋아하며 혼자만이 유별나게 행하려는 지조를 가져서는 아니되는 것이다.

地之穢者는 多生物하고 水之淸者는 常無魚라. 故로 君子는
지 지 예 자 다 생 물   수 지 청 자   상 무 어   고   군 자

當存含垢納汚之量하고 不可持好潔獨行之操니라.
당 존 함 구 납 오 지 량   불 가 지 호 결 독 행 지 조

❖

지지예자(地之穢者): 거름이 많고 지저분한 땅. 예(穢)는 더럽다, 거칠다의 뜻.

함구납오(含垢納汚): 때 묻고 더러운 것을 받아들임.

양(量): 아량, 도량.

지(持): 지니다, 간직하다.

조(操): 절조, 지조.

<풀이>

거름기가 많고 지저분한 땅에는 초목이 잘 자라고 새들도 둥지를 틀 수가 있다. 그러나 지나치게 맑은 물에는 어류가 서식하기 힘들다. 그런 곳에서는 물고기가 몸을 숨길 장소도 마땅치 않고 또 수초, 벌레 등의 먹이도 부족하기 때문이다. 사람의 사회생활도 이와 유사한 점이 있다. 지조가

있는 사람은 도덕적 결벽성이 강하나 사회에는 여러 부류의 사람이 살기 마련이다. 이들 중에는 지적으로 열등하거나 도덕성에 문제가 있는 사람도 적지 않다. 그러나 이런 사람들도 너그럽게 받아들이는 아량을 지녀야 한다. 우리가 여러 부류의 사람들을 일시동인(一視同仁)하면 인화(人和)를 이루어 큰 일을 성취할 수 있는 것이다.

77

수레를 뒤엎는 사나운 말도 길들이면 부릴 수 있고 마구 튀는 쇳물도 끝내 그릇틀에 부어지게 된다. 언제나 결단력이 없어 분발하지 못한다면 평생 한 치의 발전도 없을 것이다. 백사가 이르기를 "사람이 병 많음이 부끄러운 것이 아니라 한평생 병이 없음이 나의 근심이다." 했는데, 이는 참으로 옳은 말이다.

泛駕之馬도 可就驅馳요 躍冶之金도 終歸型範이니 只一優
봉 가 지 마   가 취 구 치   약 야 지 금   종 귀 형 범   지 일 우

游不振이면 便終身無個進步라. 白沙云하되 爲人多病未足
유 부 진   변 종 신 무 개 진 보   백 사 운   위 인 다 병 미 족

羞나 一生無病是吾憂라 하니 眞確論也로다.
수   일 생 무 병 시 오 우   진 확 론 야

❖

봉가지마(泛駕之馬) : 수레를 뒤엎는 성미가 사나운 말.
가취구치(可就驅馳) : 자유자재로 말을 몰다, 자유롭게 말을 부릴 수 있음.

약야지금(躍冶之金) : 펄펄 끓여 틀에 부으면 마구 튀는 품질이 나쁜 쇳물.

종귀형범(終歸型範) : 마침내 틀에 부어지게 되다. 형범(型範)은 틀을 뜻함.

지일(只一) : 다만 한결같이, 언제나 한결같이.

우유(優游) : 겁이 많고 결단력이 없어 우물쭈물함.

부진(不振) : 떨치지 못함, 분발하지 않음.

백사(白沙) : 명(明)의 선비 진헌장(1428~1499)의 호. 자(字)는 공보(公甫). 신회의 백사리(白沙里)에 거주, 서책에 의지했으나 얻어지는 것이 없자 정좌(靜坐)를 통해 사물의 이(理)를 체득함. 주자학과 선학(禪學)을 아울러 받아들여 독자적인 철학을 이룸.

다병(多病) : 육신의 병.

미족(未足) : ~하기에 충분하지 못함.

수(羞) : 부끄러움, 수치.

무병(無病) : 정신적인 고뇌가 없음, 정신적으로 방황하거나 고민이 없음.

진확론(眞確論) : 참으로 옳은 말.

<풀이>

사나운 야생마도 길들이면 온순해져 손쉽게 부릴 수 있고, 펄펄 끓이면 튀어오르는 품질이 나쁜 쇳물도 주형에 부으면 유용한 도구가 될 수 있다. 사람의 경우도 이와 마찬가지이다. 사람이 우유부단하고 진취성이 없으면 평생 별다른 발전없이 세월만 허송하고 말 것이다.

진백사의 말처럼 우리가 부끄러워해야 할 것은 육체적인 병이 아니다. 오히려 정신적인 고뇌가 없음을 부끄러워하고 근심해야 할 것이다. 인생의 모순과 부조리에 대해 번민하

며 방황하는 사람은 인간 수업의 길을 그만큼 성실하게 걷
고 있는 사람일 것이다. 왜냐하면 참다운 의미에서의 인격
완성은 정신적 고뇌와 방황을 통해서만이 이룰 수 있기 때
문이다.

78

　사람이 한번 사리사욕을 채우려는 마음을 품게 되면, 의
연한 기상은 녹아 나약해지고, 슬기로움은 막혀 어리석게
되며 은혜로운 마음은 변하여 혹독해지고, 깨끗함은 물들어
더러워지니 평생의 인품을 허물어뜨리는 것이다. 그러므로
옛사람들은 탐욕을 멀리함을 보배로 삼았으니 이것이 바로
이 세상을 초월하는 방도인 것이다.

人只一念貪私하면 便銷剛爲柔하고 塞智爲昏하며 變恩爲慘
인 지 일 념 탐 사　　변 소 강 위 유　　색 지 위 혼　　변 은 위 참

하고 染潔爲汚하여 壞了一生人品하나니 故로 古人은 以不貪
　　염 결 위 오　　괴 료 일 생 인 품　　고　　고 인　　이 불 탐

爲寶하니 所以度越一世니라.
위 보　　소 이 도 월 일 세

❖

지(只) : 다만, 오직.
일념(一念) : 한 가지의 생각.
탐사(貪私) : 사사로운 이익의 추구에 집착함, 사리를 탐함.
소강(銷剛) : 굳센 기풍을 녹임.
위유(爲柔) : 나약해짐, 유약해짐.

색지위혼(塞智爲昏) : 슬기가 막혀 어리석어짐.
변은위참(變恩爲慘) : 은덕을 베풀던 마음이 변하여 가혹해짐.
염결위오(染潔爲汚) : 깨끗한 마음이 더러움에 물듦.
괴료(壞了) : 허물어지다, 파괴하다. 료(了)는 완료형 조동사.
일생인품(一生人品) : 한평생의 품성, 인격
소이(所以) : 방법, 방도.
도월(度越) : 뛰어넘다, 초월하다, 초극하다.
일세(一世) : 한세상, 자신에게 주어진 한평생.

<풀이>

 모든 생명체는 자기 보존의 욕구가 있다. 그러므로 사람
이라면 누구나 가지고 있을 어느 정도의 이기심과 욕심은
당연한 것이기도 하다. 우리가 진실로 경계해야 될 것은
도에 넘친 탐욕일 것이다. 이것은 원만하고 건전한 인격형
성에 치명타를 가하는 암적 존재이다. 사람이 한번 탐욕에
젖어들면 굳센 기상은 무너져 나약해지고 은덕을 베풀던
마음은 인색하고 잔인해지는 것이다. 그리하여 옛성현들은
탐욕을 멀리한 깨끗한 마음을 수양의 지표로 삼았다. 우리
에게 부여된 육체적 생명은 지극히 짧고 또한 덧없는 것이
기도 하다. 그러나 깨끗한 인품의 청백리나 선비들의 일화
는 널리 사람들의 입에 오르내리며 칭양(稱揚)되고 있다.
다시 말하자면 그들의 육신의 생명은 이미 오래 전에 사라
졌지만 탐욕을 멀리한 고결한 인품은 오래오래 세인의 귀
감이 되고 있는 것이다.

79

　귀와 눈이 보고 들은 것은 바깥에서 오는 적이요, 정욕과
의식은 안에 도사린 적이다. 다만 주인되는 본디 마음이
맑게 깨어 있어 뚜렷이 안채에 홀로 자리잡고 있으면, 적
들도 문득 변하여 한집 식구가 되는 것이다.

耳目見聞은 爲外賊이요 情欲意識은 爲內賊이니 只是主人
이목견문　　위외적　　　정욕의식　　위내적　　　지시주인

翁이 惺惺不昧하여 獨坐中堂하면 賊便化爲家人矣니라.
옹　　성성불매　　　독좌중당　　　적변화위가인의

❖

견문(見聞) : 보고 듣는 것.

위(爲) : ～이 되다, ～이다.

정욕(情欲) : 이성에 대한 육체적 욕망.

의식(意識) : 마음의 작용, 사욕.

주인옹(主人翁) : 주인 늙은이, 마음의 주인, 본심(本心)을 의인
　화한 말임.

성성(惺惺) : 맑게 깨어 있음.

불매(不昧) : 어둡지 않음, 어리석지 않음. 사리판단에 대한 분
　별력이 있음.

중당(中堂) : 안채, 내당, 중심. 본문에서는 마음이 자리잡고
　있는 곳.

가인(家人) : 식구, 가족, 하인.

<풀이>

사람은 귀, 눈, 피부 등의 감각기관으로 바깥 세계의 온갖 자극을 받아들이며 이것에 의해 희로애락의 심리작용도 일어나게 된다. 그리고 안으로는 물질적 욕구와 이성에 대한 욕정도 일어나게 마련이다. 욕정의 경우는 워낙 원초적 본능이므로 젊은이에게는 육체적으로나 정신적으로 큰 부담이 되기도 한다. 그러므로 영국의 대문호 셰익스피어도 이런 말을 했다. '그러니 조심하여라. 조심하는 것이 상책이다. 젊음은 상대방이 없어도 스스로 욕정을 일으킨다.'(Be wary then, best safety lies in fear. Youth to itself rebels, though none else near.)〈햄릿 제1막 제3장〉

그러나 사람에게는 또한 맑고 순수한 본디마음이 있다. 이것이 우리의 내부에 굳건히 자리잡아 흔들리지 않는다면 안팎의 온갖 자극과 욕망의 포로가 되지 않고 오히려 그것들을 자유자재로 휘어잡아 마치 집안에 있는 하인을 부리듯 복종케 할 수 있는 것이다. 이와 같이 깨끗한 본심을 간직하며 이성(理性)의 생활로 자기관리를 제대로 하는 사람을 우리는 수양인이라고 불러도 좋을 것이다.

80

아직 이루지 못한 공을 기획(企劃)하는 것은 이미 쌓아올린 공적을 잘 보전하는 것만 못하고, 이미 지나간 잘못을 뉘우치는 것은 장차 다가올 과오를 미리 막는 것만 못한 것이다.

圖未就之功은　不如保已成之業이요　悔旣往之失은　不如防
도 미 취 지 공　 불 여 보 이 성 지 업　　 회 기 왕 지 실　　 불 여 방

將來之非니라.
장 래 지 비

❖

도(圖)：도모하다, 꾀하다, 기도(企圖)하다.
미취(未就)：착수하지 않은, 아직 이루지 못한.
보(保)：보전하다, 지키다.
이성지업(已成之業)：이미 이룩한 일, 이미 쌓아올린 공적.
회(悔)：뉘우치다, 후회하다.
기왕지실(旣往之失)：이미 지나간 잘못.
불여(不如)：~함만 같지 못하다.
방(防)：대비하다, 대처하다, 막아내다.
장래지비(將來之非)：장차 다가올 과오, 장차 저지를 수 있는
　　실수.

＜풀이＞

　창업보다는 수성(守城) 쪽이 더욱 어렵다고 한다. 어떤
일을 미처 마무리하기 전에 또 다시 새로운 일에 착수하여
떠벌려 놓는 사람도 있다. 이럴 경우 자칫하면 모든 것을
잃어버리고 몰락할 위험성이 있다. 말을 타면 경마를 잡히
고 싶다고 한다. 어차피 사람의 욕심에는 한계가 없다. 그
러나 그것에 한계를 긋고 어떤 시점에서 만족할 줄 아는
지혜가 있어야 한다. 이것이 이미 이루어 낸 공적을 잘 지
키는 길도 된다. 또한 이미 지나간 잘못과 실패를 아무리
후회하고 아쉬워한들 시계바늘을 거꾸로 돌릴 수는 없다.
그것보다는 앞으로는 그와 같은 것을 되풀이하지 않을 지

혜를 터득해야 한다. 그렇게 한다면 과거의 잘못과 실패는
자기 반성을 통하여 오히려 전화위복의 계기가 될 수도 있
는 것이다.

81

기상은 높고도 넓어야 하지만 허술하거나 거칠어서는 안
되며, 마음은 치밀해야 하지만 잘고 좀스러워서는 안 되고,
취미는 깨끗하고 맑아야 하지만 지나치게 치우치거나 메말
라서는 안 되며, 지조를 지킴에는 엄하고 공명정대해야 하
지만 과격해서는 안 된다.

氣象은 要高曠이나 而不可疎狂하고 心思는 要縝密이로되 而
기상　요고광　　　이불가소광　　　심사　　요진밀　　　　　이

不可瑣屑하며 趣味는 要冲淡이나 而不可偏枯하고 操守는
불가쇄설　　취미　　요충담　　이불가편고　　조수

要嚴明이로되 而不可激烈이니라.
요엄명　　　이불가격렬

❖

기상(氣象) : 타고난 기질, 선천적인 성정.

고광(高曠) : 높고 넓음.

소광(疎狂) : 엉성하고 거침. 세상물정에 어둡고 행동이 거침.

진밀(縝密) : 마음이 세심한 데까지 미치는 것, 치밀하여 빈틈
　　이 없음.

쇄설(瑣屑) : 작은 일에 구애받음, 마음이 자질구레하고 좀스러
　　운 것.

충담(冲淡) : 텅 비고 담담함, 담백하고 소탈함, 욕심이 없어

집착하지 않음.

편고(偏枯) : 마음이 좁아서 한쪽으로 치우치고 메마른 것.

조수(操守) : 지조를 지킴.

엄명(嚴明) : 엄정하고 밝음.

격렬(激烈) : 지나치게 격한 것.

<풀이>

이 장에서 저자는 원만하고 균형잡힌 중용적 처세관을 피력하고 있다. 사람의 기상은 높고도 넓어야 하지만 엉성하고 미치광이처럼 처신해서는 안 되는 것이다. 일처리는 빈틈이 없고 민첩해야 하나 지나치게 잘고 좀스러워서는 안 된다. 마음가짐은 언제나 담담하고 욕심이 없어야 하지만 메마르거나 치우친 성격은 바람직하지 않다. 지조를 지키는 것은 엄정하고 밝아야 하지만 과격하면 오히려 그것을 훼손케 할 수도 있다. 이와 같이 사람의 마음가짐과 처세에는 중용의 덕이 필요한 것이다. 중용(中庸)이란 이것도 저것도 아닌 어중간한 가치관을 가리킨 말은 결코 아니다. 이것보다도 저것보다도 더욱 차원이 높은 가치의 최고점을 말한 것이다. 우리 동양 사람들이 언제나 중용의 덕을 높이 선양하고 서양인들 역시 황금의 중용(the golden mean)이라고 강조하고 있는 것은 바로 이와 같은 이유 때문일 것이다.

82

바람이 성긴 대밭에 불어와도 지나가고 나면 대밭은 그

소리를 남기지 않고, 기러기가 찬 연못을 건너가도 가 버
리고 나면 연못은 그 그림자를 남기지 않는다. 그러므로
군자는 일이 닥쳐야 비로소 마음이 나타나고, 일이 지나고
나면 마음도 또한 비게 되는 것이다.

風來疏竹에 風過而竹不留聲하고 雁度寒潭에 雁去而潭不
풍래소죽   풍과이죽불류성   안도한담   안거이담불

留影이니라. 故로 君子는 事來而心始現하고 事去而心隨空
류영   고 군자   사래이심시현   사거이심수공

하나니라.

❖

소죽(疏竹) : 드문드문 난 대밭, 성긴 대숲.
불류성(不留聲) : 소리를 남기지 않음.
도(度) : 지나가다, 건너가다. 도(度) = 도(渡).
한담(寒潭) : 찬 연못. 늦가을의 쓸쓸한 정취가 담겨 있음.
불류영(不留影) : 그림자를 남기지 않음.
사래(事來) : 일이 생기면.
심시현(心始現) : 마음에 비로소 나타남.
사거(事去) : 일이 끝나고 나면.
심수공(心隨空) : 마음도 따라서 비게 됨.

<풀이>

이 장은 군자의 담박한 마음을 정치(精緻)한 시적 대구로
그려 낸 명문이다. 바람이 대나무 숲에 불어 오면 쏴 하는
소리가 나지만 일단 지나가 버리면 그 소리는 남지 않고,
기러기가 날아 가는 차가운 연못도 건너고 나면 그 그림
자는 사라져 버린다. 군자의 마음도 이와 같은 것이다. 어떤

일이 발생하면 그것의 해결을 위해 열심히 노력하나 일단 그 일이 마무리되면 마음도 따라서 비게 된다.

　군자는 자기집착이나 욕심이 없는 사람이다. 그는 외물 (外物)에 끌려 마음이 동요되는 바 없고 만물의 변화를 아무런 편견없이 있는 그대로 받아들인다. 도의 근원을 굳게 지키는 군자에게는 세속적인 이해득실은 아예 문제시될 수가 없고, 이미 마음을 비운 그에게 세상의 그 무엇도 그를 구애받게 하지는 못한다. 사물을 있는 그대로 받아들이는 그는 맑은 거울(明鏡)과 같은 마음으로 진솔한 삶을 영위하는 것이다.

83

　청렴하면서도 포용력이 있고, 어질면서도 결단력이 있으며, 총명하면서도 남의 과오를 지나치게 들추어 내지 않고, 곧으면서도 너무 바른 데 치우치지 않는다면, 이는 마치 꿀 바른 음식이 달지 않고 해산물이면서도 짜지 않음이니 그야말로 아름다운 덕인 것이다.

清能有容하고　仁能善斷하며　明不傷察하고　直不過矯하면　是
청 능 유 용　　　인 능 선 단　　　명 불 상 찰　　　직 불 과 교　　　시

謂蜜餞不甜이요　海味不鹹이니　纔是懿德이니라.
위 밀 전 불 첨　　　해 미 불 함　　　재 시 의 덕

❧

청(清) : 청렴결백.
유용(有容) : 너그럽게 받아들임, 포용력이 있음.

선단(善斷) : 결단을 잘함, 결단력이 있음.

상찰(傷察) : 지나치게 남의 과오를 살핌.

직(直) : 곧고 올바름.

과교(過矯) : 지나치게 바른 데 치우치는 것.

밀전(蜜餞) : 꿀을 넣은 음식.

첨(甜) : 단맛.

해미(海味) : 해산물, 해산물의 맛.

불함(不醎) : 맛이 짜지 않음. 함(醎 : 짤함)은 함(鹹)과 같음.

재(纔) : 겨우.

의덕(懿德) : 아름다운 덕, 훌륭한 덕.

< 풀이 >

　청렴결백한 사람은 남들도 그와 같은 높은 수준의 도덕
성을 갖추길 바란다. 그러나 도덕성이 부족한 사람도 너그
럽게 받아들이는 아량은 있어야 한다. 인자한 사람은 인정
에 치우쳐 과단성이 부족한 경향이 있다. 그러나 필요할
때에는 과감하게 결단을 내려 시의적절한 대응을 해야 한
다. 총명한 사람은 사리판단에 밝으므로 남의 허물과 결점
을 지나치게 파헤치기가 쉽다. 그러나 남의 약점에 대한
지나친 폭로나 비판은 바람직한 행위가 못된다.

　마음이 곧고 올바른 사람은 너무 바른 데만 치우치는 경
향이 있다. 그러나 그것도 너무 지나치면 오히려 주변사람
의 반발을 사서 혼자 고립되는 경우도 많다. 이와 같이 지
나친 것은 오히려 모자람만 못한 것이요, 모든 일에는 절
도와 중용이 필요한 것이다. 사람이 절도와 중용으로서 처
신한다면 그것은 곧 꿀 넣은 음식이 달지 않아 음식맛이
좋고, 해산물이 짜지 않아 입맛을 내게 하는 것처럼 훌륭한

덕이 되는 것이다.

84

　가난한 집안도 청결하게 쓸고, 가난한 집 여인도 단정하
게 머리를 빗으면 모습이 비록 예쁘고 아름답지는 못하더
라도 기품과 멋이 저절로 배어나리라. 선비가 한때 곤궁함
과 적막함을 당했다고 해서 어찌 스스로를 포기할 수 있겠
는가.

貧家도 淨拂地하고 貧女도 淨梳頭하면 景色은 雖拂艶麗나
빈 가 　정 불 지　 빈 녀 　정 소 두 　　경 색 　　수 불 염 려

氣度는 自是風雅니 士君子가 一當窮愁寥落이언정 奈何輒
기 도 　자 시 풍 아 　사 군 자 　일 당 궁 수 료 락 　　　내 하 첩

自廢弛哉리오.
자 폐 이 재

❖

불지(拂地) : 땅을 쓰는 것, 청소함.
빈녀(貧女) : 가난한 여인.
소두(梳頭) : 머리를 빗다. 소(梳)는 머리빗.
경색(景色) : 풍경, 경치, 모양, 모습.
수불(雖不) : 비록 ∼하지는 못할지라도.
염려(艶麗) : 예쁘고 화려함, 아름답고 화려함.
기도(氣度) : 풍도, 기품.
풍아(風雅) : 멋, 아취, 풍류.
궁수(窮愁) : 궁색하고 슬픈 것, 곤궁하여 시름에 잠김.
요락(寥落) : 영락하여 쓸쓸하게 지냄, 몰락하여 적막함.

내하(奈何) : 어찌 ~할 수 있겠는가.

첩(輒) : 곧, 문득.

폐이(廢弛) : 스스로를 포기함, 선비의 본분을 저버림.

<풀이>

신라 자비마립간 때(AD 5세기 경)의 이야기이다. 경주
낭산 아래에 한 가난한 음악가가 살고 있었다. 사람들은
마치 메추리 깃털을 달아 놓은 듯한 꿰맨 옷을 입은 그를
백결선생(百結先生)이라고 불렀다. 거문고의 명인이었던 그
는 기쁨과 슬픔, 즐거움과 노여움을 오로지 사랑하는 악기
에 실었다.

어느 해 세모가 되자 이웃 사람들이 방아를 찧고 있었다.
그의 아내가 서글퍼하며 말했다. "영감! 남들은 모두 곡식
이 있어 방아를 찧는데 우린 없으니 어떻게 겨울을 나겠어
요." 그러자 선생이 한숨쉬며 말했다. "무릇 사람이 살고
죽는 것은 명에 있고, 부귀는 하늘에 있어 우리 마음대로
할 수 없는데 당신은 왜 그리 슬퍼하오. 내 당신을 위해
방아 소리를 내겠소." 이에 선생은 거문고를 퉁기어 방아
소리를 내었다. 세상에서 그 곡조를 전하여 대악(碓樂 : 방
아음악)이라고 불렀다고 한다. 극도의 궁핍한 생활에서도
기품과 풍류를 잃지 않은 한 예술가의 혼이 서려 있는 일
화이다.

85

한가할 때에 시간을 낭비하지 아니하면 급할 때 도움이 되고, 고요할 때에 공상에 빠지지 아니하면 활동할 때 쓸모가 있게 되며, 어둠 속에서 속이거나 감추는 일이 없으면 밝은 곳에서 신임을 얻게 된다.

間中에 不放過면 忙處에 有受用하고 靜中에 不落空이면 動
한중　　불방과　　망처　유수용　　정중　　불락공　　동

處에 有受用하며 暗中에 不欺隱이면 明處에 有受用하나니
처　유수용　　암중　　불기은　　명처　유수용

라.

❖

한중(間中) : 시간 여유가 있을 때, 한가한 때.

방과(放過) : 헛되이 보내는 것. 아무런 대책없이 시간을 낭비함.

망처(忙處) : 바쁠 때에, 급할 때에.

수용(受用) : 쓸모, 받아서 씀.

정중(靜中) : 고요할 때에.

낙공(落空) : 마음이 공허한 데로 빠짐.

동처(動處) : 활동할 때에.

기은(欺隱) : 속이고 숨김, 기만하고 은닉함.

<풀이>

시간 여유가 있을 때에 미래에 대한 대비를 하면 비상시에 큰 도움이 되고, 고요할 때에 마음을 공상으로 보내지

않고 남몰래 실력을 기른다면 막상 사회에 진출해서는 크게 쓸 수가 있다. 그리고 남들이 보지 않는 곳에서도 평상시와 다름없이 올바르게 처신한다면 결국 인격과 덕망을 인정받게 될 것이다. 자신의 양심처럼 준엄한 심판관은 없다. 양심을 속이는 자의 가증한 실체는 언젠가는 드러나게 되어 있고, 그는 결국 자기 몰락의 수렁에 빠지게 되는 것이다. 군자는 스스로 노력하여 쉬임이 없다든가, 홀로 있을 때를 특별히 삼가해야 한다는 옛성현의 말씀은 오늘을 사는 우리의 좌우명이 되어야 한다.

86

생각이 일어날 때에 조금이라도 욕망의 길로 달려감을 깨닫게 되면 곧 이성의 길로 따라오게 이끌어라. 생각이 일어나자마자 깨닫고, 깨닫자마자 돌려야 할 것이니, 이것이 바로 재앙을 복으로 돌리고 죽음에서 일어나 삶으로 되돌아오게 하는 관문이다. 진실로 가볍게 대할 일이 아니다.

念頭起處에 纔覺向欲路上去면 便挽從理路上來하라. 一起
염두 기 처   재 각 향 욕 로 상 거   변 만 종 이 로 상 래   일 기

便覺하고 一覺便轉이니 此是轉禍爲福하며 起死回生的關頭
변 각   일 각 변 전   차 시 전 화 위 복   기 사 회 생 적 관 두

니 切莫輕易放過니라.
절 막 경 이 방 과

❖

염두(念頭) : 마음, 생각, 사념(思念).

재(纔) : 문득.

욕로(欲路) : 욕구충족의 길.

만(挽) : 이끌다, 당기다.

이로(理路) : 도리에 맞는 올바른 길.

변(便) : 곧, 문득.

차시(此是) : 이것이 ～이다.

전화위복(轉禍爲福) : 재앙이 변하여 복이 됨.

기사회생(起死回生) : 죽음의 길에서 벗어나 삶으로 되돌아옴.

적(的) : ～의(접속사).

관두(關頭) : 관건, 열쇠, 관문.

절막(切莫) : 참으로 ～해서는 안 된다, 진실로 ～할 일이 아니다.

경이(輕易) : 가볍게 봄, 쉽게 생각함.

방과(放過) : 방심한 채 지나쳐 버림.

<풀이>

자신의 마음이 정욕의 길로 향하는 기미가 보이거든, 바로 이성의 길로 따라오게 이끌어야 한다. 정욕의 길은 타락의 길이요, 자기 몰락의 길이다. 우리가 이성의 길로 나아가면 올바른 도리와 절제가 몸에 배이게 될 것이다. 이렇게 하면 화가 변하여 복이 되고, 죽음의 자리에서 일어나 새 삶을 얻게 된다.

이것은 참으로 자기 수양의 요체임으로 가볍게 지나칠 말이 아닌 것이다.

87

고요한 가운데 생각이 맑고 깨끗하면 마음의 본바탕을 볼 것이요, 한가한 가운데 기상이 조용하면 마음의 미묘한 움직임을 알게 될 것이며, 담담한 가운데 취미가 깨끗하고 안정되어 있으면 마음의 참맛을 얻게 될 것이니, 마음을 살펴보고 도를 증험하는 데는 이 세 가지만한 것이 없다.

靜中에 念慮澄徹이면 見心之眞體하고 間中에 氣象從容이면
정 중   염 려 징 철   견 심 지 진 체   한 중   기 상 종 용

識心之眞機하며 淡中에 意趣冲夷면 得心之眞味하니 觀心
식 심 지 진 기   담 중   의 취 충 이 득 심 지 진 미   관 심

證道는 無如此三者니라.
증 도   무 여 차 삼 자

❖

염려(念慮) : 생각, 사념(思念).

징철(澄徹) : 맑고 깨끗하여 밑바닥까지 환히 들여다보임.

진체(眞體) : 참된 모습, 본체, 본바탕.

기상(氣象) : 기운의 모습, 기운의 형상.

종용(從容) : 조용함.

식(識) : 알다, 인식하다, 인지하다.

진기(眞機) : 참된 기미, 참된 활동, 미묘한 움직임.

담중(淡中) : 담담한 가운데, 담박한 가운데.

의취(意趣) : 취미.

충이(冲夷) : 깨끗하고 안정됨, 깨끗하고 편안함.

진미(眞味) : 참된 맛, 진짜 맛.

관심(觀心) : 자신의 마음을 살펴봄, 자기 스스로를 관찰하고

반성함.

증도(證道) : 도를 증험함, 진리를 몸소 체험하는 것.

<풀이>

고요함과 한가함 그리고 담박한 가운데 자기 성찰을 게
을리하지 않는다면 도를 체득할 수 있음을 강조하고 있다.

독자들은 저자의 주정주의(主靜主義)에서 다분히 노장사상
과 선가(禪家)의 탈속(脫俗)한 분위기를 맛볼 수 있을 것이
다. 이 장은 또한 너무 외형적이고 동적(動的)인 면에 치우
쳐 있는 우리에게 냉철한 자기 반성을 촉구하고 있다.

88

고요함 속의 고요함은 참다운 고요함이 아니니, 분주함
속에서 고요함을 얻을 수 있어야만 비로소 타고난 성품의
진정한 경지에 이르게 될 것이다. 즐거움 속에서의 즐거움
은 참된 즐거움이 아니니, 괴로움 속에서 즐거움을 얻을 수
있어야만 비로소 마음의 진정한 움직임을 볼 수 있는 것이
다.

靜中靜은 非眞靜이니 動處에 靜得來라야 纔是性天之眞境이
정중정　　비진정　　　동처　　정득래　　　재시성천지진경

며 樂處樂은 非眞樂이니 苦中에 樂得來라야 纔見心體之眞
　낙처락　　비진락　　　고중　　낙득래　　　재견심체지진

機니라.
기

❖

동처(動處) : 바쁜 곳, 분주한 곳.
재시(纔是) : 곧 ~이다.
성천(性天) : 선천적인 성품, 본성, 천성.
진경(眞境) : 참된 경지.
고중(苦中) : 괴로움 속에서.
심체(心體) : 마음의 본바탕.
진기(眞機) : 참다운 기틀, 참된 기미, 참다운 움직임.

<풀이>

베에토벤은 28세의 젊은 나이에 음악가로서는 사형선고나 다름없는 불치의 귓병에 시달려야 했다. 1802년 가을(32세 때), 그는 하일리겐슈타트에서 자살을 결심하며 유서를 쓴다. 그러나 자신의 예술에 대한 사명감을 버릴 수 없었던 그는 끝내 자살의 유혹을 뿌리치고 창작에 정진한다. 기존의 틀을 과감하게 깨뜨린 그의 음악은 동시에 후세 음악의 새로운 틀이 된다. 그는 친구에게 보낸 서신에서 '인생을 천 번이라도 더 살고 싶네. 아! 이렇게 아름다운 것을…….'라고 쓰고 있다. 귀머거리, 실연 등의 온갖 괴로움을 이겨 내며 세상에 선보인 그의 음악에는 한 인간의 고뇌를 통한 환희가 깃들어 있는 것이다.

89

자기를 버리기로 하였으면 그 일에 의혹을 품지 말라. 의혹을 품게 되면 버린 마음에 부끄러움이 많을 것이다.

남에게 은덕을 베풀었거든 갚아 주기를 바라지 말라. 갚아
주기를 바라게 되면 은덕을 베푼 마음까지 아울러 그르치게
될 것이다.

舍己어든 毋處其疑하라. 處其疑면 卽所舍之志多愧矣니라.
사 기   무 처 기 의   처 기 의   즉 소 사 지 지 다 괴 의

施人커든 毋責其報하라. 責其報면 幷所施之心俱非矣니라.
시 인   무 책 기 보   책 기 보   병 소 시 지 심 구 비 의

❖

사기(舍己) : 자기의 몸을 버림, 스스로를 희생하는 것. 사(舍)
　는 사(捨)의 뜻으로 쓰이고 있음.
무처기의(毋處其疑) : 그것에 의심을 품지 말라.
즉(卽) : 곧.
소사지지(所舍之志) : 버리기로 한 그 뜻, 희생키로 한 그 마음.
다괴(多愧) : 부끄러움이 많음.
시인(施人) : 남에게 은덕을 베풂.
책기보(責其報) : 보답하기를 따짐, 갚아 주기를 바람.
소시지심(所施之心) : 은덕을 베푼 그 마음.
비(非) : 그르침, 잘못됨.

<풀이>

　어떤 일에 몸을 바치기로 하였으면 그것에 의혹을 품지
않는 것이 좋다. 의혹을 품게 되면 자신을 희생키로 한 장
한 뜻이 손상되고 마는 것이다. 그리고 우리가 남에게 은
혜를 베풀 때에 공리적 계산은 금물이다. 상대의 보답을
바라는 은혜 베풂은 참된 행위일 수는 없는 것이다. 베푸는
마음은 언제나 인간적이고 순수해야만 한다.
　삼국유사에는 이런 일화가 있다. 신라 애장왕(40대) 때

황룡사에 정수라는 스님이 기거하고 있었다. 어느 겨울날 눈은 쌓이고 날은 이미 저물고 있었다. 스님은 삼랑사에서 용무를 마치고 본절로 돌아오고 있었다. 천엄사 문 밖을 지날 때였다. 사람이 길바닥에 쓰러져 있었다. 한 여자 걸인이 아기를 낳고는 실신한 것이었다. 여인의 몸은 동태처럼 얼어 있었다. 스님은 걸인을 두 팔로 얼싸안았다. 걸인은 한참 만에 깨어났다. 정수의 따뜻한 체온과 마음이 여인의 언 몸을 녹인 것이다. 이에 스님은 자신의 옷을 벗어 걸인에게 덮어 주고 벌거벗은 몸으로 황룡사로 달려왔다. 스님은 거적을 덮은 채 추위에 떨며 밤을 지새웠다. 밤중에 하늘에서 외치는 소리가 들려 왔다. '황룡사의 중 정수를 임금의 스승으로 모셔라!' 왕이 사람을 보내어 조사하여 이 사실을 알게 되었다. 임금은 격식을 갖추며 정수 스님을 대궐로 맞아들여 국사로 임명하였다.

90

하늘이 내게 복을 박하게 준다면 나는 내 덕을 두터이 하여 이를 맞을 것이고, 하늘이 내 몸을 괴롭힌다면 나는 내 마음을 안정케 하여 이를 도울 것이며, 하늘이 내 처지를 궁색하게 한다면 나는 내 도를 깨우쳐 이를 형통케 할 것이니, 하늘인들 나를 어찌할 수 있겠는가.

天이 薄我以福이어든 吾는 厚吾德以迓之하고 天이 勞我以
천   박아이복   오 후오덕이아지   천   노아이

形이어든 吾는 逸吾心以補之하며 天이 阨我以遇어든 吾는
형   오   일오심이보지   천   액아이우   오

亨吾道以通之면 天且我에 奈何哉리오.
형오도이통지   천차아   내하재

❖

박아이복(薄我以福) : 나에게 복을 박하게 주다, 나에게 복을
　적게 내림. 박(薄)은 얇을 박.

아지(迓之) : 이를 맞이함.

노아이형(勞我以形) : 내 몸을 수고롭게 함, 내 육신을 괴롭힘.

보지(補之) : 이를 도움, 그것을 보충함. 지(之)는 대명사임.

액아이우(阨我以遇) : 내 처지를 궁색하게 함, 내 입장을 곤란
　하게 함.

형(亨) : 형통하다, 뜻대로 되다.

천차아(天且我) : 하늘인들 나를~, 하늘조차 나를 ~. 차(且)는
　또 차.

내하(奈何) : 어찌 ~할 수 있겠는가.

< 풀이 >

　하늘이 내린 운명은 이 세상 누구도 거역하거나 뿌리칠
수는 없다. 다만 이것에 순응할 뿐만이 아니라 한 걸음 더
앞으로 나아가 자신의 심성과 덕을 쌓아가는 적극적인 자
세가 바람직한 일이다. 하늘을 원망치 않고 이 세상 그 누
구도 탓하지 않으며 묵묵히 구도자적 자세로 살아가는 이
에게는 하늘(즉, 운명)도 그를 희롱하지는 못할 것이다.

91

곧은 선비는 복을 구하려는 마음이 없으므로 하늘이 그 무심한 곳으로 찾아가 속마음을 열어 주고, 음흉한 사람은 화를 피하려고 애쓰지만 하늘은 그 애쓰는 마음에 화를 내려 그 넋을 빼앗고야 만다. 그러니 하늘 권세의 신령함을 가히 볼 수 있도다. 사람의 슬기와 잔재주가 무슨 소용이 있으리오.

貞士는 無心徼福이라 天即就無心處하여 牖其衷하고 憸人은
정사   무심요복   천즉취무심처   유기충   험인

著意避禍라 天即就著意中하여 奪其魄하나니 可見天之機權
착의피화   천즉취착의중   탈기백   가견천지기권

이 最神이니 人之智巧가 何益이리오.
  최신   인지지교   하익

❖

정사(貞士) : 지조 있는 선비, 절의를 숭상하는 선비.

요복(徼福) : 복을 구하다, 복을 바람.

즉취(即就) : 나아감.

무심처(無心處) : 복을 구하는 마음이 없음, 담박하여 복을 구하는 욕심이 없음.

유기충(牖其衷) : 속마음을 열어 줌. 유(牖) : 창문, 열다의 뜻임. 충(衷)은 본심.

험인(憸人) : 음흉한 사람, 간사한 사람.

착의(著意) : 뜻을 두는 것. 마음을 씀. 급급함.

탈기백(奪其魄) : 그 넋을 빼앗음.

기권(機權) : 작용과 권세.

최신(最神) : 가장 신묘함.
지교(智巧) : 지혜와 기교, 슬기와 잔꾀.

<풀이>

　지조가 곧고 절의를 숭상하는 선비는 언제나 자기 수양에
마음을 쏟으며 담박하여 개인적 이익을 추구하지는 않는다.
하늘은 그 무심, 담박한 마음을 찾아가 복의 문을 열어 준
다. 그러나 간사한 사람은 언제나 좋지 못한 일만 꾀함으로
거기서 오는 재앙을 피하려고 애쓴다. 도둑이 제 발 저린
것이다. 하늘은 무능한 것 같지만 결코 그런 자를 놓치는
일이 없다. 끝내 간사한 무리들에게는 재앙을 내려 경종을
울린다. 하늘 권능의 신묘함이 이와 같다.
　사람이 비록 슬기롭고 꾀가 많다고는 하지만 그것은 필경
잔재주에 불과한 것이다. 그런 것으로 하늘의 준엄한 심판
을 모면할 수는 없다. 하늘이 쳐놓은 그물은 너무나 커서
성긴 듯하여도 언젠가 하늘이 그것을 끌어당기는 날엔 죄
지은 자들은 결코 빠져나오지 못한다(노자서 73장). 음흉한
자가 한때 번영과 영화를 누리며 행운의 세월을 보내는 것
같지만 결국 하늘의 징벌을 받아 몰락하게 되는 것이다.

92

　기녀일지라도 늘그막에 한 남편을 섬긴다면 한평생의 분
냄새가 허물이 되지 않을 것이요, 정숙한 부인일지라도 머
리가 하얗게 센 뒤에 정조를 잃는다면 반평생의 절개가 모

두 헛된 일이 될 것이다. 속담에 이르기를 '사람을 보려거든 다만 그 후반을 보라'고 했는데 이는 진실로 명언인 것이다.

聲妓도 晩景從良하면 一世之胭花無碍요 貞婦도 白頭失守
성기   만경종량   일세지연화무애   정부   백두실수

하면 半生之淸苦俱非니라. 語에 云하되 看人에 只看後半截
반생지청고구비   어   운   간인   지간후반절

하라 하니 眞名言也로다.
진명언야

❖

성기(聲妓) : 기생, 기녀.
만경(晩景) : 늘그막, 만년, 말년.
종량(從良) : 지아비를 따르고 섬김. 양(良)은 양인(良人), 즉 남편을 뜻함.
일세(一世) : 한평생.
연화(胭花) : 백분(白粉), 화류계에 몸을 담고 있음.
무애(無碍) : 허물이 되지 않음, 거리낄 것이 없음.
정부(貞婦) : 수절하는 여인.
백두(白頭) : 머리털이 희어짐, 늘그막.
실수(失守) : 절개를 지키지 못함.
반생(半生) : 반평생.
청고(淸苦) : 절개를 지키며 고생함.
어운(語云) : 옛말에 이르기를 ~, 속담에서 말하기를.
후반절(後半截) : 후반생.

<풀이>

　평소 화류계에 몸을 담던 기생도 말년에 남편을 따르며 새 생활을 하면 지난날의 일들은 큰 문제가 되지 않을 것이다. 그러나 정숙한 부인이 막상 늘그막에 한 번 실수로 정조를 잃는다면 지금까지의 절개가 허사가 되고 만다. 옛말에도 '사람을 보려거든 단지 그 말년을 보라'고 했다. 사실 실력과 덕망이 뛰어나 만인의 사표로 존경받던 인물이 말년에 가서는 옳지 못한 세력과 야합하여 변절자로 낙인이 찍힌 예를 우리는 많이 보아왔다. 이와는 대조적으로 젊어서는 비행을 저질러 세인의 빈축을 사던 사람이 어떤 일을 계기로 마음을 고쳐먹고 모범적인 생활을 하는 사람도 있다. 이렇게 사람은 변모할 수 있는 가능성이 있다. 그러므로 사람에 대한 정당한 평가는 관 뚜껑의 못을 박은 다음에야 가능한 일일 것이다.

93

　평민이라도 즐거운 마음으로 덕을 쌓고 은혜를 베풀면 곧 지위 없는 정승이요, 사대부라도 공연히 권세를 탐내고 총애를 팔면 끝내 벼슬하는 거지가 될 뿐이다.

平民도 肯種德施惠하면 便是無位的公相이요 士夫도 徒貪
평민　궁종덕시혜　　변시무위적공상　　사부　도탐

權市寵하면 竟成有爵的乞人이니라.
권시총　　경성유작적걸인

❖

긍(肯) : 기꺼이, 즐겁게.

종덕(種德) : 덕을 심다, 덕을 쌓다.

변(便) : 곧.

공상(公相) : 삼공(三公)과 재상.

사부(士夫) : 사(士 : 선비, 즉 지식인)와 대부(大夫 : 장관급).

도(徒) : 한갖, 헛되이, 공연히.

시총(市寵) : 총애를 팔고 사는 것(매관매직, 이권개입 등의 부정 행위를 말함).

경(竟) : 마침내.

유작적걸인(有爵的乞人) : 벼슬하는 거지.

<풀이>

대청제국의 전성기인 1776년부터 20여년 간 국가의 요직을 역임한 화곤(和坤)은 전형적인 탐관오리였다. 가난한 만주족 출신인 그는 요령과 수완으로 건륭제의 신임을 받으며 고속 승진을 거듭하게 된다. 그는 수석 군기대신으로 국가의 재정, 사법, 관리의 임명과 파면권 등을 장악하며 거액의 부를 축적한다. 황제의 막내딸을 며느리로 맞이한 화곤은 지방에서 올리는 진상품 중 가장 값비싼 것은 자신이 가로채는 횡포도 서슴지 않았다.

그러나 1799년 1월 태상황제로 있던 건륭제가 서거하자 그는 곧 체포되어 감옥에서 사사(賜死)되고 만다. 병적일 정도로 재물에 집착했던 그는 공직생활 20여년 동안 8억 냥을 초과하는 재물을 모았다. 당시 대청제국의 연간 세출입이 7천만 냥 정도인 점을 감안할 때 그의 부정축재의 규모가 어느 정도인지는 독자들도 짐작이 갈 것이다. 인색하

기로 소문이 난 그는 첩들에게는 죽을 먹이며 금전출납부도
손수 관리했다고 한다. 뇌물수수와 이권개입 등의 부정행위
로 일관한 화곤은 마침내 벼슬하는 수전노요, 걸인으로 역
사에 오명을 남긴 것이다.

94

조상의 은덕을 묻는다면 내 몸이 누리고 있는 바가 그것
이니, 마땅히 그 쌓기 어려움을 명심해야 한다. 자손의 복
지를 묻는다면 내 몸이 끼쳐 주는 바가 그것이니, 요컨대
그 기울고 넘어짐이 쉬움을 생각해야 한다.

問祖宗之德澤하면 吾身所享子가 是니 當念其積累之難하고
문 조 종 지 덕 택   오 신 소 향 자   시   당 넘 기 적 루 지 난

問子孫之福祉면 吾身所貽者가 是니 要思其傾覆之易니라.
문 자 손 지 복 지   오 신 소 이 자   시   요 사 기 경 복 지 이

❖

조종(祖宗) : 조상, 선조.
소향자(所享者) : 누리고 있는 것.
적루지난(積累之難) : 쌓아올리는 것의 어려움.
복지(福祉) : 행복.
소이자(所貽者) : 자손에게 물려주는 것.
경복(傾覆) : 기울고 넘어지는 것.
이(易) : 쉬움, 용이함.

<풀이>

선조들이 우리에게 끼친 은덕이 무엇인가? 지금 우리들
이 누리고 있는 생활 자체가 바로 그것이다. 사실 오늘의
번영과 안락함은 모두 선조들의 피와 땀의 결정체인 것이
다. 끝없는 외세의 압력과 침략에 굴하지 않고 이 땅을 수
호하며 고유문화를 발전시킨 조상의 노고를 우리는 결코
잊어서는 안 될 것이다.

그럼 후손들의 복지문제는 어떻게 해야 하는가? 그것은
지금 우리들의 생활태도 여하에 따라 결정될 문제이다. 우
리가 땀 흘려 일하며 성실하고 현명하게 모든 일에 임한다
면 남들이 부러워하는 번영하는 나라를 후손에게 남길 것
이다. 그러나 공적을 쌓아가기는 어렵지만 그것이 무너지기
는 쉬운 법이다. 그리고 모든 일에는 언제나 예상치 않은
난관이 있고 실패가 따르게 마련이다. 그러므로 근면하고
신중한 자세로 만사에 대처해야 하는 것이다.

95

군자가 위선을 행하는 것은 소인이 악을 거리낌없이 행
함과 다름이 없고, 군자가 절개를 바꾸는 것은 소인이 스
스로 새롭게 되는 것만 못하다.

君子而詐善은 無異小人之肆惡이요, 君子而改節은 不及小
군 자 이 사 선   무 이 소 인 지 사 악   군 자 이 개 절   불 급 소

人之自新이니라.
인 지 자 신

❖

사선(詐善) : 착한 척하며 속이는 것.
무이(無異) : 다를 것이 없음, 동일함.
사악(肆惡) : 거리낌없이 악을 행하는 것.
개절(改節) : 변절행위, 훼절함, 절개를 잃음.
자신(自新) : 과오를 뉘우치고 스스로 새사람이 됨.

<풀이>

사회 지도층 인사가 겉으로는 선을 가장하면서 이면으로
는 악덕과 비리를 자행한다면 무지한 사람들의 강·절도
행위보다 조금도 나을 것이 없다. 그리고 학식과 덕망이
높은 명사가 사리사욕을 채우기 위해 훼절자(毁節者)가 된
다면 배우지 못한 사람이 스스로의 잘못을 뉘우치고 착한
사람으로 거듭나는 것만 못한 것이다.

서양 특히 영국에서는 '노블레스 오블리즈'(noblesse ob-
lige)라고 해서 고귀한 신분에 있는 사람일수록 도덕상 무거
운 책임과 의무를 짐을 당연시하고 있다. 예를 들면 제1차
세계대전 당시 옥스포드와 캠브리지 대학 출신의 젊은이 중
절반이 전몰했으며 80년대 초의 포클랜드 전쟁에서는 영국
왕실의 앤드류 왕자가 장교로서 실전에 참여했음을 보아도
이 말이 사실임을 알 수 있는 것이다. 대영제국의 번영에는
이와 같은 건실한 사회기풍이 큰 작용을 했음을 아무도 부
인하지 못할 것이다.

사회 지도층 인사들의 일거수일투족은 일반인의 관심과
주목의 대상이 되게 마련이다. 우리의 역사를 돌이켜 볼 때
일부 인사들이 초지를 일관하지 못하고 마침내 변절하여
옥에 티를 남긴 경우가 드물지 않았다. 지도층에 있는 사

람은 그 사회와 시대의 거울이요, 본보기임을 잊지 말아야
할 것이다.

96

　집안 식구에게 잘못이 있거든 너무 거칠게 화를 내어서는
안 되며 가벼이 내버려 두어서도 아니된다. 그 일을 바로
말하기 곤란하면 다른 일을 비유하여 은근히 일깨워 주어야
하며, 오늘 깨닫지 못하거든 내일을 기다려 다시 깨우쳐
주어서 마치 봄바람이 얼어붙은 것을 풀고, 따뜻한 기운이
얼음을 녹이듯 하라. 이것이 곧 가정의 규범이다.

家人有過어든 不宜暴怒하고 不宜輕棄니라. 此事難言이어든
가인유과　　　불의폭노　　　불의경기　　　　차사난언

借他事隱諷之하며 今日不悟어든 俟來日再警之하되 如春風
차타사은풍지　　금일불오　　　사래일재경지　　　여춘풍

解凍하고 如和氣消氷하면 纔是家庭的型範이니라.
해동　　여화기소빙　　　재시가정적형범

❀

불의폭노(不宜暴怒) : 너무 사납게 화를 내어서는 안 됨.
경기(輕棄) : 가벼이 버려 둠.
은풍(隱諷) : 비유로 은근히 깨우쳐 줌.
불오(不悟) : 깨닫지 못함.
사(俟) : 기다리는 것.
경지(警之) : 이를 경고함, 이것을 깨우쳐 줌.
형범(型範) : 틀, 규범, 본보기, 법도, 모범.

<풀이>

식구들 중 혹 잘못을 저지르는 사람이 있으면 너무 난폭하게 화를 내어서는 도리어 역효과와 반발을 사기가 쉽다. 또한 그냥 내버려 둔다면 본인이 뉘우칠 수 없을 것이다. 그것을 직접 지적하기 어려울 경우에는 간접적인 방법으로 슬며시 일깨워 주는 지혜가 필요하며, 이럴 때에도 본인이 깨우칠 때까지 여유를 갖고 참는 것이 필요하다. 이렇게 하면 가족간에 언제나 변함없는 사랑과 신뢰의 바탕이 마련될 수 있다. 이것이 바로 가정을 다스리는 규범이다. 가정이 화목해야 모든 일이 잘 이루어질 수 있다는 것은 동서고금의 변함없는 진리일 것이다.

97

이 마음을 살펴보아 늘 원만함을 지닐 수 있으면 천하는 저절로 결함이 없는 세계가 될 것이요, 이 마음을 항상 너그럽고 평온하게 내어 놓을 수 있으면 천하에는 저절로 사나운 인정이 사라지게 될 것이다.

此心이 常看得圓滿하면 天下는 自無缺陷之世界요 此心이
차 심　　상 간 득 원 만　　천 하　　자 무 결 함 지 세 계　　차 심

常放得寬平하면 天下에 自無險側之人情이니라.
상 방 득 관 평　　천 하　　자 무 험 측 지 인 정

❖

차심(此心) : 자신의 마음.
결함(缺陷) : 결점, 이지러지고 부족함.

관평(寬平) : 관대하고 화평함, 너그럽고 평온한 것.
험측(險側) : 험악한 것, 사납고 흉측함.

<풀이>

사람이 세상을 살다 보면 곤궁한 처지에서 빠져나오기
힘들 때가 있게 마련이다. 이렇게 되면 세상을 원망하고
남을 탓하기가 쉽다. 그러나 세상을 원망하기에 앞서 자신
을 반성해야 하며, 남을 탓하기에 앞서 자신의 결점과 잘
못부터 살펴보아야 한다. 그리고 언제나 너그럽고 화평한
마음을 잃지 말아야 한다. 개개인 모두가 이와 같은 자세로
살아갈 때에 이 사회는 보다 밝고 건전한 곳으로 발전할 수
있을 것이다. 왜냐하면 사회는 결국 우리 개개인이 모인
집단이기 때문이다.

98

청렴결백한 선비는 반드시 호화생활자의 의심하는 바 되
며, 행실이 엄격한 사람은 흔히 방종한 자의 꺼리는 바 되
나, 군자는 이런 경우에 조금이라도 그 지조를 바꾸지 말
것이며, 또한 그 서슬을 지나치게 드러내지도 말아야 한다.

澹泊之士는 必爲濃艶者所疑요 檢飭之人은 多爲放肆者所
담박지사   필위농염자소의   검칙지인   다위방사자소
忌니 君子處此에 固不可少變其操履하고 亦不可太路其鋒
기   군자처차   고불가소변기조리   역불가태로기봉
芒이니라.
망

❖

　담박(澹泊) : 욕심이 없고 깨끗함, 청렴함.

　농염(濃艶) : 호화롭고 사치함.

　검칙지인(檢飭之人) : 몸가짐이 엄격하고 신중한 사람.

　방사(放肆) : 방종, 방자.

　조리(操履) : 지조와 행실, 지조를 지키며 몸소 실천함.

　태로(太路) : 지나치게 드러냄, 너무 노출함.

　봉망(鋒芒) : 서슬, 창끝.

<풀이>

　욕심이 없고 마음이 담박한 선비를 호화생활자들은 융통성이 없는 인물로 보기도 하며, 위선자가 아닌가 하는 의심도 하게 된다. 그리고 행실이 엄격하고 절도가 있는 사람은 흔히 생활이 방종한 자들의 경계와 시기의 대상이 되는 경우가 많다. 이런 경우에 군자는 조금이라도 자신의 지조를 바꾸어 이들 저속한 무리와 영합하지 말아야 함은 물론이요, 그렇다고 해서 지나치게 이들의 결점을 지적하여 분쟁을 조성해서도 안 된다. 다시 말하자면 오직 나의 길을 가련다는 마음가짐으로 신념 있게 행동하며, 또한 남들의 잘못에 대해서는 너무 배타적인 자세를 보여서도 아니되는 것이다.

99

　가혹한 환경에 처했을 때에는 주위가 모두 침이요, 약이라 절조를 닦고 행실을 바로잡게 되나, 이를 의식하지 못한다. 순탄한 환경에 처했을 때에는 눈앞이 모두 칼과 창이라 기름을 녹이고 뼈를 깎아도, 이를 알지 못하는 것이다.

居逆境中이면　周身이　皆鍼砭藥石이라　砥節礪行而不覺하고
거 역 경 중　　주 신　　개 침 폄 약 석　　　지 절 려 행 이 불 각

處順境內면　眼前이　盡兵刃戈矛라　銷膏靡骨而不知니라.
처 순 경 내　　안 전　　진 병 인 과 모　　소 고 미 골 이 부 지

❊

역경(逆境) : 일이 뜻대로 되지 않아 어려움에 허덕이는 경우.

주신(周身) : 몸 주위.

침폄(鍼砭) : 침(鍼)은 쇠침, 폄(砭)은 돌침.

지절(砥節) : 절조를 닦음.

여행(礪行) : 행실을 바르게 함.

불각(不覺) : 깨닫지 못함, 의식하지 못함.

순경(順境) : 일이 뜻대로 잘 되는 경우.

병인(兵刃) : 무기, 칼날.

과모(戈矛) : 창.

소고(銷膏) : 기름을 녹이는 것.

미골(靡骨) : 뼈를 깎는 것.

<풀이>

철은 제련과정에서 두드리면 두드릴수록 더욱 순도 높은 강철이 된다. 사람의 경우도 이와 마찬가지이다. 역경에 처했을 때에는 몸 주위의 모든 것이 자신의 절조를 닦고 품행을 바로잡는 데 크게 도움이 된다. 그러나 본인은 정작 이것을 깨닫지 못한다. 그리고 이와 반대인 경우, 즉 사람이 순탄한 환경에 처했을 때에는 무사와 안일에 빠지기가 쉽다. 특히 아버지세대의 희생과 노력 덕분에 번영과 풍요

함을 누리는 세대가 이와 같은 경향이 많다. 그들은 아버지세대가 흘린 피와 땀을 몸소 체험해 보지 못한 사람들이다. 그리고 부모의 과보호 속에서 자란 이들은 자칫 단 한 번의 실패에도 쉽게 좌절해 버리는 경우가 많은 것이다. 그러므로 우리는 역경과 고난을 삶의 스승으로 삼고 순탄한 환경을 경종으로 생각하며 언제나 방심하지 않고 노력하는 자세를 지녀야 할 것이다.

100

넉넉하고 귀한 환경에서 자라난 사람은 그 욕심이 거세게 타오르는 불길과 같고 그 권세는 사나운 불꽃과 흡사하다. 만약 조금쯤은 맑고 서늘한 기미를 지니지 않는다면 그 불꽃은 남을 태우게 되지는 않는다고 할지라도 장차 반드시 자신을 불태워 버리게 될 것이다.

生長富貴叢中的은 嗜欲이 如猛火하고 權勢가 似烈焰하나니
생장부귀총중적   기욕   여맹화   권세   사렬염

若不帶些清冷氣味하면 其火焰이 不至焚人이나 必將自爍矣
약부대사청랭기미   기화염   부지분인   필장자삭의
니라.

❧

생장(生長) : 태어나서 자라남, 출생하여 성장함.
부귀총중(富貴叢中) : 부귀한 환경.
기욕(嗜欲) : 물질적인 욕망을 즐기는 것.

맹화(猛火) : 거센 불길, 세찬 불길.
열염(烈焰) : 사나운 불꽃, 맹렬한 불꽃.
부대(不帶) : 지니지 않는다면.
청랭(清冷) : 맑고 서늘한.
부지분인(不至焚人) : 남을 태우기에는 이르지 않음.
자삭(自爍) : 스스로를 불태워 버리는 것.

<풀이>

부귀한 집안에서 자라난 사람은 고생을 해 본 경험이 없
으므로 모든 일을 자기 편리한 대로만 생각하기 쉽다. 그
리고 재물과 권세 등의 외형적인 것만을 가치의 정점에 두
는 경향이 있다. 이들이 가난 속에서 도를 즐기는 무명처
사의 심경을 이해할 수는 없을 것이다. 그러나 단순히 재
산만을 위한 재산이나 권세만을 위한 권세는 별다른 의미가
없는 것이다. 그런 것은 정당하게 그리고 유용하게 쓰여질
때에만 사회적인 의미와 가치를 지닐 수 있다. 이런 점을
외면하고 이기주의적인 자세로 물질과 권력추구에만 마음을
쏟는 사람은 결국은 자신을 태우는 부나비의 신세가 되고
말 것이다.

101

사람의 마음이 한결같이 참되면 곧 서리도 내리게 할 수
있고, 성도 무너뜨릴 수 있으며 무쇠와 바위도 꿰뚫을 수
있다. 그러나 거짓된 사람은 한갓 형체만 갖추었을 뿐,
참된 마음은 이미 사라졌으므로 남을 대하면 얼굴이 밉살스

럽고, 홀로 있으면 형체와 그림자가 스스로 부끄러워지는
것이다.

人心一眞은 便霜可飛하고 城可隕하며 金石可貫이나 若僞妄
인 심 일 진　변 상 가 비　　성 가 운　　금 석 가 관　　약 위 망

之人은 形骸徒具나 眞宰已亡이라 對人則面目이 可憎하고
지 인　　형 해 도 구　　진 재 이 망　　대 인 즉 면 목　　가 증

獨居則形影이 自媿니라.
독 거 즉 형 영　　자 괴

❖

일진(一眞) : 한결같이 진실함.

상가비(霜可飛) : 서리를 내리게 함. 오덕종시설(五德終始說)로
　　유명한 제나라의 학자 추연(鄒衍)의 고사임(회남자에 수록됨).
　　연의 혜왕을 충성으로 섬긴 연(衍)이 주위의 참소로 인해
　　옥에 갇히자 그는 하늘을 우러러 통곡하였다. 연의 억울함을
　　하늘이 알았음인지 여름철인 5월(음)에 서리가 내렸다고 함.

성가운(城可隕) : 성을 무너뜨림. 왕충의 논형에 수록된 기량의
　　아내에 관한 고사임. 제나라의 기량(杞梁)이 싸움터에서 죽
　　자 그의 아내가 목을 놓아 우니 하늘이 감동하였음인지 성이
　　무너졌다고 함.

금석가관(金石可貫) : 쇠와 돌도 꿰뚫을 수 있음. 송대(宋代) 성
　　리학의 집대성자인 주희의 시에 '양기가 발하는 곳에서는
　　무쇠와 돌도 또한 꿰뚫어진다. 사람이 정신을 한번 집중시
　　킨다면 무슨 일인들 이루지 못할 것인가?'(陽氣發處 金石亦透
　　精神一到 何事不成)라고 했음.

위망(僞妄) : 허위, 거짓됨.

형해(形骸) : 형체, 육신.

도(徒) : 헛되이, 한갓.

진재(眞宰) : 진정한 주재자, 참된 주인, 마음의 본체.

면목(面目) : 얼굴.
가증(可憎) : 밉살스러움.
형영(形影) : 형체와 그림자.
자괴(自媿) : 스스로 부끄러워함.

<풀이>

신념과 정성은 산도 움직일 수 있다고 한다. 저 추연의 5월 비상(飛霜)과 제나라 기량 처의 고사 그리고 흉노족이 비장(飛將)이라 부르며 접전을 꺼린 한의 용장 이광(李廣)이 화살을 쏘아 바위에 꽂히게 한 일은 정신력의 기적을 말해 주는 이야기이다.

독자들은 또한 17세의 소녀 잔 다르크가 실의에 빠진 군대를 이끌고 오를레앙의 포위를 풀어 조국 프랑스를 구한 역사를 잘 알고 있을 것이다. 정말 사람이 정성됨과 사명감으로 어떤 일에 임한다면 무서운 힘을 발휘할 수 있는 것이다. 그러므로 '정신일도 하사불성'(精神一到 何事不成)이란 석학 주희의 시구는 참으로 공감이 가는 명구이다. 이에 반하여 참마음은 오래 전에 버리고 거짓과 속임수로 임시변통하는 자들은 결국 남들의 따돌림과 외면을 당하며, 자기 스스로가 생각해 보아도 자신의 자화상이 부끄러운 것임은 자명한 일이다.

102

문장이 궁극의 경지에 이르면 별다른 기이함이 있는 것이 아니라 다만 알맞을 뿐이고, 인품이 궁극의 경지에 이르면

별다른 특이함이 있는 것이 아니라 다만 타고난 그대로의
모습일 뿐이다.

文章이 做到極處하면 無有他奇요 只是恰好하며 人品이 做
문 장　　주 도 극 처　　　무 유 타 기　　지 시 흡 호　　　인 품　　주

到極處하면 無有他異요 只是本然이니라.
도 극 처　　　무 유 타 이　　지 시 본 연

❖

주도(做到) : ～에 이름, ～에 도달함.
극처(極處) : 궁극의 경지. 극치(極致), 절정.
무유(無有) : 있는 것이 아님, 없음.
타기(他奇) : 별다른 기이함.
지(只) : 다만, 단지.
흡호(恰好) : 알맞음, 적절함.
인품(人品) : 사람의 품성.
타이(他異) : 별다른 특이함, 별다른 이상함.
본연(本然) : 타고난 본래의 모습.

＜풀이＞

　최고의 경지에 도달한 문장은 원래 별다른 기교나 꾸밈이
없이 솔직하고 평이하다. 그러나 그 심오한 내용은 만인에
게 큰 감명을 준다. 그리고 인격과 성품이 지극한 경지에
이른 사람이라고 해서 남다른 특이한 점이 눈에 쉽게 띄는
것은 아니다. 다만 자연스럽고 순수한 본심을 잘 간직하고
있을 뿐이다. 천의무봉(天衣無縫)한 그의 인품은 마침내 사
람들의 존경과 사랑을 받게 된다. 이에 반하여 위선자와
변절자는 언제나 외양을 꾸미고 기회주의적인 처세로 일관
하는 것이다.

103

이 세상을 가상의 형적으로 본다면 부귀와 공명은 말할
것도 없이 내 몸조차 잠시 빌린 것이요, 실체의 경지에서
본다면 부모와 형제는 말할 것도 없이 만물에 모두 나와
한몸이다. 사람이 능히 이런 이치를 깨닫고 체득할 수 있
으면 천하의 짐도 질 수 있고 세상의 멍에에서 벗어날 수도
있을 것이다.

以幻迹言이면 無論功名富貴하고 即肢體도 亦屬委形이요 以
이 환 적 언　무 론 공 명 부 귀　즉 지 체　역 속 위 형　이

眞境言이면 無論父母兄弟하고 即萬物이 皆吾一體니 人能
진 경 언　무 론 부 모 형 제　즉 만 물　개 오 일 체　인 능

看得破하고 認得眞이면 纔可任天下之負擔하고 亦可脫世間
간 득 파　인 득 진　재 가 임 천 하 지 부 담　역 가 탈 세 간

之韁鎖니라.
지 강 쇄

❖

환적(幻迹) : 가상계(假象界)의 형적, 만물의 형상.
지체(肢體) : 육신, 신체.
위형(委形) : 잠시 동안 빌린 형체.
진경(眞境) : 참다운 세계, 실체의 경지.
간득파(看得破) : 간파, 보고 깨달음.
인득진(認得眞) : 참다운 세계를 앎.
부담(負擔) : 책임.
강쇄(韁鎖) : 고삐와 사슬, 즉 억압이나 속박을 뜻함.

<풀이>

이 세상을 환상적인 자취로 본다면 부귀와 공명은 물론 내 몸조차 천지에서 잠시 빌린 것에 불과한 것이다. 그리고 실체계의 경지에서 볼 때는 만물에 귀천과 친소의 구분이 있을 수가 없으므로 결국은 나와 한 뿌리인 것이다. 이런 이치를 간파한 사람은 사물을 차별과 편견없이 보며 일시 동인(一視同仁)하는 아량도 지니게 된다. 이와 같은 참다운 자유인은 세상을 구제할 책무를 감당할 수 있고 또한 이기 주의적 집착에서 벗어날 수도 있는 것이다.

104

입을 상쾌하게 하는 음식은 모두 창자를 녹이고 뼈를 썩게 하는 극약이니 반쯤 먹어야만 재앙이 없고, 마음을 기쁘게 하는 일은 모두 몸을 망치고 덕을 잃게 하는 매개체이니 절반에서 그쳐야 뉘우칠 일이 없을 것이다.

爽口之味는 皆爛腸腐骨之藥이니 五分이면 便無殃이요 快心
상 구 지 미   개 란 장 부 골 지 약   오 분   변 무 앙   쾌 심

之事는 悉敗身喪德之媒니 五分이면 便無悔니라.
지 사   실 패 신 상 덕 지 매   오 분   변 무 회

❈

상구지미(爽口之味) : 입에 맞는 음식, 맛있는 음식.
난장(爛腸) : 내장을 곯게 함.
부골(腐骨) : 뼈를 썩게 함.
약(藥) : 극약, 독약.

오분(五分) : 반, 절반.

무앙(無殃) : 재앙이 없음, 탈이 없음.

쾌심지사(快心之事) : 마음을 유쾌하게 하는 일, 마음에 즐거운
일.

패신(敗身) : 몸을 망침.

상덕(喪德) : 덕을 잃게 함.

매(媒) : 매개체.

무회(無悔) : 뉘우칠 일이 없음.

<풀이>

입을 상쾌하게 하는 음식, 예컨대 술과 같은 것은 지나
치게 마시면 알코올중독증에 빠지기가 쉽다. 그러므로 언제
나 알맞는 양을 들어야만 재앙이 없을 것이다. 마음을 즐
겁게 하는 일, 예컨대 오락이나 잡기 등에 과도하게 몰입
하면 남들의 손가락질을 받는 사람으로 전락하고 만다. 그
러므로 잠깐 스트레스를 푸는 선에서 그쳐야만 후회할 일이
없을 것이다. 어차피 일상생활에서 술이나 오락 등은 내일
을 위한 재충전으로서도 필요한 것이다. 그러나 자신의 분
수를 잃고 그것에만 빠져든다면 자기 스스로가 무덤을 파는
우(愚)를 범하는 것이다. 그러므로 언제나 이런 것에 제동
을 걸 수 있는 자기제어(self-control)의 능력은 반드시 필요
한 것이다.

105

남의 작은 과오는 꾸짖지 말고, 남의 사사로운 비밀은

들추어내지 말며, 남의 지난날의 허물은 마음에 새겨 두지 말라. 이 세 가지로서 능히 덕을 기를 수 있고 또한 해악을 멀리할 수 있는 것이다.

不責人小過하고 不發人陰私하며 不念人舊惡하라. 三者는
불 책 인 소 과　　불 발 인 음 사　　불 념 인 구 악　　　삼 자

可以養德하고 亦可以遠害니라.
가 이 양 덕　　역 가 이 원 해

❉

불책(不責)：꾸짖지 않음, 책망하지 않음.
소과(小過)：사소한 잘못, 작은 과오.
불발(不發)：들추어내지 않음, 폭로하지 않음, 발설하지 않음.
음사(陰私)：사사로운 비밀, 개인의 비밀.
구악(舊惡)：지난날의 잘못.
양덕(養德)：덕성을 기름, 덕성을 함양함.
원해(遠害)：재앙을 멀리함, 해악을 멀리함.

＜풀이＞

　남의 사소한 실수나 잘못은 너그럽게 용서해 주는 아량이 있어야 한다. 그리고 남의 개인적인 비밀을 알게 되는 경우도 있다. 만일 이때 경솔하게 발설한다면 본인의 명예에 치명상을 입히게 된다. 이런 경우는 입을 굳게 다물어 남의 사생활을 보호해 주어야 할 것이다. 그리고 남이 자기에게 저지른 지난날의 과오는 마음에 새겨 두지 말아야 한다. 왜냐하면 인간관계는 미래지향적이 되어야만 발전할 수 있기 때문이다.

설원(說苑)에는 재미있는 일화가 수록되어 있다. 초(楚)의 장왕(莊王)이 어느 날 신하들에게 술을 내려 주었다. 날이 어두워지면서 촛불이 꺼졌다. 그때 마침 어떤 신하가 왕이 총애하는 여관(女官)의 옷깃을 잡아당겼다. 깜짝 놀란 여관은 그 신하의 갓끈을 끊어서 왕에게 일러바쳤다. "대왕마마! 지금 촛불이 꺼진 사이에 어떤 자가 첩의 옷을 당기고 있었습니다. 첩이 그 자의 갓끈을 끊어서 가지고 왔습니다. 빨리 불을 밝혀 그 자를 찾으십시오." 그러나 왕은 말했다. "취중에 저지른 실수인데 부인의 정절을 드러내기 위하여 선비를 욕되게 할 수는 없지 않은가!" 그리고 곧 신하들에게 명해서 갓끈을 모두 끊도록 했다. 잠시 후 촛불이 켜지자 임금과 신하들은 다시 즐겁게 술잔을 들었다. 이 일이 있고 나서 2년의 세월이 흘렀다. 진(晉)과 초(楚)나라 사이에 싸움이 벌어지게 되었다. 이때 한 신하가 언제나 앞장서서 싸우며 다섯 번 교전에 다섯 번 적의 머리를 베어 싸움에 이기는 데 결정적인 역할을 하였다. 장왕이 이상하게 생각하며 물었다. "과인이 박덕하여 평소 그대를 남보다 우대한 적이 없는데 그대는 어찌 목숨을 걸고도 이와 같이 두려움이 없는가?" 그 신하가 대답하였다. "신은 이미 오래 전에 죽어야 했습니다. 지난날 연회 때에 술에 취해 무례한 짓을 했는데도 임금님은 죄를 드러내어 죽이지 않으셨습니다. 신은 언제나 임금님을 위해 싸우다 죽기로 결심한 지 오래입니다. 신이 바로 그날 밤 갓끈이 잘린 자이옵니다." 드디어 진나라를 물리친 초나라는 이로 인하여 패자(覇者)가 되었다.

106

선비와 군자는 몸가짐을 가벼이해서는 아니된다. 가벼이
하면 곧 사물이 나를 흔들어 한가롭고 안정된 맛이 없어진
다. 또한 마음씀씀이를 너무 무겁게 해서는 아니된다. 무거
우면 곧 내가 사물에 얽매어 시원스럽고 활달한 기상이 없
어지게 된다.

士君子는 持身을 不可輕이니 輕則物能撓我하여 而無悠閒
사군자　　지신을　불가경　　경즉물능요아　　　이무유한

鎭定之趣요 用意를 不可重이니 重則我爲物泥하여 而無瀟
진정지취　용의를　불가중　　중즉아위물니　　　이무소

洒活潑之機니라.
쇄활발지기

❖

사군자(士君子) : 선비와 군자.

지신(持身) : 몸가짐.

물(物) : 사물.

요아(撓我) : 나를 흔들다, 나를 동요케 하다.

유한(悠閒) : 유유하고 한가함, 서두르지 않고 여유가 있음.

진정(鎭定) : 마음이 안정되어 침착함.

용의(用意) : 마음씀씀이.

이(泥) : 진흙, 얽매이는 것, 구속.

소쇄(瀟洒) : 시원스럽고 씩씩함.

활발지기(活潑之機) : 생기발랄한 기상, 활달한 기상.

<풀이>

지성인은 몸가짐을 경솔히 해서는 안 된다. 경솔히 하면 사물에 동요되어 뜻하지 않은 실수를 저지르게 된다. 그리고 느긋하고 안정된 면모도 찾아볼 수 없게 된다. 마음씀씀이는 너무 무겁게 가질 일이 아니다. 너무 무거우면 집착과 고집으로 오히려 사물에 얽매이게 된다. 이렇게 되면 두뇌의 순발력은 마비되어 생기발랄한 기상은 이미 사라지고 마는 것이다. 요컨대 몸가짐의 경솔함이나 마음씀씀이의 완고함은 모두 바람직한 처세가 될 수 없는 것이다.

107

하늘과 땅은 영구히 있으되 이 몸은 두 번 태어날 수 없고, 삶은 단지 백 년 뿐이로되, 이 하루는 참으로 쉽사리 지나간다. 다행히 그 사이에 태어난 사람으로서 삶의 즐거움을 몰라서는 아니되며, 또한 헛되이 사는 것에 대한 근심을 품지 않아서도 아니되는 것이다.

天地는 有萬古나 此身은 不再得이요 人生은 只百年이나 此
천지 유만고   차신   부재득   인생   지백년   차

日은 最易過나라. 幸生其間者는 不可不知有生之樂하고 亦
일   최이과   행생기간자   불가부지유생지락   역

不可不懷虛生之憂니라.
불가불회허생지우

❖

유(有) : 존재함.

만고(萬古) : 영원함.
부재득(不再得) : 다시 얻지 못함, 두 번 태어날 수 없음.
지(只) : 다만, 단지.
차일(此日) : 이 하루, 오늘 하루.
최이과(最易過) : 가장 쉽게 지나감, 아주 빨리 지나감.
행(幸) : 다행히.
불가불(不可不) : ~하지 않을 수 없다.
유생지락(有生之樂) : 사람으로서 생을 누리는 즐거움.
허생지우(虛生之憂) : 헛되이 사는 것에 대한 근심, 보람없이
　사는 것에 대한 번민.

<풀이>

　우주는 영원히 존재할 것이나 우리의 삶은 고작 백 년에
도 미치지 못한다. 그리고 하루 24시간은 시위를 떠난 화
살같이 빠르게 흘러간다. 이렇게 짧고도 한 번 뿐인 인생
이므로 사람으로서의 즐거움도 골고루 맛보아야 할 것이다.
또한 보람없이 세월만 낭비하지 않느냐 하는 자기 반성과
고뇌도 품지 않아서는 아니되는 것이다. 자기 반성과 고뇌
없이는 진실로 자신의 삶의 질을 높일 수는 없을 것이다.

108

　원한은 덕으로 인해 나타난다. 그러므로 남들로 하여금
나를 덕 있다고 여기게 하는 것은 덕과 원한 양쪽을 다 잊
게 하느니만 못한 것이다. 원수는 은혜로 인해 생겨난다.
그러므로 남들로 하여금 나의 은혜를 알게 하는 것은 은혜

와 원수를 둘 다 없게 하느니만 못한 것이다.

怨因德彰이라. 故로 使人德我로는 不若德怨之兩忘이요 仇
원인덕창   고   사인덕아   불약덕원지량망   구

人恩立이라. 故로 使人知恩으로는 不若恩仇之俱泯이니라.
인은립   고   사인지은   불약은구지구민

❖

원인덕창(怨因德彰) : 원한은 덕으로 인해 드러남.
불약(不若) : ~하는 것만 같지 못하며, ~하는 것이 훨씬 낫고.
양망(兩忘) : 두 가지를 다 잊음.
구인은립(仇因恩立) : 원수는 은혜로 인해 생겨남.
구민(俱泯) : 모두 없애다.

<풀이>

우리가 남에게 은혜를 베풀 때는 편파적인 것이 아닌가, 혹시 제삼자에게는 불공평한 처사가 되지 않나 하는 숙고가 있어야 한다. 많은 사람들을 친구로 하는 것 못지 않게 한 사람의 적도 만들지 않는 것이 현명한 일이다. 그리고 열 번 잘 해 준 것은 쉽게 잊지만 한 번 섭섭히 대한 것은 좀처럼 잊지 않는 것이 도량이 좁은 사람들의 마음이기도 하다. 상대방의 신뢰와 은혜를 원수로 갚는 예는 결코 드문 일이 아니다. 그러므로 부르투스의 배신의 칼날에 쓰러지면서 외친 시저의 절규 '부르투스여, 자네마저?'(Et tu, Brute?)(세익스피어의 쥬리어스 시저 제3막 1장)는 우리들 삶의 한 단면이기도 하다. 오직 사사로운 은혜와 원한의 고리를 모두 끊어 버린 공명정대함만이 떳떳하고도 현명한 처세술일 것이다.

109

　늙어서 생기는 질병은 모두 젊었을 때 불러들인 것이요, 쇠퇴한 뒤의 재앙은 모두 홍왕할 때에 지은 것이다. 그러므로 군자는 홍왕하고 절정기에 있을 때 더욱 조심하는 것이다.

老來疾病은 都是壯時招的이요 衰後罪孼은 都是盛時作的이
노 래 질 병　　도 시 장 시 초 적　　쇠 후 죄 얼　　도 시 성 시 작 적

니 故로 持盈履滿을 君子尤兢兢焉하나니라.
고　　　지 영 이 만　　군 자 우 긍 긍 언

❖

노래질병(老來疾病) : 늙어서 생기는 여러 가지 질병.

도시(都是) : 모두 ~이다.

장시(壯時) : 젊었을 때, 청장년기에.

초적(招的) : 불러들인 것.

쇠후(衰後) : 쇠퇴한 뒤.

죄얼(罪孼) : 저지른 죄, 재앙.

성시(盛時) : 홍왕한 때, 번성할 때.

지영이만(持盈履滿) : 가득 차 있는 것을 지니고 밟음, 충만함, 홍왕하여 절정기에 있음.

우(尤) : 더욱.

긍긍(兢兢) : 두려워하고 조심함, 무서워서 몸을 움츠림. 두려워하고 조심하여 깊은 못에 이른 듯하고, 엷은 얼음을 밟는 듯한다〈시경, 소아, 소민편(小旻篇)〉.

<풀이>

　젊은 시절부터 섭생에 조심하지 않고 술과 방탕한 생활로 일관한 사람은 늘그막에 병고에 시달리게 된다. 그러므로 건강관리는 젊은 시절부터 해야 한다. 또한 사람은 세력을 떨치며 득의할 때에는 흔히 교만해지기가 쉽다. 더욱이 못된 자들은 자신의 권력을 남용하며 남에게 피해를 주어 원한을 사는 경우도 있다. 그러나 이윽고 음지가 양지되고, 권세가 몰락으로 이어지는 것은 세상사의 변함없는 이치이다. 이런 경우 평소 악행을 저지른 자들은 징벌을 면탈할 수 없을 것이다. 그러므로 현명한 사람은 절정기에 이미 쇠퇴할 때를 대비하며 모든 일을 조심하고 삼가하는 것이다.

110

　사사로운 은혜를 파는 것은 공명정대한 의론을 붙드니만 못하고, 새로운 친구를 사귀는 것은 옛친구와의 정을 두터이 하느니만 못하며, 영화로운 이름을 세우는 것은 숨은 공덕을 심느니만 못하고, 뛰어난 절의를 숭상하는 것은 일상의 행실을 삼가하느니만 못한 것이다.

市私恩은 不如扶公議요 結新知는 不如敦舊好요 立榮名은
시 사 은　　불 여 부 공 의　　결 신 지　　불 여 돈 구 호　　　입 영 명

不如種隱德이요 尙奇節은 不如謹庸行이니라.
불 여 종 은 덕　　상 기 절　　불 여 근 용 행

❋

시(市) : 시장, 파는 것.

사은(私恩) : 사사로운 은혜, 개인적인 정(情)에 의하여 베푸는
　은덕.

부(扶) : 붙잡다, 편들다, 돕다.

공의(公議) : 공론, 중론, 공명정대한 의론.

결(結) : 맺다, 사귀다.

신지(新知) : 새로운 친구.

돈구호(敦舊好) : 옛친구와의 우정을 두터이 함.

입영명(立榮名) : 영광스러운 이름을 내세움, 명예를 떨침.

종은덕(種隱德) : 남몰래 공덕을 쌓음. 종(種)은 심다, 쌓다의
　뜻.

상기절(尙奇節) : 기이한 절조, 뛰어난 절개를 숭상함. 상(尙)은
　높이다, 숭상하다, 숭배하다의 뜻.

근(謹) : 삼가하다, 조심하다.

용행(庸行) : 평상시의 보통 행동, 일상의 평범한 행실. 용(庸)
　은 평(平), 상(常)의 뜻.

<풀이>

　개인적인 정에 의해 베풀어지는 은혜는 자칫 치우친 처
사가 되기 쉽다. 그러므로 공정한 의론에 의해 매사를 공
평하고 합리적으로 처리하는 것이 바람직한 일이다. 대인관
계에 있어서 교제의 범위를 넓히는 것은 중요한 일이지만
그보다도 먼저 옛친구와의 정의를 돈독히 할 줄 알아야 한
다. 옛친구끼리는 신뢰할 수 있고 인간적인 교류가 가능하
기 때문이다. 그리고 지성인은 세상에 명성을 떨치기에 앞
서 남몰래 숨은 공덕부터 쌓아야 한다. 왜냐하면 남몰래
쌓은 공덕이야말로 남이야 알아주든 말든 참된 의미에서의

명예가 되기 때문이다. 또한 어떤 형식으로든 실사회에 참여하고 기여해야 할 지성인으로서는 저 이형이나 죽림칠현처럼 기이한 절개를 높이는 것은 그다지 바람직한 일이 못된다. 그보다는 평범한 일상생활에서 자신의 몸가짐과 행실을 삼가하여 뭇사람의 모범이 되어야 할 것이다.

111

공평하고 올바른 의론에는 손을 대지 말 것이니, 한번 손을 대면 곧 부끄러움을 만세에 남기게 된다. 권세 있는 가문과 모리배의 소굴에는 발을 붙이지 말 것이니, 한번 발을 붙이게 되면 곧 더러움에 평생 물들게 된다.

公平正論은 不可犯手니 一犯則貽羞萬世하고 權門私竇는
공평정론   불가범수   일범즉이수만세   권문사두

不可著脚이니 一著則點汚終身이니라.
불가착각   일착즉점오종신

❖

공평정론(公平正論) : 공평하고 올바른 의론.
범수(犯手) : 손을 댐, 범하는 것.
일(一) : 일단, 한번.
이수(貽羞) : 수치를 남김, 부끄러움을 남기는 것.
만세(萬世) : 만대, 오랜 세월.
사두(私竇) : 사욕의 집, 모리배의 소굴.
착각(著脚) : 발을 붙임, 발을 들여놓는 것. 착(著)은 착(着)과
  동일함.

점오(點汚) : 더러움에 물듬.
종신(終身) : 평생.

<풀이>

　공명정대한 의론을 범하는 경우 비록 고의적인 행위가
아닐지라도 후세 역사가의 준엄한 심판을 모면할 수는 없
다. 예컨대 율곡의 10만 양병설에 반대한 당시 우리 나라의
지도층이나 히틀러에 단호히 대처할 것을 주장한 처칠에
등을 돌린 30년대 영국의 의회 지도자들은 결과적으로 역
사에 큰 오점을 남긴 것이다.
　우리가 이와 같은 어리석음을 저지르지 않기 위해서는
저마다 보다 높은 식견을 지닐 수 있도록 노력해야 할 것
이다. 그리고 지성인은 권모와 술책으로 권세를 장악한 집
안이나 사욕의 소굴에는 아예 발도 붙이지 말아야 한다.
한번 발을 붙이면 자신도 더러움에 물들게 되어 같은 부류
로 전락하고 마는 것이다.

112

　뜻을 굽혀서 남을 기쁘게 해 주는 것은 몸가짐을 바르게
하여 남의 미움을 받으니만 못하고, 착한 일을 한 것도 없
이 남의 찬양을 받는 것은 나쁜 일을 저지르지 않고도 남의
비방을 받느니만 못한 것이다.

曲意而使人喜는　不若直躬而使人忌요　無善而致人譽는　不
곡 의 이 사 인 희　　불 약 직 궁 이 사 인 기　　무 선 이 치 인 예　　불

若無惡而致人毀니라.
약 무 악 이 치 인 훼

❖

곡의(曲意) : 자신의 뜻을 굽히는 것.
불약(不若) : ～만 못하다.
직궁(直躬) : 몸가짐을 바르게 함, 품행이 방정함.
예(譽) : 칭찬, 칭송, 찬양.
치인훼(致人毀) : 남의 헐뜯음을 받음, 남의 비방을 받음.

<풀이>

　자신의 뜻을 굽혀서 남의 비위를 맞추는 아첨꾼이 되어
서는 아니된다. 그것보다는 자신의 몸가짐을 곧고 바르게
하여 남의 시기와 미움을 받는 것이 낫다. 그리고 착한 일
을 한 것도 없이 단순히 눈가림이나 술책으로 남의 칭송을
듣는 위선자가 되기보다는 차라리 나쁜 일을 한 것도 없이
남의 비난을 듣는 것이 나을 것이다. 왜냐하면 모든 일은
언제나 백일하에 드러나게 되어 있고 또한 정당한 평가를
받을 때가 오고야 말기 때문이다.

113

　부모형제와 같은 혈족의 변을 당하여서는 마땅히 침착하
여 과격해져서는 아니되고, 친구의 허물을 보면 당연히 간
곡하게 충고하여 우물쭈물해서는 아니되는 것이다.

處父兄骨肉之變에는　宜從容하고　不宜激烈하며，　遇朋友交
처 부 형 골 육 지 변　　　의 종 용　　　불 의 격 렬　　　　　우 붕 우 교

遊之失에는　宜凱切하고　不宜優游니라.
유 지 실　　　의 개 절　　　불 의 우 유

❖

처(處)：당하는 것, 처함.

부형(父兄)：부모형제.

골육(骨肉)：부모형제와 같은 혈육 사이.

의(宜)：마땅히, 당연히.

종용(從容)：침착함.

우(遇)：만남.

붕우(朋友)：벗, 친구.

교유(交遊)：사귐.

실(失)：과오, 잘못.

개절(凱切)：간절함, 알맞게 충고함.

우유(優游)：주저함, 우물쭈물함, 우유부단함.

＜풀이＞

　부모형제와 같은 피를 나눈 육친간에 어떤 변고가 일어
났을 때에는 슬픔과 놀라움으로 큰 충격을 받는 것이 사람
의 마음이다. 그러나 이럴 때일수록 침착하고 의연하게 일
을 수습해야 하는 것이다. 그리고 벗의 잘못을 보면 당연히
적절한 충고를 아끼지 말아야 한다.

　그냥 우물쭈물 보아 넘긴다면 참된 우정이라고 말하기
어려울 것이다.

114

작은 일에도 빈틈이 없고 남이 보지 않는 곳에서도 속이
거나 숨기지 않으며 일이 어긋났는데도 포기하지 않는다면
이런 사람이야말로 참된 대장부라고 할 수 있으리라.

小處에 不滲漏하고 暗中에 不欺隱하며 末路에 不怠荒하면
소처　　　불삼루　　　암중　　　불기은　　　　말로　　　불태황

纔是個眞正英雄이니라.
재시개진정영웅

❖

소처(小處) : 작은 일, 사소한 일.
삼루(滲漏) : 물이 새어나옴, 일처리가 치밀하지 못하고 허술
　함.
암중(暗中) : 남들이 보지 않는 곳에, 어둠 속에.
불기은(不欺隱) : 속이거나 숨기지 않음.
말로(末路) : 일이 실패로 끝장이 난 때, 말년, 만년.
태황(怠荒) : 게으르고 거침, 태만하고 불성실함, 자포자기함.

<풀이>

작은 일이라고 소홀히 다루거나 남이 보지 않는 곳이라고
속이거나 숨기는 일이 있어서는 아니된다. 작은 일을 소홀
히 다루는 사람은 정작 큰 일을 그르칠 수 있고, 자신의
양심을 속이는 행위는 결코 현명하지도 이롭지도 못한 일
이기 때문이다. 그리고 실패와 성공 여부를 떠나 성실하게
외길을 가는 그런 인생은 만인에게 감명을 준다.

　삶이란 결과보다는 과정 자체에 큰 의미가 있기 때문일
것이다.

115

　천금으로도 한때의 환심을 사기는 어려우나 한 그릇의
밥으로도 의외로 평생의 은혜를 이루는 수가 있다. 대체로
사랑이 지나치면 오히려 원한을 살 수가 있고, 대단히 작은
베풂이 도리어 큰 기쁨이 되기도 하는 것이다.

千金도　難結一時之歡이요　一飯도　竟致終身之感이니　蓋愛
천금　　난 결 일 시 지 환　　일 반　　경 치 종 신 지 감　　　개 애

重反爲仇요　薄極翻成喜也니라.
중 반 위 구　　박 극 번 성 희 야

❖

천금(千金) : 거금, 많은 돈.
일시지환(一時之歡) : 당장의 환심, 한때의 기쁨.
일반(一飯) : 한 끼의 밥, 한 그릇의 밥.
종신지감(終身之感) : 평생토록 은혜를 잊지 않음.
애중(愛重) : 사랑이 지나침, 사랑이 분수에 넘침.
박극(薄極) : 대단히 적은 도움, 대단히 적은 은혜.
번(翻) : 오히려, 도리어.

<풀이>

　부유하고 권세 있는 사람에게 천금을 바쳐도 그의 환심을
사지 못하는 경우가 있다. 그러나 배고플 때 한 끼 밥의

고마움을 평생토록 잊지 못하는 사람도 있는 것이다.

　사랑이 지나치면 도리어 원망이 되어 되돌아오는 경우가 적지 않고, 이와 반대로 지극히 적은 도움이 어려울 때의 상대에게는 큰 힘이 되어 줄 때도 있는 것이다. 이와 같이 남에게 은혜를 베풀고 신세를 지는 것도 때와 장소에 따라 그 의미에서는 큰 차이가 있는 것이다.

116

　교묘한 재주를 졸렬함 속에 감추고 어둠으로써 밝음을 드러내며, 청렴함을 혼탁함 속에 의지케 하고, 굽힘으로써 몸을 편다면 이것은 참으로 생존에 필요한 한 개의 항아리요, 몸을 숨길 수 있는 세 개의 굴인 것이다.

藏巧於拙하고 用晦而明하며 寓清于濁하고 以屈爲伸은 眞涉
장 교 어 졸　　　용 회 이 명　　　우 청 우 탁　　　이 굴 위 신　　진 섭

世之一壺요 藏身之三窟也니라.
세 지 일 호　　장 신 지 삼 굴 야

❀

교(巧) : 교묘한 재주, 뛰어난 솜씨.
졸(拙) : 졸렬함, 서툰 솜씨.
용회이명(用晦而明) : 어둠으로써 밝음을 드러냄. 군자가 세상에 대해 밝은 지혜와 덕을 감추지만 그것은 결국 스스로 밝게 드러내는 것이다(주역명이괘(周易明夷卦).
우청우탁(寓清于濁) : 깨끗한 지조를 지니고 있으면서도 자신을 고집하지 않고 세속과 어울려 원만하게 살아감.

이굴위신(以屈爲伸) : 굽힘으로써 몸을 펴는 방책으로 함.

진(眞) : 참으로.

섭세(涉世) : 세상을 살아가는 것.

일호(一壺) : 갈관자(鶡冠子)의 일호천금(一壺千金)에서 나온 말.
강 한가운데에서 배가 뒤집어질 때는 항아리에 매달리면 살
수 있으므로 천금의 값이 있다고 함. 목숨을 구해 주는 도
구를 말함.

장신(藏身) : 몸을 숨김, 몸을 보호함.

삼굴(三窟) : 교활한 토끼는 굴을 세 개 파 놓은 후에야 목숨을
부지할 수 있다고 함. 전국책(戰國策)의 교토삼굴(狡兎三窟)
에서 인용한 말임.

<풀이>

탁월한 재능을 서툰 솜씨 속에 감추고 밝은 지혜와 덕을
드러내지 않으며 깨끗한 지조를 지니고 있으면서도 세속인
들과 원만하게 어울리고, 굽힘으로써 앞으로 나아가는 방책
으로 삼는다면 이는 진실로 난파선에서 생명을 의지할 수
있는 구명조끼요, 토끼가 파 놓은 세 개의 굴처럼 자신을
보호해 주는 은신처가 될 수 있을 것이다. 폭군 주왕의 횡
포한 처사에 대해 지혜를 감추고 내실을 기했던 문왕이나
무뢰한의 가랑이 밑을 기어가며 모욕감을 참았던 한신처럼
이 장에서 저자는 어려운 시기를 살아가는 군자의 지혜로운
처세에 대해 말하고 있다.

117

쇠잔한 모습은 번성함 속에 있고, 새롭게 자라나는 움직임은 시듦 속에 있다. 그러므로 군자는 편안할 때에 마땅히 한마음을 지니고 후환을 염려해야 하며, 고난에 처하여서는 백 번 참는 마음으로 성공을 도모하여야 하는 것이다.

衰颯的景象은 就在盛滿中하고 發生的機緘은 即在零落內니
쇠삽적경상   취재성만중   발생적기함   즉재영락내

라. 故로 君子는 居安엔 宜操一心以慮患하고 處變엔 當堅
고 군자 거안 의조일심이려환   처변 당견

百忍以圖成이니라.
백인이도성

❖

쇠삽(衰颯) : 쇠락하여 쓸쓸함, 쇠잔하여 소슬함.
경상(景象) : 모습, 풍경.
성만(盛滿) : 번성하고 가득 차 있음, 절정기에 있음.
기함(機緘) : 기미, 작용, 움직임.
영락(零落) : 시들어 떨어짐, 쇠락함.
조일심(操一心) : 곧고 바르게 지키는 한마음.
여환(慮患) : 뒷근심을 염려함, 후환을 근심함.
당(當) : 마땅히.
견백인(堅百忍) : 굳세게 몇 번이고 고난을 참음.
도(圖) : 꾀함, 도모함, 기도함.

<풀이>

　인간 사회의 번성함과 몰락은 원래 그 반복이 무상한 것이다. 그것은 마치 한여름의 초목의 푸르름 속에 이미 쇠락의 기운이 스며 있는 것과 같고, 엄동설한의 눈덩이 속에 이미 새 생명의 기운이 움트는 것과도 유사한 것이다. 결국 인간 사회의 영고 성쇠(榮枯盛衰)는 계절의 바뀜처럼 가고 오는 끝없는 순환관계에 지나지 않는 것이다. 그러므로 권세와 영화가 극에 달했을 때에 이미 쇠망과 몰락에 대비해야 한다. 다시 말하자면 현명한 사람은 언제나 곧고 굳센 마음으로 편안할 때에 다음에 닥칠 수 있는 변고에 대처하며 또한 막상 변고를 당했을 때에는 이를 악물고 그것을 이겨 내는 견인불발(堅忍不拔)의 의지가 있어야 한다. 우리가 이와 같은 자세로 살아간다면 넘어져도 언제나 다시 일어서는 오뚜기와 같은 그런 사람이 될 수 있는 것이다.

118

　신기한 것에 놀라워하고 특이한 것을 즐거워함은 원대한 식견이 없는 것이요, 괴롭게 절개를 지키며 유별나게 홀로 행하는 것은 항구적인 지조가 아닐 것이다.

驚奇喜異者는　無遠大之識하고　苦節獨行者는　非恒久操니
경 기 희 이 자　　무 원 대 지 식　　고 절 독 행 자　　비 항 구 조

라.

❖

경기(驚奇) : 신기한 것을 보고 경탄함.

희이(喜異) : 이상한 것을 좋아함, 별난 것을 보고 즐거워함.

식(識) : 견식, 식견.

고절(苦節) : 괴롭게 지키는 절개, 역경에서 지키는 절개.

독행(獨行) : 세상을 등지고 홀로 자신의 길을 걸어감, 세상과
　인연을 끊고 혼자만의 삶을 살아감.

항구(恒久) : 영원, 영구, 불멸.

조(操) : 지조.

<풀이>

　신기한 것에 경탄하고 특이한 것을 좋아함은 단순하고
호기심이 강한 사람에게서 흔히 볼 수 있는 경향이다. 그
러나 이런 사람에게 멀고 깊은 식견을 기대할 수는 없다.
지성인은 이와 같은 사물의 피상적인 세계에서 벗어나 보다
깊고 근본적인 통찰력을 갖추어야 한다. 그리고 쓰라린 환
경 속에서 혼자만의 세계를 간직하며 지조를 지킨다는 것은
평범한 사람이 할 수 있는 일은 아니다. 그러나 사람은 사
회적 존재가 되어야만 한다. 그러므로 고절독행이나 독야
청청도 특수한 경우의 행위가 되어야지 보편적인 생활신조
로는 바람직하지 못하다. 참된 지성인은 자신의 탁월함을
내세우지 않고 세상의 평범한 사람들과 원만히 어울리며
그들과 함께 웃고 우는 인간적인 삶을 사랑하는 사람인
것이다.

119

　노여움의 불길과 욕망의 물결이 바야흐로 끓어오르는 때
를 당하여 똑똑히 이를 알고, 또한 알면서도 이런 행위를
저지르는 수가 있으니, 아는 자는 누구이며 저지른 자는 또
누구인가? 이럴 때에 모질게 마음을 돌릴 수만 있다면 이
사악한 악마 같은 마음도 곧 변하여 참마음의 주인이 될
것이다.

　當怒火慾水가　正騰沸處하여　明明知得하며　又明明犯著하나
　당 노 화 욕 수　　정 등 비 처　　　명 명 지 득　　　우 명 명 범 착

　니　知的是誰며　犯的又是誰오.　此處에　能猛然轉念하면　邪
　　　지 적 시 수　　범 적 우 시 수　　차 처　　능 맹 연 전 념　　사

　魔便爲眞君矣니라.
　마 변 위 진 군 의

❖

노화욕수(怒火慾水) : 노여움의 불길과 욕망의 물결.
정(正) : 바야흐로.
등비(騰沸) : 끓어오르는 것, 비등.
명명(明明) : 분명히, 똑똑히, 명백히.
범착(犯著) : 범함, 저지르는 것.
맹연(猛然) : 맹렬히, 굳세게, 모질게.
전념(轉念) : 마음을 돌리는 것.
사마(邪魔) : 사악한 마귀.
진군(眞君) : 참마음, 마음의 주인, 양심.

<풀이>

　분노의 불길이나 욕망의 물결이 끓어오르는 것을 이성으로 다스리지 못하여 마침내 큰 잘못을 저지르고 마는 때가 있다. 이런 경우 그와 같은 잘못이 그 사람의 삶 자체를 파멸로 이끌 수도 있다. 분노와 욕망은 우리의 마음에서 우러나온 것이며 그것을 통제하는 것도 우리의 마음이다. 그러므로 우리의 마음속에 사악한 마귀 같은 것이 끓어 오를 때에는 냉철한 이성의 힘으로 그것을 극복해야 한다. 만일 우리가 이렇게 할 수 있다면 언제나 참마음을 간직할 수가 있다. 참마음, 즉 인간 본연의 양심을 저버리지 않는 사람의 삶은 보다 큰 의미와 윤택함으로 가득 찰 것이다.

120

　한쪽 말만을 믿어 간악한 사람에게 속지 말고, 자신을 너무 믿고 만용을 부리지 말며, 자기의 장점을 내세워 남의 단점을 드러내지 말고, 자신의 서투름으로 남의 능력 있음을 시기하지는 말라.

毋偏信而爲奸所欺하고　毋自任而爲氣所使하며　毋以己之長
무편신이위간소기　　　무자임이위기소사　　　무이기지장

而形人之短하고　毋因己之拙而忌人之能하라.
이형인지단　　　무인기지졸이기인지능

❖

무(毋) : ~말라. 무(無)와 같음. 금지를 나타냄.
편신(偏信) : 한쪽 말만 믿음.

간(奸) : 간사한 사람, 간악한 사람.
자임(自任) : 자기의 능력을 믿는 것. 자신의 능력을 과신함.
기(氣) : 객기, 만용.
형인지단(形人之短) : 남의 단점을 드러냄.
졸(拙) : 서투름, 졸렬함, 미숙함, 세련되지 못함.
기인지능(忌人之能) : 남의 유능함을 시기함.

<풀이>

우리가 어떤 판단을 내릴 때에는 언제나 사려깊고 신중해야만 한다. 한쪽 말만 듣고 판단의 자료로 삼는다면 오류를 범하거나 기만당하기 쉽다. 그리고 자신의 능력을 과신하는 사람은 객기를 부리며 경쟁자를 얕보기가 쉽다. 이렇게 해서는 큰 실책을 범하게 된다. 언제나 자신의 능력의 한계를 알고 경쟁자를 함부로 과소평가하지 말아야 할 것이다. 역사적 인물 중에는 이런 자기 과신의 망상에 빠져 만사를 희망적 관망으로 일관하다가 자멸한 예가 드물지 않다.

자기 과신은 스스로를 객관적으로 살필 수 있는 능력이 부족한 데서 오는 것이다. 그리고 자신의 능한 것을 내세워 우쭐대며 남의 약점을 지적하는 것은 지극히 못난 짓이다. 이런 행위는 결국 상대방의 감정을 사서 그를 적으로 만들게 된다. 그리고 흔히 자기보다 유능한 사람을 시기하는 사람이 많다. 그러나 자기가 무능하다고 해서 남의 유능함을 시샘할 필요는 없다. 그것보다는 그런 사람의 장점을 배워 자신도 보다 능력 있는 사람이 되도록 노력하는 것이 현명한 일일 것이다.

121

남의 단점을 될 수 있는 대로 감싸주어야 한다. 만일 그
것을 드러내어 세상에 알린다면 이는 단점으로서 단점을
치는 것이 된다. 남에게 완악한 점이 있으면 잘 타일러 깨
우쳐 주어야 한다. 만약 화를 내고 미워한다면 이는 완악
함으로써 완악함을 구제하려는 것이 된다.

人之短處는 要曲爲彌縫이니 如暴而揚之하면 是는 以短攻
인 지 단 처   요 곡 위 미 봉   여 폭 이 양 지   시   이 단 공

短이요 人有頑的이어든 要善爲化誨니 如忿以疾之면 是는
단   인 유 완 적   요 선 위 화 회   여 분 이 질 지   시

以頑濟頑이니라.
이 완 제 완

❖

단처(短處) : 단점, 약점.

곡(曲) : 곡진, 간곡, 완곡.

미봉(彌縫) : 덮어 줌, 감싸 줌, 꿰맴.

여(如) : 만약, 만일.

폭이양지(暴而揚之) : 폭로하여 세상에 알림, 드러내어 남에게
  알림.

이단공단(以短攻短) : 자신의 단점으로써 남의 단점을 공격함.

완(頑) : 완고한, 완악한.

선위화회(善爲化誨) : 잘 가르쳐 깨닫게 함.

분이질지(忿而疾之) : 화를 내고 미워함. 질(疾)은 질(嫉)과 같
  은 뜻임.

이완제완(以頑濟頑) : 완고함으로써 완고함을 건지려고 함, 완악

함으로써 완악함을 구제하려고 함. 제(濟)는 건지다, 구제하다의 뜻임.

<풀이>

누구에게나 단점은 있게 마련이다. 이 점에는 위인이나 천재의 경우에도 예외가 없다. 완전 무결함이란 신의 경우에나 가능한 일일 것이다. 그러므로 남의 단점은 되도록 감싸 주는 아량이 있어야 한다. 만일 그것을 폭로하여 당사자를 난처한 입장에 빠뜨린다면 이는 자신의 단점으로써 남의 단점을 공격하는 것이 된다. 또한 우리 주변에는 고집이 세고 품행이 좋지 못한 사람도 있다. 이럴 경우 장본인을 잘 타일러 깨우쳐 주어야 한다. 만일 성급하게 화부터 내고 미워한다면 이는 심술궂은 사람이 심술궂은 사람을 구제하려는 것이 되므로 불가능한 일이다. 결국 사람을 복종케 하고 선도할 수 있는 것은 우격다짐이나 강압이 아니고 따스한 관심과 사랑일 것이다.

122

음흉하게 말을 하지 않는 사람을 만나거든 마음을 털어놓지 말고, 발끈하여 성을 잘 내고 잘난 체하는 사람을 보거든 모름지기 입을 다물어야 할 것이니라.

遇沈沈不語之士어든 且莫輸心하고 見悻悻自好之人이어든
우 침 침 불 어 지 사   차 막 수 심   견 행 행 자 호 지 인

應須防口하라.
응 수 방 구

❖

침침(沈沈) : 음흉하게 말을 하지 않는 모습.
차(且) : 또한, 아직.
수심(輸心) : 마음을 털어놓는 것, 본심을 터 놓음.
행행(悻悻) : 발끈하여 성내는 모양.
자호지인(自好之人) : 스스로 잘난 체하는 사람.
응(應) : 응당.
방구(防口) : 입조심, 입을 다무는 것.

<풀이>

사람의 속마음은 쉽게 알 수 있는 것이 아니다. 특히 음
흉하여 감정표현이 없거나 말을 잘 하지 않는 사람의 경우
는 더욱 그러하다. 이런 사람에게는 자신의 본심을 털어
놓아서는 아니된다. 상대방의 진심을 파악하기까지에는 상
당 기간의 교류가 있어야 함은 물론이다. 그리고 작은 일로
성을 잘 내거나 혼자 잘난 척하며 제 자랑을 늘어놓는 사
람은 속이 좁고 경박한 위인이다. 이런 사람에게는 말조심
을 하는 것이 상책이다. 말조심은 옛날부터 현명한 처세의
기본이었다.

123

마음이 어둡고 산만할 때에는 일깨울 줄 알아야 하며,
긴장될 때에는 느슨하게 풀어 버릴 줄 알아야 한다. 만약

그렇지 못하면 어두운 증세는 가시더라도 조바심하는 괴로움은 다시 찾아올 것이다.

念頭昏散處에는　要知提醒하고　念頭喫緊時에는　要知放下하
염두 혼 산 처　　요 지 제 성　　염 두 끽 긴 시　　요 지 방 하

라.　不然이면　恐去昏昏之病이라도　又來憧憧之擾矣니라.
불 연　　공 거 혼 혼 지 병　　　우 래 동 동 지 요 의

❖

염두(念頭)：생각, 사념, 마음.

혼산(昏散)：어둡고 산만함, 혼미하고 산란한 것.

제성(提醒)：일깨움, 각성함.

끽긴시(喫緊時)：긴장할 때.

방하(放下)：긴장을 풀다.

거(去)：없애다, 제거하다.

혼혼지병(昏昏之病)：마음이 어두운 병, 마음이 혼미한 증세.

동동(憧憧)：마음이 조마조마하여 안정되지 못함.

요(擾)：괴로움.

<풀이>

　사람의 마음이란 지극히 미묘한 것이므로 쉽사리 제어할 수는 없다. 그러나 이성의 힘으로 될 수 있는 대로 건전하고 균형잡힌 방향으로 이끌어야 한다. 마음이 어둡고 산만할 때에는 스스로 분발하고 각성해야 한다. 그리고 마음이 너무 팽팽하게 긴장될 때에는 느긋하게 풀어 평정을 이루게 해야 한다. 만약 그렇게 하지 못하면 혼미함은 사라지더라도 조바심하는 괴로움은 재발되는 것이다. 사실 심신상관 증세라 하여 육체적 병의 절반 정도는 마음에 그 원인이 있다고 한다. 그러므로 '건전한 신체에 건전한 정신(즉, 마

음)'이란 격언 못지 않게 '건전한 정신(마음)에 건전한 신
체'도 의미 있는 격언인 것이다.

124

　갠 날 푸른 하늘도 삽시간에 변하여 우뢰가 울고 번개불
이 번쩍이며, 사나운 바람, 세찬 비도 어느 새 밝은 달과
맑은 하늘로 변하니, 천지의 움직임이 어찌 한결 같으리
오! 그것은 한 터럭의 걸림 때문이다. 하늘이 어찌 한결
같으리오! 그것은 한 터럭의 막힘 때문이며, 사람의 마음
의 본바탕도 또한 이와 같은 것이다.

霽日靑天이　倏變爲迅雷震電하고　疾風怒雨도　倏變爲朗月
제일청천　　숙변위신뢰진전　　　질풍노우　　숙변위랑월

晴空하나니　氣機何常이리오　一毫凝滯니　太虛何常이리오　一
청공　　　　기기하상　　　　일호응체　　태허하상　　　　일

毫障塞이니　人心之體도　亦當如是니라.
호장색　　　인심지체　　역당여시

❖

제일(霽日) : 맑게 개인 날.

숙(倏) : 갑자기, 홀연히, 삽시간에.

신뢰진전(迅雷震電) : 심한 우뢰와 번쩍이는 번개.

질풍노우(疾風怒雨) : 사나운 바람과 성난 비.

낭월청공(朗月晴空) : 밝은 달과 맑은 하늘.

기기(氣機) : 하늘의 기미, 천지의 움직임.

상(常) : 불변함, 언제나 변함이 없음.

일호(一毫) : 한 터럭, 아주 작은 것을 가리킴.

응체(凝體) : 엉키고 막힘.

태허(太虛) : 하늘.

하상(何常) : 어찌 한결 같으리오.

체(體) : 본체, 바탕.

<풀이>

　맑게 개인 날에도 갑자기 천둥이 울고 번갯불이 번쩍이며 변하는 때가 있고, 사나운 바람, 세찬 비도 어느 새 밝은 달과 맑은 하늘로 변하는 때가 있다. 하늘의 기(氣)의 작용도 이와 같이 변화가 있게 마련이다. 이런 변화는 결국 한 터럭의 엉킴이나 막힘 때문에 일어난다. 사람의 마음의 바탕도 이와 같다. 사소한 일에도 자극을 받아 희로애락의 극단에서 극단으로 치닫는 경우가 드물지 않다. 그러나 우리의 마음속에는 동시에 이성(理性)의 작용이 있어 격렬한 감정의 움직임을 통제할 수 있다. 그러므로 질풍노도와 같은 세찬 감정의 움직임은 되도록 억제하며 평정한 마음가짐으로 건실한 삶을 영위해야 할 것이다.

125

　사사로운 정(情)과 물욕을 제어하는 일에 대하여 '일찍 알지 못하면 누르기가 쉽지 않다'고 하는 이도 있고, '알았다 하더라도 참을성이 부족하다'고 하는 이도 있다. 대체로 안다는 것은 마귀를 비추는 한 알의 밝은 구슬이요, 누르는 힘은 마귀를 베는 한 자루의 지혜의 칼이니 이 둘은 모두 없어서는 아니되는 것이다.

勝私制欲之功은　有曰　識不早면　力不易者하고　有曰　識得
승사제욕지공　　유왈　식부조　　역불이자　　　유왈　식득

破라도　忍不過者니　蓋識은　是一顆照魔的明珠요　力은　是一
파　　　인불과자　개식　　시일과조마적명주　　　역　　시일

把斬魔的慧劍이니　兩不可少也니라.
파참마적혜검　　　양불가소야

❖

승사제욕(勝私制欲) : 사사로운 욕심을 이기고 누름.

식(識) : 욕심의 실체를 인식하는 슬기.

역불이(力不易) : 사욕을 누르는 힘을 기르기가 쉽지 않음.

식득파(識得破) : 알아서 깨우침, 알아서 간파함.

인불과(忍不過) : 참을성이 부족함.

개(蓋) : 대개, 대체로.

일과(一顆) : 한 알, 수사(數詞)임.

마(魔) : 악마, 마귀.

일파(一把) : 한 자루.

참마(斬魔) : 마귀를 벰.

혜검(慧劍) : 지혜의 칼.

불가소(不可少) : 없어서는 아니됨.

<풀이>

　사사로운 욕심을 이기고 억제하는 일에 대해서는 두 가지
관점이 있다. 먼저 욕심의 실체를 알지 못하면 억제하기가
어렵다는 주지적 관점(主知的觀點)과 그것을 간파했다고 할
지라도 이겨 내는 의지력이 없으면 소용이 없다는 주의적
관점(主意的觀點)이 바로 그것이다. 대개 욕심의 실체를 안
다는 것은 악마를 비추는 밝은 구슬이요, 그것을 이겨 내는
의지력은 악마를 베는 지혜의 칼이다. 그러므로 이 두 가

지는 다같이 없어서는 아니되는 것이다. 다시 말하자면 똑바로 인식한다는 것과 바르게 실천한다는 것은 언제나 자전거의 앞바퀴와 뒷바퀴의 관계처럼 필수불가결의 요소인 것이다.

126

　남의 속임수를 깨닫고도 말로 나타내지 아니하고, 남의 업신여김을 받더라도 낯빛이 변하지 아니하면 이 가운데에 무한한 의미가 있고 또한 다함이 없는 효용이 있는 것이다.

　覺人之詐라도 不形於言하고 受人之侮라도 不動於色이면 此
　각 인 지 사　　　 불 형 어 언　　　 수 인 지 모　　　 부 동 어 색　　　 차

　中에 有無窮意味하며 亦有無窮受用이니라.
　중　 유 무 궁 의 미　　 역 유 무 궁 수 용

❖

인(人) : 타인, 남.
사(詐) : 속임수, 사기.
불형(不形) : 표현하지 않음. 나타내지 않음.
모(侮) : 모욕, 모멸, 업신여김.
부동어색(不動於色) : 안색에 나타내지 않음, 얼굴빛이 변하지
　않음.
수용(受用) : 효용, 작용, 효능.

<풀이>

남의 속임수를 알거나 모욕을 당하면서도 감정을 자제한

다는 것은 결코 쉬운 일이 아니다. 침착하게 자기 감정을 억누를 수 있는 사람은 그만큼 생각이 깊고 수양이 된 인격자일 것이다. 이런 사람은 언젠가는 뜻을 펼치고 큰 일을 할 수 있는 인물이다.

「사기열전」 제32권에는 회음후 한신의 일대기가 실려 있다. 한신은 무명의 서민인 젊은 시절 빨래하는 여인에게서 밥을 얻어 먹으며 실직자의 시름을 달래고 있었다. 어느 날 푸줏간에서 일하는 어떤 젊은이가 그에게 시비를 걸었다. "네 녀석이 덩치는 큰 게 칼을 차고 다니지만 실상은 겁쟁이일거야!" 이때 장바닥의 구경꾼들이 모여들기 시작하였다. 그 젊은이는 더욱 기세를 올렸다. "너 용기가 있으면 그 칼로 나를 쳐라. 만일 그 짓을 못하겠거든 지금 당장 내 가랑이 밑으로 기어 나가라!" 젊은이를 물끄러미 바라보던 한신은 이윽고 머리를 숙이고 그의 가랑이 밑으로 기어 나갔다.

이 일로 한신은 겁쟁이라는 놀림을 받게 되었다. 그러나 생각이 깊고 도량이 넓은 한신으로서는 이런 장난 같은 일로 명분 없는 살인을 저지르고 싶지는 않았을 것이다. 남다른 포부와 신출귀몰한 기략을 갖춘 그는 후일 유방의 창업에 결정적인 역할을 하게 되는 것이다.

127

역경과 곤궁은 큰 인물을 단련하는 하나의 용광로와 망치이다. 능히 그 단련을 받으면 곧 그 몸과 마음이 함께 이로울 것이요, 그 단련을 받지 않으면 그 몸과 마음이 모두 해로울 것이다.

橫逆困窮은 是煆煉豪傑的一副鑪錘니 能受其煆煉하면 則
횡 역 곤 궁   시 하 련 호 걸 적 일 부 로 추   능 수 기 하 련   즉

身心交益하고 不受其煆煉하면 則身心交損이니라.
신 심 교 익   불 수 기 하 련   즉 신 심 교 손

❖

횡역(橫逆) : 역경에 처함.

하련(煆煉) : 단련(鍛鍊)을 뜻함, 쇠붙이를 달구어 두드림.

일부(一副) : 한 개, 하나의.

노추(鑪錘) : 용광로와 망치.

교익(交益) : 함께 이로움, 모두 유익함.

불수(不受) : 받아들이지 않음, 수용하지 못함.

교손(交損) : 함께 해로움, 모두 손해를 봄.

<풀이>

역경과 곤궁은 사람에게 용기와 의지력을 길러 주는 구실을 한다. 그러나 사람에 따라서는 끝내 이와 같은 시련을 이겨 내지 못하여 나약한 존재로 낙오하는 경우도 있다. 모든 것은 결국 본인이 받아들이는 태도에 따라서 결정되는 것이다.

그러므로 역경과 곤궁도 사람에 따라서는 약이 될 수도 있고, 독이 될 수도 있는 것이다.

128

　나의 몸은 하나의 소우주이다. 기뻐함과 성냄에 허물이
없게 하고, 좋아함과 싫어함을 법도에 맞게 한다면 이는 곧
내 몸을 조화롭게 다스리는 공부가 된다. 천지는 하나의 큰
부모이다. 백성들로 하여금 원망과 탄식이 없게 하고, 만물
로 하여금 병이 없게 한다면 이 또한 화목을 돈독히 하는
기상이 되는 것이다.

吾身은　一小天地也라　使喜怒不愆하고　好惡有則하면　便是
오신　　일소천지야　　사희로불건　　　호오유칙　　　변시

爕理的工夫요　天地는　一大父母也라　使民無怨咨하고　物無
섭리적공부　　천지　　일대부모야　　사민무원자　　　물무

氛疹하면　亦是敦睦的氣象이니라.
분진　　　역시돈목적기상

❖

소천지(小天地) : 작은 천지, 소우주.

불건(不愆) : 허물이 없는 것, 과오나 비행을 저지르지 않는 것.

호오(好惡) : 좋아함과 싫어함.

유칙(有則) : 법도가 있음, 법도에 맞게 함.

섭리(爕理) : 조화롭게 다스리는 것. 섭(爕)은 섭(燮 : 화할 섭)과
　　　　같음.

물(物) : 만물.

분진(氛疹) : 나쁜 병. 분(氛)은 나쁜 기운. 진(疹)은 두드러기,
　　　　열병.

돈목(敦睦) : 화목을 두터이 함, 화목을 돈독히 함.

<풀이>

우리의 소중한 육신은 하나의 작은 우주이다. 기뻐함이나 성냄, 좋아함이나 싫어함을 언제나 넘치지 않고 절도 있게 한다면 마음은 안정과 평형을 이룰 수 있는 것이다. 이것이 곧 자신의 몸을 조화롭게 다스리는 수양법이다. 천지 곧 우주는 우리들의 위대한 부모인 셈이다. 만물을 낳고 차별 없이 길러주기 때문이다. 그러므로 군자도 천지가 만물을 돌보듯이 백성들을 따뜻하게 돌보며 감싸줄 수 있다면 그들의 원망과 탄식의 소리가 들리지 않을 것이다. 또한 모든 것이 별 탈 없이 정돈상태로 놓이게 된다면 이는 사회를 질서와 화목으로 이끄는 지름길이 되는 것이다.

평생을 독신으로 보내며 철학연구의 외길을 걸어왔던 칸트는 일찍이 이렇게 말하였다. '자주 그리고 오래 생각할수록 경이와 숭배의 마음을 새롭게 하는 두 가지가 있다. 하나는 나의 머리 위에 있는 별하늘이요, 또 다른 하나는 나의 마음속에 있는 도덕율이다.' 〈칸트의 실천이성비판 서두에서〉

129

'남을 해치려는 마음을 가져서는 아니되며, 남의 침해를 막으려는 마음이 없어서도 아니된다'고 했는데 이것은 생각의 소홀함을 경계한 말이다. '차라리 남에게 속임을 당할지 언정 남이 자신을 속일 것이라고 미리 염려하지는 말라'고 했는데 이것은 지나치게 살피는 것의 손상됨을 경계한 말이다. 이 두 가지 말을 아울러 간직한다면 생각은 밝아지고 덕은 두터워질 것이다.

害人之心은 不可有하고 防人之心은 不可無라 하니 此는 戒
해 인 지 심   불 가 유   방 인 지 심   불 가 무   차   계

疎於慮也요 寧受人之欺언정 毋逆人之詐라 하니 此는 警傷
소 어 려 야   영 수 인 지 기   무 역 인 지 사   차   경 상

於察也라. 二語竝存하면 精明而渾厚矣리라.
어 찰 야   이 어 병 존   정 명 이 혼 후 의

❀

해인지심(害人之心) : 다른 사람을 해치려는 마음.

불가유(不可有) : 있어서는 안 됨.

방인지심(防人之心) : 남의 침해를 막으려는 마음.

불가무(不可無) : 없어서는 안 됨.

소어려(疎於慮) : 생각에 소홀함이 있음.

영(寧)~무(毋) : 차라리 ~할지언정 ~하지는 말라.

역인지사(逆人之詐) : 남이 자신을 속일 것이라고 예상함.

상어찰(傷於察) : 과도하게 살핌으로써 자기의 덕을 다치게 함.

이어병존(二語竝存) : 두 가지 말을 아울러 간직함.

정명(精明) : 정밀하고 밝음.

혼후(渾厚) : 원만하고 두터운 것, 원만하고 돈독함.

<풀이>

남에게 해악을 끼치려는 마음은 조금도 가져서는 안 되며, 동시에 남의 부당한 권리침해를 그냥 앉아서 당해서도 안 되는 것이다. 그리고 남에게 기만과 사기를 당할 것을 염려한 나머지 정직한 사람의 마음마저 몰라 본다면 이것은

오히려 자신의 덕을 손상케 하는 일이 된다.

원래 도둑의 눈으로 세상을 보면 사람들이 모두 도둑이요, 부처의 눈으로 세상을 보면 사람들이 모두 부처인 것이다. 그러므로 지나치게 살피고 의심하는 것도 너무 쉽게 남을 믿는 것처럼 경계해야 될 태도이다. 우리들이 극단을 배제한 중용적 안목을 지닐 수만 있다면 생각은 총명해지고 덕은 돈독해질 것이다.

130

여러 사람들이 의심한다고 하여 자신의 소신을 꺾지는 말고, 자신의 의사만을 믿어 남의 말을 물리치지는 말라. 사소한 은혜에 이끌려 대국을 그르치지는 말며, 공론을 빌어서 사사로운 정을 풀려고 하지도 말라.

毋人群疑而阻獨見하고 毋任己意而廢人言하며 毋私小惠而
무 인 군 의 이 조 독 견   무 임 기 의 이 폐 인 언   무 사 소 혜 이

傷大體하고 毋借公論以快私情하라.
상 대 체   무 차 공 론 이 쾌 사 정

❖

무(毋) : ~하지는 말라.
군의(群疑) : 뭇사람이 의심함.
조(阻) : 소신을 꺾음, 뜻을 굽힘.
독견(獨見) : 자신의 의견, 자기의 의사.
임(任) : 맡기는 것.
폐(廢) : 폐함, 물리침.

사(私) : 사사로운 정(情)에 얽매이는 것.
대체(大體) : 대국(大局).
차(借) : 빌림, 이용함, 빙자함, 핑계를 댐.
공론(公論) : 여론, 여러 사람의 의견.
쾌(快) : 만족케 함, 해결함.
사정(私情) : 사사로운 감정, 개인 감정.

<풀이>

많은 사람들이 의심하고 반대한다고 해서 자기의 소신을
꺾어서는 안 되며, 자신의 의견만을 고집하여 남의 충고를
물리쳐서도 안 된다. 공직자의 처신은 언제나 공명정대하여
야 한다. 그러므로 사사로운 정(情)에 얽매여 전체의 질서
와 이익을 손상케 해서도 안 되며, 여론을 이용해 자신의
개인 감정을 풀려고 해서도 안 된다. 공직자는 언제나 공
(公)과 사(私)를 엄격하게 분리하여 공정한 자세로 공무에
임하여야 한다.
　그리고 석작(石碏 : BC 8세기경 위(衛)의 대신)의 대의멸
친(大義滅親 : 석작이 반역죄를 범한 아들을 진(陳) 나라의 힘
을 빌려 처형한 사건. 춘추좌씨전에 있음)이나 제갈량의 읍
참마속(泣斬馬謖)의 고사에서 배우는 바가 있어야 할 것이
다.

131

　착한 사람과 빨리 친할 수 없거든 미리 칭찬하지는 말라,
간악한 참소가 있을까 두렵다. 악한 사람을 쉽게 내쫓을 수
없거든 먼저 발설하지는 말라. 뜻밖의 재앙을 부를까 염려
된다.

善人을 未能急親이어든 不宜預揚이니 恐來讒譖之奸이요 惡
선인　미능급친　　불의예양　　공래참참지간　　악

人을 未能輕去어든 不宜先發이니 恐招媒孽之禍니라.
인　미능경거　　불의선발　　공초매얼지화

❦

미능급친(未能急親) : 빨리 사귈 수는 없다, 급히 친해질 수는
　없다.
불의(不宜) : ～함이 옳지 않다.
예양(預揚) : 미리 칭양(稱揚)함, 미리 칭찬함.
공래(恐來) : ～이 올까 두렵다, ～이 있을까 염려된다.
참참(讒譖) : 참소, 모함.
미능경거(未能輕去) : 쉽게 멀리할 수 없음, 가볍게 내쫓을 수
　없음.
선발(先發) : 미리 발설함.
공초(恐招) : ～를 부를까 두렵다, ～이 올까 염려된다.
매얼(媒孽) : 누룩, 재앙을 양성함, 화근(禍根)을 기름.

＜풀이＞

　착한 사람과 빨리 가까워질 수 없는 경우에는 먼저 그를
칭찬하는 말을 해서는 안 된다. 간악한 사람의 모함과 이

간책을 경계해야 하기 때문이다. 악한 사람을 손쉽게 멀리할 수 없을 때에는 미리 그의 잘못을 발설하거나 내쫓을 뜻을 밝히지 말라. 그런 자가 앙심을 품고 해악을 저지를 수 있기 때문이다. 착한 사람을 가까이하거나 간악한 사람을 멀리하는 데는 언제나 신중한 처사와 분별이 따라야 하는 것이다. 오대의 혼란기에 진(晉), 글안(契丹), 후한(後漢), 후주(後周)의 네 왕조 12임금을 섬기며 백성들을 전쟁의 참화에서 건지도록 애쓴 풍도(822~954)는 이런 시를 남겼다.

입은 바로 재앙의 문이요, 혀는 바로 몸을 베는 칼이다. 입을 다물고 혀를 깊이 감춘다면, 몸은 안전하며 가는 곳마다 튼튼하리라.

• •

口是禍之門 舌是斬身刀
閉口深藏舌 安身處處牢

132

푸른 하늘에 빛나는 태양과 같은 절의는 어두운 방구석에서 길러 낸 것이요, 세상을 쥐고 흔드는 탁월한 경륜은 깊은 못가에 서고, 얇은 얼음을 밟듯이 하여 나온 것이다.

青天白日的節義는 自暗室屋漏中培來하고 旋乾轉坤的經
청천백일적절의   자암실옥루중배래   선건전곤적경

綸은 自臨深履薄處操出이니라.
륜   자 림 심 이 박 처 조 출

❖

옥루(屋漏) : 방의 서북쪽 어두컴컴한 구석.
배래(培來) : 길러 냄, 배양됨.
선건전곤(旋乾轉坤) : 하늘과 땅을 마음대로 뒤흔드는 것.
경륜(經綸) : 세상을 다스리는 수완과 능력.
임심이박(臨深履薄) : 깊은 못가에서 살얼음을 밟듯이 조심함(시
　　경, 소아, 소민편의 如臨深淵 如履薄氷이라는 시구에서 나온 말임).
조출(操出) : 끌어냄.

<풀이>

'로마제국은 하루 아침에 세워진 것이 아니다'는 서양의
속담이 있다. 사실 청천백일과 같이 빛나는 절개와 의리도
남이 보지 않는 어두컴컴한 방구석에서 마음을 수양하고
행실을 조심한 결과이다. 그리고 세상을 다스리는 탁월한
수완과 실력도 알고 보면 모든 일을 신중하고 빈틈없이 처
리하는 데에서 나온 것이다. 세상사람들을 놀라게 하는 모
든 업적은 남다른 시련과 노력 끝에 얻어진 열매임을 잊어
서는 안 될 것이다.

133

아버지는 인자하고 아들은 효도하며, 형은 우애가 있고
아우는 공손한 것이 비록 지극한 경지에 도달했다고 할지
라도, 그것은 당연히 그러해야 할 것이니 털끝만큼이라도

감격스런 마음으로 볼 것이 아니다. 만일 베푸는 자가 덕으로 여기고, 받는 자가 은혜로 생각한다면 그것은 곧 거리에서 우연히 만난 사람과 다름없으니 문득 장사꾼의 거래가 되고 마는 것이다.

父子之孝하고 兄友弟恭하여 縱做到極處라도 俱是合當如此
부 자 지 효   형 우 제 공   종 주 도 극 처   구 시 합 당 여 차

니 著不得一毫感激的念頭라 如施者任德하고 受者懷恩이면
착 부 득 일 호 감 격 적 염 두   여 시 자 임 덕   수 자 회 은

便施路人이니 便成市道니라.
변 시 로 인   변 성 시 도

❖

형우제공(兄友弟恭) : 형은 우애가 있고 아우는 공손함.

종(縱) : 비록.

주도(做到) : 도달함.

극처(極處) : 지극한 경지.

합당여차(合當如此) : 이와 같이 하는 것이 마땅함, 당연히 그러해야 함.

착부득(著不得) : ~로 볼 것이 못됨, ~로 볼 것이 아님.

일호(一毫) : 털끝만큼, 아주 조금.

감격적염두(感激的念頭) : 감격하는 마음, 감격스런 생각.

여(如) : 만약, 만일.

임덕(任德) : 스스로 덕을 베풀었다고 여김.

회은(懷恩) : 은혜로 앎.

노인(路人) : 길거리에서 우연히 만난 사람.

시도(市道) : 상인의 도리, 장사꾼의 거래.

<풀이>

어버이의 자식에 대한 사랑과 형제간의 우애, 공경은 두

말할 것도 없이 천륜이다. 그러므로 그것이 지극한 경지에
이르렀다고 해도 사람으로서 당연히 그러해야 할 것이므로
조금도 감격할 것은 못된다. 만약 은혜를 베푸는 이가 덕
으로 자부하고, 받은 이가 은혜로 생각한다면 이는 곧 장
사꾼의 상거래처럼 되고 마는 것이다.

상인의 거래란 이해관계에서 성립되는 것이다. 저 법가
계열의 정치철학자 한비는 어버이의 자식 사랑도 이해타산
의 범주에 속함을 강조하고 있다(예컨대 남아선호사상). 그
러나 이것은 지나친 생각이다. 가족간의 사랑은 애당초 그
런 범주와는 거리가 먼 헌신적인 것이다.

134

아름다운 것이 있으면 반드시 추한 것이 있어 대(對)가
되니, 내 스스로 아름다운 것을 자랑하지 않는다면 누가
능히 나를 추하다고 하겠는가. 깨끗한 것이 있으면 반드시
더러운 것이 있어 대(對)가 되니, 내 스스로 깨끗한 것을
좋아하지 않는다면 누가 능히 나를 더럽다고 하겠는가.

有妍이면 必有醜하여 爲之對니 我不誇妍이면 誰能醜我리요.
유연　　필유추　　위지대　　아불과연　　수능추아

有潔이면 必有汚하여 爲之仇니 我不好潔이면 誰能汚我리요.
유결　　필유오　　위지구　　아불호결　　수능오아

❖

연(妍) : 고움, 아름다움(美).
위지대(爲之對) : 대비가 됨. 상대가 됨.

과(誇)：자랑하다, 으시대다.

위지구(爲之仇)：짝이 됨, 상대가 됨. 구(仇)는 짝, 원수, 적,
　상대(相對)를 뜻하는 말임.

<풀이>

　미와 추, 선과 악, 대(大)와 소(小) 등은 절대적인 것이
아니라 상대와의 비교관계에서 성립된 것이다. 그러므로 추
하다는 것은 사실은 조금 덜 아름다운 것이며, 아름다운
것도 사실은 약간 덜 추한 것에 지나지 않는다. 이와 마찬
가지로 선하다는 것은 보다 덜 악하다는 뜻이며, 악하다는
것은 조금 덜 선하다는 뜻이다. 이 세상에 유일하고 절대
적인 것은 있을 수 없다. 만일 우리가 자신의 아름다움을
자랑한다면 이미 스스로 추한 인간이 되고 말며, 자신의
깨끗함을 내세운다면 오히려 세상사람들의 빈축의 대상이
될 뿐이다. 그러므로 이 세상 모든 것에 상대적인 가치만을
인정할 때 우리는 비로소 바람직한 덕(德)을 이룰 수 있을
것이다. 미국의 시인 밀러는 이렇게 노래하고 있다.

　나쁘다고 욕먹는 사람에게서도
　나는 수많은 좋은 점을 찾아내고,
　신과 같이 험잡을 것이 없다고 칭양(稱揚)받은 사람에게
　서도
　나는 수많은 죄와 허물을 찾아낸다.
　그러므로 나는 둘 사이에
　선 긋기를 망설이고, 신(神)도 선을 긋지 않는다.

In men whom men condemn as ill
I find so much of goodness still,
In men whom men pronounce divine
I find so much of sin and blot,
I hesitate to draw the line
Between the two, where God has not.

〈죠아퀸 밀러의 '욕먹는 사람에게서도'〉

135

뜨거웠다 식었다 하는 변덕은 부귀한 사람이 빈천한 사람보다 더욱 심하고, 질투와 시기하는 마음은 친척이 남보다 더욱 사납다. 만일 이러한 가운데에서 냉정한 마음으로 대응하고 평정한 기운으로 누르지 못한다면 번뇌 속에 잠기지 않는 날이 드물 것이다.

炎涼之態는 富貴가 更甚於貧賤하고 妬忌之心은 骨肉이 尤
염량지태   부귀   갱심어빈천   투기지심   골육   우

很於外人이니 此處에 若不當以冷腸하고 御以平氣면 鮮不
한어외인   차처   약부당이랭장   어이평기   선불

日坐煩惱障中矣리라.
일좌번뇌장중의

❖

염량지태(炎涼之態) : 더웠다 식었다 하는 변덕스러운 인정을
　말함.
어(於) : ～보다.
골육(骨肉) : 육친, 친족.

우(尤) : 더욱.

한(很) : 사나움.

냉장(冷腸) : 냉정한 마음, 냉철함.

어(御) : 부리다, 몰다, 억제하다, 제어하다.

평기(平氣) : 평정한 기운, 화평한 기운, 안정된 기운.

선(鮮) : 드물다.

번뇌장(煩惱障) : 번뇌가 열반에 드는 데에 장애가 됨으로 생긴 말임.

<풀이>

세상의 인정은 언제나 권력과 부(富)에만 쏠리며 변덕이 심하게 마련이다. 그러므로 정승집의 개가 죽었을 때에는 법석을 떨던 사람들이 막상 정승이 죽으면 발길을 끊게 되는 것이다. 이런 면은 부유하고 세력 있는 사람들이 가난하고 미천한 사람들보다 더욱 심하다. 그리고 질투하고 시기하는 마음은 친척 사이에 더욱 심한 경우가 많다. '사촌이 땅을 사면 배가 아프다'는 우리의 속담이 이를 잘 말해 주고 있다. 이것은 물론 친척이 잘 되는 경우 받게 되는 열등감과 질투심을 지적한 말이다.

그러므로 친족간에 심한 갈등과 원한관계에 빠져드는 경우도 그리 드물지는 않다.

우리가 만일 냉정한 마음과 화평한 기운으로 이런 감정을 다스리지 못한다면 단 하루도 번뇌에서 벗어날 수가 없을 것이다.

136

　공로와 과실은 조금도 혼동하지 말 것이니, 혼동하면 사
람들은 게으른 마음을 품게 된다. 은혜와 원한은 너무 밝
히지 말 것이니, 만약 밝히게 되면 사람들은 이반할 마음을
일으키게 된다.

功過는 不容少混이니 混則人懷惰墮之心하고 恩仇는 不可
공 과　불 용 소 혼　　혼 즉 인 회 타 타 지 심　　은 구　불 가

大明이니 明則人起携貳之志니라.
대 명　　명 즉 인 기 휴 이 지 지

❖

공과(功過) : 공로와 과실.
용(容) : 용납, 허용.
소혼(少混) : 조금 혼동함.
타타지심(惰墮之心) : 게으른 마음, 태만한 마음.
은구(恩仇) : 은인과 원수.
대명(大明) : 너무 밝힘, 태명(太明)과 같음.
휴이지심(携貳之心) : 두 마음을 품다, 이반할 마음을 품다.

＜풀이＞

　공로와 과실은 혼동하지 말며 상과 벌은 공평하게 시행되
어야 한다. 만일 이와 같은 신상필벌(信賞必罰)의 원칙이 제
대로 지켜지지 않는다면, 부패와 게으름이 만연할 것이다.
　이런 사회는 희망이 없고 발전이 없다. 그리고 지도층에
있는 사람이 도량이 좁아 개인적인 은혜나 원한을 밝히고,

정실과 편파적인 처사를 예사로 행한다면 거기에 소속된 사람들은 이미 이반할 마음을 품게 될 것이다. 이런 사회, 이런 단체는 기초부터 흔들리며 결국 무너지고 마는 것이다. 미운 사람, 고운 사람을 가리지 않는 포용력이야말로 인화(人和)를 이루어 큰 일을 성취할 수 있는 것이다.

137

벼슬은 너무 높아서는 아니되니, 너무 높으면 위태롭다. 탁월한 재능은 다 쓰지 말아야 할 것이니, 다 써 버리면 쇠퇴하게 된다. 행실은 지나치게 높이지 말 것이니, 너무 높으면 비방이 일어나고 헐뜯음이 오게 되는 것이다.

爵位는　不宜太盛이니　太盛則危하고　能事는　不宜盡畢이니
작위　　　불의태성　　　　태성즉위　　　　능사　　　불의진필

盡畢則衰하며　行誼는　不宜過高니　過高則謗興而毀來니라.
진필즉쇠　　　행의　　불의과고　　과고즉방흥이훼래

❖

작위(爵位) : 벼슬의 지위, 관작(官爵).

불의(不宜) : 마땅히 ~해서는 안 됨, ~하지 말아야 함.

태성(太盛) : 지나치게 성함, 너무 높음.

능사(能事) : 잘하는 일, 능숙한 일, 재능, 특기.

진필(盡畢) : 다하여 마침.

행의(行誼) : 올바른 행실, 도리에 맞는 떳떳한 행실.

과고(過高) : 지나치게 높임.

방흥(謗興) : 비방이 쏟아짐, 비방이 일어남.

훼래(毁來) : 헐뜯음이 오게 됨.

<풀이>

벼슬과 지위는 너무 높은 것도 바람직하지 않으니, 너무 높으면 곧 위태롭게 된다. 뛰어난 재능은 다 쓰지 말고 아껴야 할 것이니, 다 써 버리면 곧 쇠퇴하게 된다. 행실은 언제나 올바르고 떳떳해야 하나, 그것도 지나치게 고상하면 세인의 입방아에 오르게 된다. 활짝 핀 꽃은 곧 시들게 되며 정상에 오르면 내려가야 하는 것이 이 세상의 이치이다. 그러므로 언제나 조금 모자란 듯한 시점에서 만족하는 것이 좋다. 한 걸음 물러설 줄 아는 여유와 지혜는 언제나 자신을 지켜주는 방패가 될 것이다.

138

악은 그늘을 꺼리고 선은 겉에 나타나기를 꺼린다. 그러므로 드러난 악은 그 재앙이 얕고 숨어 있는 악은 그 재앙이 깊으며, 드러난 선은 그 공이 작고, 숨어 있는 선은 그 공이 크다.

惡忌陰하고 善忌陽하니니 故로 惡之顯者는 禍淺하고 而隱者는 禍深하며 善之顯者는 功小하고 而隱者는 功大니라.

❖

기음(忌陰) : 그늘이 있기를 싫어함, 그늘진 곳에 숨기를 꺼려

함, 조만간 드러난다는 뜻임.

기양(忌陽) : 햇볕에 드러나기를 싫어함, 겉에 드러나기를 꺼려
  함, 스스로 자랑하지 않는다는 뜻임.

악지현자(惡之顯者) : 드러난 악, 폭로된 죄악.

화천(禍淺) : 화가 얕음, 재앙이 적음.

화심(禍深) : 재앙이 깊음.

선지현자(善之顯者) : 드러난 선.

<풀이>

나쁜 일은 될 수 있는 대로 숨기고 잘한 일은 내세우고
싶은 것이 사람의 마음이다. 그러나 나쁜 일은 감추기가
어렵고 잘한 일은 으시대면 그 의미가 없어진다. 또한 우리
몸의 상처처럼 빨리 드러난 악은 숨겨진 악보다 그 재앙이
적다. 그리고 자신의 선행을 과시하는 사람은 남들로부터
비웃음을 사게 됨은 물론이요, 그것을 행한 동기부터 의심
을 받게 된다. 이에 반하여 아무도 모르게 행하는 선행은
진실한 것이므로 그 공도 큰 것이다. 그리고 언젠가는 자
연스럽게 드러나 세상의 찬사와 평가를 받게 될 것이다.

139

덕성은 재능의 주인이요, 재능은 덕성의 종이다. 그러므
로 재능은 있으나 덕성이 없다면 마치 집안에 주인이 없고
종이 일을 멋대로 하는 것과 같다. 어찌 도깨비가 날뛰지
않겠는가.

德者는 才之主요 才者는 德之奴니 有才無德이면 如家無主
덕 자　재 지 주　　재 자　덕 지 노　유 재 무 덕　　여 가 무 주

而奴用事矣니 幾何不魍魎而猖狂이리오.
이 노 용 사 의　　기 하 불 망 량 이 창 광

❖

주(主) : 주인.

노(奴) : 노예, 종.

용사(用事) : 일을 주관함, 일을 경영함.

기하(幾何) : 어찌 ～하지 않겠는가.

망량(魍魎) : 도깨비.

창광(猖狂) : 마구 날뜀, 미쳐 날뛰는 모습.

＜풀이＞

사람은 덕과 재주를 모두 갖추어야만 한다. 그리고 유덕함이 재기발랄함보다 더욱 중요하다. 왜냐하면 재주는 있으나 양심과 도덕성이 결여된 사람은 사회에 해악을 끼칠 수 있기 때문이다. 흔히 수재급의 인사가 지능적인 범죄를 저질러 사회적 지탄의 대상이 되는 경우가 많다. 이와 같은 화이트 칼라의 범죄는 단순범죄보다 더욱 사회를 멍들게 하고 있다. 그러므로 도덕성에 문제가 있는 재사보다는 차라리 재주는 부족하나 유덕함을 갖춘 인물이 사회적으로 바람직한 것이다.

'～가 되기 전에 인간이 되어라'는 어른들의 교훈도 이 점을 염두에 둔 말일 것이다.

140

간악한 사람을 제거하고 아첨하는 무리를 막으려면 먼저 그들이 도망갈 한 가닥 길을 터놓아야 한다. 만약 조금도 이들을 용납할 곳을 없게 한다면 이는 쥐구멍을 틀어막는 것과 같다. 도망갈 길이 모두 막혀 버리면 소중한 물건을 다 물어뜯을 것이다.

鋤奸杜倖엔 要放他一條去路니 若使之一無所用이면 譬如
서간두행   요방타일조거로   약사지일무소용   비여

塞鼠穴者라. 一切去路都塞盡이면 則一切好物俱咬破矣니
색서혈자   일체거로도색진   즉일체호물구교파의

라.

❖

서간(鋤奸) : 간악한 사람을 제거함.

두행(杜倖) : 아첨하는 무리를 막음.

방타(放他) : 그에게 열어주다, 그에게 터 줌.

거로(去路) : 물러갈 길.

소용(所用) : 용납될 곳.

색(塞) : 막음, 봉쇄함.

서혈(鼠穴) : 쥐구멍.

일체(一切) : 모두.

색진(塞盡) : 모두 막음.

호물(好物) : 좋은 물건, 소중한 물건.

교파(咬破) : 물어뜯어 망가뜨림.

<풀이>

병법에도 궁지에 몰린 적병을 너무 급하게 치지 말라고 하였다. 간악한 사람과 아첨배를 몰아냄에 있어서도 그들에게 물러갈 길이나 몸을 의지할 곳은 허용해야 할 것이다. 만약 전혀 물러갈 길을 없애 버리고 보면 막다른 골목에 이른 이들이 작당을 하여 오히려 큰 해악을 끼칠 수도 있기 때문이다. 좋은 일도 융통성이 있어야만 소기의 목적을 달성할 수 있는 것이다.

141

허물은 남과 함께 할지언정 공로는 남과 함께 하지 말라. 공로를 함께 하면 서로 시의(猜疑)하게 된다. 환난은 남과 함께 할지언정 안락은 남과 함께 누리지 말라. 안락을 함께 하면 서로 원수 사이가 된다.

當與人同過나 不當與人同功이니 同功則相忌요 可與人共
당여인동과　부당여인동공　　동공즉상기　가여인공

患難이나 不可與人共安樂이니 安樂則相仇니라.
환난　　불가여인공안락　　안락즉상구

❖

여인(與人) : 남과 함께.
동과(同過) : 과오의 책임을 함께 나눔.
상기(相忌) : 서로 꺼림, 서로 시기하고 의심함.
공환난(共患難) : 근심과 고생을 함께 함.
안락(安樂) : 편안하고 즐거운 것.

상구(相仇) : 서로 원수 사이가 됨.

<풀이>

세상의 찬사를 받을 만한 일에 대해서는 독점욕을 보이
고, 비난을 받을 일에 대해서는 남에게 미루는 것이 인지
상정이다. 그러므로 공로를 남과 함께 나누게 되면 서로
시기하게 된다. 논공행상의 불만으로 피비린내나는 싸움을
벌이는 일은 결코 드문 일이 아니다. 또한 근심과 고생은
남과 함께 할 수 있지만 편안하고 즐거운 일은 남과 함께
누리기가 쉽지 않다. 노른자위(the lion's share)를 차지하기
위해 서로 싸워 끝내 적이 되는 경우가 드물지 않기 때문
이다.

142

선비가 가난하여 비록 재물로 남을 구제하지는 못하더라
도, 어리석은 사람이 미혹한 지경을 헤매고 있을 때 한마디
말로서 깨우쳐 주고, 위급한 처지에 있는 사람을 만났을 때
한마디 말로서 구제한다면, 이것 역시 크나큰 공덕이 된다.

士君子로 貧不能濟物者는 遇人痴迷處에 出一言提醒之하고
사군자　빈불능제물자　우인치미처　출일언제성지

遇人急難處에 出一言解救之면 亦是無量功德이니라.
우인급난처　출일언해구지　역시무량공덕

❖

제물(濟物) : 재물로 남을 구제함.

인(人) : 타인, 남.

치미(痴迷) : 어리석어 미혹에 빠짐.

제성(提醒) : 이끌어 깨우쳐 줌, 이끌어 깨닫게 함.

급난(急難) : 위급한 지경, 위급한 처지.

해구(解救) : 풀어서 구해 주는 것.

무량(無量) : 한량없는, 무한한.

공덕(功德) : 남에게 베푸는 착한 일, 보시.

<풀이>

지성인이 비록 물질로서 남을 돕지는 못하지만 미혹에 빠져 있는 사람을 간곡한 말로서 깨우쳐 주고, 위급한 처지에 있는 사람을 만나서는 지혜의 말로서 그의 위급을 풀어 준다면 이 또한 자비로운 보시가 된다. 남을 돕는 것은 재물로만이 할 수 있는 것은 아니다. 물질적 원조 못지 않게 정신적 도움도 그 의미가 크다. 그리고 이것은 오로지 학문과 덕을 닦은 지성인만이 할 수 있는 일이다.

143

굶주리면 달라붙고 배 부르면 훌쩍 떠나며, 따뜻하면 모여들고 추우면 버리는 것, 이것이 바로 인정의 보편적 병폐이다.

饑則附하고 飽則颺하며 燠則趨하고 寒則棄는 人情通患也니
기 즉 부   포 즉 양   욱 즉 추   한 즉 기   인 정 통 환 야
라.

❖

부(附) : 달라붙는 것. 잘 사는 사람에게 아부함.
양(颺) : 훌쩍 떠나감.
욱즉추(燠則趨) : 따뜻하면 모여듦.
한즉기(寒則棄) : 추워지면 버림.
통환(通患) : 보편적 병폐, 일반적인 폐단.

< 풀이 >

　종횡가인 소진(蘇秦)은 동주의 낙양 사람이다. 그는 제나라의 귀곡 선생의 가르침을 받았다. 몇 년 동안의 방랑 끝에 빈손으로 고향에 돌아온 소진을 가족들은 비웃을 뿐이었다. 이에 다시 분발한 그는 6국의 제후들을 설득하여 합종책으로 강국 진(秦)을 견제토록 하였다. 그는 마침내 합종동맹의 장(長)과 6국의 재상직을 겸하게 되었다. 소진은 북쪽 조나라에 가는 도중 고향인 낙양을 지나게 되었다. 그의 수레와 짐은 제후의 행차처럼 으리으리하였다. 주나라의 현왕은 사자를 교외로 보내어 그의 일행을 환영하였다. 소진의 친족들은 그를 감히 쳐다보지도 못하며 몸을 굽히고 식사 시중만 하고 있었다. 소진이 웃으며 형수에게 말했다. '전에는 날 괄시하더니 어째서 지금은 이렇게 공손하시오 ?' 형수는 황송한 듯 얼굴을 땅에 댄 채 떨리는 음성으로 말하였다. '아주버니께서 벼슬이 높고 재물이 많기 때문입니다.' 소진은 탄식하며 말했다. '사람은 한 사람인데 부귀하면 집안식구들도 우러러보고 빈천하면 멸시한다. 집안이 이러한데 남이야 말해서 무엇하겠는가. 만약 나에게 낙양성 근교에 밭 두어 뙈기만 있었다면 오늘 6국의 재상인

수를 찰 수는 없었을 것이다.'그는 곧 천금을 뿌려 친족과
벗들에게 나누어 주었다 한다.

144

군자는 마땅히 냉철한 눈을 깨끗이 닦아야 하며, 삼가
굳센 의지를 가볍게 움직이지 말아야 한다.

君子는 宜淨式冷眼이요 愼勿輕動剛腸이니라.
군 자   의 정 식 랭 안   신 물 경 동 강 장

❖

의(宜) : 마땅히.
정식(淨式) : 깨끗이 닦음.
냉안(冷眼) : 냉철한 지혜의 눈, 이지적인 안목.
신물(愼勿) : 함부로 ~하지 말라, 삼가 ~하지 말라.
경동(輕動) : 가벼이 움직이는 것.
강장(剛腸) : 흔들리지 않는 신념, 꿋꿋한 의지.

<풀이>

군자는 세상사람들의 근거없는 억측이나 속설에 현혹되지
말아야 하며, 사물의 이면을 꿰뚫어 보는 냉철한 안목을
갖추어야 한다. 또한 겉으로 남을 대할 때는 언제나 부드
러우나, 안으로는 굳센 의지와 확고한 신념을 지녀야 한다.

145

덕은 도량을 따라 앞으로 나아가고 도량은 식견으로 말
미암아 자란다. 그러므로 덕을 두터이 하고자 하면 도량을
넓혀야 하고, 도량을 넓히고자 하면 먼저 식견을 키워야
하는 것이다.

德隨量進하고 量有識長하나니 故로 欲厚其德이면 不可不弘
덕 수 량 진   양 유 식 장   고   욕 후 기 덕   불 가 불 홍

其量이요 欲弘其量이면 不可不大其識이니라.
기 량   욕 홍 기 량   불 가 불 대 기 식

❖

양(量) : 도량.

식(識) : 식견.

홍(弘) : 넓힘.

불가불대기식(不可不大其識) : 그 식견을 크게 하지 않을 수 없
다, 식견을 키워야만 하는 것이다. 불가불(不可不)은 ～하지
않으면 안 된다. ～하지 않을 수 없다, ～해야만 하는 것이
다의 뜻임.

<풀이>

덕과 도량과 식견은 사람이 갖추어야 할 필수적인 덕목
이다. 그리고 이 덕목들은 결코 따로따로 떼어놓고 생각할
수는 없다. 왜냐하면 덕은 반드시 도량에 따라서 발전하
고, 도량은 식견에 의해 자라나기 때문이다. 그러므로 자신의
덕을 돈독케 하고자 하면 도량, 즉 인간으로서의 그릇이

커야 하고, 그런 인물이 되기 위해서는 먼저 식견을 키워야
하는 것이다. 식견이란 사물과 사리에 대한 지식과 판단력
을 말하는 것으로 학문의 정진과 실생활의 체험에 의해 얻
어지는 것이다.

146

등잔불이 희미하게 가물거리며 삼라만상이 고요한 밤은
우리들이 비로소 편안히 잠들 때이다. 새벽 꿈에서 막 깨
어나 모든 움직임이 아직 일어나지 않았으니 이는 우리들이
처음으로 혼돈에서 벗어날 때이다. 이때를 틈타 참된 마음
으로 빛을 돌려 스스로를 비추어 보면 비로소 자신의 이목
구비가 모두 차꼬와 수갑이요, 정욕과 기호가 다 마음을
해치는 기계임을 알 수 있는 것이다.

一燈螢然에 萬籟無聲은 此吾人初入宴寂時也요 曉夢初醒
일등형연　만뢰무성　차오인초입연적시야　효몽초성

에 群動未起는 此吾人初出混沌處也니 乘此而一念廻光하여
군동미기　차오인초출혼돈처야　승차이일념회광

螢然返照면 始知耳目口鼻가 皆桎梏이요 而情欲嗜好가 悉
형연반조　시지이목구비　개질곡　이정욕기호　실

機械矣니라.
기계의

❖

형연(螢然) : 반딧불처럼 가물거림, 빛이 희미하게 깜박임.
만뢰(萬籟) : 삼라만상의 소리, 이 세상의 모든 존재가 내는 소

리

연적(宴寂) : 편안히 잠드는 것.

효몽(曉夢) : 새벽꿈.

초성(初醒) : 막 깨어나는 것.

군동(群動) : 만물의 움직임.

혼돈(混沌) : 만물이 뒤범벅이 된 천지개벽 이전의 상태.

일념(一念) : 한마음, 참된 마음, 본심.

회광(廻光) : 빛을 안으로 돌림, 스스로를 깊이 반성함.

질곡(桎梏) : 질(桎)은 발을 묶는 차꼬, 곡(梏)은 손목에 채우는
  수갑.

기계(機械) : 마음을 해치는 틀.

<풀이>

만상이 고요한 밤시간이나 만물이 아직 활동을 시작하지 않은 새벽녘에는 명상에 잠기기 좋은 때이다. 이때에는 낮 시간에 일어났던 여러 가지 일에 대해 차근차근 되돌아보게 된다.

이럴 때 자신의 육신으로 인하여 일어나는 욕망이 모두 스스로를 구속하는 수갑이요, 정욕과 기호가 다 마음을 다치게 하는 위험한 기계임을 새삼 깨닫게 된다. 이렇게 사람은 자기 반성을 통하여 보다 성숙한 인격으로 스스로를 끌어올리는 것이다.

황금의 위력이 착한 심성을 누르고 오직 남보다 앞서가야 인간적인 승리로 인정받는 오늘의 세태에 더욱 절실하게 생각해야 할 경구이다.

147

스스로를 반성하는 사람은 부딪치는 일마다 전부 약이 될
것이고, 남을 탓하는 사람은 생각마다 다 창칼이 된다. 하
나는 그것으로 모든 착한 일의 길을 열고, 하나는 그것으로
모든 나쁜 일의 근원을 파헤치니, 이 둘의 거리는 하늘과
땅 사이이다.

反己者는 觸事가 皆成藥石이요 尤人者는 動念이 卽是戈矛
반기자　촉사　개성약석　　우인자　동념　즉시과모

니 一以闢衆善之路하고 一以濬諸惡之源하니 相去霄壤矣니
　일이벽중선지로　　일이준제악지원　　상거소양의

라.

❖

반기(反己) : 스스로를 반성함.
촉사(觸事) : 부딪치는 일.
약석(藥石) : 약.
우인(尤人) : 남을 탓하는 것, 남을 원망함.
동념(動念) : 생각마다.
과모(戈矛) : 창.
벽(闢) : 열다(開也).
준(濬) : 깊이 파내는 것.
소양(霄壤) : 하늘과 땅.

<풀이>

　사람은 자신의 잘못에 대해서는 너그러우나 남의 과오에
대해서는 엄격한 것이 보통이다. 그러므로 일이 여의치 못
할 때는 남을 원망하는 것이다. 이것이 인간의 약점이다.
저 역발산 기개세의 영웅 항우도 해하 싸움에서 패하여 자
결할 때 자기 몰락의 원인을 하늘의 탓으로 돌렸으며, 더욱
흥미있는 사실은 제2차 세계대전의 원흉 아돌프 히틀러는
자살하는 마지막 순간까지 전쟁 발단의 책임을 유태인과
볼셰비키에 전가한 점이다. 이렇게 독단적이고 고집이 센
사람은 끝끝내 자신의 과오를 뉘우칠 줄 모르게 된다. 이런
사람은 일시적으로는 성공할 수 있느나 끝내는 스스로 자
신의 무덤을 파게 되는 것이다. 이에 반하여 언제나 자신을
준엄하게 반성하며 입장을 바꾸어 생각하는 사람은 모든
선행의 길을 열 수 있는 것이다.

148

　사업과 문장은 육신과 함께 사라지지만 정신은 영원히
새롭다. 공명과 부귀는 세상을 따라 바뀌지만 절개는 천
년이 하루 같으니, 군자는 진정 저것으로써 이것을 바꾸지
말아야 한다.

事業文章은 隨身銷毀하되 而精神은 萬古如新하고 功名富
사 업 문 장　　수 신 소 훼　　이 정 신　　만 고 여 신　　공 명 부

貴는 逐世轉移하되 而氣節은 千載一日하나니 君子는 信不
귀　　축 세 전 이　　이 기 절　　천 재 일 일　　군 자　　신 부

當以彼易此也니라.
당 이 피 역 차 야

❖

소훼(銷毀) : 녹아 없어지는 것, 사라짐, 소실.

만고여신(萬古如新) : 영원히 새롭다.

축세(逐世) : 세상을 따라, 시대에 따라.

전이(轉移) : 변함, 옮김, 바뀜.

기절(氣節) : 기개와 절조.

천재일일(千載一日) : 천 년이 하루와 같음, 영원히 변함이 없음.

신(信) : 진실로, 참으로, 진정.

피(彼) : 저것(사업문장, 공명부귀를 뜻함).

차(此) : 이것(정신, 기절을 말함).

<풀이>

우리들이 열심히 경영하는 사업도 육신의 죽음과 더불어 언젠가는 사라지게 된다. 그러나 청렴결백한 정신은 영구히 새롭게 사람들을 감동케 한다. 그리고 세속적인 공명과 부귀는 당사자의 재세시에도 부침(浮沈)을 거듭하지만 깨끗한 지조만은 영원히 기림을 받게 된다. 그러므로 영원히 남길 수 있는 것이 무엇인가를 깨우친 사람은 깨끗한 정신과 지조로 일관하는 것이다.

149

고기를 잡는 그물 속에 기러기가 걸려들고, 버마재비가

먹이를 탐내는 곳에 참새가 또한 그 뒤를 노린다. 계략 속에 또 계략이 숨어 있고 이변 밖에 거듭 이변이 일어나니, 사람의 슬기와 계교를 어찌 믿을 수 있겠는가！

魚網之設에 鴻則罹其中하고 蟷螂之貪에 雀又乘其後하나니
어 망 지 설　　홍 즉 리 기 중　　당 랑 지 탐　　작 우 승 기 후

機裡藏機하고 變外生變이니 智巧를 何足恃哉리오.
기 리 장 기　　변 외 생 변　　지 교　　하 족 시 재

❖

이(罹)：걸리다.

당랑(蟷螂)：버마재비, 사마귀.

작(雀)：참새.

승(乘)：기회를 노림.

기리장기(機裡藏機)：계략 속에 또 계략이 숨어 있음.

변외생변(變外生變)：이변 밖에 또 이변이 생김, 변고 밖에 다시 변고가 일어남.

지교(智巧)：슬기와 기교.

하족시재(何足恃哉)：어찌 능히 믿을 수 있겠는가？

＜풀이＞

　세상에는 언제나 예상 밖의 일이 자주 일어나게 마련이다. 고기를 잡기 위해 쳐놓은 그물에 기러기가 걸려들기도 하고, 매미를 잡는 사마귀를 참새가 노리게 된다. 이렇게 기략 속에 또 기략이 숨어 있고 변고 밖에 다시 변고가 일어나게 된다. 세상의 일이란 우리의 예측을 허용치 않으며 이변이 속출하는 것이다. 그리고 사람의 지혜와 능력은 어차피 한계가 있기 마련이다. 그러므로 자신의 능력을 과신할 수는 없는 것이다. 다만 일은 사람이 하지만 일을 이루

는 것은 하늘이 한다는 각오로 매사에 신중하고 성실히 임할 수밖에 없다.

그럼 우리 모두 일어나 일하지 않으려나,
그 어떤 운명인들 이겨 낼 용기를 지니고,
자꾸만 이루어 내고 끊임없이 추구하면서
일하면서 기다림을 배워나 보세!

• •

Let us, then, be up and doing,
　　With a heart for any fate;
Still achieving, still pursuing,
　　Learn to labour and to wait.

〈롱펠로우의 인생찬가에서〉

150

사람됨에 한 점의 참된 마음이 없으면 이는 곧 거지와 같아 일마다 헛될 것이요, 세상을 살아감에 한 가닥 원활한 활동이 없으면 이는 곧 장승이니 곳곳마다 막힘이 있게 된다.

作人에 無點眞懇念頭면 便成個花子니 事事皆虛하고 涉世
작 인　무점진간념두　변성개화자　사사개허　　섭세

에 無段圓活機趣면 便是皆木人이니 處處有碍니라.
　무단원활기취　변시개목인　　처처유애

❖

작인(作人) : 사람됨, 위인(爲人).

점(點) : 한 점.

진간(眞懇) : 참됨, 진실함, 간절함.

염두(念頭) : 마음, 생각, 사유, 사념.

개(個) : 일개, 한낱.

화자(花子) : 거지.

단(段) : 일단, 조금.

원활기취(圓活機趣) : 원활한 활동, 원만하고 활발한 작용.

목인(木人) : 장승.

처처(處處) : 가는 곳마다, 곳곳마다.

애(碍) : 막힘.

<풀이>

사람됨에 조금도 진실한 마음이 없다면 이것은 구걸하는 걸인과 같아서 무슨 일도 제대로 해나가지 못할 것이다. 그리고 세상을 살아감에 한 가닥 원활하고 활발한 활동력이 없다면 이는 곧 나무로 깎아 만든 인형과 다름없으니 가는 곳마다 장애에 부딪히게 된다.

151

물은 파문이 일지 않으면 스스로 고요하고, 거울은 때가 끼지 않으면 스스로 밝은 것이다. 마음도 굳이 맑게 하려고 애쓸 필요가 없으니, 때를 없애 버리면 맑음이 저절로 나타나게 된다.

즐거움도 꼭 찾으려고 할 필요가 없으니 괴로움을 떨쳐 버리면 즐거움이 저절로 있게 되는 것이다.

水不波則自定하고　鑑不翳則自明이라.　故로　心無可淸이니
수 불 파 즉 자 정　　　감 불 예 즉 자 명　　　고　　심 무 가 청

去其混之者면　而淸自現하고　樂不必尋이니　去其苦之者면
거 기 혼 지 자　　이 청 자 현　　　낙 불 필 심　　　거 기 고 지 자

而樂自存이니라.
이 락 자 존

❖

자정(自定) : 저절로 안정됨, 스스로 고요함.

감(鑑) : 거울.

예(翳) : 흐림, 먼지나 때가 낌.

무가(無可) : 억지로 ～할 필요는 없다.

자현(自現) : 저절로 드러남, 스스로 나타남.

불필(不必) : 꼭 ～할 필요는 없다, 반드시 ～할 것은 없다.

자존(自存) : 스스로 존재함, 저절로 있음.

<풀이>

물은 바람이 불거나 돌을 던지지 않는 한 저절로 파문이
일지는 않는다. 거울은 먼지가 끼지 않는 한 그 맑음을 잃
지는 않는다. 사람의 마음도 이와 마찬가지이다. 마음에 낀
때와 먼지를 제거한다면 맑고 순수한 본심이 저절로 나타
나게 된다. 즐거움도 억지로 찾을 필요는 없다. 괴로움의
앙금을 말끔히 씻어 내면 즐거움은 저절로 생긴다. 우리의
마음은 본래 낙천적이기 때문이다.

복잡하고 힘든 세파를 헤쳐나가는 데는 무엇보다도 지나
친 욕심을 버리고 마음의 평정을 얻는 것이 값진 인생을
이루는 지름길인 것이다.

152

한 번 생각으로 귀신의 금계(禁戒)를 범하고, 한 마디 말로 천지의 조화를 깨뜨리며, 한 가지 일로 자손의 재앙을 빚는 것이니, 마땅히 간절하게 경계해야만 한다.

有一念而犯鬼神之禁하고 一言而傷天地之和하며 一事而釀
유 일 념 이 범 귀 신 지 금   일 언 이 상 천 지 지 화   일 사 이 양

子孫之禍者하나니 最宜切戒니라.
자 손 지 화 자   최 의 절 계

❀

귀신(鬼神) : 본문에서는 천지신명을 말함.
금(禁) : 금계.
상(傷) : 다치게 함, 해침.
천지지화(天地之和) : 천지의 조화.
양(釀) : 빚다, 만듦.
화(禍) : 재앙.
의(宜) : 마땅히.
절(切) : 간절하게.
계(戒) : 경계.

<풀이>

사람은 언제나 큰 일에는 신중을 기하나 작은 일에 대해서는 소홀히 다루는 경우가 많다. 그러나 하나의 생각이 천지신명의 금계를 범하기도 하고, 한 가지 사소한 일로 자손에게까지 큰 재앙을 빚을 수도 있다. 그러므로 지성인

은 언제나 사소한 일도 결코 소홀히 다루지 말아야 할 것이다.

153

일을 급하게 서둘지 않으면 밝혀지지 않던 것도 더러 저절로 분명해지는 것이 있으니, 조급하게 하여 분노를 사지는 말라. 따르지 않던 사람도 내버려 두면 더러 저절로 감화되는 수가 있으니, 지나치게 고집을 부려서 그 고집을 더하게 하지는 말라.

事有急之不白者로되　寬之或自明하나니　毋躁急以速其忿하
사 유 급 지 불 백 자　관 지 혹 자 명　무 조 급 이 속 기 분

고 人有操之不從者로되　縱之或自化하나니　毋操切以益其頑
　인 유 조 지 부 종 자　종 지 혹 자 화　무 조 절 이 익 기 완

하라.

❖

불백(不白) : 드러나지 않음, 밝혀지지 않음. 명백하지 않음.
자명(自明) : 저절로 밝혀짐, 저절로 드러남.
무(毋) : ～하지 말라.
조급(躁急) : 참을성이 없이 급하게 서두르는 것.
속기분(速其忿) : 분노를 불러들임.
조(操) : 부리는 것, 조종.
부종(不從) : 따르지 않음, 복종하지 않음.
종(縱) : 놓아 둠, 내버려 둠.
자화(自化) : 스스로 감화되는 것.

조절(操切) : 너무 심하게 부림.

익기완(益其頑) : 그 완고함을 더하게 함, 그 고집을 더욱 세게
해 줌.

<풀이>

일이란 밝혀지지 않던 것도 느긋하게 내버려 두면 저절로
분명해지는 것이 있다. 또한 복종치 않던 사람도 방임하면
저절로 마음에 느끼는 것이 있어 따르는 수가 있다. 이와는
대조적으로 너무 심하게 다루어 오히려 상대의 반발을 사서
심술만 더해 주는 경우도 있다. 결국 사람의 마음을 사로
잡을 수 있는 것은 인간적인 처우와 따뜻한 대화일 것이다.
지성인은 언제나 대화와 설득으로 남과의 화합의 장(場)을
마련하는 데 인색치 말아야 할 것이다.

유명한 이솝의 우화집에는 이런 이야기가 실려 있다. 어
느 날 바람과 태양이 서로 누가 더 힘이 센가 하며 내기를
하고자 했다. 이때 마침 어떤 나그네가 지나가고 있었다.
바람이 자신 있게 말했다. '내가 저 나그네의 외투를 벗겨
보겠네!' 곧 세찬 바람이 나그네의 몸을 날려 버릴 듯 불
어 왔다. 바람은 세찬 힘으로 나그네가 입고 있는 외투를
벗겨 내도록 애써 보았다. 그러나 나그네는 옷깃을 여미며
바람에 버티고 있었다. 바람의 세찬 힘이 가해질수록 나그
네의 옷단속도 더해 갈 뿐이었다. 이렇게 하여 바람의 시
도는 실패로 끝나게 된다. 이 모습을 빙그레 미소 띤 얼굴
로 바라보던 태양이 말했다. '이번에는 내가 해보겠네!'
잠시 후, 뜨거운 햇살이 비쳐왔다. 날씨가 무더워지자 나그
네는 입고 있던 외투를 벗고 나무그늘을 찾고 있었다.

154

절의가 청운을 내려다보고 문장이 백설보다 뛰어나더라도, 만약 덕으로서 이를 수양하지 않는다면 마침내 혈기의 사행(私行)과 말단의 기예로 끝나게 되리라.

節義는 傲青雲하고 文章은 高白雪이라도 若不以德性陶鎔之
절의   오청운   문장   고백설   약불이덕성도용지

면 終爲血氣之私요 技能之末이니라.
   종위혈기지사   기능지말

❖

절의(節義) : 절개와 의리, 지조와 의리.

오(傲) : 내려다봄, 깔봄.

청운(青雲) : 신선이 사는 곳에 떠 있는 푸른 구름을 말하며 원래 학문과 덕망이 높은 선비를 일컬어 청운객(青雲客), 청운지사(青雲之士)라고 함. 후세에 출세나 고관대작의 뜻으로 쓰임.

백설(白雪) : 백설곡(白雪曲), 문선(文選)에 수록된 송옥의 대초왕문(對楚王問)에 있는 글귀임. 뛰어난 시를 지칭함.

약(若) : 만약.

도용(陶鎔) : 도야, 수양, 단련. 도(陶)는 흙을 열처리해 질그릇을 만드는 것. 용(鎔)은 쇠를 녹여 일용기구를 만드는 것.

종위(終爲) : 마침내 ~가 되다.

사(私) : 사사로운 행실, 사행(私行).

기능(技能) : 기술, 기예, 재주.

말(末) : 말단, 지엽, 끝.

<풀이>

　지조와 의리가 곧아 평소 높은 벼슬을 하찮게 보며, 문장력이 뛰어나 백설곡을 능가한다고 해도, 만일 덕성으로 이를 갈고 닦지 않는다면, 기껏해야 사사로운 혈기와 말단의 잔재주로 그치게 될 것이다. 사람이 보람 있는 일을 이루어 내기 위해서는 재능이 있어야 한다. 그러나 그것보다도 더욱 중요한 것은 역시 인격적 바탕일 것이다. 인격적 바탕이 허약한 재능은 결국 모래 위에 쌓는 성이 되고 말 것이다. 비근한 예로 인기 정상의 슈퍼스타가 문란한 사생활로 무너지는 예를 우리는 적지 않게 목격하고 있다.

155

　일을 그만두고 물러서려거든 마땅히 융성기에 해야 하고, 몸을 두려거든 마땅히 홀로 뒤진 자리에 두어야 할 것이니라.

謝事는 當事於正盛之時하고 居身은 宜居於獨後之地니라.
사사　　당사어정성지시　　　거신　　의거어독후지지

❖

사사(謝事) : 하던 일을 그만두고 물러나는 것.
정성지시(正盛之時) : 전성기, 융성기.
거신(居身) : 몸을 둠, 자리를 차지하는 것.
독후지지(獨後之地) : 홀로 뒤진 자리, 남들이 탐내지 않는 한적한 자리.

<풀이>

　일에서 손을 떼고 물러날 때는 전성기에 하는 것이 좋다. 이때는 명예를 온전히 할 수 있고 남들이 아쉬워하는 시기이기 때문이다. 물러나는 시기를 잘 택하여 갈채와 명예를 잃지 않은 인물과 자리에 연연하며 억지를 부리다가 몰락한 인물들의 행적은 우리들에게 많은 것을 일깨워 주고 있다. 그리고 사람이라면 누구나 남보다 높고 중요한 자리를 차지하고 싶어하는 것은 당연한 일이다. 그러나 이런 자리는 남들의 부러움과 함께 질투와 시기를 받는 자리이기도 하다. 그러므로 자신의 야심을 낮추어 조금 덜 화려한 자리에서 맡은 바의 역할을 성실히 수행하는 것도 보람 있는 일일 것이다. 이런 자리는 남들의 주목과 시기를 받지 않아 편안함을 누릴 수 있는 것이다.

156

　덕을 삼가는 데는 모름지기 아주 작은 일부터 삼갈 것이며, 은혜 베풂은 힘써 갚지 못할 사람에게 베풀지니라.

謹德은 須謹於至微之事하고 施恩은 務施於不報之人하라.
근 덕　수 근 어 지 미 지 사　　시 은　　무 시 어 불 보 지 인

❀

근덕(謹德) : 덕행을 삼감.
수(須) : 모름지기.
지미지사(至微之事) : 극히 작은 일, 아주 작은 일.
시은(施恩) : 은혜를 베푸는 것.

무시(務施) : 힘써 베풀어라.
불보지인(不報之人) : 갚을 능력이 없는 사람(매우 딱한 처지에
　　있는 사람).

<풀이>

　덕행을 실천함에는 먼저 아주 작은 일부터 삼가해야 할
것이다. 은혜를 베풀려거든 갚을 능력이 없는 매우 딱한
처지에 있는 사람에게 베풀어야 한다. 만일 작은 은혜를
베풀고 반대급부를 바란다면 옳지 못한 생각이다. 무력한
사람에게 베푸는 은혜야말로 진정한 인간애에서 우러나온
행위일 것이다. 작은 것의 소중함, 작은 자선행위의 의미를
쥬리아 카니(미국의 시인)는 이렇게 노래부르고 있다.

　작은 물방울
　작은 모래알
　이것이 거대한 바다가 되고
　아름다운 나라가 된다.

　작은 때의 움직임
　비록 이것은 대수롭지 않아도
　끝내 영원이라는
　큰 시대가 된다.

　조그만 친절
　조그만 사랑의 말
　이것이 지상을 에덴으로 만들고

천당이 되게 한다.

조그만 자선은
젊은이의 손으로 뿌려지고
사람들에게 은덕을 베푼다.
먼 이교도의 나라에서.

        • •

Little drops of water,
Little grains of sand,
Make the mighty ocean
And the beauteous land.

And the little minutes
Humble though they be
Make the mighty ages
Of eternity.

Little deeds of kindness,
Little words of love,
Make our earth an Eden
Like the Heaven above.

Little deeds of mercy
Sown by youthful hands
Grow to bless the nations
Far in heathen lands.

〈Little Things(작은 것)〉

157

　시정(市井)의 사람과 사귀는 것은 산골의 늙은이를 벗삼는 것만 같지 못하고, 고관대작의 집을 찾는 것은 초가집과 친숙함만 같지 못하며 거리의 뜬소문을 들음은 나무꾼과 목동의 노래에 귀 기울이는 것만 같지 못하고, 오늘을 사는 사람의 부덕과 과오를 논함은 옛사람의 아름다운 말씀과 착한 행실을 이야기하는 것만 같지 못하다.

交市人은 不如友山翁하고 謁朱門은 不如親白屋하며 聽街
교 시 인　불 여 우 산 옹　알 주 문　불 여 친 백 옥　청 가

談巷語는 不如聞樵歌牧詠하고 談今人失德過擧는 不如述
담 항 어　불 여 문 초 가 목 영　담 금 인 실 덕 과 거　불 여 술

古人嘉言懿行이니라.
고 인 가 언 의 행

❖

시인(市人) : 저자나 번화가에 사는 사람.

산옹(山翁) : 두메산골에 사는 늙은이.

알주문(謁朱門) : 고관을 찾아뵙는 것. 신분이 높은 사람의 집은
　　대문을 붉게 칠했음.

백옥(白屋) : 초라한 오막살이, 초가집.

가담항어(街談巷語) : 거리에 떠도는 뜬소문.

초가목영(樵歌牧詠) : 나무꾼과 목동의 노래.

과거(過擧) : 잘못된 행실.

가언(嘉言) : 착한 말씀. 아름다운 말씀.

의행(懿行) : 훌륭한 행실, 아름다운 행실, 착한 행실.

<풀이>

이해타산에 밝은 시중사람과 교제하는 것보다는 순박한 산골의 늙은이와 사귀는 것이 낫고, 신분이 높은 사람의 집을 드나들며 굽신거리기보다는 학덕이 높은 가난한 선비를 벗삼는 것이 낫다. 거리에 떠도는 뜬소문을 듣는 것보다는 목동들의 소박한 노래소리를 듣는 것이 나으며, 지금 사람의 잘못을 이야기하는 것보다는 옛사람이 남긴 착한 말씀과 훌륭한 행실을 말하는 것이 더욱 의미 있는 일일 것이다.

158

덕은 모든 사업의 기초가 되니, 기초가 튼튼하지 못한 집이 오래가는 일은 일찍이 없었노라.

德者는 事業之基니 未有基不固而棟宇堅久者니라.
덕 자 사 업 지 기   미 유 기 불 고 이 동 우 견 구 자

❖

기(基) : 기초, 토대, 터.
미유(未有) : 아직 ~한 일은 없었다.
불고(不固) : 튼튼하지 못함, 견고하지 못함.
동우(棟宇) : 집.
견구(堅久) : 튼튼하고 오래 견딤.

<풀이>

덕은 모든 사업의 기초가 된다. 기초가 튼튼하지 못한

건물이 오래가는 일은 없다. 사회적 책임과 봉사정신을 외
면하는 사업도 오래 지속될 수는 없다. 그것은 뿌리가 깊지
못한 나무처럼 미구(未久)에 쓰러지게 될 것이다.

159

　마음은 자손의 뿌리이니, 뿌리를 심지 않고서도 가지와
잎이 무성한 일은 일찍이 없었노라.

心者는 後裔之根이니 未有根不植而枝葉榮茂者니라.
심 자　후 예 지 근　　미 유 근 불 식 이 지 엽 영 무 자

❖

후예(後裔) : 자손.
근(根) : 뿌리.
불식(不植) : 뿌리가 잘 심어지지 않음.
지엽(枝葉) : 가지와 잎.
영무(榮茂) : 번성함, 무성함, 번영함.

<풀이>

　우리의 마음은 자손을 위한 뿌리가 된다. 나무가 잘 자라
가지와 잎이 무성해지기 위해서는 먼저 뿌리가 땅속에 잘
뻗어 내려야 한다. 집안이 번영하고 후손이 잘 되기 위해
서는 먼저 착한 마음으로 좋은 일을 많이 해야 할 것이다.
뿌린 만큼 거두게 마련이다. 착한 일을 많이 한 집안은 반
드시 경사가 잇따르게 되는 것이다.

160

옛사람이 말하기를 '자기 집의 무진장한 재물을 내버려두고, 밥그릇을 들고 남의 집 문 앞에서 거지 흉내를 낸다'고 하였다. 또 말하기를 '벼락부자가 된 가난뱅이야! 꿈 같은 이야기 그만두어라, 누구 집 부엌인들 불 때면 연기 나지 않으랴!'고 했다. 하나는 스스로 가지고 있으면서도 모르는 것을 경계한 것이요, 하나는 스스로 가진 것을 과시함을 경계한 것이니, 학문의 절실한 교훈으로 삼을 것이니라.

前人이 云하되 拋却自家無盡藏하고 沿門持鉢效貧兒라 하고
전 인　운　　포 각 자 가 무 진 장　　연 문 지 발 효 빈 아

又云하되 暴富貧兒休說夢하라. 誰家竈裡火無煙이리오 하니
우 운　　폭 부 빈 아 휴 설 몽　　수 가 조 리 화 무 연

一箴自昧所有요 一箴自誇所有라 可爲學問切戒니라.
일 잠 자 매 소 유　　일 잠 자 과 소 유　　가 위 학 문 절 계

전인(前人) : 명대(明代)의　왕수인〔王守仁 : 1472~1528.　자(字)는 백안(伯安), 호(號)는 양명(陽明)〕을 말함. 양명의 학설을 요약하면 다음과 같다. 사람의 모든 행위의 준칙은 이미 자신의 마음(心)에 갖추어져 있다. 그러므로 오로지 마음만을 밝히고 이것에 의해 법칙을 구하여야 한다. 성인의 도(道)는 우리의 본성에 완전히 구비되어 있으므로 종전의 이(理)를 사물에서 구한 것은 오류임. 그는 절대유심론(絶對惟心論)의 입장에서 치양지(致良知), 지행합일(知行合一)을 주장함. 양

명은 앎(知)은 실천(行)의 시작이요, 실천은 앎(知)의 완성
이다 하여 주자의 선지후행설(先知後行說)의 입장과는 대조를
이룸. 그의 학설은 서재의 산물이 아니며, 생사의 기로와
역경을 이겨 낸 후에 얻은 것임. 산중의 적은 물리치기 쉬
우나 마음속의 적은 물리치기 어렵다고 했음. 저서에 전습록
(傳習錄)이 있음.

포각(抛却) : 버려 두다, 포기함.

무진장(無盡藏) : 무한함, 아무리 써도 바닥을 드러내지 않는
　　것. 양지(良知 : 생각하지 않고도 아는(知) 선천적인 능력, 모든
　　사람에게 동일하게 갖추어져 있음)를 뜻함.

연문(沿門) : 남의 집 대문을 기웃거림.

발(鉢) : 바릿대, 사발, 밥그릇.

효빈아(效貧兒) : 거지 흉내를 냄.

우운(又云) : 또 이르기를, 또 말하기를.

폭부(暴富) : 벼락부자, 졸부.

휴설(休說) : ～한 이야기는 하지 말라.

조(竈) : 부엌.

리(裡) : 속, 안.

잠(箴) : 경계함.

자매소유(自昧所惟) : 가지고 있으면서도 (良知) 이를 스스로 깨
　　닫지 못하는 것.

자과소유(自誇所惟) : 가지고 있는 것(재물, 잔재주)을 스스로 자
　　랑함.

절계(切戒) : 절실히 경계함, 간절한 깨우침.

<풀이>

이 장을 이해하기 위해서는 우선 주희와 왕수인 철학의
차이점을 밝혀야 한다. 주희는 모든 사물에는 모두 일정
한 이(理)가 있다고 하여 우리의 마음(心)과는 별개의 이(理)

를 인정하였다. 그러나 왕수인은 마음과 이(理)를 둘로 나누는 이원론(二元論)에 반대하는 입장이다.

그는 육상산의 심즉리(心卽理)의 유심론(惟心論)을 이어받아 우리의 모든 행위의 준칙은 이미 우리의 마음(心)에 갖추어져 있으므로 마음에서 이(理 : 도리, 이치, 준칙)를 구하여야 한다고 주장하고 있다. 우리의 마음(心)에는 생각하지 않고도 아는 능력이 있다(양지 : 良知). 이 양지는 선천적이며 보편적으로 모든 사람에게 동일하게 부여된 것이므로 현자와 범부와의 차별이 있을 수 없는 것이다. 이 양지는 도(道)이며 천리(天理)이다. 그리고 마음을 떠나서 물리(物理)는 없다. 마음이 곧 물리인 것이다(心卽理).

주자의 개별적인 사물에 하나 하나 파고들어 그 이(理)를 탐구하는 태도는 마음(心)과 이(理 : 도리, 이치, 사물의 법칙)를 분리하여 생각한 것이므로 오류이다. 예컨대 부모에게 효도하려는 마음이 있으면 효(孝)의 이(理)가 있는 것이요, 그런 마음이 없으면 효도의 이(理)도 없는 것이다. 그러므로 이(理)란 우리의 마음(心)을 떠나서는 존재할 수 없다. 이것을 모르고 이(理)를 마음의 바깥에서 탐구하려는 것은 마치 자기 집의 무진장한 재물을 버려 두고 남의 집 문전에서 구걸행각을 하는 것과 같다.

이와 마찬가지로 재물이 많다든가 또는 잔재주를 지녔다고 우쭐대는 것도 어리석은 일이다. 이것은 마치 어느 집 아궁이나 장작을 때면 연기가 나는 것처럼 놀라운 일이 못 된다. 이와 같이 자기의 마음속에 지니고 있는 양지(良知)와 이(理)를 깨닫지 못하는 몽매함이나 재물이나 잔재주를 자랑삼는 경거망동은 학문을 하는 사람이 가장 경계해야 할 일인 것이다.

161

도는 만인의 것이니 마땅히 사람마다 이끌어 지키도록 할 것이요, 학문은 늘 먹는 밥과 같은 것이니, 마땅히 일마다 깨우치고 삼가야 할 것이니라.

道는 是一重公衆物事니 當隨人而接引이요 學은 是一個尋
도   시일중공중물사   당수인이접인   학   시일개심

常家飯이니 當隨事而警惕이니라.
상가반   당수사이경척

❖

일중(一重) : 하나의, 일종의.
공중(公衆) : 많은 사람, 여러 사람, 만인.
수인(隨人) : 사람마다.
접인(接引) : 이끌어서 접촉하게 함, 이끌어서 실천하게 함.
심상가반(尋常家飯) : 평소 집에서 늘 먹는 밥.
수사(隨事) : 일마다.
경척(警惕) : 깨우치고 삼가함, 경계하고 조심함.

<풀이>

도덕이란 특정인만이 간직하고 지켜야 하는 독점물일 수는 없다. 그것은 만인이 다함께 지켜야만 의미가 있는 것이다. 그러므로 지성인은 잘못된 길에 들어선 사람이나 도덕적 불감증에 빠진 사람을 보면 올바른 길로 들어서도록

이들을 선도하여야 한다. 그리고 학문이란 일상생활과 거리
가 먼 것이나 학자만의 권유물이 아니다. 그것은 평소 우
리가 늘 먹는 밥처럼 일상생활에 필수적인 것이다. 우리는
그날그날의 평범한 생활 속에서 교훈을 얻고 행동거지를
조심해야 한다. 이것이 진정한 학문이요, 인간 수업이다.

162

　남을 믿는 사람은 남이 반드시 모두 성실해서가 아니라
자기만은 홀로 성실하기 때문이요, 남을 의심하는 사람은
남이 반드시 모두 속여서가 아니라 자신이 먼저 속이기 때
문이다.

信人者는 人未必盡誠이나 己則獨誠矣요 疑人者는 人未必
신 인 자　　인 미 필 진 성　　　기 즉 독 성 의　　　의 인 자　　　인 미 필

皆詐나 己則先詐矣니라.
개 사　　기 즉 선 사 의

❖

인(人) : 남.
미필(未必) : 꼭 ～한 것은 아니다, 반드시 ～하지는 않는다.
기(己) : 자기.
독성(獨誠) : 홀로 성실함.
의인(疑人) : 남을 의심하는 것.
개사(皆詐) : 모두 속임.

<풀이>

성실한 사람은 다른 사람도 모두 자기처럼 성실한 사람으로 보며 믿는다. 그러나 사기꾼은 남들을 모두 자기와 같은 부류로 보며 의심한다. 이와 같이 남을 믿는 것이나 의심하는 것은 모두 자신의 마음가짐에 달린 문제이다. 그러므로 우리 개개인의 마음가짐부터 바르게 가져야 서로 믿고 사는 성실하고 정직한 사회를 이룩할 수 있는 것이다.

163

마음이 너그럽고 후한 사람은 마치 봄바람이 따뜻하게 길러주는 것처럼 만물이 이를 만나면 살아나고, 마음이 의심 많고 각박한 사람은 마치 겨울의 찬바람이 얼어붙게 하는 것처럼 만물이 이를 만나면 죽게 된다.

念頭寬厚的은 如春風煦育하여 萬物이 遭之而生하고 念頭
염두관후적　　여춘풍후육　　만물　조지이생　　염두

忌刻的은 如朔雪陰凝하여 萬物이 遭之而死니라.
기각적　　여삭설음응　　만물　조지이사

❖

염두(念頭) : 생각, 마음.

적(的) : 접미사. 본문에서는 사람(者)을 뜻함.

후육(煦育) : 따뜻하게 기름.

조(遭) : 만남. 조우(遭遇).

기각(忌刻) : 시기하고 각박함, 의심 많고 각박함, 편협되고 냉혹함.

삭설(朔雪) : 북녘의 눈, 북풍한설. 삭(朔)은 북방을 뜻함.
음응(陰凝) : 싸늘하게 얼어붙은 것.

<풀이>

　마음이 너그럽고 후한 사람은 봄바람이 만물을 감싸주고
길러주는 것처럼 사람들에게 사랑과 덕을 베푼다. 이에 반
하여 의심이 많고 냉혹한 사람은 마치 겨울의 한파가 만물
을 얼어붙게 하는 것처럼 인간관계를 삭막하게 한다. 결국
사람됨의 크기란 얼마나 많은 사람들을 따뜻하게 감싸주며
받아들이느냐 하는 문제일 것이다. 포용력이 있는 사람은
사람과 사람 사이에 인화(人和)를 이루게 하여 이 사회를
보다 밝고 살기 좋은 곳으로 만들 수 있는 것이다.

164

　착한 일을 하여도 그 이로움은 보이지 않지만 마치 풀섶
의 동아처럼 모르는 사이에 절로 자라나고, 악한 일을 하
여도 그 손해됨은 보이지 않지만 마치 뜰 앞의 봄눈처럼
반드시 모르는 사이에 절로 스러지게 된다.

爲善에　不見其益은　如草裡東瓜하여　自應暗長하고　爲惡에
위선　　불현기익　　여초리동과　　자응암장　　위악

不見其損은　如庭前春雪하여　當必潛消니라.
불현기손　　여정전춘설　　당필잠소

❖

불현(不見) : 보이지 않음, 나타나지 않음, 드러나지 않음. 현

(見)은 현(顯)과 같고 현(現)과 통함.

동과(東瓜) : 동과(冬瓜). 박과에 속한 일년생 풀로 동아라고도
　함. 한반도의 남부지방에 자생하며 그 열매는 식용으로
　함.

자응암장(自應暗長) : 모르는 사이에 저절로 자라남.

위악(爲惡) : 악한 일을 함.

춘설(春雪) : 봄눈.

당필(當必) : 마땅히, 반드시.

잠소(潛消) : 모르는 사이에 스러져 버림, 슬그머니 사라져 버
　림.

<풀이>

착한 일을 꾸준히 행하면 마치 풀섶에서 자라나는 동아
처럼 행운이 모르는 사이에 슬며시 크고, 악한 일을 계속
행하면 마치 뜰 앞에 쌓인 봄눈처럼 행운이 모르는 사이에
슬며시 소멸되고 마는 것이다. 선을 행하고 악을 행하는
것은 당장 눈앞에 그 보답이나 결과가 나타나는 것은 물론
아니다. 그러나 세상일은 인과응보임으로 결국은 뿌린 만큼
거두게 되는 것이다.

165

옛친구를 만나거든 의기를 더욱 새롭게 해야 하며, 은밀
한 일을 당해서는 마음가짐을 더욱 뚜렷이 드러내어야 하
고, 쇠락한 사람을 대하거든 은덕과 예우를 더욱 후하게
해야 한다.

遇故舊之交_{어든} 意氣要愈新_{하고} 處隱微之事_{어든} 心迹宜愈
우고구지교　　 의기요유신　　 처은미지사　　 심적의유

顯_{하며} 待衰朽之人_{이어든} 恩禮當愈隆_{이니라.}
현　　 대쇠후지인　　 은례당유륭

❖

고구(故舊) : 옛 친구.

의기(意氣) : 정의(情誼).

유신(愈新) : 더욱 새롭게 함.

은미지사(隱微之事) : 비밀히 하는 일.

심적(心迹) : 마음의 태도, 마음의 자취, 마음가짐.

유현(愈顯) : 더욱 뚜렷이 드러냄.

쇠후(衰朽) : 몰락하고 늙음, 불우하고 늙음.

은례(恩禮) : 은덕과 예우, 온정과 예우.

유륭(愈隆) : 더욱 후하게 함, 더욱 융숭히 함.

〈풀이〉

　옛 친구는 지난날을 생각나게 하므로 언제나 반갑고 소중한 존재이다. 만나게 되면 소홀히 대하지 말고 평소의 우정을 더욱 두터이해야 한다. 비밀스러운 일을 당해서는 언제나 자신의 마음가짐을 분명히 밝혀 쓸데없는 오해나 의혹을 사지 않도록 해야 한다. 그리고 늙거나 쇠운에 처한 사람을 만날 때도 있다. 이럴 경우에는 따뜻하게 맞이하여 온정과 예우를 잃지 않도록 해야 한다. 왜냐하면 그것은 우리 모두의 미래의 자화상일 수도 있기 때문이다.

166

　부지런함이란 도덕과 의리에 민첩한 것인데 세상 사람들
은 부지런함을 빌어서 자신의 가난을 건지고 있다. 검소함
이란 재물과 이권에 담박한 것인데 세상 사람들은 검소함을
빌어서 자신의 인색함을 꾸미고 있다. 군자의 수양법이 도
리어 소인이 사리를 꾀하는 방편이 되고 있다. 애석한 일
이다.

勤者는　敏於德議어늘　而世人은　借勤以濟其貧하고　儉者는
근 자　　민 어 덕 의　　　이 세 인　　차 근 이 제 기 빈　　　검 자

淡於貨利어늘　而世人은　假儉以飾其吝하니　君子持身之符가
담 어 화 리　　　이 세 인　　가 검 이 식 기 린　　　군 자 지 신 지 부

反爲小人營私之具矣라　惜哉로다.
반 위 소 인 영 사 지 구 의　　석 재

❖

덕의(德義) : 도덕과 의리.
제(濟) : 건짐, 구제함.
담(淡) : 담백함, 담박함, 깨끗하고 욕심이 없음, 맑고 깨끗함.
화리(貨利) : 재물과 이익, 돈과 이권.
가(假) : 빌림, 빙자함, 핑계를 댐.
식(飾) : 꾸밈.
린(吝) : 인색함.
지신(持身) : 몸에 지님, 몸을 지킴, 수신, 수양.
부(符) : 신표, 부적, 방법, 방편.
반위(反爲) : 도리어 ～가 되다.

영사(營私) : 사리사욕을 도모함, 사사로운 이익을 꾀함.
석재(惜哉) : 애석하도다, 통탄할 일이로다.

<풀이>

　근면함이란 원래 도덕과 의리에 민첩한 것을 말함인데
요즘 사람들은 단순히 재물을 늘리기 위해 노력하는 뜻으
로만 알고 있다. 검소함이란 본시 돈과 이권에 욕심이 없
음을 뜻하는 말인데 요즘 사람들은 자기의 인색함과 몰인
정을 그렇게 미화(美化)하고 있다. 이렇게 뜻있는 사람의
수양법이 단순히 속된 사람들의 사욕을 도모하는 방편이나
자기 합리화의 도구가 되고 말았다. 참으로 서글픈 일이다.

167

　마음 내키는 대로 시작한 일은 시작하자마자 곧 멈추게
되니, 어찌 뒤로 물러설 줄 모르는 수레바퀴가 되리오. 감
정의 인식에 의해 깨달은 것은 깨닫자마자 곧 미혹하게 되
니, 마침내 영구히 빛나는 등불이 되지는 못한다.

憑意興作爲者는 隨作則隨止니 豈是不退之輪이리오. 從情
빙 의 흥 작 위 자　　수 작 즉 수 지　　기 시 불 퇴 지 륜　　　　종 정

識解悟者는 有悟則有迷니 終非常明之燈이니라.
식 해 오 자　　유 오 즉 유 미　　종 비 상 명 지 등

❀

빙(憑) : 의지하다, 빙자하다.
의흥(意興) : 즉흥, 뜻이 일어남, 마음이 내킴.

작위(作爲) : 일을 함.

불퇴지륜(不退之輪) : 뒤로 물러서지 않고 앞으로 나아가기만
　하는 수레바퀴. 법화경의 불퇴전법륜(不退轉法輪)에서 나온
　말. 용맹하게 앞으로 나아가야 한다는 의미임.

종(從) : ～을 따라, ～에 의해.

정식(情識) : 감정에 의한 인식, 정감에 의한 지식.

해오(解悟) : 미혹에서 벗어나 도를 깨달음.

종비(終非) : 결국 ～는 아니다, 끝내 ～는 아니다.

상명지등(常明之燈) : 영원히 빛나는 등불, 불변의 진리, 영원한
　지혜.

<풀이>

　빨리 달아오르는 쇠는 그만큼 식는 것도 빠르다. 심사숙
고 없이 마음이 내키는 대로 시작한 일은 얼마가지 않아 곧
중지하게 된다. 그때그때의 느낌에 의해 얻어지는 지식은
참된 지식일 수는 없다. 그것은 주먹구구식의 억측에 지나
지 않으며 우리의 의식을 혼돈과 미혹에 빠지게 할 뿐이다.
깊이 생각하며 착실한 정진 끝에 얻은 깨달음이야말로 우
리의 마음을 밝히는 영원한 등불(진리)이 될 것이다.

168

　남의 허물은 마땅히 용서해야 하지만 나의 허물은 용서
해서는 안 된다. 나의 곤궁은 마땅히 참아야 하지만 남의
곤궁은 참아서는 안 된다.

人之過誤는 宜恕로되 而在己則不可恕요 己之困辱은 當忍
인 지 과 오   의 서   이 재 기 즉 불 가 서   기 지 곤 욕   당 인

이로되 而在人則不可忍이니라.
　　　　이 재 인 즉 불 가 인

❖

의(宜) : 마땅히.
서(恕) : 용서함.
곤욕(困辱) : 곤궁과 욕됨.
불가인(不可忍) : 참아서는 아니 됨, 그냥 보아 넘겨서는 아니
　　됨, 방관하지 말아야 함.

<풀이>

　자신의 잘못에 대해서는 관대하지만 남의 잘못에 대해서
는 엄격한 것이 보통 사람의 마음이다. 그러나 이렇게 해
서는 자신의 인격을 도야할 수는 없다. 자신에 대해서는
추상 같고 남에 대해서는 너그러워야만이 스스로 발전할 수
있는 것이다. 그리고 자신의 곤궁함은 꿋꿋한 기백으로 이
겨 내야 한다. 그러나 남의 어려움은 그냥 못 본 체하고
넘겨서는 안 된다. 남의 곤궁을 방관하지 못하는 그런 마
음씨가 이 사회를 보다 밝고 살기 좋은 곳으로 만드는 것
이다.

169

　능히 범속을 벗어날 수 있으면 이는 바로 기인이다. 애
써서 기행을 숭상하는 자는 기인이 아니라 괴이한 사람이

다. 세속의 더러움에 섞이지 않으면 이는 바로 청렴한 사
람이다. 세속과 인연을 끊고 청렴을 구하는 자는 청렴한
것이 아니라 과격한 사람에 지나지 않는다.

能脫俗이 便是奇니 作意尚奇者는 不爲奇而爲異하고 不合
능 탈 속　변 시 기　작 의 상 기 자　불 위 기 이 위 이　　불 합

汚면 便是淸이니 絶俗求淸者는 不爲淸而爲激이니라.
오　변 시 청　　절 속 구 청 자　불 위 청 이 위 격

❖

탈속(脫俗) : 세속을 벗어남, 범속을 벗어남.

기(奇) : 기인.

작의(作意) : 일부러, 짐짓, 애써서.

상기(尚奇) : 기이함을 숭상함.

불위(不爲)~위(爲) : ~가 되지 못하고 ~가 된다, ~이 아니라
　~일 뿐이다.

이(異) : 괴이한 사람.

합오(合汚) : 세상의 혼탁함과 어울림.

절속(絶俗) : 세속과 인연을 끊음.

청(淸) : 욕심이 없고 깨끗함, 청렴결백함.

격(激) : 과격함, 중용이나 합리성과는 거리가 먼 파괴적인 성
　향.

<풀이>

상식적이며 평범한 세속인의 수준을 벗어날 수 있는 사
람을 기인이라고 한다. 이런 사람의 언행은 평범한 일상성
에서 벗어나지 못하는 보통 사람들에게 묵은 체증이 싹 가
시는 듯한 청량감을 준다. 그러나 그것도 정도의 문제이
다. 상궤(常軌)를 지나치게 벗어나면 기인이라기보다는 괴이한

사람일 것이다. 세속의 혼탁함과 어울리지 않고 지조를 지키는 사람을 청렴결백한 사람이라고 한다. 그러나 이것도 너무 지나치면 중용이나 합리성과는 거리가 먼 과격한 사람이 되고 만다.

　중국의 사대 기서의 하나인 삼국지연의를 읽은 사람이라면 이와 같이 과격하고 파괴적인 성향을 지닌 인물을 기억하고 있을 것이다. 평원 사람 이형(禰衡)은 재기발랄하여 이미 스물을 갓 넘어서부터 세상 사람들의 주목을 받게 되었다. 그는 공융의 천거로 조조의 부름을 받았으나 거절하여 미움을 사게 된다. 조조가 그에게 강제로 북을 치게 하자 그는 옷을 홀랑 벗는 해프닝을 연출해 사람들을 놀라게 한다. 그는 다시 대장군부의 영문에 주저앉아 조조의 험담을 늘어놓았다. 최고 권력자인 조조가 이형을 죽이기란 그리 어렵지 않은 일이었다. 그러나 식견이 높은 조조는 이름 있는 선비를 죽여 자신의 그릇이 작은 것을 천하에 보이고 싶지는 않았다. 이형은 조조에 의해 형주로 추방된다. 형주에서 그는 뛰어난 글솜씨로 유표의 총애를 받게 된다. 그러나 시일이 지나자 그 특유의 독설과 비꼬움으로 유표의 노여움을 사게 된다. 견디다 못한 유표는 이형을 강하 태수 황조에게 보낸다. 강하에서도 그는 탁월한 문재(文才)로 융숭한 대접을 받는다. 그러나 반항적이고 비꼬인 성격은 타고난 것이라 버릴 수 없었다. 어느 날 술자리에서 황조가 그에게 물었다. "나는 어떤 사람인가?" 이형이 대답하였다. "당신은 이른 바 사당 속의 묘신(廟神)이라 비록 제사는 받겠지만 영험은 없겠소." 모욕을 당한 황조는 마침내 그를 죽이고 만다. 이때 이형의 나이 불과 스물여섯이었다.

참으로 반항과 과격으로 일관한 한 젊은이의 어이없는 죽음이었다.

170

은혜는 마땅히 엷게 베풀다가 차차 짙게 베풀어야 한다. 먼저 짙고 나중에 엷으면 사람들은 은혜를 잊게 된다. 위엄은 마땅히 엄하게 하다가 차차 너그러워져야 한다. 먼저 너그럽고 나중에 엄하면 사람들은 혹독함을 원망하게 된다.

恩宜自淡而濃이니 先濃後淡者는 人忘其惠하고 威宜自嚴而
은 의 자 담 이 농   선 농 후 담 자   인 망 기 혜   위 의 자 엄 이

寬이니 先寬後嚴者는 人怨其酷이니라.
관   선 관 후 엄 자   인 원 기 혹

❖

자담이농(自淡而濃) : 엷음에서 차츰 짙음으로 나아감, 처음에는 박한 듯하나 점차 후하게 대함.

자엄이관(自嚴而寬) : 엄하다가 차차 너그러워짐.

혹(酷) : 가혹, 혹독.

<풀이>

은혜를 베푸는 데도 순서와 요령이 있어야 한다. 남에게 은혜를 베풀 때 처음에는 박한 듯하다가 점차 후하게 베푸는 것이 순서이다. 만일 그렇지 않고 처음에는 후하게 대하다가 뒤에 박하게 대하면, 처음에 후하게 대해 준 은혜마저 잊는 것이 사람의 마음이다. 남을 위엄으로 다스리는

것도 순서와 요령이 있기는 마찬가지이다. 위엄도 처음에는 엄격하다가 차츰 너그러워져야 한다. 먼저 너그러우면 기강이 해이해져 통솔하기가 어려워진다. 그리고 뒤에 가서 이 폐단을 깨닫고 엄격하게 대하면 사람들은 가혹하다며 당사자를 원망하게 된다.

171

마음을 비우면 본성이 나타나니, 마음을 안정케 하지 않으면서 본성보기를 구함은 마치 물결을 헤쳐 달을 찾는 것과 같다. 뜻이 맑으면 마음도 맑아지는 것인데, 뜻은 밝게 하지 않으면서 마음만 밝아지기를 구함은 마치 거울을 들여다 보면서 먼지를 더하는 것과 같다.

心虛則性現하나니 不息心而求見性은 如撥波覓月이요 意淨
심 허 즉 성 현　　　불 식 심 이 구 견 성　　여 발 파 멱 월　　　의 정

則心淸하나니 不了意而求明心은 如索鏡增塵이니라.
즉 심 청　　　불 료 의 이 구 명 심　　여 색 경 증 진

성(性) : 본성.
불식(不息) : 쉬지 않음, 가라앉히지 않음. 진정시키지 않음.
견성(見性) : 본성을 찾음, 본성을 깨닫는 것.
발파(撥波) : 물결을 일으킴.
멱월(覓月) : 달을 찾음.
요의(了意) : 뜻을 밝게 하다.
색경(索鏡) : 거울을 찾음. 거울을 봄.

증진(增塵) : 먼지를 더함.

<풀이>

본성을 보기 위해서는 우선 마음을 비워야 한다. 자신의 마음은 잡념에서 벗어나지 못한 채 본성을 찾는 것은 고요한 물에 파도를 일으키며 달을 찾고자 하는 것처럼 어리석은 일이다. 또한 뜻이 깨끗해야만 마음도 맑아진다. 뜻은 세속의 온갖 욕망으로 혼탁한데 마음만 밝아지기를 구하는 것은 불가능한 일이다. 이것은 마치 거울을 보면서 먼지를 끼얹는 것과 같다.

172

내가 높고 귀할 때 사람들이 나를 받드는 것은 이 높은 관과 큰 띠를 받드는 것이요, 내가 낮고 천할 때 사람들이 나를 업신여기는 것은 이 베옷과 짚신을 업신여기는 것이다. 그렇다면 본래의 나 자신을 받드는 것이 아니니 내가 무엇을 기뻐할 것이며, 본래의 나 자신을 업신여기는 것이 아니니 내가 무엇을 노여워하겠는가.

我貴而人奉之는　奉此峨冠大帶也요　我賤而人侮之는　侮此
아 귀 이 인 봉 지　　봉 차 아 관 대 대 야　　아 천 이 인 모 지　　모 차

布衣草履也니라.　然則原非奉我어니　我胡爲喜하며　原非侮
포 의 초 리 야　　연 즉 원 비 봉 아　　아 호 위 희　　원 비 모

我어니 我胡爲怒리오.
아　　아 호 위 노

❖

아관대대(峨冠大帶): 높은 관과 큰 띠, 관리의 예복을 말함.

모지(侮之): 이것을 업신여기다. 지(之)는 대명사.

포의초리(布衣草履): 베옷과 짚신, 미천한 서민이나 가난한 선
  비의 옷차림을 말함.

연즉(然則): 그런즉, 그렇다면 곧.

원(原): 원래, 본래, 본시.

호(胡): 어찌.

<풀이>

어느 날 트루먼의 딸이 대통령인 아버지에게 자랑스런 얼굴로 말했다. "아빠! 사람들이 나더러 굉장히 노래를 잘 부른다고 해요." 트루먼이 미소지으며 말했다. "그런 말을 듣는 것도 당연해. 그러나 그것도 이 아빠가 대통령 자리에 있을 때까지겠지."

이 짧은 대화에는 남의 칭양(稱揚)에 약한 인간의 허영심과 세력 있는 사람에게 아부하는 세속의 인심이 잘 드러나 있다. 사실 내가 높고 귀할 때 남들이 나를 칭송하는 것은 나 자신의 인격이나 덕망 때문은 아니다. 나의 벼슬이나 권세를 떠받들고 부러워하는 것에 지나지 않는다. 그리고 내가 가난하고 천할 때 남들이 나를 업신여기고 따돌리는 것도 인간됨의 여부나 덕망 때문이 아니다. 빈곤과 미천한 신분에 대한 모욕일 뿐이다.

이렇게 사람들은 진실로 고귀한 것(인격, 덕망, 학식)에 대해서는 냉담한 것이다. 세상 사람들의 가치판단이 이런즉 존경과 모욕 여부에 따라 기뻐하고 노여워하는 것 자체가 우스운 일이다. 다만 곧고 올바른 선비의 자세로 인격과

학문을 갈고 닦아야 할 것이다.

173

'쥐를 위해 늘 밥을 남겨 두고 부나비를 가엾게 여겨 등불을 켜지 않는다'고 하였으니, 옛사람의 이와 같은 마음은 바로 우리 인생이 나고 자라는 한 점의 기틀인 것이다. 이런 것이 없다면 이른 바 흙이나 나무와 같은 형체에 지나지 않으리라.

爲鼠常留飯하고 憐蛾不點燈이라 하니 古人此等念頭는 是吾
위 서 상 류 반　　　연 아 부 점 등　　　　고 인 차 등 넘 두　　시 오

人一點生生之機라. 無此면 便所謂土木形骸而已니라.
인 일 점 생 생 지 기　　　무 차　　　변 소 위 토 목 형 해 이 이

❖

유반(留飯) : 밥을 남김.

연아(憐蛾) : 부나방을 불쌍히 여김.

부점등(不點燈) : 등불을 켜지 않음.

차등(此等) : 이와 같은.

염두(念頭) : 생각, 마음.

오인(吾人) : 우리들.

일점(一點) : 한 점, 약간, 조금.

생생지기(生生之機) : 나고 자라게 하는 기틀, 번성케 하는 활동력, 생생발전(生生發展)케 하는 작용. 기(機)는 기틀, 활동력, 작용을 뜻함.

소위(所謂) : 이른 바, 말하자면.

형해(形骸) : 형체, 모습, 모양.

이이(而已) : ～일 뿐이다, ～일 따름이다.

<풀이>

쥐가 굶주릴까 보아 밥을 남겨 두고 부나방이 타 죽을까 보아 등불을 켜지 않는 옛사람의 마음은 곧 생명에 대한 외경(畏敬)이요, 자비심일 것이다. 이것이 곧 우리의 삶을 발전시키고 풍성케 하는 원동력이다.

아프리카의 오지에서 흑인을 위한 의료봉사에 일생을 마친 20세기의 박애주의자 슈바이처(1952년 노벨 평화상 수상. 의사, 철학자, 음악가)는 이런 말로 자신의 신념을 요약하고 있다. '나는 살려고 하는 의지를 지닌 생명체에 둘러싸인 살려고 하는 의지를 지닌 생명체이다.' 만일 우리에게 이런 생명의 존엄성에 대한 외경심(畏敬心 : 두려워하고 공경하는 마음)이나 자비심이 없다면 이는 마치 흙이나 나무와 같은 무정한 물체에 지나지 않을 것이다.

174

마음의 본바탕은 바로 천체와 같다. 하나의 기쁨은 반짝이는 별이며 상서로운 구름이요, 하나의 노여움은 진동하는 우뢰이며 세찬 비요, 하나의 자비로움은 따뜻한 바람이며 단이슬이요, 하나의 엄격함은 뜨거운 햇볕이며 가을 서리이니, 어느 것인들 없어서야 되겠는가! 다만 때에 따라 일어나고 때에 따라 스러져서 넓고 막힘이 없으면 곧 하늘과 한몸이 되는 것이다.

心體는 便是天體라. 一念之喜는 景星慶雲이요 一念之怒는
심체   변시천체   일념지희   경성경운   일념지노

震雷暴雨요 一念之慈는 和風甘露요 一念之嚴은 烈日秋霜
진뢰폭우   일념지자 화풍감로   일념지엄   열일추상

이니 何者少得이리오. 只要隨起隨滅하여 廓然無碍니 便與
     하자소득   지요수기수멸   확연무애   변여

太虛同體니라.
태허동체

❀

심체(心體) : 마음의 본체, 마음의 본바탕.
경성(景星) : 빛나는 별, 반짝이는 별.
경운(慶雲) : 상서로운 구름.
진뢰폭우(震雷暴雨) : 진동하는 우뢰와 세찬 비.
자(慈) : 자비로움, 자애.
화풍감로(和風甘露) : 따뜻한 바람과 단이슬.
열일(烈日) : 한여름의 뜨거운 햇볕.
추상(秋霜) : 가을서리.
하자소득(何者少得) : 그 어느 것도 없어서야 되겠는가, 그 어느
    것도 적어서야 되겠는가. 소(少)는 적다는 뜻.
수기(隨起) : 때에 따라 일어남.
확연(廓然) : 넓고 텅 비어 있음.
무애(無碍) : 막힘이 없음, 걸림이 없음, 장애가 없음.
태허(太虛) : 가없이 넓은 하늘.

<풀이>

　사람의 마음은 하늘과 통한다고 한다. 기쁨은 빛나는 별
이며 노여움은 진동하는 우뢰요, 자비로움은 따뜻한 바람
과 단이슬이며, 엄숙함은 여름날의 뜨거운 햇볕이요, 만물을

죽이는 가을의 서릿발이다. 이들 마음의 작용 중 그 어느
것도 빠져서는 안 될 것이다. 그리고 때에 따라 적절히 일
어나고 사라질 수 있고, 확 트여 막힘이 없으면 곧 저 가
없이 넓은 하늘과 더불어 일체가 되는 것이다.

175

일이 없을 때에는 마음이 어두워지기 쉬우니, 마땅히 고
요하고 밝은 슬기로서 비추어야 한다. 일이 있을 때에는
마음이 흩어지기 쉬우니, 마땅히 밝은 슬기로서 깨우치고
고요함을 으뜸삼아야 한다.

無事時엔 心易昏冥하나니 宜寂寂而照以惺惺하고 有事時엔
무 사 시   심 이 혼 명   의 적 적 이 조 이 성 성   유 사 시

心易奔逸하나니 宜惺惺而主以寂寂하라.
심 이 분 일   의 성 성 이 주 이 적 적

❖

혼명(昏冥) : 어두컴컴함, 혼미함.

의(宜) : 마땅히.

적적(寂寂) : 고요함.

성성(惺惺) : 마음의 밝은 슬기, 마음이 슬기롭게 깨어 있음.

분일(奔逸) : 달아나 흩어지는 것.

<풀이>

사람은 일이 없어 한가할 때에는 마음이 해이해지거나
혼미해지기가 쉽다. 이럴 경우에는 고요하고 밝은 지혜로서

마음을 각성케 해야 한다. 그리고 일에 쫓길 때에는 마음이
산만해져 순수함을 잃기가 쉽다. 이럴 경우에는 슬기로움으
로 깨우치며 고요함을 마음의 주인으로 삼아야 할 것이다.

176

일을 논의하는 사람은 자신을 일의 밖에 두어 마땅히 이
해의 실정을 알아야 하고, 일을 맡은 사람은 자신을 일의
가운데에 두어 마땅히 이해에 대한 생각을 잊어야 한다.

議事者는 身在事外하여 宜悉利害之情이요 任事者는 身居
의사자   신재사외   의실이해지정   임사자   신거

事中하여 當忘利害之慮니라.
사중   당망이해지려

❖

의사(議事) : 일을 논의함, 일을 의논함.

신재사외(身在事外) : 몸을 일의 밖에 둠, 객관적인 입장을 취
  함.

실(悉) : 모두.

정(情) : 실정, 실상.

임사(任事) : 일을 맡음.

신거사중(身居事中) : 몸을 일의 가운데에 둠, 일에 철저하게
  몰두하는 것.

여(慮) : 생각, 고려.

<풀이>

일을 의논하는 사람은 언제나 자신을 그 일의 밖에 두어

이해 당사자의 입장에서 벗어나야 한다. 이렇게 하면 냉철하고 객관적인 안목으로 그 일의 실상을 살필 수 있는 것이다. 그리고 일단 자신이 일을 맡게 되면 혼신의 힘을 다하여 밤낮으로 노력해야 한다. 만약 이해타산의 차원에서 벗어나지 못한다면 그 일을 이루어 내기 어려울 것이다. 모든 보람된 일은 그런 것을 초월한 태도에서 이룩된 것이다.

177

선비가 권세 있는 요직에 앉게 되면 지조와 행실을 바르고 분명히 해야 하고, 마음을 부드럽고 평이하게 해야 하며, 조금이라도 비린내나는 무리를 가까이해서는 아니 되고, 또한 과격하여 악랄한 무리의 독침을 건드리지도 말아야 한다.

士君子가 處權門要路면 操履要嚴明하고 心氣要和易하여
사군자 처권문요로 조리요엄명 심기요화이

毋少隨而近腥羶之黨하고 亦毋過激而犯蜂蠆之毒이니라.
무소수이근성전지당 역무과격이범봉채지독

❖

사군자(士君子) : 학문과 덕행이 높은 선비.
권문(權門) : 권세 있는 집안, 권문세가.
요로(要路) : 중요한 지위, 요직.
조리(操履) : 지조와 행실.
요(要) : 마땅히, 모름지기.
엄명(嚴明) : 엄정하고 분명함.

심기(心氣) : 마음.

화이(和易) : 온화하고 평이함, 부드럽고 태평함.

소(少) : 조금도, 추호도.

수(隨) : 기분에 따라, 멋대로.

성전지당(腥羶之黨) : 비린내나는 무리. 성(腥)은 생선 비린내,
　전(羶)은 짐승고기의 비린내. 곧 이권과 사리사욕에 혈안이
　된 자들.

봉채지독(蜂蠆之毒) : 벌과 전갈의 독침, 소인들의 해악.

<　풀이　>

지성인이 모처럼 요직에 앉게 되면 먼저 몸가짐을 엄격
하고 분명하게 하여 남들의 본보기가 되어야 한다. 마음은
언제나 온화하고 태평스러워야 하나, 조금이라도 이권을 탐
내는 소인배들을 가까이해서는 안 된다. 그러나 너무 과격
한 태도로 그들을 멸시해서도 안 된다. 자칫 악랄한 무리
들의 원한과 반감을 사서 그들의 희생물이 될 수도 있기
때문이다. 지성인의 처세는 언제나 무리가 없고 원만해야
하는 것이다.

178

절의를 내세우는 사람은 반드시 절의로 인해 헐뜯음을
받고, 도학을 내세우는 사람은 언제나 도학 때문에 허물을
부른다. 그러므로 군자는 나쁜 일을 가까이하지 않을 뿐만
아니라 좋은 이름을 내세우지도 않으니, 다만 혼연한 화기
만이 몸을 지키는 보배인 것이다.

標節義者는　必以節義受謗하고　旁道學者는　常因道學招尤
표절의자　　필이절의수방　　　방도학자　　상인도학초우

라. 故로 君子는 不近惡事하고 亦不立善名하나니 只渾然和
　고　　군자　　불근악사　　역불립선명　　　지혼연화

氣가 纔是居身之珍이니라.
기　　　재시거신지진

❖

표(標) : 표방함, 내세우는 것.
수방(受謗) : 비방을 당함, 헐뜯음을 받음.
초우(招尤) : 허물을 부름.
불립(不立) : 내세우지 않음.
선명(善名) : 좋은 평판, 좋은 이름.
혼연(渾然) : 후하여 모나지 않음, 잘 섞여 있음, 원만함.
화기(和氣) : 부드러운 기운, 화평한 기운.
거신(居身) : 몸을 지킴.
진(珍) : 보배.

<풀이>

말과 구호부터 앞세우는 것은 언제나 실속이 없다. 절의
를 내세우면 그것 때문에 오히려 세인의 비방을 받는 수가
많고, 도학을 내세우면 그것으로 인해 허물을 불러들인다.
진실로 덕망이 있는 사람은 악한 일을 멀리하며 애써 명예
나 찬사를 구하지 않는다.
　오직 온화하고 원만한 처신으로 세인의 헐뜯음을 멀리하
는 것이다.

179

　속이는 사람을 만나거든 성실한 마음으로 그들 감동시키
고, 난폭한 사람을 만나거든 부드러운 기운으로 그를 감화
시키며, 마음이 비뚤어져 사욕만을 탐하는 사람을 만나거든
대의명분과 기개절조로 그를 격려해야 한다. 그렇게 하면
이 세상에서 나의 도야 속으로 들어오지 않을 사람은 결코
없을 것이다.

遇欺詐的人이어든　以誠心感動之하고　遇暴戾的人이어든　以
우 기 사 적 인　　　　이 성 심 감 동 지　　　우 폭 려 적 인　　　　이

和氣薰蒸之하며　遇傾邪私曲的人이어든　以名義氣節激礪之
화 기 훈 증 지　　우 경 사 사 곡 적 인　　　이 명 의 기 절 격 려 지

면　天下에　無不入我陶冶中矣리라.
　　천 하　　무 불 입 아 도 야 중 의

❖

우(遇) : 만남, 조우(遭遇).

기사(欺詐) : 사기, 속임수.

적(的) : ~의.

폭려(暴戾) : 사나움, 난폭하여 도리에 어긋남.

훈증(薰蒸) : 향을 피워 나쁜 냄새를 없앰, 감화케 함.

경사(傾邪) : 마음이 나쁜 방면으로 기울어지는 것.

사곡(私曲) : 사리사욕을 탐함.

명의기절(名義氣節) : 명분, 의리, 기개, 절조.

격려(激礪) : 부추김, 감동케 하여 장려함.

도야(陶冶) : 도(陶)는 질그릇, 야(冶)는 쇠를 녹이는 것, 갈고

닦는 것, 교화시킴.

＜풀이＞

사람을 선도하는 것도 상대에 따라 여러 가지 방법이 있
다. 속임수를 쓰는 사람은 진심을 보여 감동케 하고, 사납
고 도리에 어긋나는 사람은 온화한 기운으로 감화시키며,
마음이 비뚤고 탐욕스러운 사람은 명분과 절조로서 격려해
야 한다. 근본적으로 질이 나쁜 사람은 그리 많지 않을 것이
다. 일시적인 잘못이나 어리석음으로 나쁜 길로 빠져드는
예가 더욱 많기 때문이다. 독자들은 이 장을 읽으면서 얼핏
머리에 떠오르는 사람이 있을 것이다. 후한말의 진식(陳寔)
은 박식함과 온화한 인품 그리고 청렴한 몸가짐으로 세인의
존경을 받고 있었다. 그가 태구현의 책임자로 있을 때의
일이다. 그의 공정하고 깨끗한 다스림으로 백성들은 안정된
생활을 하고 있었다. 그러나 어느 해 흉년으로 많은 사람
들이 굶주림에 허덕이게 되었다.

그러던 어느 날 밤이었다. 진식의 집 천정 들보 위에 도
둑이 웅크리고 있었다. 눈치를 챈 진식은 곧 아들과 손자를
불러 이렇게 타일렀다. "사람은 스스로 노력하지 않으면 안
된다. 나쁜 일을 저지르는 사람도 반드시 처음부터 질이
나쁜 사람은 아닐 것이다. 평소의 잘못이 습관이 되어 끝내
나쁜 길로 빠지게 되는 것이다. 거들보 위의 군자도 바로
그와 같은 경우이다." 이 말을 들은 도둑은 깜짝 놀라며
방바닥으로 뛰어내렸다. 그리고 무릎을 꿇고 잘못을 빌었
다. 진식은 조용히 그를 타일렀다. "내 그대의 얼굴을 보
니 그다지 나쁜 사람 같지는 않네. 뉘우치고 마음을 고쳐먹으

면 착한 사람이 될 걸세. 이번 일은 다 가난 탓이겠지." 진식은 비단 두 필을 주며 도둑을 용서하였다. 이 일이 있은 이후 그의 관내에서는 다시 도둑질하는 사람이 없게 되었다고 한다. 양상군자(梁上君子)라는 유머러스한 말은 이 때에 생긴 것이다.

180

한결같은 자비로운 마음은 천지간에 화평한 기운을 빚어 낼 것이요, 한 가닥의 결백한 마음은 향기로운 이름을 백 대에 밝게 드리우리라.

一念慈祥은 可以醞釀兩間和氣요 寸心潔白은 可以昭垂百
일 념 자 상　　가 이 온 양 량 간 화 기　　촌 심 결 백　　가 이 소 수 백

代淸芬이니라.
대 청 분

❖

일념(一念) : 한결같은 마음.

자상(慈祥) : 자선, 자비.

온양(醞釀) : 빚음.

양간(兩間) : 천지간.

촌심(寸心) : 한 가닥의 작은 마음.

소수(昭垂) : 밝게 드리움.

백대(百代) : 백세(百世), 오랫동안, 영원히.

청분(淸芬) : 맑은 향기, 맑고 향기로운 이름, 꽃다운 이름.

<풀이>

조그만 친절, 조그만 자선은 이 세상을 화기애애함으로 가득 채울 수 있고, 한 가닥의 결백한 마음은 꽃다운 이름을 오랫동안 빛나게 한다. 사람과 사람을 맺어지게 하는 것은 상대방에 대한 따뜻한 관심과 사랑이다. 그리고 사람의 생명은 백 년을 지속할 수 없으나 명예는 백 대를 전할 수 있다. 그러므로 인간관계에서 가장 중요한 것은 사랑이요, 남길 수 있는 것은 오직 명예뿐인 것이다.

181

음흉한 계략, 괴상한 버릇, 이상한 행동, 기이한 능력 등은 모두 세상을 살아가는 데 있어 재앙을 부르는 씨가 된다. 오직 하나의 평범한 덕행만이 본성을 온전히 하여 화평을 부를 수 있는 것이다.

陰謀怪習과 異行奇能은 俱是涉世的禍胎니 只一個庸德庸
음모괴습　　이행기능　　구시섭세적화태　　지일개용덕용

行이 便可以完混沌而召和平이니라.
행　변가이완혼돈이소화평

❖

음모(陰謀) : 음흉한 계략, 음흉한 모략.
괴습(怪習) : 괴상한 버릇, 괴상한 습관.
이행(異行) : 이상한 행동.
기능(奇能) : 기이한 능력.
구(俱) : 모두, 다.

섭세(涉世) : 세상을 살아감.

적(的) : ~의.

화태(禍胎) : 재앙의 모태, 재앙의 근본, 재앙의 씨.

용덕용행(庸德庸行) : 평범한 덕행.

완(完) : 온전히 함.

혼돈(混沌) : 하늘과 땅이 구분되지 않았던 개벽 이전의 세계.
    이 장에서는 타고난 성품, 때묻지 않은 덕성을 뜻함.

<풀이>

음흉한 계략, 괴상한 습관, 이상한 행동, 기이한 능력
등은 우리들의 세상살이에 화를 부르는 모태가 될 수 있다.
그러므로 군자가 가까이할 것이 못된다. 다만 절도에 맞는
덕과 행실만이 타고난 성품을 온전케 할 수 있는 것이다.
사람과 사람 사이를 화평케 하는 것도 이와 같은 평범한
덕행의 실천에 의한 것이다.

182

옛말에 이르기를 '산을 오를 때는 비탈길을 견디어 내고,
눈을 밟을 때는 위태로운 다리를 견디라'고 했으니 이 견딜
내(耐) 자에 깊은 의미가 있다. 만약 비뚤어진 험한 인정과
순탄치 못한 세상길에서 이 내(耐) 자 하나를 붙잡고 버티
어 나가지 못한다면 어찌 가시덤불과 구덩이에 빠지지 않
으리오.

語에 云하되 登山耐側路하고 踏雪耐危橋라 하니 一耐字는
어   운   등산내측로   답설내위교   일내자

極有意味로다. 如傾險之人情과 坎坷之世道에 若不得一耐
극 유 의 미　　　여 경 험 지 인 정　　감 가 지 세 도　　약 부 득 일 내

字撑持過去면 幾何不墮入榛莽坑塹哉리오.
자 탱 지 과 거　　기 하 불 타 입 진 망 갱 참 재

❖

어(語) : 옛말, 속담, 격언.
측로(側路) : 험한 비탈길.
답설(踏雪) : 눈길을 걸음.
위교(危橋) : 위태로운 다리.
극(極) : 궁극.
경험(傾險) : 비뚤어지고 험악함, 음험함.
감가(坎坷) : 울퉁불퉁함, 험난함, 순탄하지 못함.
탱지(撑持) : 지탱, 붙잡고 견딤, 버티어 나감.
타입(墮入) : 떨어져 들어가는 것.
진망(榛莽) : 가시덤불.
갱참(坑塹) : 구덩이와 도랑.

<풀이>

영화 애수(원명 : 워터루 브리지)의 관객들은 여주인공 비비안 리가 실직과 가난의 고비를 넘기지 못하고 거리의 여인으로 전락하는 장면을 보며 눈시울을 적셨을 것이다. 우리 주변에는 이렇게 가시덤불 속에서 안타까운 삶을 살아가는 이들이 한둘이 아닐 것이다. 삶이란 순풍에 돛단배 가듯이 순탄한 것만은 아니다. 오히려 뜻밖에 난관과 장애에 부딪혀 악전고투해야 할 경우가 더욱 많은 것이다. 그리고 세상의 인심은 언제나 패배자에게는 가혹하고도 잔인한 법이다. 그러나 인내력과 투혼으로 시련을 이겨 내는

사람은 오래지 않아 인간 승리의 주인공이 될 것이다.

183

공로와 사업을 으시대고 문장을 자랑함은 그가 자기 밖의 사물에 의존하는 사람이기 때문이다. 그는 마음의 본바탕이 환히 빛나 본래의 모습을 잃지 않으면, 비록 마디만한 공로와 한 줄의 문장이 없더라도 역시 스스로 정정당당한 사람이 됨을 알지 못하고 있는 것이다.

誇逞功業과 炫耀文章은 皆是靠外物做人이니 不知心體瑩
과 령 공 업　현 요 문 장　개 시 고 외 물 주 인　　부 지 심 체 형

然하여 本來不失이면 卽無寸功隻字일지라도 亦自有堂堂正
연　　본 래 불 실　　즉 무 촌 공 척 자　　　역 자 유 당 당 정

正做人處로다.
정 주 인 처

❖

과령(誇逞) : 자랑함, 으시댐. 령(逞)은 원래 발음은 정이며 령은 속음임. 통(通), 쾌(快), 해(解)의 뜻이 있음.

공업(功業) : 공로와 사업.

현요(炫耀) : 찬란하게 빛남, 자랑함, 과시함.

고(靠) : 의지함.

외물(外物) : 자기 이외의 모든 사물.

주인(做人) : 사람됨, 위인(爲人). 주(做)는 조(造 : 지을), 작(作 : 지을, 만들)과 뜻이 같음.

형연(瑩然) : 구슬이 반짝이는 모습. 영(瑩)으로 발음하는 경우도 있음.

본래(本來) : 본래의 모습.
촌공(寸功) : 작은 공로.
척자(隻字) : 한 글자, 변변치 못한 지식, 한 줄의 문장.
역(亦) : 역시, 또한.
당당정정(堂堂正正) : 정정당당, 바르고 떳떳함.

<풀이>

사실 사업의 성공을 뽐내거나 문장, 지식, 학벌 등을 자
랑하는 것은 그가 가치의 기준을 자기 이외의 바깥 사물에
두는 사람이기 때문이다. 이런 것들은 결국 기성의 문화적
환경이나 사회제도에 의해 주어진 것이요, 자신의 능력만으
로 이루어 낸 것이라고 말하긴 어려울 것이다. 그것보다는
마음의 깨끗한 바탕이 세속의 때나 얼룩으로 흐려지지 않
는다면, 그가 비록 조그만 공로나 내세울 문장과 지식이
없더라도 스스로 바르고 떳떳한 사람인 것이다. 왜냐하면
인생의 참된 가치는 때묻지 않은 본심을 간직하는 데 있기
때문이다.

184

바쁜 가운데서도 한가함을 얻으려거든 모름지기 먼저 한
가할 때에 마음의 자루를 잡아 두어라. 시끄러움 속에서도
고요함을 얻으려거든 모름지기 먼저 고요할 때에 마음의
주체를 세워 두어라. 그렇지 않으면 환경에 따라 움직이고
일에 따라 흔들리지 않을 수 없는 것이다.

忙裡에 要偸閒이면 須先向閒時討個欛柄하고 鬧中에 要取
망 리   요 투 한   수 선 향 한 시 토 개 파 병   요 중   요 취

靜이면 須先從靜處立個主宰하라. 不然이면 未有不因境而
정   수 선 종 정 처 립 개 주 재   불 연   미 유 불 인 경 이

遷하고 隨事而靡者니라.
천   수 사 이 미 자

❖

망리(忙裡) : 바쁜 가운데, 다망한 속에서.

투(偸) : 억지로 구하는 것.

한시(閒時) : 한가할 때, 한가한 시간.

토(討) : 찾다.

파병(欛柄) : 자루. 본문에서는 마음의 자루, 마음의 자세를 뜻
    함.

요중(鬧中) : 시끄러울 때. 요(鬧)는 요(閙)와 같음.

종(從) : ~을 따라, ~를 좇아.

주재(主宰) : 주체, 주인.

불연(不然) : 그렇지 않으면.

인경이천(因境而遷) : 환경에 따라 옮김, 경우에 따라 변함.

미(靡) : 흔들림, 흐트러짐.

<풀이>

마음먹기에 따라서는 바쁜 가운데서도 한가함을 얻을 수
있고, 소란한 가운데서도 고요함을 누릴 수 있는 것이다.
이것은 평소 한가할 때 마음의 자세를 안정케 하고, 고요
할 때 이미 마음의 주체를 세웠기 때문이다. 그렇지 않으
면 마음은 환경에 따라 변하고 일에 의해 동요하게 되는
것이다.

185

자기의 마음을 어둡게 하지 말고, 남의 인정을 메마르게 하지 말며, 재물의 힘을 다 쓰지 말라. 이 세 가지는 가히 천지를 위하여 마음을 세우고, 만민을 위하여 살 길을 마련하며, 자손을 위하여 복을 만드는 일이니라.

不昧己心하고　不盡人情하며　不竭物力하라.　三者는　可以爲
불매기심　　　부진인정　　　　불갈물력　　　　삼자　　가이위

天地立心하고　爲生民立命하며　爲子孫造福이니라.
천지입심　　　위생민입명　　　위자손조복

❖

매기심(昧己心) : 바깥의 사물로 인해 자신의 마음이 흐려짐.

부진인정(不盡人情) : 남에게 베푸는 정을 메마르게 하지 않음, 남에게 가혹하게 대하지 않음, 남에게 박정하게 대하지 않음.

불갈(不竭) : 다 쓰지 않음, 다소 여유를 남김, 낭비하지 않음.

입심(立心) : 내 마음을 세움.

위생민입명(爲生民立命) : 만민을 위해 목숨을 세움, 백성을 위하여 살 길을 마련함, 만민을 편안하게 살 수 있게 함.

조복(造福) : 복을 만듦, 복지를 마련함.

< 풀이 >

욕망으로 인해 자신의 마음을 흐리게 하지 말라. 남에게 가혹하게 대하여 인정을 메마르게 하지 말라. 돈과 물자를 절약하라. 이렇게 하면 천지의 마음을 내마음으로 할 수

있고, 백성을 편안히 살 수 있게 해 주며, 자손을 위해서는 복지를 마련하는 일이 된다.

186

공직생활에는 두 마디 말이 있으니, 오직 공정하면 밝은 지혜가 생기고, 오직 청렴하면 위엄이 생긴다는 것이다. 집 안일에는 두 마디 말이 있으니, 오직 용서하면 불평이 없고, 오직 검소하면 쓰임이 넉넉하다는 것이니라.

居官에 有二語하니 曰 惟公則生明하고 惟廉則生威요 居家
거관   유이어   왈 유공즉생명   유렴즉생위   거가

에 有二語하니 曰 惟恕則情平하고 惟儉則用足이니라.
유이어   왈 유서즉정평   유검즉용족

❖

거관(居官) : 벼슬살이를 함, 관직에 있음.
공(公) : 공평무사함.
명(明) : 밝은 지혜, 명석한 판단.
염(廉) : 청렴함.
생위(生威) : 위엄이 생김, 위신을 높임.
거가(居家) : 집에 있음, 집안을 다스림.
서(恕) : 용서함, 관용을 베풂.
정평(情平) : 불평이 없음.
검(儉) : 검소함, 검약함.
용(用) : 쓰임, 비용.

<풀이>

　공직자로서 지켜야 할 두 가지 사항이 있다. 첫째 일처리를 공평무사하게 하라. 그렇게 하면 자연히 밝은 지혜가 생기게 된다. 둘째 청렴결백하라. 그렇게 하면 위신이 높아져 아랫사람들이 복종하게 된다. 이것이 공직자의 떳떳한 자세이다. 그리고 집안을 다스림에 유의해야 할 두 가지 사항이 있다. 첫째 사소한 일은 너그럽게 용서하도록 하라. 그렇게 하면 자연히 정을 골고루 베풀게 되어 불평불만이 없게 된다. 둘째 살림살이는 검소하게 꾸려 나가라. 그렇게 하면 여유가 생겨 쓰임에 부족함이 없을 것이다.

187

　부귀한 자리에 있을 때에 마땅히 가난하고 천한 사람의 고통을 알아야 하고, 젊을 때에 모름지기 늙고 쇠약한 사람의 고달픔을 생각해야 한다.

處富貴之地에는 要知貧賤的痛癢하고 當少壯之時에는 須念
처 부 귀 지 지　　　요 지 빈 천 적 통 양　　　당 소 장 지 시　　　수 념

衰老的辛酸이니라.
쇠 로 적 신 산

❀

통양(痛癢) : 고통, 쓰라림.
소장지시(少壯之時) : 젊은 시절.
쇠로(衰老) : 늙고 쇠약함.
신산(辛酸) : 괴로움, 고달픔, 맵고 신 것.

<풀이>

개구리가 올챙이적 생각을 못한다는 속담이 있다. 어려울 때의 일을 쉽게 잊는다는 뜻이다. 그러나 부귀한 처지에 있을 때에 빈천한 사람의 고달픔을 알아야 한다. 그리고 젊은 시절에 모름지기 늙고 병든 사람의 괴로움을 생각해야 한다. 젊음은 영구히 지속되는 것이 아니다. 지금의 늙고 병든 사람의 처지는 동시에 내일의 우리들의 모습이기도 하다. 조금만 입장과 처지를 바꾸어 생각한다면 이런 분들에 대해 좀더 따뜻한 관심과 애정이 베풀어질 것이다.

188

몸가짐을 너무 깨끗하게 하지 말라. 일체의 욕됨과 때묻음을 다 용납하여야 한다. 남과의 사귐에 너무 분명하게 하지 말라. 일체의 선악과 현우를 다 받아들여야 한다.

持身에는 不可太皎潔이니 一切汚辱垢穢를 要茹納得이요 與
지신　　불가태교결　　일체오욕구예　　요여납득　　여

人에는 不可太分明이니 一切善惡賢愚를 要包容得이니라.
인　　불가태분명　　일체선악현우　　요포용득

❖

지신(持身) : 몸가짐, 처신.

태(太) : 너무, 심하게, 지나치게.

교결(皎潔) : 희고 깨끗함.

일체(一切) : 모든.

오욕(汚辱) : 더럽고 욕됨.

구예(垢穢): 때와 더러움.
여납(茹納): 받아들이는 것, 용납함.
여인(與人): 남과 사귀는 것.
포용(包容): 용납함, 감싸고 받아들임.

<풀이>

　자신의 몸가짐을 지나치게 깨끗하게 하지 말라. 오히려
모든 더러움과 욕됨을 받아들이는 아량이 있어야 한다. 그
리고 남과의 사귐에 있어 너무 분명하고 비판적이어서는
안된다. 이 세상은 어차피 여러 부류의 사람들이 함께 어
울려 살게 마련이다. 자신의 마음의 문을 활짝 열어 보다
많은 사람을 받아들여야 한다. 포용력과 감화력이 있어야
유덕한 사람으로 기림을 받을 수 있는 것이다. 저 오대(五
代)의 풍도(馮道 : 822~954)는 네 왕조 열두 임금을 섬긴 명
재상이었다. 송대의 이학자(理學者)들은 그를 불충한 신하의
본보기로 비난하였다. 그러나 하극상의 난세에 모나지 않은
처세로 자신을 지키며, 백성을 전쟁의 참화에서 벗어나게
한 풍도를 단순한 기회주의자로만 볼 수는 없을 것이다.
그는 세상의 더러움과 때 묻음, 선악현우를 모두 받아들이
는 포용력이 있었던 것이다.

189

　소인과 원수를 맺지 말라. 소인은 그 나름으로 상대가
있느니라. 군자에게 아부하지 말라. 군자는 본시 사사로운
은덕을 베풀지 않느니라.

休與小人仇讐하라. 小人은 自有對頭니라. 休向君子諂媚하
휴 여 소 인 구 수　　 소 인　　자 유 대 두　　 휴 향 군 자 첨 미

라. 君子는 原無私惠니라.
　 군 자　　원 무 사 혜

❖

휴(休) : ~하지 말라, 그치라.

구수(仇讐) : 원수.

대두(對頭) : 짝.

첨미(諂媚) : 아첨함, 아부함.

사혜(私惠) : 사사로운 은혜, 사사로운 은덕.

<풀이>

소인과 더불어 원수를 맺지는 말라. 소인배는 그들 나름
의 상대가 있는 것이다. 만일 그들을 묵살하지 않고 맞상
대한다면 같은 부류가 되고 마는 것이다. 그리고 군자에게
아첨하지 말라. 군자는 원래 공평무사한 사람이다. 결코 아
첨한다고 해서 사사로운 은혜를 베풀어 주길 기대할 수는
없다. 아첨하면 자신의 얄팍한 속셈만 드러내어 인격을 손
상케 하는 것이다.

190

욕심에 얽매인 병은 고칠 수 있지만 이론에 집착하는 병
은 고치기 힘들고, 사물에 의한 막힘은 없앨 수 있지만 의
리에 의한 막힘은 없애기 힘든 것이다.

縱欲之病은　可醫나　而執理之病은　難醫하고　事物之障은　可
종 욕 지 병　　가 의　　이 집 리 지 병　　난 의　　　사 물 지 장　　　가

除나　而義理之障은　難除니라.
제　　이 의 리 지 장　　난 제

❖

종욕(縱欲)：마음이 내키는 대로 부리는 욕심.

의(醫)：치료함, 병을 고침.

집리(執理)：이론에 집착함, 이론을 고집하는 것.

사물지장(事物之障)：사물에 의한 막힘, 사물에 의한 장애.

가제(可除)：없앨 수 있음, 제거할 수 있음.

난제(難除)：없애기 힘듦.

<풀이>

　물질적 욕망에 의한 병은 고칠 수 있지만 이론을 고집하는 병은 좀처럼 고치기 힘들다. 물질적 장애는 없앨 수 있지만 의리와 명분에 의한 정신적 장애는 없애기 힘든 것이다. 지금 세계 도처에서 일어나는 싸움의 원인은 이기심이나 이해관계의 대립만이 전부는 아닐 것이다. 그것 못지않게 자기만이 진리의 열쇠를 쥐고 있다는 어리석은 고집이 그 원인이 되는 것이다. 사람의 생활을 비극과 불행의 소용돌이에 휘말리게 하는 것이 바로 이와 같은 불타협·비관용의 정신적 병폐임은 물론이다.

191

　갈고 닦음은 마땅히 백 번 단련한 쇠와 같아야 하니, 급

히 이룬 것은 깊은 수양이 아니다. 일을 실천함은 마땅히
천 균의 돌활과 같아야 하니, 가벼이 쏘면 큰 공이 없다.

磨礪는 當如百煉之金이니 急就者는 非邃養이니 施爲는 宜
마려　　당여백련지금　　급취자　비수양　　시위　　의

似千鈞之弩니 輕發者는 無宏功이니라.
사천균지노　　경발자　무굉공

❖

마려(磨礪) : 수양함, 갈고 닦음.

백련(百煉) : 여러 번 단련함.

급취(急就) : 급하게 성취함.

수양(邃養) : 깊은 수양.

시위(施爲) : 일을 실천함.

천균(千鈞) : 1균은 30근, 아주 무겁다는 뜻임.

노(弩) : 돌로 만든 활.

경발(輕發) : 가벼이 쏨, 경솔하게 일을 시작함.

무굉공(無宏功) : 큰 공을 이룰 수 없음.

<풀이>

쇠는 여러 번 두드려야 순도 높은 강철이 된다. 우리의
수양도 끊임없는 단련 끝에 이루어지는 것이다. 일을 실천
함에는 마땅히 무거운 쇠뇌를 당기는 것처럼 신중하게 해야
한다. 경솔히 덤벼드는 것은 금물이다. 그리고 큰 일의 성
취일수록 그만큼 시간과 노력이 더 들게 마련이다. 로마는
결코 하루 아침에 세워진 것이 아니다.

192

차라리 소인의 시기와 헐뜯음을 받을지언정 소인의 아첨과 찬양하는 바가 되지는 말라. 차라리 군자의 꾸중과 교정을 받을지언정 군자의 감싸줌을 받는 바가 되지는 말라.

寧爲小人所忌毀이언정 毋爲所人所媚悅하며 寧爲君子所責
영 위 소 인 소 기 훼   무 위 소 인 소 미 열   영 위 군 자 소 책

修이언정 毋爲君子所包容하라.
수   무 위 군 자 소 포 용

❖

영위(寧爲)~무위(毋爲) : 차라리 ~할지언정 ~하지는 말라.
기훼(忌毀) : 꺼리고 헐뜯는 것, 시기하고 비방함.
미열(媚悅) : 아부하고 기뻐함.
책수(責修) : 질책하고 바로잡음, 꾸짖고 교정함.
포용(包容) : 감싸주고 용서함.

<풀이>

같은 부류끼리는 서로 어울리게 마련이다. 그러므로 소인이 시기하고 비방하는 바가 될지언정 그들이 아첨하고 기뻐하는 바가 되어서는 안 된다. 만일 그런 대상이 된다면 자신도 그들과 같은 부류임에 지나지 않기 때문이다. 그리고 군자는 결코 구제불능의 인간을 질책하고 바로잡으려고 하지 않는다. 그냥 감싸주고 용서할 뿐이다. 그러므로 군자에게 포용의 대상이 되지 말고 꾸중을 듣고 교정을 받는

바가 되어야 하는 것이다.

193

이욕(利欲)을 좋아하는 자는 도의 밖에 벗어난지라 그 해독이 나타나되 얕고, 명성을 좋아하는 자는 도의 안에 숨어든지라 그 해독이 드러나지 않되 깊은 것이다.

好利者는 逸出於道義之外하여 其害顯而淺하고 好名者는
호 리 자   일 출 어 도 의 지 외   기 해 현 이 천   호 명 자

竄入於道義之中하여 其害隱而深이니라.
찬 입 어 도 의 지 중   기 해 은 이 심

❋

일출(逸出) : 벗어남.
도의(道義) : 도덕과 의리.
해(害) : 해독.
현(顯) : 나타남, 드러남.
천(淺) : 얕음.
찬입(竄入) : 안으로 파고듦, 속으로 숨어듦.
은(隱) : 숨겨져 있음, 보이지 않음.

<풀이>

이욕을 좋아하는 무리의 작태는 애당초 도덕과 의리에 벗어난 것이 쉽게 눈에 띈다. 그리고 그 피해도 물질적인 것이며 얕다. 그러나 명성에 집착하는 무리는 언제나 도덕과 명분으로 자신을 위장하고 있다. 일반인들이 그들의 가

증한 진상을 간파하지 못하는 것도 무리는 아닐 것이다. 이와 같은 위군자(僞君子)의 작태는 정신적인 해독을 끼치므로 그 피해는 더욱 깊고 클 수밖에 없다.

194

    남의 은혜 받음은 비록 깊어도 갚지 않으나 원한은 얕아도 갚고, 남의 악을 들으면 비록 뚜렷하지 않아도 의심치 않으나 착함은 뚜렷해도 의심한다. 이는 바로 각박함의 극치요, 야박하기 이를 데 없는 것이니 마땅히 진실로 경계해야 한다.

受人之恩에는 雖深不報나 怨則淺亦報之하고 聞人之惡에는
수 인 지 은   수 심 불 보   원 즉 천 역 보 지   문 인 지 악

雖隱不疑나 善則顯亦疑之하나니 此刻之極이요 薄之尤也니
수 은 불 의   선 즉 현 역 의 지   차 각 지 극   박 지 우 야

宜切戒之니라.
의 절 계 지

❖

심(深) : 깊음.
불보(不報) : 갚지 않음, 보답하지 않음.
원(怨) : 원한.
천(淺) : 얕음.
은(隱) : 뚜렷하지 않음, 확실치 않음.
현(顯) : 드러남, 확실함.
각지극(刻之極) : 각박함의 극치, 각박함이 극단에 이름.
박지우(薄之尤) : 야박하기 더할 나위 없음, 박하기 이를 데 없음.

절(切) : 간절히, 절실하게, 진실로.

<풀이>

열 번 잘해 준 것은 잊어도 한 번 섭섭케 대한 것은 잊지 않는 것이 사람의 마음이다. 그러므로 은혜는 비록 깊어도 갚지 않으나 원한은 얕아도 갚으며, 심지어 은혜를 원수로 갚은 예도 드물지 않다. 또한 남의 나쁜 소문은 비록 확실치 않아도 의심치 않고, 착함은 뚜렷해도 의심한다. 지성인은 진실로 이와 같은 폐단에 빠져서는 안 된다.

195

참소하고 헐뜯는 무리는 마치 작은 구름이 햇빛을 가리는 것과 같아서 오래지 않아 스스로 밝혀진다. 아양 떨고 아첨하는 무리는 마치 틈새 바람이 피부에 스며듬과 같아서 그 해독을 깨닫지 못한다.

讒夫毀士는 如寸雲蔽日하여 不久自明이요 媚子阿人은 似
참 부 훼 사   여 촌 운 폐 일   불 구 자 명   미 자 아 인   사

隙風侵肌하여 不覺其損이니라.
극 풍 침 기   불 각 기 손

❖

참부(讒夫) : 참소하는 자.
훼사(毀士) : 헐뜯는 자.
촌운(寸雲) : 작은 구름, 조각구름.
폐일(蔽日) : 태양을 가림.

자명(自明) : 저절로 밝혀짐, 스스로 밝혀짐.

미자(媚子) : 아양 떠는 사람.

아인(阿人) : 아첨하는 사람, 아부하는 사람.

극풍(隙風) : 틈 사이로 들어오는 바람.

침기(侵肌) : 피부에 스며듦, 살갗에 파고듦.

손(損) : 해로움, 피해, 해독.

< 풀이 >

　당의 현종은 개원의 치(治)로써 태평성대를 이루게 하여 만백성의 칭송을 받은 명군이었다. 그러나 만년에는 정치에 대한 관심보다는 양귀비(18번째 아들 수왕의 비)와의 사랑에 빠져 있었다. 이때 영주 출신의 혼혈아 안록산은 그 특유의 교활한 처세술로 승진가도를 달리게 된다. 안록산의 우직한 듯한 겉모습에 속은 황제는 그에게 평로, 범양, 하동의 절도사 직을 겸임케 한다. 파격적인 은혜를 베풀어 안의 충성심을 얻으려고 한 것이다.

　어느 날 황제는 남달리 비대한 그의 배(체중 330근, 약 300kg)를 가리키며 물었다. "그대의 뱃속에는 무엇이 들어 있는가?" 교활한 안이 능글맞게 웃으며 대답한다. "폐하! 소신의 뱃속에는 오직 폐하에 대한 충성심으로 가득 차 있나이다." 그러나 이것은 새빨간 거짓말이었다. 아첨과 속임수로 임금의 총애를 얻은 그는 남몰래 배신의 칼을 갈고 있었다. 급기야 그가 15만의 대군을 이끌고 반란을 일으키자(천보 14년 AD 755년 11월) 황제는 촉으로 몽진하고 양귀비는 마외파에서 교살당해야 했다. 그리고 대연황제를 칭하던 안록산도 후계자 문제로 불만을 품은 아들 경서에 의해 자다가 피살되고 만다(757년 정월). 그러나 내란이 완전히 종식되기까지는 몇 년의 세월이 더 흘러야 했다(763년 평정).

한편, 심한 우울증과 좌절감에서 헤어나지 못한 현종은 보응 원년(762년) 78세를 일기로 세상을 떠난다. 아첨과 술책에 능한 자를 중용한 것이 이와 같이 엄청난 파국을 초래케 한 것이다.

196

산이 높고 가파른 곳에는 나무가 없으나, 계곡이 감도는 곳에는 초목이 떨기를 이루고, 물살이 세고 급한 곳에는 고기가 없으나 못이 깊고 고요하면 물고기, 자라가 모여들게 된다. 이와 같이 높고 뛰어난 행실과 성급한 마음을 군자는 거듭 경계해야 한다.

山之高峻處에는 無木이로되 而谿谷廻環이면 則草木이 叢生
산 지 고 준 처   무목   이 계 곡 회 환   즉 초 목   총 생

하고 水之湍急處에는 無魚로되 而淵潭停蓄이면 則魚鼈이 聚
수 지 단 급 처   무 어   이 연 담 정 축   즉 어 별   취

集하나니 此高絶之行과 褊急之衷을 君子重有戒焉이니라.
집   차 고 절 지 행   편 급 지 충   군 자 중 유 계 언

❖

고준(高峻) : 높고 험준함.
회환(廻環) : 굽이굽이 감돌다.
총생(叢生) : 무성하게 자람, 우거짐, 떨기로 자라남.
단급처(湍急處) : 물살이 세고 급한 곳.

연담(淵潭) : 연못.

정축(停蓄) : 머물러 쌓임, 정지하여 괴는 것.

어별(魚鼈) : 물고기와 자라.

취집(聚集) : 모여듦.

고절지행(高絶之行) : 높고 탁월한 행실, 지나치게 고상한 행
실.

편급(褊急) : 성미가 좁고 급함.

충(衷) : 마음.

<풀이>

산세가 높고 가파른 곳에는 나무가 제대로 자라지 못하나
골짜기가 굽이치는 낮은 곳에는 초목이 떨기를 이루며 자
란다. 물살이 급한 여울에는 고기가 없으나 깊고 고요한
연못에는 물고기, 자라가 떼를 이루며 살고 있다. 사람의
경우도 이와 마찬가지이다. 지나치게 엄격하고 고상한 행동
이나 좁고 급한 성격의 소유자에게는 사람이 따르지 않게
된다. 지나친 것은 언제나 미흡한 것만 못한 법이다. 지성
인은 이 점을 깊이 마음에 새겨야 할 것이다.

197

공을 세우고 사업을 이룬 사람은 대개 허심탄회하고 원
만하나, 일을 그르치고 기회를 놓친 사람은 반드시 고집이
센 사람이다.

建功立業者는 多虛圓之士요 僨事失機者는 必執拗之人이니라.
건공립업자　　다허원지사　　분사실기자　　필집요지인

❖

허원(虛圓) : 허심탄회하고 원만함, 구애를 받지 않음.
분사(僨事) : 일에 실패함, 일을 그르침.
실기(失機) : 기회를 놓치는 것.
집요(執拗) : 집착과 고집이 셈.

<풀이>

공을 세우고 큰 사업을 일으킨 사람은 성격이 허심탄회
하고 대인관계가 원만하다. 그러나 일에 실패하고 기회를
놓친 사람은 그 성격이 괴팍하고 고집이 센 사람이다. 이런
사람은 대개 자기 중심적인 사고방식에 빠져 있다. 그러므
로 자기 생각만이 옳다는 고집으로 원만한 대인관계를 이
루지 못하는 것이다. 성공과 실패는 대인관계에서 좌우된
다. 이런 사람의 실패를 운수소관으로 돌릴 수는 없을 것
이다.

198

처세함에 있어 마땅히 세속과 같게 해서도 안 되며, 또한
세속과 다르게 해서도 안 된다. 일을 함에 있어 마땅히 사
람들이 싫어하게 해서도 안 되고, 또한 사람들을 기쁘게
해서도 안 된다.

處世에 不宜與俗同이요 亦不宜與俗異하고 作事에 不宜令
처 세   불 의 여 속 동   역 불 의 여 속 이   작 사   불 의 령

人厭이요 亦不宜令人喜니라.
인 염   역 불 의 령 인 회

❖

처세(處世) : 세상을 살아감.

불의(不宜), 역불의(亦不宜) : 해서도 안 되고, ~ 또한 ~해서
　도 안 된다.

속(俗) : 세속.

작사(作事) : 일을 함.

영인희(令人喜) : 남들로 하여금 기쁘게 함.

<풀이>

사람은 사회적 동물이다. 그러므로 고립돼서 살 수는 없
다. 어차피 서로 어울리며 협력해서 살게 마련이다. 선비는
세속에 영합하여 자신의 소신을 버려서도 안 되며, 그렇다
고 해서 지나치게 남들과 어긋나서도 안 된다. 선비는 오
로지 원만한 대인관계로 사회생활을 영위하며 중용과 건전
한 처신으로 남들의 모범이 되어야 한다. 그리고 잘못된
일은 올바른 방향으로 시정이 되도록 지도력을 발휘해야
한다.

199

날은 이미 저물었으나 저녁 노을은 오히려 눈부시게 빛
나고, 한 해가 곧 지려하는데도 등자와 귤 향기는 더욱 새
롭다. 그러므로 군자는 삶의 말로에 다시 정신을 백 배나
더해야 할 것이다.

日既暮而猶烟霞絢爛하고　歲將晚而更橙橘芳馨하나니　故로
일 기 모 이 유 연 하 현 란　　세 장 만 이 갱 등 귤 방 형　　　고

末路晩年을 君子更宜精神百倍니라.
말 로 말 년   군 자 갱 의 정 신 백 배

❀

기(旣) : 이미.
유(猶) : 오히려, 도리어.
연하(烟霞) : 연기와 노을.
현란(絢爛) : 눈부시게 빛남.
장(將) : 장차.
등귤(橙橘) : 등자와 귤.
방형(芳馨) : 향기, 꽃다운 향기.

<풀이>

날은 이미 저물었으나 노을은 찬란하게 빛나고, 한 해는
장차 저물어가는데 귤은 익어 그 향기가 우리를 유혹한다.
지성인의 삶도 마땅히 이와 같아야 한다. 몸은 비록 늙어
가도 기백과 정신력만은 더욱 강해져야 할 것이다.

영국의 수학자요, 논리학자, 철학자인 버트란드 럿셀은
70대인 1945년 이후에도 왕성한 저술과 사회활동으로 노익
장을 과시하였다. 먼저 핵무기 제조에 반대하는 평화운동의
일환으로 유명한 럿셀·아인슈타인 선언을 발표하고, 1963
년 9월에는 럿셀 평화재단을 설립하여 핵무기 감축을 호소
하였다.

그는 철학자로서는 드물게 1950년 노벨 문학상을 수상한
바 있고 쿠바위기 때(1962년 10월)는 케네디와 후르시초프
에게 전보를 쳐 중재자의 역할을 했다. 저술 분야에서도
「서양철학사」(1945년, 73세), 「권위와 개인」(1949년), 「서양
의 지혜」(1960년), 그리고 핵전쟁을 경고한 「인류에게 미래

는 있는가」(1961년) 등 참으로 다양하다. 그리고 1967년부터 1969년까지 자서전 3권이 출간되었다. 이때(1969년) 그의 나이는 이미 97세였다. 그가 1970년 2월 98세를 일기로 서거하자 세계의 언론은 '세기의 석학, 행동하는 지식인, 평화의 사도, 불사조와 같은 정열의 소유자' 등의 찬사를 보내며 그의 죽음을 슬퍼했다. 그는 90세에 가까운 나이에도 3종류의 신문을 읽고, 학술서적 외에도 하루에 한 권 정도의 추리소설을 읽었다 한다.

그가 남긴 주요 저서는 70여 권이나 되며 논문 등을 포함하면 수백 권에 이른다. 진리에 대한 사랑과 인류평화를 위해 헌신한 그의 생애는 20세기의 정신적 지주로 기림을 받을 만하다. 그리고 노년기의 왕성한 정신적 활력과 자신이 죽은 뒤의 세상일에 대해서 그처럼 진지한 관심을 가졌다는 점은 우리 후학에게 시사하는 바가 큰 것이다.

200

매는 조는 듯 서 있고 범은 병든 듯 걷는다. 이것이 곧 그것들이 사람을 움켜잡고 물어뜯는 수단인 것이다. 그러므로 군자는 총명을 드러내지도 말고 재주를 나타내지도 말아야 하니, 이것이 비로소 큰 일을 두 어깨에 짊어질 역량인 것이다.

鷹立如睡하고　虎行似病하나니　正是他攫人噬人手段處라.
응 립 여 수　　호 행 사 병　　정 시 타 확 인 서 인 수 단 처

故로 君子는 要聰明不露하고 才華不逞하나니 纔有肩鴻任鉅
고   군자   요총명불로   재화부령   재유견홍임거

的力量이니라.
적 력 량

※

정(正) : 바로.

타(他) : 그, 그것들. 대명사.

확(攫) : 움켜잡음.

서(噬) : 씹다, 물어뜯다.

불로(不露) : 드러내지 않음, 나타내지 않음.

재화(才華) : 눈부신 재능, 탁월한 재주.

불령(不逞) : 나타내지 않음. 령(逞)은 쾌하다(快也), 끄르다,
    풀다(解也), 통하다(通也), 구속받지 않다의 뜻임. 원래의
    음은 정(逞)이며 령은 속음임.

재(纔) : 겨우, 비로소.

견홍임거(肩鴻任鉅) : 두 어깨에 큰 짐(책임)을 짊어짐. 견(肩)
    은 어깨, 홍(鴻)·거(鉅)는 크다는 뜻임.

<풀이>

매는 서 있는 것이 조는 듯하고 범은 걷는 모습이 병든
것 같다. 그러나 이것들은 일단 시야에 먹이가 들어오면
번개 같은 동작으로 놓치지 않는다. 군자도 총명과 재주를
함부로 드러내지 말아야 한다. 그러나 일단 큰 일을 맡게
되면 수완과 능력을 유감없이 발휘해야 하는 것이다.

저 삼국시대 위(魏)의 사마의(司馬懿)는 오장원에서 제갈
량의 침공을 막아내어 국가적 위기를 구한 명장이었다. 그
의 기략과 용병술에 위협을 느낀 위주 조방은 사람을 보
내어 그의 동태를 살피게 한다. 꾀 많은 사마의는 중병으로

거의 죽어가는 시늉을 하였다. 위주 조방과 대장군 조상 일파는 이에 마음을 놓고 그에 대한 대책을 소홀히 한다. 기회를 노리던 사마의는 위주 조방과 대장군 조상이 고평릉에 제사 겸 사냥을 나간 틈을 놓치지 않고 거사하였다 (가평 원년 AD 249년). 곽태후를 협박하고 무기고를 손에 넣은 사마의는 정적인 조상 일파를 제거한 후 실권을 장악하였다. 그의 쿠데타는 후일 손자 사마염의 진나라 건국 (AD 265년)의 기초가 되는 것이다.

201

검소함과 절약은 아름다운 덕이지만 지나치면 인색하고 천박하여 도리어 올바른 도리를 해치게 된다. 겸손함과 양보는 아름다운 행실이지만 지나치면 비굴함과 아부가 되어 꾸미는 마음이 드러나게 된다.

儉은 美德也나 過則爲慳吝하고 爲鄙嗇하여 反傷雅道하며
검 미덕야 과즉위간린 위비색 반상아도

讓은 懿行也나 過則爲足恭하고 爲曲謹하여 多出機心이니라
양 의행야 과즉위족공 위곡근 다출기심

❖

간린(慳吝) : 인색함.
비색(鄙嗇) : 비루하고 인색함, 천박하고 인색함.
반상아도(反傷雅道) : 도리어 올바른 도리를 해침.
의행(懿行) : 아름다운 행실.
족공(足恭) : 너무 공손함, 아부.

곡근(曲謹) : 너무 조심함, 비굴.

기심(機心) : 꾸미는 마음, 엿보는 마음, 불순한 속셈.

<풀이>

검소함과 절약은 미덕이지만 지나치면 인색하고 비루하게 되어 오히려 도리를 해치게 된다. 겸손함과 양보는 아름다운 행위이지만 그것도 지나치면 비굴함과 아첨이 된다. 원래 지나치게 자신을 낮추며 상대방에 영합함에는 음흉한 계략이 있는 경우가 많다. 지나치지도 모자라지도 않은 중용의 길만이 원만함을 이루어 인간관계를 따사롭게 하는 것이다.

202

뜻대로 되지 않음을 걱정하지 말고, 마음에 통쾌함을 기뻐하지 말라. 오래 편안함을 믿지 말고 처음의 어려움을 두려워하지 말라.

毋憂拂意하고 毋喜快心하며 毋恃久安하고 毋憚初難하라.
무 우 불 의   무 희 쾌 심   무 시 구 안   무 탄 초 난

❖

불의(拂意) : 일이 뜻대로 되지 않음.

쾌심(快心) : 일이 잘 되어 마음에 흡족함, 마음에 통쾌함.

시(恃) : 믿음, 의지함, 마음 든든히 여김.

구안(久安) : 오랫동안 편안함.

무탄초난(毋憚初難) : 처음의 어려움을 두려워하지 말라. 탄(憚)

은 꺼리다, 두려워하다의 뜻임.

<풀이>

일이 뜻대로 풀리지 않는다고 근심하지는 말라. 일이 마음먹은 대로 된다고 해서 너무 기뻐하지도 말라. 또한 지금의 편안함이 언제까지나 지속되리라 믿지는 말라. 우리의 삶에는 확고하게 보장된 것은 아무것도 없다. 하루 아침에 불상사를 당할 수 있는 것이 사람의 일이다. 그러므로 언제나 재난과 우환에 대비해야 한다. 그리고 무슨 일이든 처음에는 경험의 미숙, 시행착오 등으로 여러 가지 어려움이 따르게 된다. 그러나 이런 어려움을 의지력과 인내로 이겨 내는 사람은 결국 인간 승리의 주인공이 되는 것이다.

203

술 잔치의 즐거움이 잦으면 좋은 집안이라고 할 수 없고, 명성의 빛남을 탐하면 훌륭한 선비라 할 수 없으며, 높은 벼슬에 대한 집념이 강하면 어진 신하라 할 수 없다.

飮宴之樂多는 不是個好人家요 聲華之習勝은 不是個好士
음연지락다   불시개호인가   성화지습승   불시개호사

子며 名位之念中은 不是個好臣士니라.
자   명위지념중   불시개호신사

❖

음연(飮宴) : 술 잔치.
호인가(好人家) : 좋은 집안, 훌륭한 가정.

성화(聲華) : 명성, 화려한 평판.
습(習) : 습관.
승(勝) : 이기다, 심하다. 더하다.
호사자(好士子) : 좋은 선비, 훌륭한 선비.
명위(名位) : 높은 벼슬, 높은 지위.
중(重) : 무거움, 간절함, 깊음, 많음.
호신사(好臣士) : 좋은 신하, 훌륭한 신하.

<풀이>

밤낮으로 술 잔치나 벌이며 쾌락을 좇는 집안은 부조리와
악덕에 빠져 있는 것이다. 선비가 학문과 수양은 게을리하
며 화려한 명성부터 바란다면 훌륭한 사람일 수는 없다.
먼저 학문과 덕을 닦는 것이 순서이며, 명성과 평판은 그
다음의 일이기 때문이다. 신하가 높은 벼슬에 대한 집념이
강하면 결코 어진 신하일 수는 없다. 먼저 자기의 직분부터
충실히 수행해야 하는 것이다.

삼국시대 위(魏)의 화흠(華歆)은 평원 고당 출신으로 자는
자어(子魚)이다. 그는 오주 손권을 섬겼으나 위에 사신으로
가게 된 것을 계기로 조조의 신하가 된 사람이다. 화흠은
어려서부터 글을 잘 하여 명성이 높았다. 그는 관녕, 병원
과 서로 친하였다. 당시의 사람들은 이 세 사람을 일컬어
한 마리의 용에 비유하였다(화흠은 용의 머리, 병원은 용의
배, 관녕은 용의 꼬리). 이들에게는 재미있는 에피소드가 전
해지고 있다.

어느 날 관녕과 화흠이 책을 읽는데 밖에서 귀인의 행차
소리가 들려 왔다. 관녕은 단정한 자세로 책만 읽고 있었
으나 화흠은 귀인행차를 구경하러 나갔다. 또 어느 날이었

다. 두 사람이 채소밭에서 일하는데 금덩이가 나왔다. 관녕은 그것을 거들떠보지도 않고 호미질만 계속하였다. 그러나 화흠은 금덩이를 만져본 후 던져 버렸다. 이것으로 이들의 사람됨을 비교할 수 있는 것이다. 관녕은 그 후 다시 화흠과 자리를 같이하지 않았다. 그는 한이 망한 것을 슬퍼하며 조조가 세운 위(魏)를 섬기지 않았다.

한편, 화흠이 상서령으로 조조를 섬길 때의 일이다. 헌제가 복황후의 아비 복완에게 밀서를 내려 조조를 제거코자 한 사건이 탄로나고 만다. 군졸을 이끌고 나온 화흠은 복황후의 머리채를 나꿔채는 못된 짓도 서슴지 않았다. 살려달라고 애걸하는 복황후에게 그는 "내게는 너를 살릴 권한이 없다. 네가 위왕에게 빌어라!" 등의 폭언으로 응하였다. 또한 조조의 아들 조비가 위왕이 되었을 때는 앞장서서 헌제의 양위를 꾀한 것도 화흠이었다. 그는 천자를 협박하여 "폐하께서는 신들의 결의한 바를 따르시어 재앙을 면하소서."라고 극언하였다.

부귀에 집착하며 칼자루를 쥔 자에게 아첨했던 그는 신하로서는 최고 자리인 태위 벼슬을 역임한다. 그러나 이런 인물을 결코 좋은 신하라고 말할 수는 없을 것이다. 그의 행적을 보면서 구한말의 매국노의 소행이 머리에 얼핏 떠오른다. 어쩌면 그렇게도 서로 닮았는지……

204

세상 사람들은 마음에 드는 것으로 즐거움을 삼는지라,

도리어 즐거운 마음에 이끌리어 괴로운 곳에 있게 되며 달관
한 선비는 마음에 어긋나는 것으로 즐거움을 삼는지라, 결국
은 괴로운 마음이 바뀌어 즐거움이 오게 되는 것이다.

世人은 以心肯處爲樂이라 却被樂心引在苦處하며 達士는
세 인   이 심 긍 처 위 락   각 피 락 심 인 재 고 처   달 사

以心拂處爲樂이라 終爲苦心換得樂來니라.
이 심 불 처 위 락   종 위 고 심 환 득 락 래

❖

세인(世人) : 세상 사람들.
긍(肯) : 즐김. 만족함. 맞음.
각(却) : 도리어, 오히려.
낙심(樂心) : 즐거운 마음.
달사(達士) : 이치에 통달한 선비, 달관한 지성인.
심불처(心拂處) : 마음에 어긋나는 것, 마음에 거스르는 것.
고심(苦心) : 괴로운 마음.
득락래(得樂來) : 즐거움이 오게 됨.

<풀이>

　세상 사람들은 보다 많이 가지기 위해 그리고 보다 높은
자리를 차지하기 위해 저마다 안간힘을 쓰고 있다. 이런
것에는 이점이 많은 것은 사실이다. 그러나 그것 못지 않게
고통도 따르게 마련이다. 그리고 그것은 아무나 손쉽게 손
에 넣을 수 있는 것도 아니요, 또 있다가도 사라져 버리는
수가 많다. 그러므로 그것에 집착하다가 무리한 짓을 하여
난처한 입장에 빠지는 경우도 드물지 않다. 이에 반하여
이치에 통달한 선비는 세상 사람들이 싫어하는 것(가난, 고

독, 미천함)을 순순히 받아들이며 보다 영원한 것(진리탐구, 수양)에서 보람을 찾는다. 그리하여 마침내 고뇌를 초월하여 언제나 즐거운 마음으로 유유자적하는 것이다.

205

가득 찬 곳에 있는 사람은 마치 물이 넘치려다가 아직 넘치지 않음과 같아서 한 방울을 더함도 진실로 꺼린다. 위급한 처지에 있는 사람은 마치 나무가 꺾일 듯 말 듯함과 같아서 조금만 더 누르는 것도 진실로 싫어한다.

居盈滿者는 如水之將溢未溢하여 切忌再加一滴하고 處危急
거 영 만 자   여 수 지 장 일 미 일   절 기 재 가 일 적   처 위 급

者는 如木之將折未折하여 切忌再加一搦이니라.
자   여 목 지 장 절 미 절   절 기 재 가 일 닉

영만(盈滿) : 가득 차 있음.
장일미일(將溢未溢) : 물이 넘치려다가 아직 넘치지 않음.
절(切) : 간절히, 진실로.
기(忌) : 꺼림.
가(加) : 더함, 보탬.
일적(一滴) : 한 방울.
장절미절(將折未折) : 곧 꺾일 듯하다가 아직 꺾이지 않은 것.
일닉(一搦) : 한 번 누름, 한 번 건드림.

<풀이>

초나라 상채 출신인 이사(李斯)는 진왕 정(政)의 철권 정치에 오른팔 노릇을 한다. 그는 재상이 되고 그의 아들, 딸들은 모두 공주와 공자의 배필이 된다. 아들인 삼천군 태수 이유가 휴가를 얻어 함양으로 돌아왔을 때였다. 마침 이사의 집에서는 잔치가 벌어졌다. 관료의 우두머리들이 모두 이사의 건강을 축복했다. 그의 문전에는 이들이 타고 온 수레가 수천 대나 늘어서 있었다. 이사는 이것을 보고 탄식하며 말했다. "내가 순경 선생에 듣건대 '사물이 지나치게 성대해짐을 경계해야 한다'고 하였다. 나는 상채의 평범한 선비였고 평민에 지나지 않았다. 재주가 없는 이 몸이 임금께 발탁되어 마침내 오늘의 신분이 되었다. 이제 신하로서는 내 위에 있는 자가 없으니 부귀의 절정에 이르렀다. 모든 것은 절정에 이르면 몰락이 오는 법이다. 수레를 끌던 일에서 풀려나온 늙은 말과 같이 나의 말년의 처지는 어찌 될지 알 수 없구나."

자신의 우려대로 이사는 2세 황제 때에 역적 누명을 쓰고 옥에 갇히게 된다. 그는 옥중에서 억울함을 호소하는 상서를 올렸으나 조고의 방해로 황제에게 전해질 수 없었다. 이사는 드디어 함양의 저자에서 오형(五刑)을 갖춘 요참형(腰斬刑 : 허리를 베어 죽이는 형벌. 그것도 먼저 코를 베고, 혀를 자르고, 발을 끊고, 매를 치고 난 다음에 행해지는 끔찍한 처형 방법)에 처해진다(2세 2년 7월. BC 208년). 그의 일족들도 그와 운명을 같이했음은 물론이다. 이렇게 부귀영화의 절정에서 곧바로 몰락의 나락으로 떨어진 예는 무수히 많다. 그것은 마치 가득 찬 물컵에 물 한 방울이 떨어져 흘러넘치는 것과 같다. 그리고 위급한 처지에 있는 사람은 조금만 불리한 책동을 당해도 재기 불능의 치명적인 피해를 입게 된다. 그러므로 지성인은 분수에 넘치는 부귀를 바라지 않으며 또한 위태로운 자리는 애당초 멀리하는 것이다.

206

냉철한 눈으로 사람을 보고, 냉철한 귀로 말을 들으며, 냉철한 정으로 느낌에 대처하고, 냉철한 마음으로 도리를 생각해야 한다.

冷眼觀人하고 冷耳聽語하며 冷情當感하고 冷心思理하라.
냉 안 관 인   냉 이 청 어   냉 정 당 감   냉 심 사 리

❖

냉안(冷眼) : 냉철한 눈, 냉철한 안목.
당(當) : 대처하는 것.
사리(思理) : 이치를 생각함, 도리를 생각함.

<풀이>

우리는 흔히 편견이나 선입관 때문에 냉철한 눈으로 남을 보거나, 냉철한 귀로 남의 말을 듣지 못하는 경우가 많다. 그리고 단순히 어떤 분위기나 느낌에 현혹되어 사태의 진상을 제대로 파악하지 못하는 때도 있다. 그러므로 언제나 냉정하게 느낌을 다스려야 하며 냉철한 마음으로 이치와 도리를 생각해야 한다. 우리의 눈과 귀는 나쁜 증인이라고 경고한 현자(헤라클레이토스)의 말씀을 잊지 말도록…….

207

어진 사람은 마음이 너그럽고 넉넉하여 복이 두텁고 경사도 오래가며 하는 일마다 너그러운 기상을 이루게 된다. 천박한 사람은 마음이 좁고 급하여 복록도 박하고 은택도 짧으며 하는 일마다 옹졸한 모양을 이루게 된다.

仁人은 心地寬舒라 便福厚而慶長하여 事事成個寬舒氣象하
인인　　심지관서　　변복후이경장　　　사사성개관서기상

고 鄙夫는 念頭迫促이라 便祿薄而澤短하여 事事得個迫促
비부　　염두박촉　　　변록박이택단　　　사사득개박촉

規摸일지니라.
규모

❖

심지(心地) : 마음.
관서(寬舒) : 너그럽고 느긋함, 너그럽고 서둘지 않음.
경장(慶長) : 경사가 오래 감.
비부(鄙夫) : 비루한 사람, 천박한 사람.
염두(念頭) : 생각, 마음.
박촉(迫促) : 좁고 급함.
녹(祿) : 천록, 복록.
택(澤) : 은혜, 은택.
규모(規模) : 생긴 모습, 모양.

<풀이>

　어진 사람은 마음이 너그럽고 여유가 있어 복록도 두텁고 경사도 오래간다. 그리고 하는 일마다 유유한 기상을 이룬

다. 이에 반하여 비루한 사람은 마음이 좁고 침착치 못해 복록도 박하고 자손에게 남길 은택도 짧다. 그리고 하는 일마다 좁고 성급한 모습을 이루어 끝내 대성하지 못하는 것이다. 다시 말하자면 사람의 마음은 사람의 운명을 좌우하는 것이다.

208

악하다는 소문을 듣더라도 곧바로 미워하지는 말라. 참소하는 사람의 분풀이가 될까 두렵다. 착하다는 소문을 듣더라도 서둘러 친하지는 말라. 간악한 사람의 출세를 이끌어 줌이 될까 두렵다.

聞惡이라도 不可就惡니 恐爲讒夫洩怒요 聞善이라도 不可急
문 악   불 가 취 오   공 위 참 부 설 노   문 선   불 가 급

親이니 恐引奸人進身이니라.
친   공 인 간 인 진 신

❖

문악(聞惡) : 남의 나쁜 소식을 듣는 것.
취오(就惡) : 바로 미워함.
참부(讒夫) : 참소하는 사람.
설노(洩怒) : 분풀이.
급친(急親) : 서둘러 친함, 성급히 가까이함.
진신(進身) : 출세함, 진출함.

<풀이>

남의 나쁜 소문을 듣더라도 곧바로 미워하거나 멸시하는 등의 경솔한 반응을 보여서는 안 된다. 혹시 원한관계에 의한 모함일 수도 있기 때문이다. 또한 좋은 평판을 듣는 사람과도 서둘러 친하지는 말라. 실상은 위선자일 수도 있기 때문이다. 사람처럼 제대로 파악하기 힘든 존재도 없을 것이다. 단순하고 귀가 얇어 남의 말을 쉽게 믿는다면 착한 사람을 놓치고 악한 사람을 가까이하는 어리석음을 범하게 된다.

209

성격이 조급하고 마음이 거친 사람은 한 가지 일도 이룰 수 없고, 마음이 부드럽고 기상이 평온한 사람은 온갖 복이 저절로 모여든다.

性燥心粗者는 一事無成이요 心和氣平者는 百福自集이니라
성 조 심 조 자   일 사 무 성   심 화 기 평 자   백 복 자 집

❖

성조(性燥) : 성질이 조급함.
심조(心粗) : 마음이 거침.
심화기평(心和氣平) : 마음이 온화하고 기상이 평온함.
백복자집(百福自集) : 온갖 복이 저절로 모여듦.

<풀이>

성격이 조급하고 마음이 거친 사람은 끈기가 부족하고

남들과는 불화가 있게 마련이다. 대인관계가 원만치 못한 그는 한 가지 일도 제대로 이루어 내지 못하는 것이다. 이와는 대조적으로 마음이 온화하고 기상이 평온한 사람은 인내심도 있고 남들과도 우호적인 관계를 유지할 수 있는 것이다. 그러므로 추진하는 일도 순조롭게 성취되고, 온갖 복이 저절로 모여들게 되는 것이다.

210

　사람을 씀에는 각박해서는 안 되니, 각박하면 공효를 다 하려던 사람이 떠나게 된다. 벗을 사귈 때는 신중해야 하니, 신중하지 않으면 아첨하는 사람도 오게 된다.

用人에는 不宜刻이니 刻則思效者去하고 交友에는 不宜濫이
용 인　　불 의 각　　각 즉 사 효 자 거　　교 우　　불 의 람

니 濫則貢諛者來니라.
남 즉 공 유 자 래

용인(用人) : 남을 부림, 사람을 씀.
각(刻) : 각박함.
사효자(思效者) : 공효(功效)를 생각하는 사람.
불의(不宜) : ～해서는 안 됨.
람(濫) : 함부로 함, 넘침.
공유자(貢諛者) : 아첨하는 사람.

<풀이>

　사람을 부림에는 너무 각박해서는 안 된다. 각박하면 일에 헌신하며 실적을 올리려던 사람도 실망하고 떠나게 된다. 아랫사람에게 후하고 너그럽게 대하는 것은 결국은 베푼 사람에게 되돌아오게 된다. 그리고 사람을 사귐에는 언제나 신중해야 한다. 벗이 많다고 해서 전부 자신에게 도움이 되는 것은 아니다. 개 중에는 알랑거리며 접근해 오는 자도 있을 것이다. 그러나 이런 자들은 끝내 신뢰를 배신과 사기술로 갚는 것이다. 사람을 제대로 부릴 줄 아는 능력과 성실하고 유능한 사람을 가까이하는 것은 모든 사업의 성공의 열쇠가 된다.

211

　바람이 세차고 빗발이 급한 곳에서는 다리를 꿋꿋이 세워야 하고, 꽃이 흐드러지고 버들빛이 짙은 곳에서는 눈을 높이 두어야 하며, 길이 위태롭고 험한 곳에서는 머리를 재빨리 돌려야 한다.

風斜雨急處엔 要立得脚定하고 花濃柳艶處엔 要著得眼高하
풍 사 우 급 처　　요 립 득 각 정　　화 농 류 염 처　　요 착 득 안 고

며 路危徑險處엔 要回得頭早니라.
　노 위 경 험 처　　요 회 득 두 조

❖

풍사우급(風斜雨急) : 바람이 비껴 불고 빗발이 급하게 쏟아짐.
　어지러운 세상을 뜻함.

　요(要) : 모름지기 ～해야 한다, 마땅히 ～해야 한다.
　화농류염처(花濃柳艶處) : 꽃이 흐드러지고 버들빛이 짙은 곳,
　　영화롭고 순탄한 환경을 뜻함. 술과 여인이 있는 환락가로
　　풀이하기도 함.
　착득안고(著得眼高) : 눈을 들어 높은 곳을 봄, 보다 차원 높은
　　정신적 경지에 마음을 둠.
　노위경험처(路危徑險處) : 길이 위태롭고 소로가 험한 곳. 경
　　(徑)은 소로, 오솔길, 지름길을 뜻함.
　회득두조(回得頭早) : 머리를 돌려 재빨리 물러섬.

<풀이>

　비바람이 세차고 급한 곳에서는 두 다리에 힘을 주어야
바로 설 수 있듯이, 세상살이의 어려움은 굳센 의지로 이겨
내야 한다. 사람은 흔히 영화롭고 순탄한 환경에서는 유흥
과 쾌락에 빠져들기 쉽다. 이럴 때일수록 보다 차원 높은
정신적 경지에 마음을 두어야 할 것이다. 위태롭고 험한
길은 피해야 하듯이 위험한 일에 함부로 관여하지 말아야
한다.

212

　절의가 있는 사람은 온화한 마음을 길러야 비로소 성내고
다투는 길을 열지 않을 것이요, 공명을 누리는 사람은 겸
손하고 양보하는 덕을 이어야 바야흐로 질투의 문을 열지
않게 된다.

節義之人은 濟以和衷이라야 纔不啓忿爭之路하고 功名之士
절 의 지 인   제 이 화 충   재 불 계 분 쟁 지 로   공 명 지 사

는 承以謙德이라야 方不開嫉妬之門이니라.
승 이 겸 덕   방 불 개 질 투 지 문

❖

제(濟) : 구제함, 보충함, 보완함.

화충(和衷) : 온화한 마음, 화평한 마음. 충(衷)은 마음을 뜻
함.

재(纔) : 겨우, 비로소, 잠깐.

불계(不啓) : 열지 않음.

분쟁(忿爭) : 성내어 다툼.

승이겸덕(承以謙德) : 겸손한 덕을 이어받음.

<풀이>

절개와 의리를 숭상하는 사람은 성품이 꿋꿋하여 남들과
타협을 하지 않는다. 그러므로 시시비비를 따지거나 다투는
일이 적지 않다. 이런 사람은 얼마쯤 그 성품을 누그러뜨려
온화한 마음을 길러야 남들과 분쟁의 길을 열지 않게 될
것이다. 부귀공명을 누리는 사람은 으시대거나 남들의 질시
를 받기가 쉽다. 그러므로 겸손하고 사양하는 덕을 갖추어
야 비로소 질투의 문을 열지 않게 된다.

213

사대부가 벼슬 자리에 있을 때에는 편지 한 장이라도
절도가 없어서는 안 된다. 마땅히 남들이 보지 못하게 하여

요행을 얻을 실마리를 막아야 한다. 향리에 있을 때에는
위엄을 너무 높이 세워서는 안 된다. 마땅히 사람들이 쉽게
만나 볼 수 있게 하여 옛정을 두터이해야 한다.

士大夫居官에 不可竿牘無節이니 要使人難見하여 以杜倖端
사 대 부 거 관　　불 가 간 독 무 절　　요 사 인 난 견　　　이 두 행 단

이요 居鄕엔 不可崖岸太高니 要使人易見하여 以敦舊好니
　　　거 향　　불 가 애 안 태 고　　요 사 인 이 견　　　이 돈 구 호

라.

❖

간독(竿牘) : 편지. 간독(簡牘). 간(竿 : 대줄기, 낚싯대)은 간(簡
　　 : 편지, 서찰)과 통함.
무절(無節) : 절도가 없음.
두(杜) : 막음.
행단(倖端) : 요행을 얻을 실마리, 요행을 탈 단서.
거향(居鄕) : 벼슬에서 물러나 시골에서 평민으로 살아감.
애안(崖岸) : 벼랑, 낭떠러지, 절벽. 위엄, 위의를 뜻함.
태고(太高) : 지나치게 높음.
돈(敦) : 두터이함, 돈독하게 함.
구호(舊好) : 옛정, 오랜 정의(情誼).

<풀이>

　사대부가 벼슬 자리에 있을 때에는 공인으로서의 절도가
몸에 배어야 한다. 먼저 공과 사를 엄격하게 구분하며, 청
탁행위를 삼가해야 한다.
　정조 때의 세도가 홍국영도 고관의 청탁 편지를 가로채
어 과거에 합격한 바 있다. 이렇게 고관 현직에 있는 사람이

흐트러진 자세를 보일 때 눈치빠른 사람들이 그 허점을 이용하는 것이다. 그리고 벼슬 자리에서 물러나 향리에서 평민으로 살아갈 때는 너무 고자세를 취해서는 안 된다. 친구와 친척들에 대해 마음의 문을 열어 옛정을 돈독히 해야 하는 것이다.

214

대인을 두려워하지 않으면 안 되니, 대인을 두려워한즉 방종한 마음이 없어지리라. 백성도 또한 두려워하지 않으면 안 되니, 백성을 두려워한즉 교만하고 횡포하다는 이름이 없어지리라.

大人은 不可不畏니 畏大人則無放逸之心하고 小民도 亦不
대인 불가불외   외대인즉무방일지심   소민   역불

可不畏니 畏小民則無豪橫之名이니라.
가불외   외소민즉무호횡지명

❖

대인(大人) : 학문과 덕망이 높은 사람. 대덕지인(大德之人)을 뜻함.

불가불(不可不) : ~하지 않을 수 없다, ~하지 않으면 안 된다.

외(畏) : 두려워함, 겁냄.

방일(放逸) : 방종.

소민(小民) : 백성.

호횡(豪橫) : 호기롭고 횡포함, 교만하고 횡포함.

<풀이>

 학문과 덕행이 뛰어난 사람을 두려워해야 한다. 이런 분을 외경(畏敬 : 두려워하고 공경함)하게 되면 자연히 몸가짐을 삼가하며, 방탕한 마음도 사라지게 되는 것이다. 그리고 평범한 보통 사람도 하나의 인격체로서 존중하고 두려워해야 한다. 이들을 두려워하면 자연히 교만하거나 횡포한 행위를 할 수 없을 것이다.

215

 일이 조금이라도 뜻에 어긋날 때는 곧 나만 못한 사람을 생각하라. 그러면 원망이 저절로 사라지게 된다. 마음이 조금이라도 게을러질 때는 곧 나보다 나은 사람을 생각하라. 그러면 정신이 저절로 분발하게 된다.

事稍拂逆에 便思不如我的人이면 則怨尤自消하고 心稍怠荒
사 초 불 역   변 사 불 여 아 적 인   즉 원 우 자 소   심 초 태 황

에 便思勝似我的人이면 則精神自奮이니라.
   변 사 승 사 아 적 인   즉 정 신 자 분

❖

초(稍) : 조금.
불역(不逆) : 뜻대로 되지 않음, 마음에 어긋남.
불여아(不如我) : 나보다 못함.
원우(怨尤) : 원망하고 허물함, 원망하고 나무람.
자소(自消) : 저절로 소멸됨, 절로 사라짐.
태황(怠荒) : 게으르고 거칠어짐.

변(便) : 문득.
승사아(勝似我) : 나보다 나음, 나보다 뛰어남.
자분(自奮) : 저절로 분발함, 스스로 분투함.

<풀이>

일이 뜻대로 되지 않아 고민에 잠길 때가 있다. 그러나
사람의 처지와 환경은 천층만층이다. 그러므로 이럴 경우에
는 나보다 더 못한 환경에서 악전고투하는 사람을 생각하
라. 내려다보고 살면 마음이 조금쯤 위안을 받게 될 것이
다. 또한 스스로 게을러지고 방심할 때가 있다. 이럴 때에
는 나보다 능력이 나은 사람을 생각해 보라. 그리고 자신의
끈기와 승부 근성을 다시 한 번 다짐해 보라. 그리하면 스
스로 분투 노력하는 마음이 우러나오게 될 것이다.

216

기쁨에 들떠 가벼이 승락해서는 안 되고, 술취함으로 인
해 화를 내어서도 안 된다. 유쾌함에 들떠 일을 많이 떠벌
여서도 안 되고, 고달프다고 해서 일의 마무리를 소홀히
해서는 안 된다.

不可乘喜而輕諾하고 不可因醉而生嗔하며 不可乘快而多事
불 가 승 회 이 경 낙   불 가 인 취 이 생 진   불 가 승 쾌 이 다 사

하고 不可因倦而鮮終이니라.
　　불 가 인 권 이 선 종

❀

승희(乘喜) : 기쁨에 들떠.

경낙(輕諾) : 가벼이 허락함, 경솔하게 승락함.

인취(因醉) : 술취한 까닭에, 취기로 인하여.

생진(生嗔) : 성을 내다, 화를 냄.

다사(多事) : 일을 많이 떠벌임.

인권(因倦) : 피곤함 때문에, 권태로운 까닭에, 고달프다고 해　서.

선종(鮮縱) : 마무리를 소홀히 함, 끝맺음을 제대로 못함.

<풀이>

사람은 언제나 처신을 신중하게 해야 한다. 기쁨에 들떠 가벼이 승락하는 일이 있어서는 안 되고, 술에 취했다고 해서 함부로 술주정을 부려서는 안 된다. 참다운 인격자는 술은 마시되 술기운을 다스릴 줄 아는 사람이다. 그리고 일이 제대로 풀려 의기양양할 때도 있다. 이럴 경우에도 새로운 일을 함부로 떠벌여서는 안 된다. 감당치 못할 것이기 때문이다. 또한 권태롭고 고달프다고 해서 일의 끝맺음을 허술히 해서는 안 된다. 모든 일은 유종의 미를 거둘 때 의미가 있는 것이다.

217

책을 잘 읽는 사람은 글을 읽어서 손발이 저절로 움직이며 춤추는 경지에 이르도록 해야 하니, 그리 해야만 바야흐로 자구에 얽매이지 않게 되리라. 사물을 잘 관찰하는 사람은 마음과 정신이 그것과 융합하는 경지에 이르러야 하니, 그리 해야만 바야흐로 겉모습에 사로잡히지 않게 되리라.

善讀書者는 要讀到手舞足蹈處라야 方不落筌蹄하고 善觀物
선 독 서 자   요 독 도 수 무 족 도 처   방 불 락 전 제   선 관 물

者는 要觀到心融神洽時라야 方不泥迹象이니라.
자   요 관 도 심 융 신 흡 시   방 불 니 적 상

❈

선(善) : 잘함.

수무족도(手舞足蹈) : 손발을 움직여 덩실덩실 춤을 추는 것,
　기쁨에 겨워 저절로 춤을 추게 됨.

방(方) : 바야흐로.

전제(筌蹄) : 전(筌)은 고기를 잡는 통발, 소쿠리. 제(蹄)는 토
　끼를 잡는 올무, 덫(문장의 참된 의미를 이해하지 못하고 자구
　(字句)에만 매달리는 것을 비유한 말임).

심융신흡(心融神洽) : 마음과 정신이 융화됨, 마음과 정신이 사
　물과 하나가 됨.

불니(不泥) : 빠지지 않음, 구애받지 않음, 사로잡히지 않음.

적상(迹象) : 자취와 모양, 외형, 겉모습.

<풀이>

내 일찍이 황금의 국토를 수없이 여행하였고
많은 멋진 나라와 왕국들을 보았었다.
시인들이 아폴로에게 충성을 바치는
많은 서쪽 섬들도 돌아다녔다.
이따금 눈썹이 짙은 호메로스가 다스렸던
한 넓은 땅 이야기도 들은 바 있었다.
그러나 채프먼의 목소리를 들을 때까지는

그 땅의 맑은 공기를 마시지는 못했다.

〈채프먼의 호메로스를 처음 읽고서〉

• •

Much have I travell'd in the realms of gold
And many goodly states and kingdoms seen ;
Round many western islands have I been
Which bards in fealty to Apollo hold.
Oft of one wide expanse had I been told
That deep-brow'd Homer ruled as his demesne ;
Yet did I never breathe its pure serene
Till I heard Chapman speak out loud and bold :

— On First Looking into Chapman's Homer —

John Keats

이 시는 존 키츠(1795~1821 : 영국의 낭만주의 시인)가 채프먼이 번역한 호메로스의 일리아드와 오디세이아를 읽은 감격을 노래한 것이다. 필자가 알고 있는 50대의 어떤 선비도 젊은 시절 소동파의 적벽부를 읽을 때의 신선한 충격을 지금도 간직하고 있다. 이렇게 예민한 독자들은 좋은 책으로 인해 새로운 하늘과 땅이 눈앞에 펼쳐지는 감동을 맛보게 된다. 이런 단계에 이르면 단순한 자구해석 정도의 수준에 머물지는 않게 된다. 왜냐하면 중요한 것은 자구 속에 담겨 있는 의미와 정신이기 때문이다. 또한 사물을 관찰하는 사람은 그것의 외형만을 보아서는 안 된다. 사물과 사람의 마음이 하나로 융화되는 물아일체(物我一體)의 경지에 이르러야 하는 것이다. 이렇게 하면 사물의 겉모습에 속지 않고 자연의 이법과 섭리를 터득할 수 있게 될 것이다.

218

　하늘은 한 사람을 현명하게 하여 여러 사람의 어리석음을 깨우치게 하였는데, 세상에서는 도리어 자신의 잘하는 바를 으시대며 남의 모자람을 들추어낸다. 하늘은 한 사람을 잘 살게 하여 여러 사람의 곤궁함을 건지게 하였는데 세상에서는 도리어 자신이 가진 것을 믿고 남의 가난을 업신여긴다. 참으로 천벌을 받을 사람들이다.

天賢一人하여 以誨衆人之愚어늘 而世反逞所長하여 以形人
천 현 일 인　　이 회 중 인 지 우　　이 세 반 령 소 장　　이 형 인

之短하고 天富一人하여 以濟衆人之困이어늘 而世反挾所有
지 단　　천 부 일 인　　이 제 중 인 지 곤　　이 세 반 협 소 유

하여 以凌人之貧하나니 眞天之戮民哉로다.
　　이 릉 인 지 빈　　진 천 지 륙 민 재

❖

회(誨) : 가르치다, 깨우침.

반(反) : 도리어, 오히려.

령소장(逞所長) : 자신의 장점을 으시댐, 자신의 잘하는 바를 뽐냄.

형인지단(形人之短) : 남의 모자람을 들추어냄, 다른 사람의 단점을 드러냄.

제(濟) : 구제함, 건짐.

곤(困) : 곤궁.

협소유(挾所有) : 가진 것을 믿고서, 재산에 의지하여.

능(凌) : 업신여김, 능멸.

진(眞) : 진정, 참으로.

천지륙민(天之戮民)：하늘의 저주를 받을 사람, 천벌을 받을 백성. 육(戮)은 살(殺：죽이다), 욕(辱：욕되다)의 뜻임.

<풀이>

하늘은 한 사람을 슬기롭게 하여 뭇사람의 어리석음을 깨우치게 하였다. 그러나 세상에서는 도리어 자신의 장점을 뽐내며 남의 단점을 드러내고자 한다. 하늘은 한 사람을 넉넉하게 하여 뭇사람의 가난을 건지도록 하였다. 그러나 일부 몰지각한 사람들은 자신들의 부유함을 믿고 남의 가난을 업신여긴다. 이런 사람들은 남에게 베푸는 것보다는 오히려 남의 것을 빼앗는 데서 통쾌함과 권세욕을 맛보는 무리이다. 그리고 자신들은 호화롭고 사치스러운 소비생활을 즐기고 있다. 참으로 백해무익한 존재이다. 그러므로 하늘의 저주를 받아야 하는 것이다.

219

지인은 무엇을 생각하고 무엇을 걱정하리오！ 어리석은 사람은 아는 것도 없고 생각하는 것도 없으므로 함께 학문을 논하고 더불어 공을 세울 수도 있다. 다만 어중간한 재주를 지닌 사람들이 생각과 아는 것이 많고 억측과 시기심도 많아서 일마다 함께 하기가 어렵도다.

至人은 何思何慮리오. 愚人은 不識不知라 可與論學하고 亦
지인　하사하려　　우인　불식부지　가여론학　　역

可與建功이로되 唯中才的人은 多一番思慮知識하니 便多一
가 여 건 공　　　유 중 재 적 인　　다 일 번 사 려 지 식　　　변 다 일

番億度猜疑하여 事事難與下手니라.
번 억 탁 시 의　　　사 사 난 여 하 수

❖

지인(至人) : 덕이 높고 이치에 통달한 사람, 학문과 덕이 최상
　에 이른 사람.

불식부지(不識不知) : 아는 것도 없고 생각하는 것도 없음. 식
　(識)은 앎, 지식, 지(知)는 지각(知覺), 생각, 사려를 뜻함.

중재(中才) : 어중간한 재주, 중간치의 재능.

일번(一番) : 한편.

억탁(億度) : 억측.

시의(猜疑) : 시기하고 의심하는 것.

사사(事事) : 일마다.

하수(下手) : 일을 함.

<풀이>

　지인은 도덕과 학문이 최고의 경지에 이른 사람이라 그
마음에 욕심이 없고 편견이나 선입관에 사로잡혀 있지도
않다. 그리고 어리석은 사람은 지식도 없고 생각도 단순하
다. 그러므로 시키는 대로 따르고 가르치는 대로 배우려고
한다. 이런 사람하고는 일을 함께 해나갈 수 있다. 문제는
중간치의 재주를 지닌 사람이다. 이들은 약간의 지식과 사
려분별로 주먹구구식의 억측과 불합리한 편견, 그리고 시기
심과 불신감 등으로 오히려 가르칠 수도 없고 함께 일을
경영하기도 어려운 것이다.

220

입은 곧 마음의 문이니 입조심을 잘 하지 못하면 진짜 기밀이 다 새어나가고 만다. 뜻은 곧 마음의 발이니 뜻 단속을 잘 하지 못하면 마음은 그릇된 길로 달려가고 만다.

口乃心之門이니 守口不密이면 洩盡眞機하며 意乃心之足이
구 내 심 지 문   수 구 불 밀   설 진 진 기   의 내 심 지 족

니 防意不嚴이면 走盡邪蹊니라.
방 의 불 엄   주 진 사 혜

❖

내(乃) : 곧.
수구(守口) : 입을 지킴. 말을 삼가는 것.
불밀(不密) : 엄밀히 하지 못함, 굳게 하지 못함.
설진(洩盡) : 다 새어나감, 모두 누설됨.
진기(眞機) : 진짜 기밀.
불엄(不嚴) : 엄격하게 하지 못함.
사혜(邪蹊) : 사악한 길, 옳지 못한 길, 그릇된 길. 혜(蹊)는 좁은 길, 사잇길을 말함.

<풀이>

우리의 속마음은 입을 통하여 밖으로 드러나게 된다. 그러므로 입은 마음의 문인 것이다. 입지킴, 즉 말조심을 제대로 하지 못하면 마음속에 간직한 비밀은 모두 밖으로 새어나가게 된다. 그리고 마음은 뜻이 가는 대로 쫓아가니, 뜻은 마음의 발이다. 그러므로 뜻을 엄격하게 단속하지 못

한다면 마음은 곧바로 나쁜 길로 달리게 되는 것이다.

'너의 속마음을 함부로 말하지 말고, 그릇된 생각을 행동으로 옮기지 마라'(햄릿 제1막 제3장)

221

남을 꾸짖는 사람은 허물이 있는 가운데서도 허물이 없음을 찾으면 마음이 평온할 것이요, 자신을 꾸짖는 사람은 허물이 없는 속에서도 허물이 있음을 찾으면 덕이 향상케 된다.

責人者는 原無過於有過之中하면 則情平하고 責己者는 求
책 인 자   원 무 과 어 유 과 지 중   즉 정 평   책 기 자   구

有過於無過之內면 則德進이니라.
유 과 어 무 과 지 내   즉 덕 진

❖

책인(責人) : 남을 꾸짖는 것.
원(原) : 구함, 찾음, 살핌.
무과(無過) : 과실이 없음, 허물이 없음, 잘못이 없음.
정평(情平) : 마음이 편안함, 감정이 평온함, 즉 노여움이나 불
  평이 없는 것.
진(進) : 앞으로 나아가는 것, 발전됨, 향상됨, 진보됨.

<풀이>

사람은 원래 남의 허물을 지적하고 꾸짖는 데는 엄격하고 또한 유능하다. 그러나 자신의 허물을 지적하고 책망하는

데는 언제나 너그럽고 무능하다. 이것은 마치 손가락이 안으로 굽는 것과 같이 거의 본능적인 것이다. 그러나 언제까지나 자기 합리화의 수준에 머문다면 별다른 발전이 없을 것이다. 성경에도 이와 같은 우리의 결점을 일깨워 주는 말씀이 있다. "어찌하여 형제의 눈 속에 있는 티는 보면서 그대 눈 속에 있는 들보는 깨닫지 못하느냐?"(신약 마태복음 제7장)

요컨대 우리는 남의 잘못 속에서도 잘못이 없는 긍정적인 면을 살펴야 할 것이요, 자신이 잘하는 것 속에서도 미흡하고 부정적인 요소가 있지는 않을까 하며 엄격하게 살펴야 한다. 이렇게 할 수 있는 사람은 마음의 평화와 도덕적 발전을 얻게 될 것이다.

222

어린이는 어른의 씨앗이요, 수재는 사대부의 씨앗이다. 이때에 만약 불길이 이르지 못하여 단련이 잘 되지 못하면 뒷날 세상을 살아가거나 조정에 서거될 때에 끝내 훌륭한 인물이 되지 못한다.

子弟者는 大人之胚胎요 秀才者는 士夫之胚胎니 此時에 若
자제자　　대인지배태　　수재자　　사부지배태　　차시　　약

火力不到하여 陶鑄不純하면 他日에 涉世立朝하여 終難成個
화력부도　　도주불순　　타일　　섭세립조　　종난성개

令器니라.
령기

❖

자제(子弟) : 어린이, 학생.

대인(大人) : 어른.

배태(胚胎) : 씨앗, 싹, 알, 태아.

수재(秀才) : 재능이 뛰어난 사람. 여기서는 과거합격생의 칭호
임.

사부(士夫) : 사대부.

부도(不到) : 이르지 못함, 미치지 못함.

도주(陶鑄) : 도(陶)는 흙을 구워서 만든 질그릇. 주(鑄)는 쇳
물을 형틀에 부어서 만든 금속제품(단련, 도야를 뜻함).

불순(不純) : 완전치 못함, 순수하지 못함.

섭세(涉世) : 세상을 살아감, 처세.

입조(立朝) : 조정에 들어가 벼슬아치가 됨.

영기(슈器) : 아름다운 그릇, 좋은 그릇, 훌륭한 인재.

<풀이>

찰흙을 이겨 불에 구우면 질그릇이 되고, 쇠를 녹여 틀에
부으면 금속기구가 된다. 만약 이때 열처리가 잘못되면 좋
은 물건이 나올 수가 없다. 어린이는 자라서 어른이 되고,
과거합격생은 조정에 들어가 벼슬아치가 된다. 만약 이들이
성장하고 공부할 때 적절한 단련과 훈육을 받지 못한다면
뒷날 처신이나 관료생활에 모범적인 인물이 되지 못한다.

223

군자는 어려움에 처해서는 근심하지 않으나 즐거운 자리
에서는 몸가짐을 삼가며, 권세 있고 부유한 사람을 만나서
는 두려워하지 않으나 외롭고 의지할 데 없는 사람에 대해
서는 안타까워한다.

君子는 處患難而不憂하고 當宴遊而惕慮하며 遇權豪而不懼
군자 처 환 난 이 불 우   당 연 유 이 척 려   우 권 호 이 불 구

하고 對惸獨而驚心이니라.
대 경 독 이 경 심

❦

환난(患難) : 걱정스럽고 어려운 처지.
연유(宴遊) : 잔치를 베풀고 노는 것.
척려(惕慮) : 두려워하고 걱정함.
권호(權豪) : 유력한 사람, 세력 있는 사람.
불구(不懼) : 두려워하지 않음.
경독(惸獨) : 외롭고 의지할 데 없는 사람.
경심(驚心) : 안타까워함, 불쌍히 여김.

< 풀이 >

군자는 역경에 처해서는 근심하지 않으나 즐겁게 노는
자리에서는 조심스레 처신한다. 역경은 인격을 도야하나 환
락은 자칫하면 타락의 길로 통할 수 있기 때문이다. 세력
있고 부유한 사람을 만나서는 꿋꿋하게 처신하나 외롭고

의지할 데 없는 사람에 대해서는 언제나 측은하게 여기며 동정한다. 세상 인심은 강한 자에게는 약하고 약한 자에게는 강한 것이 보통이다. 그러나 군자의 마음가짐은 이와는 다르다. 그는 강자에게는 의연하게 대하며 약자에게는 관심과 온정을 베푸는 것이다.

224

복사꽃, 오얏꽃이 비록 고우나 어찌 늘 푸른 송백의 굳고 곧음만 하리오. 배, 살구가 비록 달다 하나 어찌 노란 유자, 푸른 귤의 맑은 향기만 하리오. 정말 그렇다! 예쁘면서 일찍 지는 것은 맑으면서 오래 가는 것만 못하고, 일찍 빼어나는 것은 늦게 이루어짐만 못한 것을!

桃利雖艶이나 何如松蒼栢翠之堅貞하며 梨杏雖甘이나 何如
도 리 수 염   하 여 송 창 백 취 지 견 정   이 행 수 감   하 여

橙黃橘綠之馨冽이리오 信乎라 濃夭는 不及淡久하며 早秀는
등 황 귤 록 지 형 렬   신 호   농 요   불 급 담 구   조 수

不如晚成也로다.
불 여 만 성 야

❖

도리(桃李) : 복숭아꽃, 오얏꽃.
염(艶) : 고움, 아름다움, 요염함, 예쁨.
송창백취(松蒼栢翠) : 소나무의 푸르름과 잣나무의 푸르름.
견정(堅貞) : 굳은 절개, 굳고 곧음.
이행(梨杏) : 배, 살구.

하여(何如) : 어찌 ~와 같겠는가, 어찌 ~만 같으리오.

등황귤록(橙黃橘綠) : 노란 유자와 푸른 귤.

형렬(馨冽) : 향기가 맑음.

신호(信乎) : 정말 그렇다, 참으로 믿겠노라. 호(乎)는 감탄형
　　어조사.

농요(濃夭) : 고우나 빨리 시듦, 예쁘지만 일찍 죽음. 요(夭)는
　　요절.

불급(不及) : 미치지 못하는 것.

담구(淡久) : 담박하고 오래 감.

조수(早秀) : 일찍 빼어남, 조숙함.

불여(不如) : ~만 못함, ~와 같지 않음.

만성(晚成) : 늦게 이루어 냄. 대기만성(大器晚成 : 큰 그릇은 늦게
　　이루어짐).

<풀이>

복사꽃, 오얏꽃이 비록 봄철에 피어 우리를 기쁘게 하나
저 사철 푸른 송백의 굳은 절개와 같을 수 있겠는가. 배,
살구가 비록 일찍 익어 우리의 미각을 자극하나 늦게 익는
유자, 귤의 맑은 향기와 같을 수 있겠는가. 이렇게 아름다
우면서도 빨리 시드는 것은 맑으면서 오래 가는 것만 못하
다. 이 세상에는 어려서 두각을 나타내었으나 끝내 대성하
지 못한 사람도 있고, 늦게서야 서서히 그 공적을 인정받아
큰 인물로 떠오르는 경우도 있다. 철학자 칸트가 그 전형
적인 예이다.

1724년 쾨니히스베르크에서 태어난 그는 가정교사일로 이
웃 읍내에 잠시 머문 것 외에는 평생 여행을 한 적이 없었
다. 그러나 그는 지리학이나 인류학에 관해서도 뛰어난
강의를 할 수 있었다. 칸트는 1755년부터 15년 동안 쾨니히

스베르크의 대학강사로 머물러 있었다. 그가 교수(논리학·형이상학 분야)로 임명된 것이 46세 때인 1770년이었다. 칸트는 그 동안 정상적인 결혼생활마저 포기하며 오직 학문에만 매달렸던 것이다. 그는 대학강사 시절부터 순수이성비판을 구상하였고 그것이 완료된 것은 1781년 그의 나이 57세 때였다. 그는 이 거작의 완성을 위해 15년의 세월을 쓰고 지우고 고치는 일에 바쳐야 했다.

　미국의 철학사가 월 듀란트의 찬사대로 그처럼 느리게 성숙한 사람도 없었고 또 이처럼 학계를 뒤흔든 책도 없었다. 규칙적인 생활과 섭생에 조심했던 그는 만 79세로 세상을 떠날 때까지 실천이성 비판, 판단력 비판, 영구평화론 등의 의의 있는 저작을 발표하여 근세 독일관념론의 기초를 마련하였다. 칸트야말로 일찍 빼어나는 것은 늦게 이루어짐만 못하다는 이 장의 교훈을 생각나게 하는 인물인 것이다.

225

　바람 자고 물결이 고요한 가운데에서 삶의 참된 경지를 보고, 맛이 담담하고 소리가 드문 곳에서 마음의 본성을 안다.

風恬浪靜中에 見人生之眞境하고 味淡聲希處에 識心體之
풍념랑정중　　견인생지진경　　미담성희처　　식심체지

本然이니라.
본 연

❖

풍념(風恬) : 바람이 잠잠함.

진경(眞境) : 참된 경지.

희(希) : 희(稀)와 통함. 드물다, 고요하다, 희미하다.

심체(心體) : 마음의 본체, 마음의 본바탕.

본연(本然) : 타고난 모습, 본래의 모습, 참된 모습.

<풀이>

　현대인은 먹고 살기 바쁘다는 핑계로 왜 사느냐? 우리는
어디에서 와서 어디로 가고 있을까?라는 근원적인 질문에
는 시종일관 묵비권을 행사하고 있다. 그리고 여가에도 주
로 스포츠·여행·오락 등의 동적인 활동을 통해 생활의
앙금을 씻고자 한다. 그러므로 욕심을 버린 고요한 심경에
서 삶의 참경지를 보고, 맛이 담담하고 소리가 희미한 곳
에서 마음의 참모습을 알도록 하라는 이 장의 말씀은 우리
의 치우친 생활태도를 다시 한 번 되돌아보게 하고 있다.

菜根譚

後 集 134

1

산림의 즐거움을 말하는 이는 아직 산림의 참맛을 알지 못하고 있으며, 명리를 말하기 싫어하는 이는 아직 명리에 대한 생각을 잊지 못하고 있다.

談山林之樂者는　未必眞得山林之趣요　厭名利之談者는　未
담 산 림 지 락 자　　미 필 진 득 산 림 지 취　　염 명 리 지 담 자　　미

必盡忘名利之情이니라.
필 진 망 명 리 지 정

❖

산림지락(山林之樂) : 자연에 묻혀 사는 즐거움, 전원생활의 즐
　거움.

진득(眞得) : 참으로 깨닫다, 진정으로 알다, 진실로 터득하다.

취(趣) : 취미, 맛, 아취(雅趣).

염(厭) : 싫어함.

명리(名利) : 명예와 이익.

정(情) : 뜻, 생각, 마음, 미련.

<풀이>

자연에 묻혀 살며 그것에 동화된 사람은 그 즐거움을 말로써는 표현할 수 없을 것이다. 그것은 말하고자 하여도 이미 말을 잊는 경지이기 때문이다. 그러므로 자연의 즐거움을 말하는 사람은 아직 그것의 참다운 맛을 회득(會得)하지 못한 것이다. 그리고 사람은 흔히 마음속의 원망(願望)을 반대로 표현하는 경우가 많다. 그러므로 스스로 명리

가 싫다고 말하는 것은 아직도 그것에 동경과 애착심을 갖고 있다는 말이기도 하다.

2

낚시는 한가한 일이지만 오히려 살리고 죽이는 권세를 쥐고 있고, 바둑과 장기는 깨끗한 놀음이지만 또한 전쟁하는 마음이 꿈틀거린다. 이로서도 알 수 있듯이 일을 즐기는 것은 일을 덜어 유유히 지냄만 같지 못하고, 재주가 많음은 능력이 없이 참마음을 지키는 것만 같지 못한 것이다.

釣水는 逸事也나 尙持生殺之柄하고 奕棋는 淸戱也나 且動
조수   일사야   상지생살지병   혁기   청희야   차동

戰爭之心하나니 可見喜事는 不如省事之爲適하고 多能은 不
전쟁지심   가견희사   불여생사지위적   다능   불

若無能之全眞이니라.
약무능지전진

❖

조수(釣水) : 낚시.
일사(逸事) : 번거로움에서 벗어나 한가함을 즐기는 일.
상(尙) : 오히려.
생살지병(生殺之柄) : 살리고 죽이는 것을 마음대로 하는 권세.
　병(柄)은 자루, 즉 권세를 뜻함.
혁기(奕棋) : 바둑과 장기.
청희(淸戱) : 고상한 놀음, 깨끗한 놀이.
생사(省事) : 일을 줄임, 일을 덜어 냄.

적(適)：한가로이 지내는 것, 유유자적.

전진(全眞)：본연의 마음을 온전히 함, 타고난 참마음을 지킴.

<풀이>

　세상의 번거로움에서 잠시 벗어나 강변이나 바닷가에서 조용히 낚싯줄을 드리우는 것은 한가한 일이지만 이 속에는 생명을 살리고 죽이는 권세가 쥐어져 있다. 바둑과 장기는 고상한 놀이지만 이 속에는 상대방을 이기겠다는 승부근성이 담겨져 있다. 세상에는 재주가 많아 스스로 일을 만들어 활동하는 사람이 있고, 또한 재주는 부족해도 여유 있는 마음으로 유유히 살아가는 사람도 있다. 번거롭게 일을 만들어 그것 자체를 즐기는 것보다는 일을 덜어 내어 한적하게 지내는 것이 좋고, 재주는 남만 못해도 진실한 마음을 온전히 지키며 욕심없이 살아가는 것이 의미 있는 삶일 것이다.

3

　꾀꼬리가 울고 꽃은 활짝 피어 산은 물들고 골짜기는 아름다워도 이 모두가 천지의 거짓된 모습일 뿐이다. 물이 마르고 나뭇잎 떨어져 바윗돌이 앙상하고 언덕이 드러나야 비로소 천지의 참된 모습을 볼 수 있는 것이다.

鶯花茂而山濃谷艶은　總時乾坤之幻境이요　水木落而石瘦
앵 화 무 이 산 농 곡 염　총 시 건 곤 지 환 경　수 목 락 이 석 수

崖枯는 纔見天地之眞吾니라.
애고   재 견 천 지 지 진 오

❖

앵화무(鶯花茂) : 꾀꼬리가 울고 꽃이 활짝 핌.
산농곡염(山濃谷艶) : 산은 짙게 물들고 골짜기는 아름다움.
건곤(乾坤) : 하늘과 땅.
환경(幻境) : 거짓 모습.
수목락(水木落) : 물이 줄어들고 나뭇잎이 떨어지는 것.
석수(石瘦) : 돌이 앙상하게 드러남.
애고(崖枯) : 초목이 시들어 언덕이 메마른 모습을 드러냄.
진오(眞吾) : 자신의 참된 모습.

<풀이>

꾀꼬리가 노래하고 꽃은 무성하며 산과 계곡은 짙게 물
들고 아름다워도 이것은 일시적인 풍경에 불과하다. 곧 가
을이 되어 차가운 서리가 내리면 물은 마르고 나뭇잎은 떨
어져 돌과 벼랑의 앙상한 모습이 그대로 드러난다. 인생에
있어서도 젊고 활력에 넘치며 행복한 생활을 하는 때가 있
다. 그러나 우리의 삶은 이렇게 순탄하고 행복한 것만은
아니다. 곧 늙고 병들고 외로울 때가 오게 마련이다. 이
점을 깨닫게 되면 좀더 겸허하고 진실한 자세로 삶을 영위
할 것이다.

4

세월은 본래 길건마는 서두르는 사람은 스스로 짧다고

하며, 하늘과 땅은 본래 넓건마는 야비한 사람은 스스로
좁다고 한다. 바람·꽃·눈·달은 본래 한가롭건마는 악착
스러운 사람은 스스로 바쁘다고 한다.

歲月은 本長이로되 而忙者自促하고 天地는 本寬이로되 而鄙
세 월 본 장   이 망 자 자 촉   천 지 본 관   이 비

者自隘하며 風花雪月은 本間이로되 而勞攘者自冗이니라.
자 자 애   풍 화 설 월 본 한   이 로 양 자 자 용

❖

본(本) : 본디, 본래, 원래.
망자(忙者) : 마음이 바쁜 사람, 정신적 여유가 없는 사람.
자촉(自促) : 스스로 재촉함, 스스로 짧다고 함.
관(寬) : 관대함, 넓음, 너그러움.
비자(鄙者) : 천박한 사람, 속되고 야비한 사람.
자애(自隘) : 스스로 좁다고 함.
풍화설월(風花雪月) : 봄꽃, 여름바람, 가을달, 겨울눈, 사계절
  을 가리킴.
본한(本間) : 본디 여유가 있음, 본래 한가함.
노양자(勞攘者) : 악착스레 일에 매달리는 사람.
자용(自冗) : 스스로 번거롭다고 함, 스스로 바쁨.

<풀이>

우리에게 허락된 70평생은 반드시 짧다고만 할 수 없는
세월이다. 그러나 마음이 바쁜 사람은 언제나 시간에 쫓기
며 살아간다. 천지는 본디 넓건마는 천박한 사람은 스스로
의 활동 무대가 좁다고 불평한다. 이런 사람은 자신의 마
음의 스케일부터 넓혀야 할 것이다. 봄의 꽃, 여름의 바
람, 가을의 밝은 달, 겨울의 흰눈 등 우리의 눈앞에 펼쳐지는

사계절의 풍경은 참으로 유한(悠閑)하다. 그러나 악착스레 사업과 재물에 매달리는 사람은 그런 한가한 풍경을 받아 들일 마음의 여유가 없는 것이다. 이들은 스스로가 만든 시간표에 얽매여 있다. 그리고 자신의 주관적 가치판단이나 입장에 의해 긴 것을 짧게, 넓은 것은 좁게, 한가함은 번 거로움으로 받아들이고 있다. 지성인은 욕심을 덜며 한 발 자국 물러서서 사물을 바라보는 여유를 지녀야 할 것이다.

소나무 밑에 돌벼개를 높이 베고
문득 잠이 들었다.
산속에는 책력이 없어 추위가 물러가도
태세(太歲)를 모른다.

偶來松樹下	高枕石頭眠
우 래 송 수 하	고 침 석 두 면
山中無曆日	寒盡不知年
산 중 무 력 일	한 진 부 지 년

〈태상은자(연대미상)의 산중(山中)〉

5

정취는 많은 것에서 얻게 되는 것이 아니니, 좁은 연못, 주먹돌에도 안개와 노을은 깃든다. 멋진 풍경은 먼 곳에 있지 않으니 쑥대창, 대지붕 밑에도 맑은 바람과 밝은 달이 스스로 한가롭다.

得趣不在多하니　盆池拳石間에　煙霞具足하고　會景不在遠하
득취부재다　　분지권석간　　연하구족　　　회경부재원

니　蓬窓竹屋下에　風月自賒니라.
봉창죽옥하　　풍월자사

❖

득취(得趣) : 정취를 얻음, 취미를 얻음, 멋을 느낌.

분지(盆池) : 물동이만한 작은 연못.

권석(拳石) : 주먹만한 작은 돌.

연하(煙霞) : 안개와 노을.

구족(具足) : 모두 갖추어 있음.

회경(會景) : 볼 만한 풍경, 멋진 풍경, 아름다운 경치.

봉창(蓬窓) : 쑥대로 엮은 창문.

죽옥(竹屋) : 대나무로 만든 지붕, 오막살이집.

풍월(風月) : 청풍명월(淸風明月 : 맑은 바람과 밝은 달)을 뜻함.

자사(自賒) : 스스로 한가함, 넉넉함, 저절로 여유가 있음.

< 풀이 >

어디까지 헤매며 멀리 갈 셈인가?

보라, 멋진 것은 여기 가까이 있다.

행복을 얻는 방법을 배우도록 하라.

행복은 늘 그대곁에 있느니라.

이것은 시성 괴테의 〈경고〉란 시이다. 현자는 자기 주변
의 평범한 것에서 멋과 의미와 위안을 찾는 사람이다. 사실
뜰 앞의 작은 연못이나 주먹만한 돌에도 자연의 신비는 깃
들어 있게 마련이고 초라한 쑥대창문이나 어설프게 만든
오두막에서도 맑은 바람, 밝은 달을 가까이할 수 있다. 이
렇게 사람은 자신의 마음먹기에 따라 자연과 대화를 나눌

수 있고 그것으로 정취와 위안을 얻을 수도 있다.

6

고요한 밤의 종소리를 들으며 꿈속의 꿈을 불러 깨우고,
맑은 연못의 달 그림자를 살피며 몸 밖의 몸을 엿본다.

聽靜夜之鐘聲에 喚醒夢中之夢하며 觀澄潭之月影에 窺見
청 정 야 지 종 성   환 성 몽 중 지 몽   관 징 담 지 월 영   규 견

身外之身이니라.
신 외 지 신

❖

정야(靜夜) : 고요한 밤.

종성(鐘聲) : 종소리.

환성(喚醒) : 불러서 깨우는 것.

몽중지몽(夢中之夢) : 꿈속의 꿈. 꿈속에서 술을 마시며 즐거워
  하던 사람이 다음날 아침에는 슬픈 일로 울부짖고, 꿈속에서
  울부짖던 사람은 그 다음날 아침에 즐겁게 사냥하러 나가기
  도 한다. 바야흐로 꿈을 꿀 때는 그것이 꿈인 줄 모르며,
  꿈속에서 그 꿈을 점치기도 하다가 깨어난 이후에야 비로소
  꿈인 줄 알게 된다. 사람은 큰 깨달음을 얻은 다음에야 삶이
  곧 큰 꿈임을 알게 된다(장자 제물론).

이 세상에 산다는 것은 큰 꿈과 같으니
무엇 때문에 이 생명을 수고롭게 하랴.
處世若大夢
처 세 약 대 몽

胡爲勞其生
호위로기생　　　　　　　〈이백의 '춘일취기언지'에서〉

❖

징담(澄潭) : 맑은 연못.
월영(月影) : 달 그림자.
규견(窺見) : 엿보는 것.
신외지신(身外之身) : 몸 밖의 몸, 육신 이외의 육신, 우주의
　　　본체와 하나가 되는 내 몸. 힌두교에서도 우리의 영혼(at-
　　　man)은 구원받을 때에 우주혼(Brahman)과 일체가 된다고
　　　말하고 있음.

<풀이>

　깊은 밤 멀리서 들려 오는 범종 소리는 우리의 삶이 꿈
속에서 다시 꿈을 꾸는 것처럼 허망한 것임을 일깨워 준다.
그러나 우리는 욕정과 집착에서 좀처럼 벗어나지 못하고
있다. 맑은 연못에 달 그림자가 비치는 것은 하늘에 달이
있기 때문이다. 이 몸이 존재하는 것도 하늘이 이 몸을 세
상에 내보냈기 때문이다. 우주의 본체의 일부로서의 자신을
자각한 사람은 그것과 하나가 되는 무아의 경지를 체득하게
될 것이다.

7

　새의 지저귐, 벌레 소리는 모두 마음에서 마음으로 전하
는 비결이요, 꽃봉오리와 풀빛도 진리를 나타내는 문장이
아닐 수 없다. 배우는 사람이 타고난 마음의 움직임을 맑게

하고, 가슴속을 영롱하게 하면 사물에 부딪힐 때마다 깨닫
는 바가 있을 것이다.

鳥語蟲聲이 總是傳心之訣이요 花英草色이 無非見道之文이
조 어 충 성　　총 시 전 심 지 결　　화 영 초 색　　무 비 현 도 지 문

니 學者는 要天機淸徹하고 胸次玲瓏하면 觸物에 皆有會心
　　학 자　　요 천 기 청 철　　　흉 차 영 롱　　　촉 물　　개 유 회 심

處니라.
처

❖

총(總) : 모두.

전심지결(傳心之訣) : 마음에서 마음으로 전하는 비결.

현도지문(見道之文) : 자연의 이법을 나타내는 문장, 진리를 표
　　현하는 글.

천기(天機) : 타고난 마음의 작용, 본심의 움직임.

청철(淸徹) : 깨끗하고 밝은 것, 맑고 밝은 것.

흉차(胸次) : 흉중, 가슴속.

영롱(玲瓏) : 아름답게 빛남.

촉물(觸物) : 사물에 부딪힘, 사물에 접촉하는 것.

회심(會心) : 마음에 깨닫는 것.

<풀이>

　자연의 섭리와 진리는 우리의 불완전한 언어로는 표현할
수도 없고 전달될 수도 없다. 그러나 새들의 지저귐, 풀벌
레의 울음소리나 한 떨기의 꽃, 한 포기의 풀에도 모두 그
것은 깃들어 있다. 욕망과 아집에 사로잡힌 사람은 이런
것을 듣고 보고도 마음에 얻는 바가 없을 것이다. 지성인
은 가슴을 활짝 열고 자연과 무언의 대화를 나눈다면 깨닫는

바가 있을 것이다.

8

사람들은 글자 있는 책은 읽지만 글자 없는 책은 읽지 못하고, 줄 있는 거문고는 타지만 줄 없는 거문고는 타지 못한다. 형체 있는 것은 쓸 줄 알지만 정신을 쓸 줄 모르니 어찌 거문고와 책의 참맛을 알겠는가.

人이 解讀有字書로되 不解讀無字書하며 知彈有絃琴이로되
인   해독유자서   불해독무자서   지탄유현금

不知彈無絃琴하나니 以跡用하고 不以神用이면 何以得琴書
부지탄무현금   이적용   불이신용   하이득금서

之趣리오.
지 취

❖

무자서(無字書) : 글자가 없는 책, 우주의 삼라만상은 도(道)를
    글자 없이 표현한 책임.
탄(彈) : 타다, 연주하다.
무현금(無絃琴) : 줄 없는 거문고, 자연의 음향.
적용(跡用) : 형체를 씀, 형체에 집착함.
신용(神用) : 정신을 활용함, 정신을 이해함.

<풀이>

우리가 몸 담고 있는 이 우주는 글자 없는 위대한 책이다. 그러나 우리는 글자 있는 보통 책은 읽을 줄 아나 우

주의 삼라만상에 담겨 있는 진리는 읽으려고 하지 않는다.
우리는 악기를 연주하고 감상하지만 음악의 정신적 의미는
좀처럼 파악하지 못한다. 이렇게 사물의 외형에 사로잡혀
있다. 참으로 수박 겉핥기 식의 피상적인 차원에 머물고
있는 것이다.

들리는 곡조는 아름다우나 들리지 않는 곡조는
더욱 아름답도다.
자, 그대 부드러운 피리를 계속 불어라.
육신의 귀에다 불지 말고 더욱 다정히
영혼을 향해 선율 없는 노래를 불러라.

• •

Heard melodies are sweet, but those unheard
Are sweeter ; therefore, ye soft pipes, play on ;
Not to the sensual ear, but more endeared,
Pipe to the spirit ditties of no tone :

〈키츠의 '그리이스 항아리에 부치는 노래'에서〉

9

마음에 물욕이 없으면 이는 곧 가을 하늘, 맑게 개인 바
다요, 자리에 거문고와 책이 있으면 이는 곧 신선이 머무
르는 곳이다.

心無物欲이면 卽是秋空霽海요 坐有琴書면 便成石室丹丘니라.
심 무 물 욕   즉 시 추 공 제 해   좌 유 금 서   변 성 석 실 단 구

❖

제해(霽海) : 맑게 개인 잔잔한 바다.
석실(石室) : 신선이 머물고 있는 석굴.
단구(丹丘) : 신선이 사는 곳, 언제나 환히 밝은 선향(仙鄕).

＜풀이＞

물욕에 사로잡힌 사람은 언제나 번뇌와 갈등에서 벗어나
지 못한다. 이렇게 물욕은 사람을 괴롭히는 장본인이다. 그
러므로 그것에서 벗어난 사람은 곧 가을하늘의 청명함이나
비 그친 뒤의 잔잔한 바다처럼 확 트인 깨끗한 마음과 해
방감을 만끽할 수 있다. 또한 선비의 방에 거문고와 좋은
책 몇 권이 있어 음악을 가까이하며 옛 현자들과 말없는
대화를 나눈다면 이것이 바로 신선의 생활인 것이다.

10

손님과 벗이 구름처럼 모여들어 실컷 마시고 질탕하게
노는 것은 즐거우나, 어느 새 시간은 다하고 촛불도 가물
거리며 향내음도 사라지고 차도 식으면, 저도 모르게 즐거
움이 흐느낌으로 변하여 사람을 쓸쓸하게 한다. 세상만사가
다 이와 같은데 사람들은 왜 빨리 머리를 돌리려고 하지
않는가.

賓朋이　雲集하여　劇飮淋漓樂矣라가　俄而漏盡燭殘하고　香
빈 붕　운 집　극 음 림 리 락 의　아 이 루 진 촉 잔　향

銷茗冷하면　不覺反成嘔咽하여　令人索然無味라.　天下事率類
소 명 랭　불 각 반 성 구 열　영 인 삭 연 무 미　천 하 사 솔 류

此어늘 人奈何不早回頭也리오.
차   인내 하 부 조 회 두 야

❖

빈붕(賓朋) : 손님과 벗.
운집(雲集) : 구름처럼 모여듦.
극음(劇飮) : 마음껏 마심, 실컷 마심.
임리(淋漓) : 물이 흘러나와 흥건해짐, 술을 질탕하게 마시고
  노는 것.
아(俄) : 이윽고.
누(漏) : 물시계, 즉 시간을 뜻함.
촉잔(燭殘) : 촛불이 가물거림, 촛불이 꺼져감.
소(銷) : 사라짐, 녹아 없어짐. 소(消)와 뜻이 같음.
명(茗) : 차(茶).
불각(不覺) : 모르는 사이에.
반(反) : 도리어.
구열(嘔咽) : 흐느낌.
삭연(索然) : 삭막함, 쓸쓸한 모습.
무미(無味) : 흥취가 사라짐.
솔(率) : 모두, 다.
유차(類此) : 이와 같음, 이와 흡사함.
내하(奈何) : 어찌 ~하리오.
회두(回頭) : 머리(생각, 마음)를 돌림.

<풀이>

　손님과 벗들이 구름처럼 모여들어 웃고 떠들며 질탕하게
마시고 놀다가 이윽고 시간이 다해 촛불과 향불도 꺼져 버
리면 주인은 홀로 썰렁한 분위기에 잠기게 된다. 이렇게
즐거움 뒤에는 쓸쓸함만이 남게 되는 것이다. 그러므로 권

세와 영화의 절정에 있던 저 한의 무제도 '환락이 극에 달하니 슬픈 정(情)이 많도다'라고 읊은 바 있다.

　우리는 물거품 같은 감각적인 즐거움은 조금 부족한 듯한 선에서 멈추고 보다 격조 높은 정신적 차원에서 즐거움과 해방감을 맛보아야 한다.

11

　사물 속에 들어 있는 참맛을 깨달을 수 있다면 오호의 풍경도 모두 마음속으로 들어오고, 눈앞에 펼쳐진 하늘의 기밀을 이해할 수 있다면 천고의 영웅도 모두 손아귀에 들어오게 되리라.

會得個中趣면　五湖之煙月이　盡入寸裡하고　破得眼前機면
회득 개 중 취　　오 호 지 연 월　　진 입 촌 리　　　파 득 안 전 기

千古之英雄이　盡歸掌握이니라.
천 고 지 영 웅　　진 귀 장 악

❖

회득(會得) : 깨닫다.

개중취(個中趣) : 사물 속에 깃든 참맛, 사물 속에 들어 있는 정취.

오호(五湖) : 중국 대륙에 있는 경치가 아름다운 다섯 호수, 파양호, 단양호, 청초호, 동정호, 태호.

연월(煙月) : 경치.

촌리(寸裡) : 심중(心中), 마음속.

파(破) : 깨닫다, 간파하다.

안전기(眼前機) : 눈앞에 펼쳐지는 천지의 오묘한 작용, 눈앞에
　일어나는 천지자연의 기밀.

<풀이>

　사물과 자연의 원리를 이해하는 사람은 직접 경험하지
않고도 여러 가지 일에 통달할 수 있다.
　19세기 영국의 소설가이며 시인인 로버트 루이스 스티븐
슨은 어릴 때부터 병약하여 침실에서 소일하는 것이 그의
일과였다. 배를 타 본 일이 없는 그는 유명한 해양모험 소
설 보물섬을 저술하여 오늘날까지 전세계의 어린이를 즐겁
게 해 주고 있다. 또한 미국의 인류학자 루스 베네딕트 여
사(1969년 서거)는 미국무성의 위촉으로 제2차 세계대전 중
에 일본에 대한 연구서를 집필한 바 있다. '국화와 칼'(1946
년 출간)이란 제목이 붙은 이 책은 외국인이 쓴 일본문화와
일본인의 의식구조를 해부한 책으로 가장 깊이 있는 저술의
하나로 평가받고 있다(일본의 경우 1948년부터 계속 번역본이
출간되고 있음).
　여기서 우리를 놀라게 하는 사실이 있다. 여사는 평생 단
한번도 일본을 방문한 일이 없었다는 점이다. 이렇게 자연
과 사물의 이치를 이해하는 사람은 관찰 대상을 직접 보지
않고도 놀라운 혜안으로 그것을 분석해 내는 것이다.

　'문 밖으로 나가지 않고도 이 세상의 모든 것을 알 수
　있으며, 창 밖을 내다 보지 않고도 하늘의 이법을 알 수
　있다. 멀리 나가면 나갈수록 아는 것은 더욱 적어진다.
　그러므로 성인은 가지 않고도 알 수 있고, 보지 않고도

이름지울 수 있으며 작위하지 않고도 일을 이루어 내는 것이다(노자서 47장).

12

산하와 대지도 이미 작은 티끌에 속하거늘, 하물며 티끌 속의 티끌이랴! 피와 살과 몸뚱이도 또한 물거품과 그림자로 돌아가거늘, 하물며 그림자 밖의 그림자이랴! 그러나 최상의 슬기가 아니면 환히 깨닫는 마음도 없을 것이다.

山河大地도 已屬微塵이어늘 而況塵中之塵이리오. 血肉身軀
산 하 대 지　　이 속 미 진　　　이 황 진 중 지 진　　　혈 육 신 구

도 且歸泡影이어늘 而況影外之影이리오. 非上上智면 無了
　차 귀 포 영　　　이 황 영 외 지 영　　　비 상 상 지　　무 료

了心이니라.
료 심

❖

미진(微塵) : 작은 티끌. 불교에서는 장차 이 세상 모든 것이 파괴되어 작은 티끌로 화한다고 보고 있음.

이황(而況) : 그런데 하물며 ～이랴!

진중지진(塵中之塵) : 티끌 속의 티끌, 세상의 모든 생물, 특히 사람.

포영(泡影) : 물거품과 그림자.

영외지영(影外之影) : 그림자 밖의 그림자. 부귀와 명리(名利)를 뜻함.

상상지(上上智) : 최고의 지혜, 최상의 슬기로움.

요료심(了了心) : 환히 깨닫는 밝은 마음.

<풀이>

문장(紋章)의 자랑이나 권세의 으리으리함이나
아름다움과 부(富)가 준 모든 것도
다 함께 불가피한 시간을 기다리노니
영광의 길도 다만 무덤으로 향할 뿐이로다.

‥

The boast of heraldry, the pomp of power,
And all that beauty, all that wealth e'er gave,
Awaits alike th'inevitable hour :
The paths of glory lead but to the grave.

〈시골 묘지에서 읊은 만가〉

이렇게 시인(토마스 그레이 : 1716~1771, 영국)은 인간생활
의 무상함을 노래부르고 있다. 사실 우리가 몸담고 있는 이
지구는 광대무변한 우주의 한낱 티끌에 지나지 않는다. 그
리고 우리는 그 티끌 속에 살고 있는 지극히 작은 티끌인
셈이다. 또한 이 세상에서 인간이 벌이고 있는 모든 일은
언젠가는 물거품처럼 사라지게 마련이다. 그러므로 우리가
탐내고 집착하는 부귀와 공명도 덧없는 것일 수밖에 없다.
이와 같은 엄연한 이치를 깨닫는 사람은 일체의 집착이나 욕
심에서 벗어나 밝고 해방된 마음으로 삶을 살아갈 것이다.

13

번쩍하는 불빛 속에서 길고 짧음을 다툰들 그 세월이 얼

마나 되며, 달팽이의 뿔 위에서 자웅을 겨룬들 그 세계가
얼마나 크리오.

石火光中에 爭長競短하니 幾何光陰이며, 蝸牛角上에 較雌
석 화 광 중   쟁 장 경 단   기 하 광 음   와 우 각 상   교 자

論雄하니 許大世界아.
론 웅   허 대 세 계

❖

석화(石火) : 돌과 돌이 부딪칠 때 일어나는 불빛, 짧은 시간을
　　비유한 것임.

쟁(爭), 경(競) : 다툼, 경쟁.

기하(幾何) : 얼마쯤 되겠는가.

광음(光陰) : 세월.

와우각상(蝸牛角上) : 달팽이의 뿔 위, 장자 즉양편(則陽篇)에
　　나오는 우화. 달팽이의 왼쪽 뿔에는 촉씨가 다스리는 나라가
　　있고, 오른쪽 뿔에는 만씨가 다스리는 나라가 있어 영토 문
　　제로 자주 싸웠다고 한다. 한번은 보름 동안이나 전투를 치
　　루어 쌍방 모두 수만 명의 전사자를 내었다고 함. 또한 백
　　락천은 대주(對酒)에서 '달팽이 뿔 위에서 무엇을 다투리오.
　　번쩍이는 석화 빛 속에 이 몸을 붙이노라'((蝸牛角上爭何事
　　　　　　　　　　　　　　　　　　　　와우각상쟁하사
　　石火光中寄此身)고 읊고 있다. 우리가 몸을 붙이고 사는 이
　　석화광중기차신
　　세상이 좁음을 비유한 말임.

교론(較論) : 견주어 보며 말다툼하는 것.

허대(許大) : 얼마나 크리오.

<풀이>

무정한 침묵 속에 영겁의 세월을 견디어 온 우주에 비하

면 사람의 생명은 마치 불빛이 번쩍하는 짧은 순간에 지나
지 않는다. 이렇게 찰나의 삶에서도 우리는 남보다 좀더
가져보겠다, 좀더 높은 지위를 차지해 보겠다고 아귀다툼을
벌이고 있는 것이다. 또한 우리가 몸을 의탁하고 있는 이
지구도 광대무변한 우주 속에 떠 있는 한 터럭의 먼지에
지나지 않는다. 그러므로 이와 같은 이치를 간파한 현인들
이 이 비좁은 세상을 달팽이 뿔 위에서 촉씨와 만씨의 나
라가 영토분쟁을 하고 있다는 우화로 비유한 것은 재미있
고도 공감이 가는 이야기인 것이다.

14

등불엔 불꽃이 없고 떨어진 갖옷엔 온기가 없음은 모두
삭막한 광경이요, 몸은 마른 나무 같고 마음이 식은 재와
같으면 완고한 허무주의에 빠지게 된다.

寒燈無焰하고 敝裘無溫은 總是播弄光景이요 身如槁木하고
한 등 무 염   폐 구 무 온   총 시 파 롱 광 경   신 여 고 목

心似死灰는 不免墮在頑空이니라.
심 사 사 회   불 면 타 재 완 공

❖

한등(寒燈) : 꺼져가는 등불, 가물거리는 등불.
폐구(敝裘) : 떨어진 갖옷, 해어진 가죽옷.
파롱(播弄) : 희롱함, 농락함.
고목(槁木) : 마른 나무.
사회(死灰) : 죽은 재, 식은 재.

완공(頑空) : 사람의 육체와 정신 그리고 삶에 속해 있는 모든
　것을 공허하다고 보는 소승불교의 입장.

<풀이>

　기름이 없어 가물거리는 등잔불이나 해어져서 온기가 없
는 옷처럼 극단적인 금욕생활도 바람직하지 못하다. 또한
몸은 마른 나무와 같이 앙상하고 마음은 싸늘하게 식어 버
린 재처럼 무감동하다면 이것은 일종의 허무주의에 빠져
있는 것이다. 이렇게 되면 비록 도를 깨우쳤다고 하더라도
능히 중생을 제도(濟度)할 수는 없을 것이다.

15

　사람이 기꺼이 그 자리에서 그만둘 수는 있으나, 만일
따로 그만둘 곳을 찾는다면 아들, 딸을 짝지어 준 후에도
일은 적지 않다. 중과도사가 비록 좋다고 하더라도 그런
마음으로는 깨닫지 못하느니라. 옛사람이 말하기를 '당장
그만두면 그만둘 수 있지만 만일 끝날 때를 찾는다면 끝내
끝날 때가 없을 것이다'고 했는데 진정 탁견이로다.

人肯當下休면 便當下了나 若要尋個歇處면 則婚嫁雖完이라
인 긍 당 하 휴　　변 당 하 료　　약 요 심 개 헐 처　　즉 혼 가 수 완

도 事亦不少하나니 僧道雖好나 心亦不了니라. 前人이 云하
　사 역 불 소　　　승 도 수 호　　심 역 불 료　　　전 인　　운

되 如今休去면 便休去나 若覓了時면 無了時라 하니 見之卓
　여 금 휴 거　　변 휴 거　　약 멱 료 시　　무 료 시　　　견 지 탁

矣로다.
의

❖

긍(肯) : 즐겨, 기꺼이.

당하(當下) : 당장에, 즉시, 곧.

휴(休) : 쉼, 그침, 그만둠. 세속적인 욕망을 버린다는 뜻임.

헐처(歇處) : 쉴 곳.

혼가(婚嫁) : 아들을 장가들이고 딸을 시집보내는 것.

완(完) : 완료하다, 끝마치다.

불소(不少) : 적지 않음, 많음.

승도(僧道) : 불가의 스님과 도가의 도사.

전인(前人) : 옛사람.

운(云) : 이르다, 말하다.

여(如) : 만약.

휴거(休去) : 그만둠.

멱(覓) : 찾음, 구함.

요시(了時) : 끝마칠 때.

견(見) : 의견, 견해, 식견.

탁(卓) : 높음, 탁월함.

<풀이>

사람은 누구나 과중한 일에 허덕이며 세속적 번뇌에서
벗어나지 못하고 있다. 일을 그만두고 수도생활을 아들, 딸
의 성장과 결혼 등 집안일을 마무리한 다음에 하려고 하면
결국은 실천하지 못한다. 비록 도 닦는 생활이 좋다고는
해도 세속의 인연을 과감히 끊지 못하면 승려나 도사가 될
수는 없다. 그러므로 옛사람이 '도를 닦기 위해 물러나려
거든 지금 당장 물러나거라. 만약 그렇지 못하면 영원히 기

회는 오지 않는다'고 했는데 참으로 마음에 새길 말이다.

16

　냉정한 마음으로 열광했던 때를 살펴본 후에야 열광의
분망함이 무익한 것임을 알게 되고, 번잡함에서 한가함으로
들어가 본 후에야 한가한 재미가 가장 여유 있고 오래가는
것임을 깨닫게 된다.

從冷視熱然後에　知熱處之奔走無益하고　從冗入閒然後에
종 랭 시 열 연 후　　지 열 처 지 분 주 무 익　　종 용 입 한 연 후

覺閒中之滋味最長이니라.
각 한 중 지 자 미 최 장

냉(冷) : 냉정함.
열(熱) : 열광함.
용(冗) : 번잡함, 번거로움.
한(閒) : 한가함.
자미(滋味) : 맛, 재미.

< 풀이 >

　우리가 어떤 일에 몰입할 때는 자신의 입장을 되돌아볼
겨를이 없다. 그러나 조금 시간이 있어 냉정하게 열광할
때를 돌이켜보면 그와 같은 분주함에서 별다른 유익함이
없음을 알게 된다. 또한 번거로운 생활에서 잠시 벗어나
한가함을 누려본 사람은 역시 한가함의 재미가 가장 유익

하고 지속적임을 깨닫게 된다.

17

부귀를 뜬구름처럼 보는 기풍이 있을지라도 반드시 바위 굴에서 살아야 하는 것은 아니고, 산수를 고질적으로 사랑하는 버릇은 없을지라도 언제나 스스로 술에 취하고 시를 즐기면 된다.

有浮雲富貴之風이라도 而不必嚴棲穴處하며 無膏肓泉石之
유 부 운 부 귀 지 풍   이 불 필 암 서 혈 처   무 고 황 천 석 지

癖이라도 而常自醉酒耽詩니라.
벽   이 상 자 취 주 탐 시

❖

부운부귀(浮雲富貴) : 부귀영화를 뜬구름처럼 생각함. 나물밥을
  먹으며 물을 마시고 팔을 구부려 베개 삼아도 즐거움이 또한
  그 가운데 있다. 의롭지 못한 부귀는 내게는 뜬구름과 같도
  다(논어 제7편 술이).
풍(風) : 기풍.
암서혈처(嚴棲穴處) : 바위틈과 굴 속에서 사는 것, 세속을 벗
  어나 숨어사는 것을 뜻함.
고황천석(膏肓泉石) : 고(膏)는 가슴의 윗부분, 황(肓)은 명치
  끝. 이 부위는 약효가 미치지 못하므로 고질병을 뜻하는 말
  이 됨. 천(泉)은 샘, 석(石)은 돌, 곧 산수(山水)·자연을
  뜻함. 고황천석 ⟷ 자연을 좋아하는 것이 고질병이 됨.
벽(癖) : 버릇.
탐(耽) : 탐닉함.

<풀이>

　초막을 얽고 마을에서 살아도 수레와 말들의 시끄러움은 없도다.　그대에게 묻노니 어째서 그러한가. 마음이 속세에서 멀어지니 사는 곳이 곧 외진 곳이라.

結廬在人境　而無車馬喧
결 려 재 인 경　이 무 거 마 훤

問君何能爾　心遠地自偏
문 군 하 능 이　심 원 지 자 편

．

　이 시는 도연명(365~427 : 동진, 시인)이 읊은 음주(5)의 머릿부분이다. 술과 시를 사랑했던 그는 속세를 등진 은자로서가 아니라 전원 속에서 남들과 어울리며 유유자적했다. 지조가 있고 식견이 높은 그는 관직을 버리고 이마에 땀 흘리며 일해야 하는 농부의 생활을 택하였다. 그것은 가난 속에서도 풍류와 멋을 잃지 않는 생활이었다. 이렇게 보통 사람들이 부러워하는 부귀공명을 뜬구름 같이 여긴다고 해서 반드시 산에 들어가서 살아야 하는 것은 아니다. 속세에 살면서도 품성과 지조를 지키며, 이따금 술도 마시고 시를 즐긴다면 나름대로 의미 있는 삶이 될 것이다.

18

　명예와 이득을 다툼은 다른 사람에게 맡기되 모두가 취하여도 미워하지 말고, 고요하고 담박함은 내가 즐기되 홀로 깨어 있는 것을 자랑하지 말라. 이는 석가의 이른바

．

'법에도 매이지 않고 공(空)에도 매이지 않는 것'으로 몸과 마음이 다 함께 자유로울 것이니라.

競逐은 聽人而不嫌盡醉하고 恬淡은 適己而不誇獨醒이니라.
경축　청인이불혐진취　　염담　적기이불과독성

此釋氏所謂不爲法纏하고 不爲空纏하여 身心이 兩自在者니
차석씨소위불위법전　　불위공전　　신심　양자재자
라.

❖

경축(競逐) : 명예와 이득을 다툼.

청인(聽人) : 다른 사람에게 맡김.

혐(嫌) : 미워함, 싫어함.

염담(恬淡) : 고요하고 담박함.

적기(適己) : 내가 즐기는 것.

독성(獨醒) : 홀로 명리에 취하지 않고 깨어 있는 것.

석씨(釋氏) : 석가모니.

법(法) : 현상계에 있는 일체의 만물을 뜻함.

전(纏) : 얽매이다, 속박당하다.

공(空) : 공적(空寂).

자재(自在) : 자유.

<풀이>

　명예와 이득을 다투는 것에는 애당초 관여하지 말고 남들이 그것에 현혹되더라도 결코 미워해서는 안 된다. 고요하고 담박한 마음으로 유유자적하되 홀로 지조를 지키며 깨어 있다고 해서 그것을 과시할 필요는 없다. 이는 부처님의 이른바 현상계의 일체의 사물에 얽매이지도 않고 공적

(空寂)에도 집착하지 않으니 몸과 마음이 모두 홀가분한 경지에 있게 되는 것이다.

19

길고 짧음은 한 생각에서 온 것이고, 넓고 좁음은 한 치마음에 달려 있다. 그러므로 마음이 한가한 사람은 하루가천 년보다 멀고, 뜻이 넓은 사람은 좁은 방도 하늘과 땅사이 같이 넓다.

延促은 由於一念하고 寬窄은 係之寸心이니라. 故로 機閒者
연촉　유어일념　　관착　계지촌심　　　고　기한자

는 一日도 遙於千古하고 意廣者는 斗室도 寬若兩間이니라.
일일　요어천고　　의광자　두실　관약량간

❖

연촉(延促) : 늘어남과 줄어듦, 느림과 촉박함, 길고 짧음.
유(由) : ～때문에.
관착(寬窄) : 넓고 좁음.
계(係) : 걸림, 관계됨, 달려 있음.
촌심(寸心) : 한 치 마음.
기한(機閒) : 마음이 한가함. 기(機)는 심기, 마음의 움직임을
　　뜻함.
요(遙) : 아득함.
의광(意廣) : 뜻이 넓음.
두실(斗室) : 좁은 방.
양간(兩間) : 천지간, 하늘과 땅 사이.

<풀이>

시간의 길고 짧음과 공간의 넓고 좁음은 모두 사람의 마음먹기에 따라서 상대적인 것이 된다. 즉 마음이 여유 있고 한가한 사람은 하루 24시간을 길고 느리게 느끼며, 물욕이 없고 뜻이 넓은 사람은 좁은 방에서도 넓은 공간을 체험하는 것이다.

큰 꿈을 누가 먼저 깨우쳤는가? 한평생을 내 절로 아노라.

초당엔 봄잠이 흡족한데 창 밖의 해는 더디고 더디도다.

大夢誰先覺 平生我自知
대 몽 수 선 각 평 생 아 자 지

草堂春睡足 窓外日遲遲
초 당 춘 수 족 창 외 일 지 지

〈초려시절의 제갈량, '삼국지연의'에서〉

20

욕심을 덜고 덜어 꽃을 가꾸고 대를 심으면 그대로 오유선생이 된다. 세상일을 잊고 잊어 향을 사르고 차를 달이면 백의동자를 물을 일이 없게 된다.

損之又損하여 栽花種竹하니 儘交還烏有先生이요 忘無可忘
손 지 우 손   재 화 종 죽   진 교 환 오 유 선 생   망 무 가 망

하며 焚香煮茗하니 總不問白衣童子라.
    분 향 자 명   총 불 문 백 의 동 자

❖

손지우손(損之又損) : 욕심을 줄이고 또 줄임. '학문을 하면 나
  날이 할 일이 늘어가고, 도를 체득하면 나날이 할 일이 줄
  어든다. 줄고 또 줄어서 하는 일이 없는 경지(無爲)에 이른
  다. 하는 일이 없는 경지에 이르면 행하지 않아도 모든 일은
  저절로 잘 이루어지는 것이다'(노자서 제48장)

재(栽) : 심다, 재배하다, 가꾸다.

진(儘) : 모두.

교환(交還) : 반환.

오유선생(烏有先生) : 오유(烏有)는 '어찌 있으랴'의 뜻이므로
  즉 무(無 : 없음)를 지칭함, 사마상여의 자허부(子虛賦)에 나
  오는 가공의 인물.

망무가망(忘無可忘) : 모든 것은 다 잊어서 잊을 것이 없을 때
  까지 잊음.

자명(煮茗) : 차를 끓임. 차를 달임.

총(總) : 도대체.

백의동자(白衣童子) : 어느 해 중양절(9월 9일)에 시인 도연명이
  국화를 따고 있는데 흰옷 차림의 왕홍이 술을 들고 그를 찾
  아왔다고 함(태평어람에 수록된 도연명의 고사).

< 풀이 >

  꽃을 가꾸며 대나무를 심고 물욕을 줄이고 또 줄이면 무
위와 무소유를 상징하는 오유선생의 경지에 이른다. 향을
사르고 차를 달이면서 세상의 모든 일을 잊어 급기야는 자
신이 잊고 있다는 생각조차 망각한다면 곧 무아(無我)의 경
지에 이르게 된다. 이렇게 되면 구태여 술을 들고 자신을
찾아주는 흰옷 차림의 왕홍과 같은 인물이 없어도 무방하
리라. 욕심을 버리고 만사를 잊어버린 그는 이 세상 무엇

에도 얽매이지 않는 참된 자유인이 되는 것이다.

21

눈앞에 닥쳐오는 모든 일은 만족할 줄 알면 신선의 경지
요, 만족할 줄 모르면 세속의 경지이다. 세상에 나타나는
모든 인연을 잘 쓰면 살리는 기틀이 되고, 잘못 쓰면 죽이
는 기틀이 된다.

都來眼前事는 知足者仙境이요 不知足者凡境이며 總出世上
도 래 안 전 사   자 족 자 선 경   부 지 족 자 범 경   총 출 세 상

因은 善用者生機요 不善用者殺機니라.
인   선 용 자 생 기   불 선 용 자 살 기

❖

도래안전사(都來眼前事) : 눈앞에 닥쳐오는 모든 일.
지족(知足) : 자신의 분수를 알며 만족하게 여김.
선경(仙境) : 세속의 물욕을 벗어난 신선의 경지.
범경(凡境) : 보통 사람의 경지, 평범한 세속인의 경지.
인(因) : 인연.
생기(生機) : 살리는 기틀, 살리는 작용.
살기(殺機) : 해치는 작용, 죽이는 기운.

<풀이>

눈앞에 다가오는 의식주 등의 여러 가지 일에 대해 만족
할 줄 아는 사람은 늘 마음이 감사함과 여유로 충만해 있
다. 이런 사람은 자기 자신을 스스로 신선의 영역에 머물게
하고 있는 것이다. 그러나 자기의 가진 것과 처지에 만족치

못하는 사람은 언제나 평범한 보통 사람의 경지에 머물게
된다. 이렇게 신선의 경지도 범인(凡人)의 경지도 모두 자
신의 마음의 자세에 달려 있다. 사실 부자이면서도 언제나
물욕과 가난에 대한 공포에서 벗어나지 못하는 사람도 드
물지 않다. 이들은 아흔아홉 푼을 가지고 있으면서도 오히
려 남이 가지고 있는 한 푼을 탐내고 있는 것이다. 그러므
로 노자서(제46장)에도 '만족할 줄 모르는 것보다 더 큰
재앙은 없고 남의 것을 넘보는 것보다 더 큰 잘못은 없다.
그러므로 만족함을 아는 만족은 언제나 넉넉한 것이다'고
강조하고 있다. 또한 이 세상에서 자기와 관련된 모든 인
연을 소중히 생각하고 선용하면 자기와 남들 모두에게 이
로움을 줄 수 있다. 그러나 나쁜 방면으로 이용한다면 자
신과 주변 사람 모두에게 불행과 해로움만 안겨 주게 될
것이다.

22

　권력을 따르고 세도에 빌붙는 재앙은 매우 참혹하고 또한
몹시 빠르며, 고요함에 살고 편안함을 지키는 맛은 가장
맑고 또한 가장 오래 간다.

趨炎附勢之禍는　甚慘亦甚速하고　棲恬守逸之味는　最淡亦
추 염 부 세 지 화　심 참 역 심 속　서 염 수 일 지 미　최 담 역

最長이니라.
최 장

❖

추염(趨炎) : 권력을 추종함. 염(炎)은 불꽃, 세력을 뜻함.

부세(附勢) : 세도에 아부함. 권세에 빌붙는 것.

화(禍) : 재앙.

심(甚) : 몹시, 매우.

서염수일(棲恬守逸) : 고요함에 살고 편안함을 지킴.

최(最) : 가장.

담(淡) : 맑음, 담박함.

<풀이>

권세에 아부하며 영화를 누리는 사람은 그것이 몰락하는 날에는 자신도 함께 비운을 당하게 된다. 원래 절대권력은 절대부패하게 마련이다. 그러므로 그것에 대한 심판과 응징도 준엄할 수밖에 없다. 한때 나는 새도 떨어뜨리던 서슬 퍼런 세도가와 그 추종자들이 칼자루를 놓치지마자 멸망의 나락으로 떨어지는 예를 우리는 무수히 보아왔다. 이에 반하여 고결한 품성의 지성인은 애당초 이런 부류들과는 생활의 궤적을 달리한다. 그는 언제나 고요함에 살고 안일함을 지키며 유유자적한다. 이런 생활은 지극히 담박하여 별다른 자극적인 맛은 없으나 오랫동안 지속될 수 있는 것이다.

23

소나무 우거진 시냇가를 지팡이 짚고 홀로 걷노라면 서는 곳마다 구름이 해어진 옷에서 일어나고, 대나무 울창한 창

가에 책을 베개 삼아 잠들다 깨어 보면 달빛이 헌 담요에
스며든다.

松澗邊에 携杖獨行하면 立處에 雲生破衲하고 竹窓下에 枕
송 간 변   휴 장 독 행   입 처   운 생 파 납   죽 창 하   침

書高臥면 覺時에 月侵寒氈이니라.
서 고 와   각 시   월 침 한 전

❀

송간변(松澗邊) : 소나무가 울창한 시냇가.
휴장독행(携杖獨行) : 지팡이를 짚고 홀로 걸음. 휴(携)는 끌다,
   들다, 휴대하다의 뜻임.
파납(破衲) : 해진 누더기 옷.
침서고와(枕書高臥) : 책을 베개 삼아 누워 잠듦.
침(侵) : 스며듦.
한전(寒氈) : 헌 담요.

<풀이>

소나무가 무성한 개울가에 지팡이 짚고 산책하노라면 구
름 속에 서 있는 듯한 착각마저 든다. 대나무 우거진 창가
에 책을 베개 삼아 잠들다 깨어 보니 이미 달빛이 해진 담
요에 스며들고 있구나. 세속의 명리에 눈이 어두운 사람들
이 어찌 은일자의 이런 맑고 서늘한 멋을 알겠는가.

24

색욕이 불길처럼 치솟다가도 한번 생각이 병든 때에 미

치게 되면 곧 그 흥이 식은 재 같아지고, 명리가 엿처럼
달다고 해도 한번 생각이 죽음에 이르게 되면 바로 그 맛이
밀랍을 씹는 것 같아진다. 그러므로 사람이 늘 죽음을 걱
정하고 병을 조심하면 헛된 일을 버리고, 도심을 기를 수
있게 된다.

色慾이 火熾라도 而一念及病時면 便興似寒灰하고 名利飴
색 욕   화 치   이 일 념 급 병 시   변 흥 사 한 회   명 리 이

甘이라도 而一想到死地면 便味如嚼蠟하나니 故로 人常憂死
감   이 일 상 도 사 지   변 미 여 작 랍   고   인 상 우 사

慮病이면 亦可消幻業而長道心이니라.
려 병   역 가 소 환 업 이 장 도 심

❖

화치(火熾) : 불길처럼 치솟음.
급(及) : 미침, 이르다.
한회(寒灰) : 식은 재.
이(飴) : 엿.
사지(死地) : 죽는 처지. 죽는 경우.
작(嚼) : 씹음.
납(蠟) : 밀랍.
소(消) : 사라짐, 없어짐, 소멸됨.
환업(幻業) : 헛된 일, 죄업, 색욕과 명리.
장(長) : 자라게 함.
도심(道心) : 참마음.

<풀이>

이성에 대한 욕구가 불길처럼 타오르다가도 그것으로 인
해 병들 것을 생각하면 그런 마음이 불꺼진 재처럼 식어

버린다. 명리가 엿처럼 달콤해도 그것으로 인해 재앙을 당
할 것을 예상하면 마치 밀랍을 씹는 것처럼 맛없게 여겨진
다. 사람이 언제나 병고와 재앙에 생각이 미치면 색욕이나
명리와 같은 부질없는 죄업을 멀리하고 참마음으로 진리탐
구에 정진할 것이다.

25

앞을 다투는 길은 좁으니 한 걸음 뒤로 물러서면 저절로
한 걸음 넓고 평평해진다. 진하고 좋은 맛은 짧으니 일푼
(一分)만 맑고 엷게 하면 저절로 일 푼만큼 여유 있고 길
어진다.

爭先的徑路는 窄이니 退後一步면 自寬平一步하고 濃艶的
쟁 선 적 경 로   착   퇴 후 일 보   자 관 평 일 보   농 염 적

滋味는 短이니 淸淡一分하면 自悠長一分이니라.
자 미   단   청 담 일 분   자 유 장 일 분

❖

쟁선(爭先) : 앞을 다툼.
적(的) : ～의.
경로(徑路) : 지름길, 좁은 길, 오솔길.
착(窄) : 좁음.
자(自) : 저절로, 스스로.
관평(寬平) : 넓고 평평함.
농염(濃艶) : 무르익고 아름다움, 짙고 고움.
자미(滋味) : 재미, 맛.

청담(淸淡) : 맑고 담박함.

일분(一分) : 10%, 조금, 일 푼.

유장(悠長) : 길고 오래 감, 여유 있고 길어짐.

<풀이>

명예와 이익은 누구나 앞을 다투어 차지하려고 한다. 그러므로 그 길이 좁고도 험할 수밖에 없다. 이런 데서는 여유 있게 한 걸음 물러서는 것이 낫다. 또한 자극적이고 농도 짙은 맛은 곧 싫증이 나게 마련이다. 그러나 깨끗하고 담박한 맛은 쉬 물리지도 않고 오래 갈 수 있다. 지성인은 남들과 경쟁하는 일엔 조금쯤 양보하는 미덕을 지니며, 엷고 담박함을 좋아하면 그 마음은 늘 여유롭고 편안해질 것이다.

26

바쁠 때에 성정(性情)을 어지럽히지 않으려면 반드시 한가할 때에 마음을 맑게 길러두어야 하고, 죽을 때에 마음이 흔들리지 않게 하려면 반드시 살아 있을 때에 사물의 참모습을 꿰뚫어볼 수 있어야 한다.

忙處에 不亂性이면 須閒處에 心神을 養得淸하며 死時에 不
망 처 불 란 성   수 한 처   심 신   양 득 청   사 시   부

動心이면 須生時에 事物을 看得破하라.
동 심   수 생 시   사 물   간 득 파

❖

망처(忙處) : 바쁠 때.

불란성(不亂性) : 본성, 성정을 어지럽히지 않음.

수(須) : 모름지기.

한처(閒處) : 한가할 때.

심신(心神) : 마음, 정신.

부동심(不動心) : 마음이 동요하지 않음.

간득파(看得破) : 꿰뚫어보다, 간파하다.

<풀이>

그날 아테네의 법정은 방청객들로 초만원을 이루고 있었다. 피고는 배불뚝이에다 사자코처럼 우스꽝스럽게 생긴 70세 가량의 노인이었다. 마침내 그는 청년들에게 무신론과 부도덕을 가르쳤다는 죄명으로 사형선고를 받게 된다. 평소 억세기로 소문난 그의 아내 크산티페는 끝내 울음을 터뜨렸고 제자들은 다만 침통하게 지켜볼 뿐이었다. 그러나 정작 당사자인 그는 태연자약하였다. 그는 재판관들 앞에서 이렇게 말하였다. "이제 떠날 시간이 되었습니다. 우리는 각자 헤어져 제 갈 길을 가야 합니다. 나는 죽음의 길로, 여러분들은 삶의 길로 가게 됩니다. 그러나 어느 길이 더 나은 것인지는 오로지 신만이 아실 겁니다." 이어 한 달 동안 수감 생활중 그는 제자들의 끈질긴 탈옥 권유를 뿌리쳤다. 악법도 엄연히 국법인 이상 그것을 지켜야 한다는 것이 그의 소신이었다. 사형 집행의 날 그는 절망과 비탄에 잠긴 제자들을 격려하며 태연히 독배를 들었다. "크리톤! 내가 아스클레피오스(의학의 신)에게 닭을 바치기로 약속했네. 자네가 대신 바치게." 이것이 그의 마지막 말이었다.

그의 임종의 모습은 생사를 초월한 성자의 바로 그것이었다. 죽음 앞에 동요되지 않았던 그는 평소 사물의 참모습을 꿰뚫어보며 생사의 이치를 체득하고 있었던 것이다. 그는 바로 소크라테스(BC 469~399)였다.

27

숨어 사는 숲 속에는 영화나 욕됨이 없고 도덕과 의리의 길에는 더위와 추위가 없다.

隱逸林中에는 無榮辱이요 道義路上에는 無炎涼이니라.
은 일 림 중　　　　무 영 욕　　　도 의 로 상 에는　　무 염 량

❖

은일(隱逸) : 속세를 피해 숨어 사는 것.

영욕(榮辱) : 영광과 굴욕, 영화와 욕됨. 영예와 치욕.

도의로상(道義路上) : 도덕과 의리로 사귀는 교제.

무염량(無炎涼) : 더위와 추위가 없음, 뜨거웠다 식었다 하지 않음. 변덕이 없음.

<풀이>

관중과 포숙아는 젊었을 때부터 잘 아는 사이였다. 처음에는 둘이서 동업으로 장사를 하였다. 결산 때의 이익분배에 관중은 늘 더 많은 몫을 차지하였다. 아래에서 일하는 사람이 포숙아에게 불평하였다. 그러나 포숙아는 이렇게 타일렀다. "관중은 부양가족이 많아. 그러니 상당한 수입이 있어야 살 수 있네. 그가 정말 돈에 욕심이 있다면 얼마든

지 가로챌 수도 있지 않겠나."그 뒤 관중은 여러 가지 일에 손을 댔으나 거듭 실패할 뿐이었다. 사람들이 관중의 무능을 비웃었다. 그러나 포숙아는 이렇게 말했다. "그것은 관중의 지모가 모자라서가 아니야. 아직 운이 없기 때문이지."그 뒤 관중과 포숙아는 함께 벼슬길로 나아갔다. 그러나 관중은 사고로 관직에서 물러나야 했다. 사람들이 관중을 또 비웃었다. 그러나 포숙아는 이렇게 말했다. "관중이 무능해서 사고를 저지른 것은 아니야. 아직 때를 못 만났기 때문이지."

그 뒤 관중과 포숙아는 함께 전투에 참여하게 되었다. 관중은 언제나 쳐들어 갈 때는 뒤쪽에서 처지고 패주할 때는 남보다 서둘렀다. 사람들이 관중의 비겁함을 비난했다. 그러나 포숙아는 이렇게 말할 뿐이었다. "관중은 결코 비겁한 사람이 아닐세. 집에 늙은 어머님이 계시기 때문이지." 얼마 후 제나라에서는 내란이 일어났다. 관중은 포숙아가 섬기고 있는 공자소백을 공격하나 실패한다. 그리고 공자소백이 제나라의 임금이 된다. 관중은 노나라로 도망쳤으나 포로가 되어 제나라에 끌려오게 되었다. 소백은 관중을 극형에 처하려고 했다. 그러나 포숙아의 설득으로 그를 사면하고 관직에 등용한다. 이리하여 관중은 소백(제의 환공)을 도와 정치, 외교, 군사, 경제 등에 뛰어난 업적을 쌓는다. 제의 환공이 춘추시대의 패자의 위치에 오르게 된 것은 명재상 관중의 경륜과 수완 덕분이었다.

그 뒤 관중이 병으로 세상을 떠나게 되었을 때 환공은 포숙아를 그의 후임으로 삼고자 했다. 그러나 관중은 포숙아가 정의감이 지나치게 강한 점을 들어 오히려 큰 일을 하는 데 지장이 있게 된다며 습붕을 후임으로 천거하였다.
이 소식을 전해 들은 포숙아는 조금도 섭섭하게 생각지 않
았다고 한다. 포숙아의 관중에 대한 이해와 신뢰는 이렇게
깊었던 것이다. 일찍이 관중도 이런 말을 하였다. "나를
낳아 주신 분은 부모이지만 나를 아는 사람은 오직 포숙아
뿐이야."

후세 사람들은 이들의 우정을 관포지교(管鮑之交)라고 하
며 모범적인 교우관계로 기리어 왔다. 이렇게 도덕과 의리
로 사귀는 일에는 뜨거웠다 식었다 하는 인정의 변덕이 있
을 수 없는 것이다.

28

더위를 없앨 수는 없으나 더위를 괴로워하는 마음을 없
앤다면 몸은 늘 시원한 누대 위에 있게 된다. 가난을 몰아
낼 수는 없으나 가난함을 근심하는 마음을 몰아낸다면 마
음은 늘 편안하고 즐거운 집 속에 있게 된다.

熱不必除나 而除此熱惱하면 身常在淸凉臺上하고 窮不可遣
열 불 필 제   이 제 차 열 뇌   신 상 재 청 량 대 상   궁 불 가 견

이나 而遣此窮愁하면 心常居安樂窩中이니라.
        이 견 차 궁 수   심 상 거 안 락 와 중

❖

열(熱) : 더위.

제(除) : 없앰, 제거함.

열뇌(熱惱) : 무더위를 괴로워하는 마음.

청량대(淸凉臺) : 서늘한 누대. 시원한 누각.
궁(窮) : 가난, 곤궁, 빈궁.
불가(不可) : ~할 수는 없다.
견(遣) : 보냄, 쫓음, 몰아냄.
궁수(窮愁) : 가난을 걱정하는 마음, 빈궁을 근심하는 마음.
안락(安樂) : 편안하고 즐거움.
와(窩) : 굴, 집.

<풀이>

　사람에게 더위를 없앨 수 있는 능력은 없다. 그러나 더
위를 괴로워하는 마음을 없앤다면 우리는 늘 정신적으로는
서늘한 곳에 있게 되는 것이다. 가난도 쉽사리 몰아낼 수
있는 것이 아니다. 그러나 가난을 근심하는 마음을 몰아낸
다면 우리는 늘 정신적으로 편안하고 즐거운 생활을 할 수
도 있다. 우리가 마음먹기에 따라서 이 세상은 천국이 될
수도 있고 연옥이 될 수도 있다. 그러므로 옛선비들은 가난
속에서도 편안한 마음으로 도(道)를 즐겼던 것이다.

29

　앞으로 나아가는 곳에서 곧 물러날 것을 생각하면 거의
울타리에 걸리는 재앙을 면할 수 있고, 손을 댈 때에 먼저
손을 뗄 것을 꾀한다면 비로소 호랑이를 타는 위험에서 벗
어날 수 있다.

進步處에 便思退步하면 庶免觸藩之禍요 著手時에 先圖放
진 보 처　　변 사 퇴 보　　　서 면 촉 번 지 화　　착 수 시　　선 도 방

手하면 纔脫騎虎之危니라.
수   재 탈 기 호 지 위

❖

서(庶) : 거의.

촉번지화(觸藩之禍) : 양이 울타리에 뿔이 걸려 꼼짝 못하고 있
　는 재앙, 나아갈 수도 물러날 수도 없는 곤경, 진퇴양난의
　위기.

착수시(著手時) : 일에 손을 댈 때에, 일을 시작할 때에.

도(圖) : 기도함, 계획함, 도모함, 꾀함.

방수(放手) : 손을 놓음, 일에서 손을 떼는 것, 일을 그만 둠.

재(纔) : 겨우, 비로소, 조금.

탈(脫) : 벗어남, 면함.

기호지위(騎虎之危) : 호랑이를 타는 위험, 타고 있을 수도 내릴
　수도 없는 처지임.

<풀이>

　사람의 일에는 언제나 예상 외의 차질이나 난관이 있게
마련이다. 그러므로 어떤 일을 밀고 나아갈 때는 그것이
실패할 경우 빠져나올 수 있는 대책도 미리 세워 두어야
한다. 만일 그러지 못한다면 최악의 경우 진퇴양난의 재앙
에 처하게 된다. 또한 어떤 일에 착수할 때 차질이 생겨
부득이 그만두어야 할 것도 예상해야 한다. 이와 같은 신
중한 배려 없이 무모하게 시작해 놓고 보면 실패할 경우엔
호랑이 등에 올라타는 그런 위기에 처하게 되는 것이다.
돌다리도 두드려 보고 건너가는 것이 지혜로운 사람의 처
사인 것이다.

30

　이익을 탐하는 사람은 금을 나누어 주면 옥을 얻지 못함을 한하고 공작에 봉해지면 제후가 되지 못함을 원망하니, 권세 있고 부유하면서도 스스로 거지노릇을 달게 여기는 격이다. 만족할 줄 아는 사람은 명아주국도 고기와 쌀밥보다 맛있게 여기고 베도 포도 갖옷보다 따뜻하게 여기니 서민이면서도 왕공을 부러워하지 않는다.

貪得者는 分金에 恨不得玉하고 封公에 怨不受侯하여 權豪
탐 득 자　분 금　한 부 득 옥　　봉 공　원 불 수 후　　권 호

自甘乞丐하며 知足者는 藜羹도 旨於膏粱하고 布袍도 煖於
자 감 걸 개　지 족 자　여 갱　지 어 고 량　　포 포　난 어

狐貉하여 編民不讓王公이니라.
호 학　　편 민 불 양 왕 공

❖

탐득(貪得) : 탐욕, 욕심.

부득(不得) : 얻지 못함.

공(公) : 공(公), 후(侯), 백(伯), 자(子), 남(男)의 오작 중 으뜸.

후(侯) : 제후, 지방을 다스리는 임금.

권호(權豪) : 권문부호(權門富豪).

자감(自甘) : 스스로 달게 여김.

걸개(乞丐) : 거지.

여갱(藜羹) : 명아주국.

지(旨) : 맛있게 여김.

고량(膏粱) : 고기와 곡식, 맛있는 음식.
포포(布袍) : 베로 만든 두루마기, 도포.
난(煖) : 따뜻하게 여김.
어(於) : ~보다.
호학(狐貉) : 여우, 담비의 가죽으로 만든 값비싼 옷.
편민(編民) : 백성, 평민, 서민.
불양(不讓) : 부러워하지 않음.

<　풀이　>

　서역인 아흐메드는 머리가 좋고 사무능력이 뛰어난 인물
이었다. 황제 쿠빌라이의 신임으로 고속 승진을 거듭하던
그는 마침내 인사권, 사법권, 재정권을 장악하여 무소불위
의 권력을 휘두르게 된다. 그는 평소 미워하는 인물이 있
으면 황제에게 나아가 이렇게 아뢰었다. "아무개는 폐하의
명예를 손상케 하였사옵니다. 극형에 처해야 마땅하옵니
다." 그러면 황제는 으례 "경의 소신대로 처리하라."고 말
했다. 그러므로 신분이 높고 세력이 있는 자도 감히 그의
비위를 거슬리지는 못했다. 아흐메드는 엽색행각으로도 악
명을 떨친 바 있었다. 또한 그는 막대한 재산을 모았는데
이것은 매관매직 등의 부정행위로 얻은 뇌물이었다. 이렇게
아흐메드는 20년 간 득세하여 부귀와 영화의 절정에 있었
다. 그러나 그에게도 마지막 심판의 날은 다가오고 있었다.
　드디어 1282년 3월 그에게 어머니와 아내와 딸마저 유린
당한 천호(千戶 : 군사 천 명을 지휘하는 장교) 왕저는 반란을
일으켜 그를 죽이고 만다. 반란은 몽고인의 기민한 조처로
더 이상 확산되지는 않았다. 나중에 황제 쿠빌라이는 그의
부정한 소행을 알고 크게 노한다. 부정하게 모은 그의

재산은 곧 몰수당하고 그의 아들들은 산 채로 피부를 벗기
는 극형을 당했다. 아흐메드의 시신은 황제의 명으로 길가
에 버려져 개들에게 뜯어먹히게 된다. 평소 그의 징세를
빙자한 가혹한 착취에 시달리던 백성들은 황제의 이런 조
처에 만세를 부르며 기뻐했다고 한다. 권세와 부귀의 절정
에서 엽색행각과 재물 모으기에 몰두한 그는 스스로 벼슬
하는 걸인이 되어 버린 셈이다. 아흐메드의 행각은 저 18
세기 말 청의 건융제 때의 화곤과 흡사하며 그의 끔찍한
말로 또한 같은 것이다.

31

이름을 자랑하는 것은 이름을 숨기는 기취(氣趣)만 못하
고, 일에 숙달된 것은 일을 덜어 한가롭게 지냄만 못하다.

矜名은 不若逃名趣라 練事가 何如省事閒이리오.
긍 명   불 약 도 명 취   연 사   하 여 생 사 한

❈

긍명(矜名) : 이름을 자랑함, 명예를 내세우는 것.
불약(不若) : ~만 같지 못하다, ~보다 못하다.
도명(逃名) : 이름을 숨김.
취(趣) : 기취(氣趣), 취미.
연사(練事) : 일에 익숙함, 일에 숙달됨.
하여(何如) : 어찌 ~만 하겠는가, 어찌 ~와 같으리오.
생사(省事) : 일을 줄임, 일을 덜어 냄.

<풀이>

　이름을 내세우며 세속적인 인기에 영합하는 사람보다는 묵묵히 뒷자리에서 자기의 사명을 다하는 사람이 더욱 덕망이 있는 것이다. 그리고 일에 숙달이 된 사람일수록 더욱 과중한 업무에 시달리는 경향이 있다. 이런 삶을 결코 복된 것으로 볼 수는 없다. 그러므로 일을 조금 덜어 한가함과 자기 성찰의 시간을 가지는 것이 더욱 복되고 의미 있는 삶일 것이다.

32

　고요함을 즐기는 사람은 흰구름이나 그윽한 바위만 보아도 오묘한 섭리를 깨닫고, 영화를 좇는 사람은 맑은 노래와 묘한 춤을 보며 권태로움을 잊는다. 오직 스스로 깨달은 선비는 시끄러움과 고요함이 없으며 번성과 쇠퇴함이 없어 가는 곳마다 마음에 들지 않는 세상이 없는 것이다.

嗜寂者는 觀白雲幽石而通玄하고 趨榮者는 見淸歌妙舞而
기 적 자　　관 백 운 유 석 이 통 현　　추 영 자　　견 청 가 묘 무 이

忘倦하니 唯自得之士라야 無喧寂하고 無榮枯하여 無往非自
망 권　　유 자 득 지 사　　무 훤 적　　무 영 고　　무 왕 비 자

適之天이니라.
적 지 천

❖

기적(嗜寂) : 고요함을 즐김, 적막함을 즐김.
유석(幽石) : 그윽한 바윗돌.

통(通) : 통함, 통달함.
현(玄) : 깊고 신비함, 오묘한 섭리. 현묘한 진리.
추영(趨榮) : 부귀와 영화를 따르는 것.
청가묘무(淸歌妙舞) : 미녀의 맑은 노래와 묘한 춤.
망권(忘倦) : 권태를 잊음, 심심함을 달램.
유(唯) : 오직.
자득(自得) : 스스로 진리를 깨달음, 스스로 도리를 터득함.
훤적(喧寂) : 시끄러움과 고요함, 시끄러움과 적막함.
영고(榮枯) : 영화로움과 쇠퇴함, 번영과 몰락.
자적지천(自適之天) : 자기의 마음에 맞는 세상.

<풀이>

　시끄러운 세상을 등지고 대자연 속에 파묻혀 사는 사람은 흰구름과 바위만 봐도 그 속에 담겨 있는 우주의 오묘한 섭리를 깨닫게 된다. 부귀와 영화를 따르는 사람은 미녀의 아름다운 노래와 춤을 보면서 삶의 권태로움을 잊으려고 한다. 이렇게 사람의 인품에 따라 즐기는 것도 다르게 마련이다. 그러나 스스로 도리를 깨달은 선비는 이와 같은 양극단의 어디에도 치우치지 않고, 어느 곳에 가든 그의 마음은 늘 여유가 있고 즐거운 것이다.

33

　외로운 구름은 산골짜기에서 피어나 흘러가고 머무름에 전혀 거리낌이 없고, 밝은 달은 하늘에 떠 있어 고요하고 시끄러움 모두를 간여하지 않네.

孤雲_은 出岫_{하여} 去留_에 一無所係_{하고} 朗鏡_은 懸空_{하여} 靜
고 운   출수   거류   일무소계   낭경   현공   정

躁_에 兩不相干_{이니라.}
조   양불상간

❖

고운(孤雲) : 외로운 구름.

수(岫) : 골짜기.

거류(去留) : 가고 머무르는 것.

일무(一無) : 전혀 없음.

낭경(朗鏡) : 밝은 거울, 즉 달을 뜻함.

현공(懸空) : 하늘에 걸려 있음, 하늘에 떠 있음.

정조(靜躁) : 고요함과 시끄러움.

불상간(不相干) : 서로 관계하지 않음, 서로 간여하지 않음.

<풀이>

산골짜기에서 피어오르는 저 구름은 가고 머무름에 전혀 구애받음이 없고, 하늘에 떠 있는 저 달은 고요하고 시끄러움에 상관치 않고 어디에나 비추고 있다. 우리의 마음도 세상의 영욕에 얽매이지 않는 자유로운 경지에서 유유자적해야 할 것이다.

34

유유히 긴 맛은 짙고 향기로운 술에서 얻지 못하고 콩을 씹고 물을 마시는 데서 얻으며, 그립고도 정다운 생각은 메마르고 쓸쓸한 곳에서 생기지 않고 퉁소를 불고 거문고를

뜬는 데서 생겨난다. 진실로 짙은 맛은 늘 오래 가지 못하
며, 담박한 맛만이 홀로 참됨을 알겠노라.

悠長之趣는 不得於醲釅하고 而得於啜菽飮水하며 惆悵之懷
유 장 지 취　부 득 어 농 엄　　이 득 어 철 숙 음 수　　추 창 지 회

는 不生於枯寂하고 而生於品竹調絲하나니 固知濃處味常短
불 생 어 고 적　　이 생 어 품 죽 조 사　　　고 지 농 처 미 상 단

하고 淡中趣獨眞也로다.
담 중 취 독 진 야

❈

농엄(醲釅) : 진하고 맛있는 술, 부귀를 비유한 말임.
철숙음수(啜菽飮水) : 콩을 씹고 물을 마심, 가난한 생활을 뜻
　함. 철(啜)은 씹다, 마시다, 먹다, 숙(菽)은 콩.
추창(惆悵) : 슬퍼하고 원망함, 그리워함, 동경함.
회(懷) : 회포.
고적(枯寂) : 메마르고 적막함, 메마르고 쓸쓸함.
품죽조사(品竹調絲) : 피리 소리를 맞추고 거문고 줄을 조절함.
　죽(竹)은 피리, 사(絲)는 거문고를 뜻함.

＜풀이＞

길고 한가한 멋은 사치스럽고 화려한 생활에서 얻어지는
것이 아니라 콩을 먹고 물을 마시는 가난한 생활에서 얻어
진다. 슬퍼하고 그리워하는 마음은 무미건조하고 적막한 생
활에서 생기는 것은 아니다. 그런 경지에서는 감정과 정서
자체가 메말라 버렸기 때문이다. 슬픔과 그리움은 퉁소를
불고 거문고를 타는 소박하고 고상한 풍류에서 생겨나는
것이다. 진실로 호화롭고 사치스러운 멋보다는 조촐하고 담
박한 멋이 참됨을 깨달아야 한다.

35

선종에서 말하기를 '배 고프면 밥을 먹고 피곤하면 잠을 잔다' 하였고, 시지에서 말하기를 '눈앞의 경치요, 쉬운 말이로다' 했다. 대개 가장 높은 것은 가장 평범한 것에 있고, 극히 어려운 것은 극히 쉬운 데서 나오며, 뜻이 있으면 오히려 멀어지고, 마음이 없으면 절로 가까워지게 된다.

禪宗에 曰 饑來喫飯倦來眠이라 하고 詩旨에 曰 眼前景致
선종   왈 기 래 끽 반 권 래 면   시 지   왈 안 전 경 치

口頭語라 하니 蓋極高는 寓於極平하고 至難은 出於至易하여
구 두 어   개 극 고   우 어 극 평   지 난   출 어 지 이

有意者는 反遠하며 無心者는 自近也니라.
유 의 자   반 원   무 심 자   자 근 야

선종(禪宗) : 불교의 한 종파. 말이나 글에 의존치 않고 참선을 통하여 사람이 원천적으로 지니고 있는 불성(佛性)을 계발(啓發)함. 불경공부를 중시하는 교종(敎宗)과 대척적인 입장임.

기래끽반권래면(饑來喫飯倦來眠) : 배 고프면 밥을 먹고 피곤하면 잠을 잔다. 왕수인의 시 답인간도(答人間道)에서 나오는 말임. 보조국사 지눌도 수심결(修心訣)에서 '산에 가서 나무를 하고 우물에 가서 물 긷는 것이 모두 신통(神通) 아님이 없다'고 함. 모두 진리와 진실은 평범한 일상생활 속에 있다는 뜻임.

시지(詩旨) : 시의 묘한 의미를 설명한 글.

경치(景致) : 풍경.
구두어(口頭語) : 일상생활에서 쓰이고 있는 쉬운 말.
개(蓋) : 대개.
극고(極高) : 매우 고상함.
우(寓) : 깃들다.
극평(極平) : 극히 평범함.
유의(有意) : 뜻이 있음, 의도함, 작위함, 기교를 부림.
반원(反遠) : 오히려 멀어짐.
무심(無心) : 마음을 비움, 의도하지 않음. 작위하지 않음.
자근(自近) : 저절로 가까워짐.

<풀이>

'배 고프면 먹고 고단하면 잠을 잔다'는 왕수인의 시나 '산에 가서 나무를 하고 우물에 가서 물 긷는 것이 모두 신통(神通)한 일이다'라고 한 보조국사 지눌의 말은, 진리는 결국 평범한 일상생활 속에 있다는 뜻이다. 이렇게 고상한 진리는 가장 평범하고 소박한 삶 속에 스며 있고, 가장 어려운 일은 가장 쉬운 데서부터 발생하는 것이다. 그러므로 진리는 의도적으로 추구하면 할수록 도리어 점점 우리와 멀어져 간다. 다시 말하자면 우리가 마음을 비운 무심무욕의 상태에서 있는 그대로의 진실을 받아들이면 진리는 저절로 마음속에 깃들게 되는 것이다.

36

물은 흘러가도 가장자리에는 소리가 없으니 시끄러운 데

서 고요함을 보는 멋을 얻어야 하고, 산은 높아 구름은 걸리지 않으니 있음(有)에서 나와 없음(無)으로 들어가는 기밀을 깨닫게 될 것이다.

水流而境無聲하니 得處喧見寂之趣요 山高而雲不碍하니 悟
수 류 이 경 무 성　　　득 처 훤 견 적 지 취　　산 고 이 운 불 애　　　오

出有入無之機니라.
출 유 입 무 지 기

❖

경(境) : 경계, 언저리, 가장자리.
처훤(處喧) : 시끄러운 곳에 있음.
견적(見寂) : 고요함을 봄, 적막함을 봄.
취(趣) : 취미, 취향, 멋.
애(碍) : 막힘, 걸림, 장애.
오(悟) : 깨닫게 됨.
유(有) : 세속의 명리에 집착하는 마음이 있음.
무(無) : 세속적인 명리의 집착에서 벗어난 상태. 무심무욕의
　　경지.
기(機) : 기틀, 기미, 기밀.

<풀이>

강물이 흘러가는 그 언저리는 언제나 소리가 없어 고요하다. 우리도 소란한 곳에 몸담고 있더라도 마음은 늘 침착하고 고요한 멋을 지녀야 할 것이다. 산은 아무리 높아도 속이 빈 구름은 그 위를 막힘없이 흘러간다. 사람 또한 세속의 명리에 집착하는 마음에서 벗어나 무심무욕의 경지에서 자적하는 참다운 자유인이 되어야 할 것이다.

37

산림은 아름다운 곳이나 한번 시설하여 집착하면 문득
저자가 되고, 글씨와 그림은 고상한 일이나 한번 탐내어
빠지게 되면 곧 장사치가 된다. 대개 마음에 물들어 집착
함이 없으면 속세도 신선의 영역이요, 마음에 연연함이 있
으면 낙원도 고생의 바다가 된다.

山林은 是勝地나 一營戀하면 便成市朝하고 書畫는 是雅事
산림   시승지   일영련   변성시조   서화   시아사

나 一貪癡하면 便成商賈하나니 蓋心無染著이면 欲界도 是仙
  일탐치   변성상고   개심무염착   욕계   시선

都요 心有係戀이면 樂境도 成苦海矣니라.
도   심유계련   낙경   성고해의

❖

승지(勝地) : 경치 좋은 곳.

영(營) : 인위적인 시설을 함.

연(戀) : 집착함.

시조(市朝) : 시장과 조정, 사람이 많이 모여드는 곳. 속세를
　　뜻함.

서화(書畫) : 글씨와 그림.

아사(雅事) : 우아한 일, 운치 있는 일, 고상한 일.

탐치(貪癡) : 탐욕으로 얼이 빠진 상태.

변(便) : 문득, 곧.

상고(商賈) : 장사치.

염착(染著) : 더러움에 물들어 집착함.

욕계(欲界) : 생사유전과 인과응보를 거듭하는 속세를 뜻함. 불

교에서는 이 세상을 삼계(三界), 즉 욕계(欲界), 색계(色界),
무색계(無色界)로 나누고 있음.
선도(仙都) : 신선의 세계. 선향(仙鄕), 선경(仙境).
계련(係戀) : 얽매어 그리워함, 집착함, 연연함.
낙경(樂境) : 안락한 세계, 선경, 낙원.
고해(苦海) : 고생의 바다, 괴로운 세계, 생로병사를 거듭하는
사바세계.

<풀이>

산림은 공기가 좋고 아름다운 곳이지만 호텔, 별장 등의
인위적인 시설을 해놓고 사람들이 빈번하게 출입한다면 곧
시장바닥이 되고 만다. 글씨와 그림을 감상하고 수집하는
것은 아취 있는 일이지만 너무 욕심을 낸다면 이득을 탐하
는 장사치가 되고 만다. 비록 몸은 속세에 살아도 집착과
욕심이 없으면 신선의 경지에 든 것이고, 마음에 얽매임과
연연함이 있으면 곧 낙원도 괴로움 많은 사바세계가 되고
만다.

38

떠들썩하고 혼잡한 때를 당하면 평소에 기억하던 것도
멍하니 다 잊어버리고, 맑고 평온한 곳에 있으면 일찍이
잊었던 것도 똑똑히 앞에 나타난다. 고요함과 시끄러움이
조금만 엇갈려도 마음의 어둠과 밝음이 뚜렷이 달라지는
것을 알 수 있다.

時當喧雜하면 則平日所記憶者도 皆漫然忘去하고 境在淸寧
시 당 훤 잡　　즉 평 일 소 기 억 자　개 만 연 망 거　　경 재 청 녕

하면 則夙昔所遺忘者도 又恍爾現前하나니 可見靜躁稍分이
　　즉 숙 석 소 유 망 자　우 황 이 현 전　　　가 견 정 조 초 분

라도 昏明頓異也로다.
　　혼 명 돈 이 야

❖

훤잡(喧雜) : 떠들썩하고 혼잡함.
개(皆) : 모두, 다.
만연(漫然) : 멍하니.
망거(忘去) : 망각, 잊음.
청녕(淸寧) : 맑고 편안함.
숙석(夙昔) : 일찍이, 지난날.
유망(遺忘) : 잊어버리는 것.
우(又) : 또한.
황이(恍爾) : 뚜렷한 모습.
정조(靜躁) : 고요함과 시끄러움.
초분(稍分) : 조금 나누어짐.
혼명(昏明) : 어두움과 밝음.
돈이(頓異) : 판연히 다름, 뚜렷이 달라지는 것.

＜풀이＞

　생활환경이 어수선할 때는 평소에 잘 기억하던 것도 모두 잊어버리지만 맑고 편안한 경지에서는 옛날에 망각했던 것도 뚜렷이 뇌리에 떠오르게 된다. 이렇게 환경의 시끄러움과 고요함에 따라 마음의 명암도 확연히 달라지는 것이다.

39

갈대꽃 이불 덮고 눈밭에 누워 구름 위에 잠들면 한 칸 방에 스며드는 밤기운을 보전할 수 있고, 댓잎 술잔 속에 바람을 읊조리고 달을 희롱하면 속세의 온갖 티끌 모두 떨쳐지리라.

蘆花被下에 臥雪眠雲하면 保全得一窩夜氣하고 竹葉杯中에
노 화 피 하   와 설 면 운   보 전 득 일 와 야 기   죽 엽 배 중

吟風弄月하면 躱離了萬丈紅塵이니라.
음 풍 농 월   타 리 료 만 장 홍 진

노화피(蘆花被) : 갈대꽃을 넣어서 만든 이불.

와설면운(臥雪眠雲) : 눈밭에 누워 구름 속에 잠듬, 산속의 소박한 오두막집 생활을 뜻함.

와(窩) : 방.

야기(夜氣) : 밤기운, 이욕과 사악함이 사라진 맑고 순수한 기운.

죽엽배(竹葉杯) : 술잔.

음풍농월(吟風弄月) : 맑은 바람 속에 밝은 달을 감상함, 시를 짓는다는 뜻임.

타리(躱離) : 몸을 피하여 떠나감.

만장홍진(萬丈紅塵) : 붉은 먼지로 뒤덮인 속세. 더럽고 어지러운 속세.

<풀이>

　산속 오두막집에서 솜 대신 갈대꽃으로 만든 이불을 덮고
흰눈 속에서 구름을 보며 잠자는 것은 이욕과 사악한 기운
을 멀리한 진실한 삶이다. 때로는 술잔을 기울이며 밝은
달을 바라보며 시를 읊조리는 것은 속세의 온갖 더러움과
번민에서 벗어난 자유인의 생활인 것이다.

40

　높은 벼슬아치의 행렬 속에 명아주 지팡이를 짚은 은사
(隱士) 한 사람이 끼면 곧 한결 고상한 멋을 더해 준다.
고기잡이, 나무꾼이 다니는 길 위에 관복 입은 벼슬아치가
한 사람 있으면 오히려 속된 기운만 더해 줄 뿐이다. 참으
로 짙은 것은 담박한 것만 못하고 속된 것은 아취 있는 것
만 못함을 알겠노라.

　袞冕行中에 著一藜杖的山人이면 便增一段高風하고 漁樵路
　곤 면 행 중　착 일 려 장 적 산 인　　변 증 일 단 고 풍　　어 초 로

上에 著一袞衣的朝士면 轉添許多俗氣하니 固知濃不勝淡하
상　착 일 곤 의 적 조 사　전 첨 허 다 속 기　　고 지 농 불 승 담

고 俗不如雅也로다.
　속 불 여 아 야

❖

곤면(袞冕) : 높은 벼슬아치의 예복과 예관, 고관을 뜻함.
착(著) : 들어 있음, 섞여 있음.
여장(藜杖) : 명아주로 만든 지팡이.

적(的) : ~의.

산인(山人) : 숨어 사는 선비. 선인(仙人).

일단(一段) : 한결, 한층.

고풍(高風) : 높은 풍취, 고상한 분위기, 높은 풍도, 고상한 멋.

어초(漁樵) : 고기잡이와 나무꾼.

조사(朝士) : 조정의 벼슬아치.

전(轉) : 도리어, 오히려.

허다(許多) : 수많은.

고(固) : 진실로, 참으로.

농(濃) : 짙은 것.

불승(不勝) : ~을 이기지 못함, ~만 못함.

담(淡) : 맑은 것, 담박한 것.

불여(不如) : ~만 같지 못함, ~만 못함.

아(雅) : 우아함, 고상함. 고아함.

<풀이>

고관대작의 행렬 속에 한 사람쯤 청려장을 짚은 선인(仙人)이 섞이면 분위기를 한결 고상하게 해 줄 것이다. 그러나 어부나 나무꾼이 다니는 길 위에 예복을 입은 벼슬아치가 나타나면 도리어 세속적이고 야비한 분위기만 풍겨 줄 따름이다. 그러므로 짙은 것은 담박한 것만 못하고 속된 것은 고아한 것보다 못함을 알 수 있으리라.

41

세속을 벗어나는 길은 바로 세상살이 속에 있으니 꼭 사람과의 사귐을 끊고 세상을 등질 필요는 없다. 마음을 밝

히는 공부는 바로 마음의 도리를 다하는 속에 있으니 꼭
욕심을 끊어서 마음을 식은 재처럼 할 필요는 없다.

出世之道는 卽在涉世中이니 不必絶人以逃世하고 了心之功
출 세 지 도　　　즉 재 섭 세 중　　　불 필 절 인 이 도 세　　　요 심 지 공

은 卽在盡心內니 不必絶欲以灰心이니라.
　　즉 재 진 심 내　　불 필 절 욕 이 회 심

❖

출세(出世) : 속세를 벗어남.

즉(卽) : 곧, 바로.

섭세(涉世) : 세상을 살아가는 것.

절인(絶人) : 세인과의 사귐을 끊음.

도세(逃世) : 속세를 피해 숨어 살아감.

요심(了心) : 심성(心性)을 깨달음.

진심(盡心) : 마음의 도리를 다함.

절욕(絶欲) : 물욕을 끊음, 욕심을 버림.

회심(灰心) : 식은 재와 같이 생기 없는 마음.

<풀이>

　노자서 제4장과 제56장에는 화광동진(和光同塵)이란 구절
이 있다. 화광(和光)은 빛을 부드럽게 한다는 의미이고, 동
진(同塵)은 티끌과 함께 한다는 뜻이다. 다시 말하자면 자
신의 슬기로움을 자랑하지 않고 감추며 세속인과 원만하게
어울릴 줄 안다는 뜻이다. 그는 세속에 살고 있으면서 세
속을 초월할 수 있는 사람이다. 왜냐하면 그의 맑고 깨끗한
본바탕은 오염되거나 변질되지 않기 때문이다. 이렇게 세속
을 벗어나는 길은 바로 세상살이 속에 있으니 반드시 사람
과의　인연을 끊고 심산유곡으로 은둔할 필요는 없는 것이

다. 또한 마음을 깨닫고 밝히는 공부는 곧 성심성의를 다하는 가운데 있다. 왜냐하면 사람의 마음에는 참다운 도리가 내재되어 있기 때문이다. 그러므로 반드시 물욕을 끊어서 마음을 식은 재처럼 생기를 잃게 할 필요는 없다.

42

이 몸을 늘 한가한 곳에 있게 한다면 영욕과 득실로 그 누가 나를 그릇되게 할 수 있으리오. 이 마음을 늘 고요한 곳에 안정시킨다면 시비와 이해로 그 누가 나를 속일 수 있으리오.

此身을 常放在閒處면 榮辱得失로 誰能差遣我하며 此心을
차 신　　상 방 재 한 처　　영 욕 득 실　　수 능 차 견 아　　　　차 심

常安在靜中이면 是非利害로 誰能瞞昧我리오.
상 안 재 정 중　　　시 비 이 해　　수 능 만 매 아

❖

재(在) : ～에.
한처(閒處) : 한가한 곳.
영욕(榮辱) : 영광과 수치. 영예와 치욕.
득실(得失) : 얻음과 잃음, 이익과 손실.
차견(差遣) : 그릇됨.
시비(是非) : 옳음과 그름.
만매(瞞昧) : 속이고 어리석게 함.

<풀이>

사람은 자신의 몸과 마음의 완전한 주인이 되어야 한다. 자기의 몸을 늘 한가한 곳에 놓아 두고 허영심을 버린다면 누구도 나를 세속적인 영예나 치욕으로 그릇되게 할 수는 없다. 또한 자기의 마음을 항상 조용한 가운데 편안히 있게 한다면 누구도 옳음과 그름, 이익과 손해로써 나를 속이거나 어리석게 할 수는 없을 것이다. 이렇게 사람은 자신의 몸과 마음의 완전한 주인이 될 때 외부의 속임수나 술책에 말려들지 않게 된다.

43

대나무 울타리 밑에서 홀연히 개 짖고 닭 우는 소리를 듣노라면 마치 구름 속 세계와 같이 황홀하고 서창 안에서 한가롭게 매미 소리와 까마귀 울음을 듣노라면 바야흐로 고요 속의 천지임을 알게 된다.

竹籬下에 忽聞犬吠鷄鳴이면 恍似雲中世界요 芸窓中에 雅
죽 리 하   홀 문 견 폐 계 명   황 사 운 중 세 계   운 창 중   아

聽蟬吟鴉噪면 方知靜裡乾坤이니라.
청 선 음 아 조   방 지 정 리 건 곤

❖

죽리(竹籬) : 대나무 울타리.
홀(忽) : 갑자기.
견폐계명(犬吠鷄鳴) : 개 짖고 닭이 우는 것.
황(恍) : 황홀함.

운중세계(雲中世界) : 구름 속의 세계. 선경(仙境), 선향(仙鄕)을
　　뜻함.
운창(芸窓) : 서재. 운(芸)은 향풀로서 책 속에 넣어 좀벌레를
　　막았다고 함.
아(雅) : 바로.
선음(蟬吟) : 매미의 울음소리.
아조(鴉噪) : 까마귀의 우짖는 소리.
방(方) : 바야흐로.
정리건곤(靜裡乾坤) : 고요 속의 천지.

<풀이>

　대나무 울타리 밑에서 한가롭게 개 짖고 닭 우는 소리를
들으니, 구름 속의 세계인 양 황홀할 뿐이다. 서재에 앉아
책을 읽으면 들리는 소리는 매미울음과 까마귀 지저귐 뿐
이니, 번거로운 속세에서 벗어나 별천지에 와 있는 느낌이
다. 이렇게 자연을 벗삼아 욕심없이 살아가니 이 한가한
멋을 세속의 명리를 좇는 사람들이 어찌 알겠는가.

44

　내가 영달을 바라지 않으니 어찌 이익과 봉록의 달콤한
미끼를 근심하며 내가 나아감을 다투지 않으니 어찌 벼슬
살이의 위험을 두려워하리오.

我不希榮이면　何憂乎利祿之香餌하며　我不競進이면　何畏乎
아 불 희 영　　　하 우 호 리 록 지 향 이　　　아 불 경 진　　　하 외 호

仕官之危機리오.
사 관 지 위 기

❖

희(希) : 바람, 희구함.
영(榮) : 영화, 영달.
호(乎) : 전치사.
이록(利祿) : 이익과 봉록.
향이(香餌) : 향기로운 미끼, 달콤한 유혹.
경진(競進) : 진급을 다툼, 승진을 경쟁함.
사관(仕官) : 벼슬살이.

<풀이>

내가 욕심이 없어 영화를 원치 않는다면 어찌 이득과 봉
록의 달콤한 유혹에 걸려들 것을 근심하겠는가. 또한 내가
야심이 없어 남들과 진급을 다투지 않는다면 어찌 벼슬살
이의 위기를 두려워하겠는가. 세상의 부조리와 부정은 과도
하게 부귀와 영달을 탐하는 데서 일어나며 남과의 마찰은
지나치게 승진을 다투는 데서 일어난다. 능력 있고 배경
좋은 사람이 벼슬길에 승승장구하다가 경쟁자들의 시기와
모함으로 하루 아침에 몰락하고만 사례를 우리는 잘 알고
있다.

45

숲속과 샘, 바위 사이를 거니노라면 때 묻은 마음은 어
느 새 사라지고, 시서와 그림 속에 노니노라면 속된 기운은

절로 없어진다. 그러므로 군자는 진기한 물건에 빠져 본심을 잃지 않을 뿐더러 또한 늘 그윽한 경지를 빌어 마음을 바르게 하는 것이다.

徜徉於山林泉石之間하면　而塵心漸息하고　夷猶於詩書圖畫
상 양 어 산 림 천 석 지 간　　이 진 심 점 식　　　이 유 어 시 서 도 화

之內하면　而俗氣潛消하나니　故로　君子는　雖不玩物喪志나
지 내　　이 속 기 잠 소　　　고　　군 자　　수 불 완 물 상 지

亦常借境調心이니라.
역 상 차 경 조 심

❖

상양(徜徉) : 거닐다, 배회하다, 소요하다.

진심(塵心) : 때 묻은 마음, 속세의 먼지, 속세의 욕심.

점식(漸息) : 점차 사라짐.

이유(夷猶) : 한가히 노니는 것, 마음을 노닐게 함. 이(夷)는 평
(平), 유(猶)는 유(悠)를 뜻함.

잠소(潛消) : 저절로 사라짐, 모르는 사이에 소멸됨.

수(雖) : 비록.

완물(玩物) : 진기한 물건을 너무 사랑함, 사람을 희롱하면 덕
을 잃고, 물건을 애완(愛玩)하면 뜻을 잃게 된다〔완인(玩人)
하면 상덕(喪德) 하고 완물(玩物) 하면 상지(喪志) 하리이다 서경,
주서, 여오편〕.

차경(借境) : 그윽한 경지를 빌림, 우아한 멋을 빌림. 고상한
운치를 빌림.

조심(調心) : 마음을 고름, 마음을 조절함, 마음을 바르게 함.

<풀이>

아름답고 때 묻지 않은 자연 속을 배회하노라면 어느 새

세속의 먼지로 뒤덮인 마음이 깨끗해지며, 성현의 지혜가
담긴 글이나 예술의 극치인 그림·글씨 등을 감상하노라면
명리에 찌든 속된 기운도 슬며시 사라지게 된다. 군자가
너무 진기한 것에 현혹되어 뜻을 잃는 일은 없어야겠지만
언제나 그와 같은 우아한 멋과 운치를 빌어 세속의 욕망에
기울어지는 마음을 바로잡아야 할 것이다.

46

　봄날의 기상은 번화하여 사람의 몸과 마음을 들뜨고 즐
겁게 하지만 가을날은 흰구름과 맑은 바람 속에 난초는 아
름답고 계수나무는 향기로우며, 물과 하늘이 온통 한빛이고
천지에 달이 환히 밝아 사람의 몸과 마음을 아울러 맑게 해
주니 봄이 어찌 가을만 하리오!

春日은 氣象이 繁華하여 令人心神駘蕩이나 不若秋日의 雲
춘 일　기 상　번 화　영 인 심 신 태 탕　불 약 추 일　운

白風淸하고 蘭芳桂馥하며 水天一色으로 上下空明하여 使人
백 풍 청　난 방 계 복　수 천 일 색　상 하 공 명　사 인

神骨俱淸也니라.
신 골 구 청 야

❖

태탕(駘蕩) : 마음이 넓고 큼, 마음이 호탕함, 봄날의 들뜨고
　　즐거운 기분.
불약(不若) : ～만 같지 못함, ～만 못함.
방(芳) : 꽃다움, 아름다움.

복(馥) : 향기로움.

수천일색(水天一色) : 물과 하늘이 한빛임, 왕발의 등왕각서에
가을빛을 띤 강물은 끝없이 긴 하늘과 한빛이로다〔추수(秋水)
는 공장천일색(共長天一色이라)라고 했으며, 소자첨의 적벽부에
흰이슬은 강에 비치고 물빛은 하늘에 닿은 듯 아득하도다
〔백로(白露)는 횡강(橫江)하고 수광(水光)은 접천(接天)이라〕라고
함.

상하(上下) : 하늘과 땅, 천지.

공명(空明) : 달빛이 물 속에 비치고 있음. 적벽부에 달빛 스며
든 맑은 물을 치면서 달빛 흐르는 강 위를 거슬러오른다〔격
공명혜소유광(擊空明兮泝流光)이로다〕고 했음.

신골(神骨) : 마음과 몸, 정신과 육체. 골(骨)은 뼈, 즉 육체를
뜻함.

<풀이>

봄은 날씨가 화창하여 우리의 몸과 마음을 들뜨고 명랑
하게 해 준다. 가을은 맑은 바람, 난초와 계수나무의 향기,
투명한 물 위에 비치는 달빛 등 맑고 싸늘한 기운으로 사
람의 심신을 깨끗하게 해 준다. 봄은 들놀이하기에 좋은
계절이고 가을은 맑음과 운치로 우리를 드높은 사색에 잠
기게 한다.

47

글자 한 자 모를지라도 시심을 지닌 이는 시인의 참멋을
얻을 수 있고, 게송 한 구절 익히지 않아도 선의 묘한 맛을
지닌 이는 선교의 깊고 신비한 기틀을 깨닫느니라.

一字不識이라도 而有詩意者는 得詩家眞趣요 一偈不參이라
일 자 불 식   이 유 시 의 자   득 시 가 진 취   일 게 불 참

도 而有禪味者는 悟禪敎玄機니라.
이 유 선 미 자   오 선 교 현 기

❖

시의(詩意) : 시적 정서, 시심(詩心).

시가(詩家) : 시인.

진취(眞趣) : 참된 흥취, 참멋.

게(偈) : 선(禪)의 묘지(妙旨)를 읊은 게송(偈頌).

참(參) : 가르침을 받고 익힘.

선미(禪味) : 선(禪)의 깊고 신비한 뜻.

오(悟) : 깨닫다.

현기(玄機) : 오묘한 기미, 현묘한 작용, 깊고 신비한 기틀.

<풀이>

　비록 시를 짓는 법이나 운자는 모를지라도 시적 정서로써
아름다운 자연과 인정의 섬세한 기미를 살필 수 있는 사람
이라면 그는 이미 시인의 참된 흥취를 아는 것이다. 불교의
교리를 배운 바도 없고 참선의 경험이 없는 사람이라도 사
물의 참된 이치를 생각하고 마음을 한 곳에 모아 고요한
경지에 들게 한다면 그는 이미 선가의 깊고 신비한 뜻을
깨달았다고 할 수 있으리라.

　이렇듯 모든 것은 형식보다는 내용에, 겉모습보다는 그
정신에 참된 의미가 있듯이 인간도 겉보다도 내면적인 성
장이 있어야 성공적인 삶을 누릴 수 있음은 물론이다.

48

마음이 흔들리면 활 그림자도 뱀으로 의심하고 누운 바위도 엎드린 범으로 보이니, 이 속에는 온통 죽이는 기운 뿐이다. 마음이 가라앉으면 석호도 바다갈매기처럼 되고, 개구리 소리도 음악으로 들리니, 이르는 곳마다 참된 기미를 보게 된다.

機動的은 弓影도 疑爲蛇蝎하고 寢石도 視爲伏虎하나니 此
기 동 적   궁 영   의 위 사 갈   침 석   시 위 복 호   차

中에 渾是殺氣요 念息的은 石虎도 可作海鷗하며 蛙聲도 可
중   혼 시 살 기   염 식 적   석 호   가 작 해 구   와 성   가

當鼓吹하나니 觸處에 俱見眞機니라.
당 고 취   촉 처   구 견 진 기

❖

기동(機動) : 심기가 흔들림, 마음이 동요됨.

사갈(蛇蝎) : 뱀, 전갈. 진서(晉書) 악광전(樂廣傳)에 있는 고사. 악광이 하남에서 벼슬살이를 할 때 어느 날 친구와 술을 마셨다. 친구는 술잔 속에 뱀이 있는 것을 보고 그 충격으로 병이 나게 되었다. 후일 그 친구와 다시 만난 악광은 이 사실을 알고 그것은 벽에 걸려 있는 활이 술잔에 비친 것이라고 일깨워 주었다. 이 말을 들은 친구는 즉시 병이 나았다고 한다.

침석(寢石) : 쓰러진 돌, 누운 바위. 사마천의 사기, 이장군열전에 있는 이야기. 어느 날 이광이 사냥을 나갔다. 그는 풀밭에 쓰러진 돌을 범으로 보고 혼신의 힘을 다해 시위를 당겼다. 화살이 돌 속으로 들어가 버렸다. 자세히 살펴보니

돌이었으므로 다시 여러 번 쏘았으나 끝내 화살촉이 박히지
않았다고 함.

살기(殺氣) : 해치는 기운, 죽이는 기운.

염식(恬息) : 마음을 침착하게 함, 마음을 가라앉게 함.

석호(石虎) : 진서(晉書) 불도징전(佛圖澄傳)에 나오는 고사. 석
　　호는 석륵의 조카로 성미가 몹시 포악했다고 함. 고승 불도
　　징은 그를 바다갈매기처럼 온순하게 교화시켰다고 함.

해구(海鷗) : 바다갈매기. 열자(列子)에 있는 이야기. 바다갈매
　　기를 좋아하는 어떤 사람이 있었다. 그는 매일 바닷가에 나
　　가 갈매기 떼와 함께 놀았다. 어느 날 그의 아버지가 갈매
　　기를 잡아다 주면 그것들과 함께 놀겠다고 말했다. 그는 다
　　음날 갈매기를 잡으러 바닷가로 나갔으나 갈매기 떼들은 하
　　늘을 빙빙 돌 뿐 끝내 한 마리도 내려오지 않았다고 함.

와성가당고취(蛙聲可當鼓吹) : 개구리 울음소리도 음악으로 들
　　림. 남사(南史) 공규전(孔珪傳)에 나오는 이야기임. 공규는
　　서상 잡일에는 무관심하여 산림에 숨어 살았다. 어느 날 왕
　　안이 찾아와 음악을 들려 주는데 마침 풀 속에서 개구리가
　　울었다. 왕안이 귀가 따갑다고 불평하였다. 그러나 공규는
　　말했다. "내가 듣기에는 당신의 음악은 저 개구리 울음보다
　　도 못하오." 이에 창피를 당한 왕안은 얼굴을 들지 못했다고
　　함.

촉처(觸處) : 닿은 곳, 이르는 곳, 가는 곳.

구(俱) : 모두, 다.

진기(眞機) : 참된 작용, 참된 기미, 참된 기틀.

<풀이>

마음이 가라앉지 못하고 흔들리게 되면 모든 것에 의심
이 생겨 술잔 속에서 뱀의 모습을 보며 누워 있는 바위도 호

랑이로 보여 주변의 모든 것에서 살기를 느끼게 된다. 그러나 마음이 착 가라앉고 고요하면 석호와 같이 사나운 사람도 바다갈매기처럼 온순하게 길들이고 개구리 울음도 감미로운 음악으로 들리게 되는 것이다.

60년대 초에 어느 일본인 관광객이 프랑스에서 겪은 재미있는 실화가 있다. 어떤 호수를 구경하게 된 그는 마침 목도 마르고 해서 깨끗한 호수물을 한 모금 마셨다고 한다. 그리고 주변을 둘러보니 무어라고 써 놓은 팻말이 눈에 띄었다. 원래 불어를 모르는 그의 시선을 끈 것은 푸와쏭(poisson)이라는 글자뿐이었다. 그 단어를 본 그는 파랗게 질리고 말았다. 영어의 poison(독, 독약)과 같은 계열의 말로 짐작한 그는 이 호수에는 유독성 물질이 있으므로 마시지 말라는 뜻으로 풀이한 것이다. 그는 갑자기 가슴이 두근거리고 배가 아프기 시작했다. 쩔쩔매고 있는 그에게 마침 어떤 중년신사가 다가와 말을 걸었다. 일본인이 영어로 자초지종을 이야기하자 그 중년신사가 빙그레 웃으며 설명해 주었다. 팻말에 적힌 글은 이 호수에서 물고기를 잡지 말라는 뜻이었다. 불어로 물고기를 푸와쏭(poisson)이라고 하며 영어의 독약(poison)과 철자가 비슷했던 것이다. 그 일본인 관광객의 아팠던 배가 즉시 나았음은 물론이었다.

49

몸은 매어 두지 않은 배와 같으니 흘러가고 멈춤을 내맡길 일이요, 마음은 이미 생기 없는 나무와 같으니 칼로 자르고 향을 칠함을 어찌 막으리오.

身如不繫之舟라 一任流行坎止하고 心似旣灰之木이라 何妨
신 여 불 계 지 주 　일 임 류 행 감 지　　심 사 기 회 지 목　　하 방

刀割香塗리오.
도 할 향 도

❖

불계지주(不繫之舟) : 매어 두지 않은 배. 장자 열어구편과 소
　동파의 시에서 나오는 구절임.
일임(一任) : 완전히 맡기는 것.
유행(流行) : 흘러감.
감지(坎止) : 멈춤, 정지함.
기회지목(旣灰之木) : 마른나무, 고목(枯木), 생기 없는 나무.
하방(何妨) : 어찌 막으리오.
도할(刀割) : 땔감으로 쓰기 위해 칼로 쪼갬.
향도(香塗) : 향을 칠함.

< 풀이 >

　몸은 매어 두지 않은 배와 같아서 흐르는 물결에 맡길
뿐이다. 마음은 마른나무와 같아서 도끼로 쪼개져 장작이
되든 향을 바른 그릇이 되든 상관할 일이 아니다. 우리는
자연에서 나와 결국 자연으로 돌아가게 되어 있다. 우리의
몸과 마음을 대자연의 섭리에 맡겨 그것과 하나가 될 때
참된 자유인이 되는 것이다.

50

사람 정(情)은 꾀꼬리 소리를 들으면 기뻐하고 개구리 울음을 들으면 싫어하며, 꽃을 보면 가꾸고 싶어하고, 풀을 보면 뽑고자 하니, 이는 다만 형체와 기질로써 사물을 나누기 때문이다. 만일 본성으로 보게 된다면 어느 것인들 하늘의 기미를 울림이 아니며 스스로 살고자 하는 뜻을 폄이 아니리오.

人情은 聽鶯啼則喜하고 聞蛙鳴則厭하며 見花則思培之하고
인정   청 앵 제 즉 희   문 와 명 즉 염   견 화 즉 사 배 지

遇草則欲去之하나니 但是以形氣用事라 若以性天視之하면
우 초 즉 욕 거 지   단 시 이 형 기 용 사   약 이 성 천 시 지

何者非自鳴其天機며 非自暢其生意也리오.
하 자 비 자 명 기 천 기   비 자 창 기 생 의 야

❖

배(培) : 복돋움, 배양함.

거(去) : 제거함, 없앰.

형기(形氣) : 형체와 기질.

용사(用事) : 일을 함, 여기서는 나누다, 구분하다의 뜻임.

성천(性天) : 천성, 본성.

천기(天機) : 하늘의 기틀, 하늘의 기미, 하늘의 작용.

자창(自暢) : 스스로 펴 나감. 스스로 창달함.

생의(生意) : 살고자 하는 뜻, 생생발육(生生發育)의 뜻, 삶의 뜻.

<풀이>

사람은 흔히 형체와 기질로써 사물을 구분하여 좋아함과
싫어함을 결정한다. 그러나 좀더 깊이 사물의 본바탕을 보
게 되면 벌레 한 마리나 이름 모를 풀 한 포기에도 대자연
의 오묘한 섭리가 스며 있음을 깨닫게 된다. 그러므로 생명
자체에 귀하고 천함이나 아름답고 추함이나 좋고 나쁨이
있을 수 없는 것이다. 모든 생명은 나름대로의 존재가치와
의미로써 먹이사슬의 일익을 담당하고 있는 것이다.

51

머리카락이 빠지고 이가 성글어지는 것은 허깨비 같은
육신의 시들어짐에 맡기고, 새의 지저귐, 꽃의 미소에서 타
고난 성품의 변함없는 이치를 알도록 하라.

髮落齒疏는 任幻形之彫謝하고 鳥吟花笑는 識自性之眞如니
발 락 치 소   임 환 형 지 조 사   조 음 화 소   식 자 성 지 진 여
라.

❖

치소(齒疏) : 이가 빠짐, 늙어감.

임(任) : 맡김.

환형(幻形) : 헛된 형상, 거짓 형체, 육신, 몸.

조사(彫謝) : 시들어 물러감, 시들어 변하는 것. 조(彫)는 조
  (凋 : 시들다)와 같음.

식(識) : 알다, 인식하다.

　자성(自性) : 타고난 성품, 타고난 본성.
　진여(眞如) : 늘 있고 변하지 않는 우주만물의 근본 성품. 불성
　　(佛性).

<풀이>

　사람의 육신은 해가 뜨면 곧 사라지게 되는 아침이슬처럼
덧없는 존재이기도 하다. 그러므로 늙어감을 슬퍼하고 탄식
해야 소용없는 일이다. 또한 청춘의 샘이나 불로초는 공상
의 세계에서나 가능한 이야기이다.
　사실 역대 중국의 황제 중에는 소위 불로장생약을 먹고
오히려 생명을 잃은 사례가 적지 않았다. 당나라의 경우만
해도 무려 6명의 황제가 그것으로 목숨을 빼앗긴 것이다.
영명했던 당태종도 수은과 유황 성분인 단약(丹藥)을 먹고
급사한 것이다(50세). 이렇게 불로장생은 제왕의 권력으로
도 얻을 수 없는 것이다. 모든 생명은 노쇠하고 죽는 철칙
에서 벗어날 수는 없다. 그러나 새들의 감미로운 지저귐이
나 절기에 맞추어 피어나는 꽃의 모습에는 대자연의 변함
없는 섭리가 담겨져 있다. 이와 같은 대자연의 섭리에 몸을
맡긴 채 욕심없이 살아가는 삶에서 진실과 의미를 찾을 수
있을 것이다.

52

　마음이 욕심으로 가득 찬 사람은 차가운 못에 물결이 끓
어오르는 듯하여 산림에서도 고요함을 보지 못한다. 마음을

비운 사람은 혹심한 더위 속에서 서늘함이 일어나듯하여 저자에서도 시끄러움을 느끼지 못한다.

欲其中者는 波沸寒潭하여 山林에 不見其寂하고 虛其中者는
욕 기 중 자　파 비 한 담　　산 림　불 견 기 적　　　허 기 중 자

凉生酷暑하여 朝市에 不知其喧하느니라.
양 생 혹 서　　조 시　부 지 기 훤

❖

욕기중(欲其中) : 마음속에 욕심이 가득 차 있음.

파비한담(波沸寒潭) : 차가운 연못에서 물결이 끓어오르는 것, 욕심으로 마음이 흔들리고 있음을 비유한 말임.

적(寂) : 고요함, 적막함.

허기중(虛其中) : 마음속이 욕심이 없이 비어 있음.

양생혹서(凉生酷暑) : 혹심한 더위 속에서도 서늘함이 일어남, 마음이 고요함을 비유한 말임.

조시(朝市) : 사람이 많이 모이는 곳, 시장, 저자거리.

훤(喧) : 떠들썩함, 시끄러움.

<풀이>

　마음이 욕심으로 흔들리고 있는 사람은 산속에서도 고요함을 느끼지 못한다. 그러나 물욕을 버리고 마음을 비운 사람은 저자거리에서 살아도 떠들썩함을 느끼지 못한다. 이렇게 욕심은 사람을 흥분케 하고 동요시키며, 그것에서 벗어난 사람은 마음의 평화와 안정을 얻게 되는 것이다.

53

많이 가진 사람은 많이 잃는다. 그러므로 부유함이 가난
하면서도 근심없는 것만 같지 못함을 알 수 있겠다. 높은
데를 걸어가는 사람은 빨리 넘어진다. 그러므로 귀함이 천
하면서도 늘 편안한 것만 같지 못함을 알 수 있겠다.

多藏者는 厚亡하나니 故로 知富不如貧之無慮요 高步者는
다 장 자   후 망   고   지 부 불 여 빈 지 무 려   고 보 자

疾顚하나니 故로 知貴不如賤之常安이니라.
질 전   고   지 귀 불 여 천 지 상 안

❖

다장(多藏) : 많이 감추어 둠, 많이 가지고 있음.
후망(厚亡) : 많이 잃어버림, 많이 상실함.
무려(無慮) : 근심이 없음.
고보(高步) : 높은 데를 걸어감, 출세함.
질전(疾顚) : 빨리 넘어짐.

〈풀이〉

남보다 재산을 많이 가진 사람은 그것을 지키고 증식시
켜야 한다는 생각으로 늘 신경을 쓰며 살게 되어 있다. 또
한 지위가 높은 사람은 거기에 따르는 무거운 책임을 감당
해내야만 한다. 이에 반하여 별다른 재산이나 지위가 없는
일개 서민으로서 신경쓸 일이 없이 편안하게 살아가는 사
람도 적지 않다. '나에게 빵과 물만 있다면 나의 행복을
신의 행복과 겨누리라'고 한 철학자 에피쿠로스(BC 341~

270)의 말은 사람의 행복은 결코 소유나 권세에 있는 것이
아님을 강조한 가르침일 것이다.

54

밝아오는 창가에서 역경(易經)을 읽고 소나무 이슬로 붉
은 먹을 간다. 한낮 책상 앞에 불경을 이야기하고 대숲 바
람결이 경쇠를 울린다.

讀易曉窓에 丹砂를 研松間之露하며 談經午案에 寶磬을 宣
독 역 효 창   단 사   연 송 간 지 로   담 경 오 안   보 경   선

竹下之風이니라.
죽 하 지 풍

❖

역(易) : 주역, 역경.
효(曉) : 새벽.
단사(丹砂) : 붉은 먹.
연(研) : 갈다.
로(露) : 이슬.
담(談) : 이야기함, 담론함.
오(午) : 한낮.
안(案) : 책상.
보경(寶磬) : 경쇠(돌로 만든 타악기).
선(宣) : 베품, 울림.

<풀이>

밝아오는 새벽 창가에 앉아 주역을 읽다가 소나무 이슬로 주묵을 갈아 주석을 달아 본다. 한낮에는 찾아온 손님과 책상머리에서 불경을 담론하니 때마침 불어오는 대숲의 바람이 풍경을 울린다. 이는 바로 세상의 잡된 일과 집착에서 벗어난 도인(道人)의 경지인 것이다.

55

꽃이 화분 속에 있으면 끝내 생기가 없고 새가 새장 안에 들면 곧 자연의 맛이 줄어드니, 산속의 꽃과 새가 한데 어울려 문채(文彩)를 이루고 마음대로 날아다녀 스스로 유유히 즐거워하는 것만 같지 못하도다.

花居盆內면 終乏生機하고 鳥入籠中이면 便減天趣하나니 不
화거분내　　종핍생기　　조입롱중　　변감천취　　　　불

若山間花鳥가 錯集成文하고 翶翔自若하여 自是悠然會心이
약산간화조　　착집성문　　고상자약　　자시유연회심

니라.

❖

분(盆) : 화분.
핍(乏) : 모자람, 결핍됨.
생기(生機) : 생기(生氣).
농중(籠中) : 새장 속.
천취(天趣) : 자연 그대로의 맛.

착(錯) : 뒤섞임.
성문(成文) : 문채를 이룸, 무늬를 이룸.
고상(翶翔) : 날아다님.
자약(自若) : 자유로운 모양, 태연한 모습.
유연(悠然) : 여유 있고 편안한 모양, 한가롭고 자약한 모습.
회심(會心) : 마음에 깨달음, 마음에 맞아 유쾌함.

<풀이>

　화분 속에 있는 꽃은 생기가 없고 조롱 속에 있는 새는 측은해 보인다. 꽃이나 새는 자연 속에서 구김살없이 한데 어울릴 때 생명의 환희와 아름다움을 보여준다. 그러나 자연에 한번 인간의 손길이 닿으면 거기에는 파괴와 훼손이 따를 수밖에 없다. 신은 농촌(즉, 자연)을 만들고 인간은 도시를 만든다고 시인 괴테는 노래했다. 자연은 자연 그대로 내버려 두었을 때 우리 인간에게 가장 큰 혜택을 베풀어 주는 것이다.

56

　세상 사람들은 다만 나라는 글자를 너무 참된 것으로 알기 때문에 온갖 기호와 번뇌가 생긴다. 옛사람이 이르기를 '내가 있음도 알지 못하는데 어찌 물건의 귀함을 알리오'라고 하였고, 또 이르기를 '이 몸이 내가 아님을 안다면 번뇌가 어찌 다시 침범하리오'라고 하였으니, 참으로 이치를 꿰뚫어본 말이로다.

世人이 只緣認得我字太眞이라 故로 多種種嗜好하고 種種
세인 지연인득아자태진   고   다종종기호   종종

煩惱니라. 前人이 云하되 不復知有我어늘 安知物爲貴리오
번뇌   전인 운   불부지유아   안지물위귀

하고 又云하되 知身不是我면 煩惱更何侵고 하니 眞破的之
    우운   지신불시아   번뇌갱하침   진파적지

言也로다.
언야

❖

지(只) : 다만.

연(緣) : ~때문에.

인득(認得) : 알아차림, 인식함.

아(我) : 소아(小我).

태진(太眞) : 지나치게 참됨.

종종(種種) : 갖가지, 온갖.

기호(嗜好) : 좋아하는 것, 즐기는 것.

전인(前人) : 옛사람, 도연명의 시를 인용함.

안(安) : 어찌.

우운(又云) : 또 이르기를. 출전이 밝혀지지 않음.

파적(破的) : 과녁을 꿰뚫음, 적중함, 진리를 간파함, 이치를
  꿰뚫어봄.

< 풀이 >

사람은 오직 나라는 존재를 지나치게 참된 것으로 믿기 때문에 시비와 기호와 번뇌에서 벗어나지 못한다. 그러나 조금만 냉정히 생각해 보면 우리는 이 세상에서 잠시 머물다가 떠나야 할 나그네에 지나지 않는다. 그리고 내 것이라고 소유권을 주장할 수 있는 것은 사실은 아무것도 없다.

나의 소중한 육신조차도 이 생이 다하면 사라지고 마는데 나머지 것들이야 말해 무엇하겠는가. 오직 빈손으로 왔으니 빈손으로 돌아갈 뿐이다. 이와 같은 엄연한 이치를 깨달은 사람이라면 자기 집착이나 좌절감 등으로 괴로워하지는 않을 것이다.

57

늙은이의 눈으로 젊음을 보게 되면 바삐 달리고 서로 다투는 마음을 없앨 수 있고, 쇠락한 눈으로 영화로움을 보게 되면 호화롭고 사치스러운 생각을 끊어 버릴 수 있으리라.

自老視少하면 可以消奔馳角逐之心이요 自瘁視榮하면 可以
자 로 시 소　　　가 이 소 분 치 각 축 지 심　　　자 췌 시 영　　　가 이

絶紛華靡麗之念이니라.
절 분 화 미 려 지 념

❖

자(自) : ～로부터.
소(少) : 소장, 젊음.
분치(奔馳) : 명예와 이득을 좇아 바삐 뛰어다님.
각축(角逐) : 원래는 교미기에 든 숫사슴의 싸움에서 나온 말임. 각축전, 치열한 다툼.
췌(瘁) : 파리해짐, 병들음, 야윔, 쇠퇴함.
분화미려(紛華靡麗) : 화려하고 사치스러운 것.

<풀이>

이미 인생의 쓰고 단 것을 다 맛본 늙은이의 시각으로 젊은이의 명예와 이득을 차지하기 위해 다투는 것을 바라본다면 그저 부질없다는 느낌만 들 것이다. 한때는 화려한 생활을 누리던 사람이 이제는 병들고 몰락한 처지에서 남들의 호화롭게 살아가는 모습을 바라본다면 지난날의 모든 일들이 그저 허망하다는 생각만 들 것이다. 그리고 사치와 호화생활의 정체에 대해 다시 한 번 반성해 볼 것이다. 결국 우리의 삶에서 진실로 값진 것이 있다면 그것은 인간 본연의 순수한 마음가짐일 것이다.

58

인정과 세태는 잠깐 사이에 여러 가지로 변하니 너무 참된 것으로 여기지는 말라. 소강절이 이르기를 '지난날 내 것이라고 하던 것이 오늘에는 도리어 저 사람의 것으로 되었으니, 오늘 내 것이 내일에는 또 누구의 것이 될지 알지 못하겠노라'라고 했는데 사람이 늘 이렇게 사물을 바라본다면 곧 가슴속의 얽매임을 풀 수 있으리라.

人情世態는 倏忽萬端이니 不宜認得太眞이니라. 堯夫가 云
인정세태　　숙홀만단　　　불의인득태진　　　　요부　　운

하되 昔日所云我도 而今却是伊니 不知今日我인들 又屬後
　　석일소운아　　이금각시이　　부지금일아　　　우속후

來誰오 하니 人이 常作是觀하면 便可解却胸中罥矣리라.
래수　　　인　　상작시관　　　변가해각흉중견의

❖

세태(世態) : 세상의 모습.

숙홀(倏忽) : 갑자기.

만단(萬端) : 여러 가지 모양, 온갖 모습.

요부(堯夫) : 송대의 성리학자인 소강절(邵康節)의 자(字), 이름
　　은 옹(雍). 강절(康節)은 시호임. 저서에는 황극경세서, 이
　　천격양집 등이 있음.

석일(昔日) : 지난날.

아(我) : 나, 나의 것.

이금(而今) : 오늘날.

각(却) : 도리어, 오히려.

이(伊) : 저 사람.

우(又) : 또.

속(屬) : 소속됨, 속함.

작시관(作是觀) : 이렇게 본다면, 이런 관점을 지닌다면.

해각(解却) : 풀어 버림.

견(罥) : 얽매임, 걸림.

<풀이>

　인정과 세태는 날씨처럼 변덕이 심하다. 지난날 다정했던
친구가 지금에 와서는 이미 적이 되었고, 또한 얼마 전까
지만 해도 내 것이라고 자랑하던 것이 오늘에는 벌써 남의
소유물이 되기도 한다. 이렇게 인정도 소유물도 믿고 의지
할 게 못 된다. 이와 같은 관점에서 사물을 바라보는 사람
은 마음속의 갈등과 번뇌에서 벗어날 수 있을 것이다.

59

바쁘고 시끄러운 때에도 냉철한 안목을 지닌다면 곧 많은 괴로운 생각을 덜 수 있고 어렵고 외로운 형편에서도 뜨거운 마음을 잃지 않는다면 곧 많은 참된 취미를 얻게 된다.

熱鬧中에 著一冷眼하면 便省許多苦心思요 冷落處에 存一
열뇨중   착일랭안   변생허다고심사   냉락처   존일

熱心하면 便得許多眞趣味니라.
열심   변득허다진취미

❖

열뇨(熱鬧) : 바쁘고 시끄러움.
냉안(冷眼) : 냉정한 눈, 냉철한 안목.
고심사(苦心思) : 괴로운 생각. 근심.
냉락(冷落) : 몰락, 영락, 쇠락.
열심(熱心) : 뜨거운 마음, 열정, 의욕.

<풀이>

번잡하고 소란스러운 때에도 언제나 냉철한 안목으로 사물을 바라본다면 문득 괴로운 생각에서 벗어날 수 있게 된다. 또한 역경에서도 의욕과 도전하는 자세로 매사에 임한다면 칠전팔기(七轉八起)의 입지전적인 인물이 될 수도 있을 것이다. 하늘은 스스로 돕는 사람을 도우며 열정만이 인생을 영원하게 하는 것이다.

60

한편에 즐거운 국면이 있으면 다른 한편에 즐겁지 않은 것이 있어 서로 상대를 이룬다. 한편에 좋은 풍경이 있으면 다른 한편에 좋지 못한 것이 있어 서로 엇비기게 된다. 다만 늘 집에서 먹는 밥과 벼슬 없는 삶이 비로소 안락한 보금자리가 된다.

有一樂境界하면　就有一不樂的相對待하고　有一好光景하면
유 일 락 경 계　　취 유 일 불 락 적 상 대 대　　유 일 호 광 경

就有一不好的相乘除하나니　只是尋常家飯과　素位風光이라
취 유 일 불 호 적 상 승 제　　지 시 심 상 가 반　　소 위 풍 광

야　纔是個安樂的窩巢니라.
　　재 시 개 안 락 적 와 소

❖

상대대(相對待) : 서로 마주 섬, 서로 대립함.

광경(光景) : 경치, 풍경.

상승제(相乘除) : 서로 곱하여 나눔, 서로 맞비김.

심상가반(尋常家飯) : 집에서 늘 먹는 반찬 없는 밥.

소위(素位) : 관직이 없음, 벼슬이 없음.

풍광(風光) : 경치, 모습.

와소(窩巢) : 굴과 둥지, 보금자리.

<풀이>

어느 날 서울 부잣집에서 살고 있는 쥐가 시골에 있는 친구집을 방문하였다. 시골 쥐는 오래간만에 만난 친구를

정성을 다해 대접하였다. 그러나 서울 쥐는 친구가 너무나 가난하게 사는 것이 안타까웠다. 그가 말했다. "자네가 이렇게 가난할 줄은 몰랐네. 나와 함께 우리집에서 살아보세." 그리고 그는 자신의 호화스러운 생활을 한바탕 자랑하였다. 귀가 솔깃해진 시골 쥐는 다음날 서울 쥐를 따라 상경하였다. 과연 서울 쥐는 잘 살고 있었다. 평소 감자나 보리로 연명하던 시골 쥐로서는 친구의 호화스러운 생활이 놀라울 뿐이었다. 이들이 값비싼 식기에 고기와 과일 등을 차려 놓고 막 식사를 하려고 할 때였다. 별안간 고양이 한 마리가 이들의 식사 현장을 덮쳤다. 실로 아슬아슬한 순간이었다. 서울 쥐와 시골 쥐는 재빨리 쥐구멍 속으로 뛰어들어 목숨을 건졌다. 고양이가 물러간 것을 확인한 다음에야 이들은 다시 식탁에 앉을 수 있었다. 실망한 시골 쥐가 말했다. "이렇게 불안해서야 어찌 살겠나. 난 도로 시골로 내려가 감자나 먹으며 마음편히 살겠네."

　이것은 유명한 이솝우화의 한 토막이다. 이 이야기는 결국 빛나는 것이 모두 금은 아니며 즐거운 일에는 반드시 값비싼 대가를 치루어야 한다는 뜻일 것이다. 사실 이 세상의 모든 일은 서로 대(對)를 이루며 맞물려 돌아가고 있다. 행운에는 재앙도 따르게 되며 기쁨이 있는 곳에는 슬픔도 있게 된다. 이렇게 만사는 상쇄되어 균형을 이룬다. 그러므로 벼슬과 호화로움과는 인연이 없는 삶 속에서도 안락함을 누릴 수 있는 것이다.

61

발을 걷고 창문을 열어 푸른 산, 맑은 물이 구름과 안개를 머금고 토함을 바라보면 천지의 자재함을 알게 되고, 대, 수풀 우거진 곳에 새끼 치는 제비와 우는 멧비둘기가 계절을 보내고 맞이함을 바라보면 외물과 나를 모두 잊게 됨을 알리라.

簾櫳高敞하여 看靑山綠水의 吞吐雲煙하면 識乾坤之自在하
염 롱 고 창　　간 청 산 록 수　　탄 토 운 연　　식 건 곤 지 자 재

고 竹樹扶疎하여 任乳燕鳴鳩의 送迎時序하면 知物我之兩
　　죽 수 부 소　　임 유 연 명 구　　송 영 시 서　　지 물 아 지 양

忘이니라.
망

❖

염롱(簾櫳) : 발과 창문.

고창(高敞) : 높이 여는 것.

탄토운연(吞吐雲煙) : 구름과 안개를 삼키고 뱉음.

건곤(乾坤) : 하늘과 땅.

자재(自在) : 자유로움.

죽수(竹樹) : 대와 수풀.

부소(扶疎) : 무성함, 우거짐.

유연(乳燕) : 새끼 치는 제비.

명구(鳴鳩) : 우는 멧비둘기.

송영시서(送迎時序) : 계절을 보내고 맞이함.

물아(物我) : 만물과 나, 외물과 나.

<풀이>

 발을 걷고 창문에 기대어 청산록수에 구름과 안개가 끼었다 걷히는 광경을 바라보면 문득 자연의 조화가 무궁함을 깨닫게 된다. 대나무와 수풀이 우거진 으슥한 곳에 제비가 새끼를 기르고 멧비둘기가 울면서 계절을 맞고 보냄을 바라보면 천지의 변화에 황홀해져 마침내 물아일체의 경지에 들게 된다.

62

 이룬 것은 반드시 무너지게 됨을 알면 이루려는 마음이 반드시 지나치게 굳지는 않을 것이며, 산 것은 반드시 죽게 됨을 알면 삶을 지키려는 일에 반드시 너무 애쓰지는 않게 될 것이다.

知成之必敗면 則求成之心이 不必太堅하고 知生之必死면
지 성 지 필 패   즉 구 성 지 심   불 필 태 견   지 생 지 필 사

則保生之道에 不必過勞니라.
즉 보 생 지 도   불 필 과 로

❈

구성지심(求成之心) : 이루려고 하는 마음, 성취하기를 바라는 마음.

태(太) : 지나치게, 너무.

견(堅) : 굳음.

보생지도(保生之道) : 삶을 보전하려는 노력, 생명을 지키려고 하는 방안. 양생법, 장수법.

과로(過勞) : 너무 애씀. 지나치게 수고함.

<풀이>

천문학의 발달로 인해 우리는 하늘의 별들도 수명이 있다는 것을 알게 되었다. 태양은 이미 50억 년을 불타고 있으나 앞으로 또 50억 년이 지나면 거대하게 팽창한 후 폭발하여 공간 속으로 흩어지게 될 것이다. 지구의 종말은 이보다 훨씬 앞당겨질 것은 두말할 것도 없는 일이다. 영원하게 보이는 별들의 운명이 이러할진대 인간이 이 땅에서 이루어 놓은 것들이야 더 말해 무엇하겠는가? 참으로 영원한 것은 아무것도 없다. 이런 엄연한 이치를 알고 있는 사람은 무리를 해서까지 무엇을 성취해 보겠다고 애쓰지는 않을 것이다. 또한 모든 생명을 이미 태어날 때부터 죽음으로 향해 달려가고 있다. 죽음은 모든 생명이 지니고 있는 숙명인 것이다. 기껏해야 100년도 살지 못하는 우리가 천년의 근심을 안고 있으니 이 또한 서글픈 일이다. 우리의 삶이 시한부라는 것을 자각하는 사람은 그것을 연장하려는 방도에 지나치게 매달리지는 않을 것이다.

63

옛고승이 말하기를 '대그림자가 섬돌을 쓸어도 티끌이 일지 않고, 달빛이 못을 뚫어도 물에는 흔적이 없다'고 하였고, 우리의 선비가 말하기를 '흐르는 물은 빨라도 그 가장자리는 언제나 고요하고, 꽃은 비록 자주 지지만 마음은

저절로 한가하도다'고 했으니 사람이 늘 이런 뜻을 지니고
사물과 접촉한다면 몸과 마음이 어찌 자유롭지 않으리오.

古德이 云하되 竹影掃階塵不動이요 月輪穿沼水無痕이라 하
고 덕 운   죽 영 소 계 진 부 동   월 륜 천 소 수 무 흔

며 吾儒가 云하되 水流任急境常靜이요 花落雖頻意自閒이라
오 유   운   수 류 임 급 경 상 정   화 락 수 빈 의 자 한

하니 人常持此意하여 以應事接物이면 身心이 何等自在리오.
인 상 지 차 의   이 응 사 접 물   신 심   하 등 자 재

❖

고덕(古德) : 옛날 덕이 높은 스님. 이 구절은 보등록에 수록된
    당(唐)의 설봉화상(雪峰和尙)의 글임.
월륜천소(月輪穿沼) : 둥근 달빛이 연못 깊이 잠겨 있음.
무흔(無痕) : 흔적이 없음.
오유(吾儒) : 우리의 선비. 유가(儒家). 여기서는 송(宋)의 성리
    학자 소강절 선생을 뜻함.
응사접물(應事接物) : 사물에 접촉함.
하등(何等) : 얼마나 ~하리오.
자재(自在) : 자유로운 것.

<풀이>

설봉화상이 이르기를 '대나무 그림자가 섬돌 위를 휩쓸어
도 먼지는 일지 않고, 둥근 달빛이 연못에 잠겨도 물에는
흔적이 없다'고 했다. 또 송대의 성리학자 강절 선생이 이
르기를 '물은 급하게 흘러도 그 둘레는 늘 고요하고 꽃은
어지럽게 떨어져도 마음은 스스로 한가롭도다'고 하였다.
원래 그림자는 형체가 없으므로 나타났어도 흔적이나 자취
가 없을 수밖에 없고, 꽃은 떨어지는 것이지만 그것을 바

라보는 철인(哲人)의 마음은 그와 같은 변화에 동요되지 않은 고요함을 간직하고 있다. 우리가 이와 같은 이치를 알고 세상의 모든 일에 임한다면 언제나 한가함과 자유를 누릴 수 있을 것이다.

64

숲 사이 솔바람 소리, 돌 틈의 샘물 소리를 고요한 가운데 들으면 천지자연의 음악임을 알게 되고, 풀섶의 안개빛, 물 속의 구름 그림자를 한가한 가운데 바라보면 천지의 으뜸가는 문장임을 알게 된다.

林間松韻과　石上泉聲도　靜裡聽來면　識天地自然鳴佩하고
임 간 송 운　　석 상 천 성　　정 리 청 래　　식 천 지 자 연 명 패

草際煙光과　水心雲影도　間中觀去면　見乾坤最上文章이니
초 제 연 광　　수 심 운 영　　한 중 관 거　　견 건 곤 최 상 문 장
라.

❖

송운(松韻) : 솔바람 소리.
내(來) : 어조사, 뜻은 없음.
명패(鳴佩) : 패옥소리, 음악을 뜻함.
초제(草際) : 풀섶, 풀 사이.
연광(煙光) : 안개빛.
수심운영(水心雲影) : 물 속에 비친 구름 그림자.
한중(間中) : 한가한 가운데, 고요함 속에.

<풀이>

울창한 솔밭을 빠져나오는 쏴아! 하는 바람 소리나 바위 틈에서 졸졸 흘러나오는 샘물 소리는 자연의 협주곡이요, 초원에 끼인 안개빛·물 속에 어른거리는 구름 그림자는 자연이 만든 그림이다. 우리의 마음을 맑고 한가롭게 하면 이와 같은 자연의 멋진 음악과 그림을 감상할 수 있는 것 이다.

65

눈으로 서진의 가시밭을 보면서도 오히려 시퍼런 칼날을 으시대고, 몸은 북망산의 여우와 토끼에 맡겨질 것인데도 도리어 황금을 아까워 한다. 옛말에 이르기를 '사나운 짐승 은 길들이기 쉬워도 사람의 마음은 항복받기가 어렵고, 골 짜기는 채울 수 있어도 사람의 마음은 채우기 어렵다'고 한 것은 참으로 옳은 말이로다.

眼看西晉之荊榛하되 猶矜白刃하고 身屬北邙之狐兔로되 尙
안 간 서 진 지 형 진   유 긍 백 인   신 속 북 망 지 호 토   상

惜黃金이라. 語에 云하되 猛獸는 易伏이나 人心은 難降하며
석 황 금   어 운   맹 수   이 복   인 심   난 항

鷄壑은 易滿이나 人心은 難滿이라 하니 信哉로다.
계 학   이 만   인 심   난 만   신 재

❀

서진(西晉) : 사마염이 조위(曹魏)를 멸하고 세운 왕조(AD 265~ 316년까지 존속됨).

형진(荆榛) : 가시덤불. 본문에서는 서진이 내란과 외침으로 멸
　망하고 그 도읍 낙양은 가시덤불과 잡초로 뒤덮이게 된 것을
　말함.
유(猶) : 오히려.
백인(白刃) : 흰 칼날, 시퍼런 칼날.
북망(北邙) : 낙양(洛陽) 북쪽에 있는 산, 옛날부터 공동묘지가
　있었으므로 죽음을 북망산에 간다고 함.
호토(狐兎) : 여우와 토끼.
어(語) : 옛말, 속담.
계학(鷄壑) : 골짜기.

<풀이>

　융성함을 자랑하는 나라도 국운이 다하면 망하게 된다.
저 사마씨가 세운 서진도 동족상잔과 오랑캐의 침공으로
멸망하였다. 그리하여 한때 번영과 화려함을 자랑하던 궁궐
은 폐허가 되어 잡초만이 무성하게 된다. 그러나 무력으로
권세를 잡아보겠다는 사람의 야심은 조금도 수그러들 줄
모른다. 또한 몸은 죽어 북망산의 공동묘지에 묻힐 것이
뻔한 일인데도 황금에 눈이 어두워 부정과 협잡을 저지르고
있다. 그러므로 속담에도 ‘맹수는 길들이기 쉬워도 사람의
마음은 항복받기 어렵고, 계곡은 메울 수 있어도 사람의
탐욕을 만족케 하기는 어렵다’고 했는데 과연 옳은 말이다.

66

마음에 바람과 물결이 일지 않으면 가는 곳마다 푸른 산,

맑은 물이요, 천성 속에 만물을 기르는 기운이 있으면 이르는 곳마다 고기가 뛰어오르고 솔개가 나는 것을 보리라.

心地上에 無風濤면 隨在에 皆靑山綠水요 性天中에 有化育
심지상   무풍도   수재   개청산록수   성천중   유화육

이면 觸處에 見魚躍鳶飛니라.
촉처   견어약연비

❖

심지(心地) : 마음.

무풍도(無風濤) : 바람과 파도가 일지 않음.

수재(隨在) : 가는 곳마다, 이르는 곳마다.

성천(性天) : 천성.

화육(化育) : 만물을 기르고 자라나게 함.

촉처(觸處) : 이르는 곳마다.

어약연비(魚躍鳶飛) : 못에는 고기가 뛰어오르고 하늘에는 솔개가 날아다님. 모든 생명이 자연 속에서 구김살없이 살아가는 모습을 말함.

<풀이>

마음에 풍파가 일지 않으면 어디에 가나 푸른 산, 맑은 물의 아름다운 경지에 이르게 되며, 본성에 만물을 기르고 감싸주는 기운이 있으면 닿는 곳마다 연못에서 물고기가 뛰어오르고 하늘에서 솔개가 나는 것 같은 생명의 약동을 느끼게 된다. 다시 말하자면 우리들이 번뇌에서 벗어나 고요한 심경과 만물을 육성하는 큰 덕을 지닌다면 이르는 곳마다 낙원이 되고, 멈추는 곳마다 자유롭게 살아가는 생명의 활기찬 힘과 만나게 되는 것이다.

67

　높은 관에 큰 띠를 두른 선비라도, 한번 가벼운 도롱이와 작은 삿갓을 쓴 이의 가볍고 편안한 모습을 보면 반드시 부러워 탄식하지 않을 수 없으리라. 길고도 널찍한 자리를 차지한 부자라도 한번 성긴 발, 깨끗한 책상에서 한가롭고 고요하게 보내는 이를 만나면 반드시 그리워하는 마음이 일지 않을 수 없으리라. 사람들은 어찌하여 꼬리에 불을 붙인 소로써 몰아치고 바람난 말로써 꾀일 줄은 알면서 본성에 스스로 만족할 줄은 모르는가.

峨冠大帶之士도 一旦賭輕蓑小笠으로 瓢瓢然逸也하면 未必
아 관 대 대 지 사　　 일 단 도 경 사 소 립　　 표 표 연 일 야　　 미 필

不動其咨嗟하고 長筵廣席之豪도 一旦遇疏簾淨几로 悠悠
부 동 기 자 차　　 장 연 광 석 지 호　　 일 단 우 소 렴 정 궤　　 유 유

焉靜也하면 未必不增其綣戀하나니 人奈何驅以火牛하고 誘
언 정 야　　 미 필 부 증 기 권 련　　 인 내 하 구 이 화 우　　 유

以風馬하되 而不思自適其性哉아.
이 풍 마　　 이 불 사 자 적 기 성 재

아관대대(峨冠大帶) : 높은 관과 큰 띠, 높은 벼슬아치의 예복.
일단(一旦) : 한번.
경사소립(輕蓑小笠) : 가벼운 도롱이와 작은 삿갓, 농부, 은자의
　　복장.
표표연(瓢瓢然) : 가볍게 나는 것 같은 모습, 경쾌한 모양.
일(逸) : 한가하고 편안함.

미필부(未必不) : 꼭 ~하지 않을 수는 없다.

자차(咨嗟) : 탄식함.

장연광석(長筵廣席) : 길고 널찍한 자리.

호(豪) : 부호, 부유한 사람.

소렴(疏簾) : 성긴 발.

정궤(淨几) : 깨끗한 책상.

증(增) : 더함.

권련(綣戀) : 그리워함, 동경함.

화우(火牛) : 사마천의 사기, 전단열전에 있는 이야기, 연의 침
    공으로 제나라는 70여 성을 잃고 위기에 몰리게 된다. 이에
    즉묵 땅을 지키던 전단은 천여 마리의 소를 모아 꼬리에는
    갈대를 매달고 쇠뿔에는 칼날을 맨 후 밤중에 연군의 진영
    으로 쳐들어가게 했다. 이 싸움에서 제의 장수 기겁은 전사
    하고 승세를 몰아 전단은 잃었던 70여 성을 수복하였다.

풍마(風馬) : 바람난 말, 발정기의 말. 춘추좌전에 있는 고사.
    춘추시대 제의 환공이 연합군으로 초나라에 쳐들어가자 초의
    성왕은 사자를 보내어 이렇게 물었다. "임금께서는 북쪽 바
    다에 있고 과인은 남쪽 바다에 있어 바람난 말과 소도 서로
    미치지 못하는데 임금께서는 무슨 까닭으로 우리 나라에 오
    시게 되었소?" 이에 관중이 천자에게 조공을 바치지 않은
    이유를 묻기 위해서라고 대답했다. 이에 초성왕은 굴완을
    보내어 화평조약을 맺게 한다.

<풀이>

 높은 벼슬아치도 가벼운 도롱이와 삿갓을 쓰고 한가하게
살아가는 은자의 생활을 부러워하며, 사치와 호화로움을 누
리는 부유한 사람도 성긴 발을 드리우고 책상에 앉아 글을
읽는 선비의 고상한 삶이 부러워질 때가 있다. 권세와 영
화에도 무거운 책임과 골치아픈 일은 있게 마련이다. 그러

나 사람들은 꼬리가 불 타는 성난 소와도 같이 싸워서 빼앗기를 좋아하고, 칼자루를 쥔 자에게는 암내 난 마소처럼 빌붙으려고 할 뿐 본심을 지키며 유유히 살아갈 줄은 모른다.

68

고기는 물을 얻어 헤엄을 치건만 물을 잊고, 새는 바람을 타고 날건만 바람이 있음을 알지 못한다. 이런 이치를 알면, 사물의 얽매임에서 벗어날 수도 있고, 하늘의 오묘한 작용을 즐길 수도 있는 것이다.

魚得水逝로되 而相忘乎水하고 鳥乘風飛로되 而不知有風하
어 득 수 서　　 이 상 망 호 수　　 조 승 풍 비　　　 이 부 지 유 풍

니 識此면 可以超物累하고 可以樂天機니라.
식 차　　 가 이 초 물 루　　 가 이 락 천 기

❖

서(逝) : 가다, 헤엄치다.
상망(相忘) : 서로 잊음.
물루(物累) : 외물에 얽매임, 사물의 번거로움.
천기(天機) : 하늘의 오묘한 작용.

< 풀이 >

물고기는 물에서 살지만 물이 있음을 알지 못하고 새는 바람을 타고 날지만 바람이 있음을 생각하지 못한다. 이와 같이 있는 것조차 모르는 것은 사물과 자아가 혼연일체의 경지에 들었기 때문일 것이다. 사람도 탐욕과 집착을 떨쳐

버린다면 정신적 자유를 누리며 하늘의 신비한 작용과 하나가 되는 경지에 들 수 있을 것이다.

69

여우는 무너진 섬돌에서 잠자고 토끼는 황폐한 누대 위를 달리니 이 모두 지난 시절 노래하고 춤추던 터전이다. 이슬은 국화에 떨어져 싸늘하고 안개는 시든 풀에 감도니 이 모두 옛날의 싸움터이다. 융성하고 쇠퇴함이 어찌 늘 같으며 강자와 약자는 어디에 있는가? 이것을 생각하면 마음은 식은 재처럼 싸늘해진다.

狐眠敗砌하고 兎走荒臺하니 盡是當年歌舞之地요 露冷黃花
호 면 패 체   토 주 황 대   진 시 당 년 가 무 지 지   노 랭 황 화

하고 煙迷衰草하니 悉屬舊時爭戰之場이라. 盛衰何常이며
      연 미 쇠 초   실 속 구 시 쟁 전 지 장   성 쇠 하 상

强弱安在리오 念此면 令人心灰로다.
강 약 안 재   염 차   영 인 심 회

❈

패체(敗砌) : 무너진 돌층계, 허물어진 섬돌.
황대(荒臺) : 황폐한 누대.
당년(當年) : 그 시절, 그때.
황화(黃花) : 국화.
쇠초(衰草) : 시든 풀.
안재(安在) : 어디에 있는가?
심회(心灰) : 식은 재처럼 싸늘해진 마음.

<풀이>

그 옛날 호화롭던 궁궐도 지금은 폐허가 되어 여우와 토끼들이 뛰놀고 있다. 그 옛날 뭇 영웅들이 지혜와 용기를 다해 싸우던 싸움터도 이제는 들풀만 우거져 쓸쓸할 뿐이다. 인간 세상의 영고성쇠란 이렇게 덧없는 것이며 승자와 패자 또한 지금에 와서는 무슨 의미가 있겠는가.

이런 생각을 하면 부귀와 영화에 대한 열망이 모두 부질없는 것이며 한 생애를 살아가는 동안의 전쟁같은 삶의 열정도 싸늘한 재처럼 식을 뿐이다.

70

총애와 굴욕에 놀라지 않으며 한가로이 뜰 앞에 피고 지는 꽃을 바라보고, 가고 머무름에 뜻이 없으니 무심히 하늘가의 걷히고 흩어지는 구름을 따른다. 하늘은 맑고 달은 밝으니 어디인들 날 데가 없으리오마는 부나비는 홀로 밤촛불에 뛰어들고, 샘 맑고 풀 푸르니 무엇인들 먹고 마실 것이 없으리오마는 올빼미는 오직 썩은 쥐만을 즐기는구나. 아! 세상에서 부나비와 올빼미 같지 않은 이 몇이나 되랴!

寵辱에 不驚하니 閒看庭前花開花落하고 去留에 無意하니
총 욕   불경   한간정전화개화락   거류   무의

漫隨天外雲卷雲舒니라. 晴供朗月에 何天을 不可翶翔
만수천외운권운서   청공랑월   하천   불가고상

이리오마는 而飛蛾는 獨投夜燭하고 清泉綠卉에 何物을 不可
　　　　　이 비 아　 독 투 야 촉　　청 천 록 훼　 하 물　 불 가

飮啄이리오마는 而鴟鴞는 偏嗜腐鼠하니 噫라 世之不爲飛蛾
음 탁　　　　　　이 치 효　 편 기 부 서　　희　 세 지 불 위 비 아

鴟鴞者가 幾何人哉리오.
치 효 자　 기 하 인 재

❧

총욕(寵辱) : 총애와 굴욕.
거류(去留) : 떠남과 머무름.
만(漫) : 무심히, 한가로이.
수(隨) : 따름.
운권운서(雲卷雲舒) : 구름이 걷히고 펼쳐지는 것.
고상(翺翔) : 날아다님.
비아(飛蛾) : 부나비, 나방.
녹훼(綠卉) : 푸른 풀.
탁(啄) : 부리로 쪼아먹음.
치효(鴟鴞) : 올빼미.
희(噫) : 아 ! 감탄사.
기하(幾何) : 얼마나, 얼마쯤.
재(哉) : 영탄을 나타내는 종미사.

<풀이>

참된 선비는 은총과 굴욕을 마치 마당가에 꽃이 피고 지
는 것처럼 한가로이 바라볼 뿐이다. 벼슬길에 뜻이 없는
그는 흘러가는 구름처럼 구애됨이 없다. 하늘은 맑고 달은
밝으니 어디엔들 날아갈 수 있건만 부나비는 굳이 촛불에
뛰어들어 몸을 태우고, 샘 맑고 풀 푸르니 무엇인들 먹을
것이 없으리오마는 올빼미는 하필 썩은 쥐만 즐긴다. 세상

사람들도 또한 권세와 재물에만 눈독을 들이니 가난한 생활 속에서도 도(道)를 즐기는 사람은 과연 몇이나 될까?

71

겨우 뗏목에 오르자마자 바로 뗏목을 버릴 생각을 하면 바야흐로 그는 일없는 도인이다. 만일 나귀를 타고서 또 다시 나귀를 찾으면 끝내 깨닫지 못한 선사이리라.

纔就筏하여 便思舍筏하면 方是無事道人이나 若騎驢하여 又
재 취 벌　　변 사 사 벌　　방 시 무 사 도 인　　약 기 려　　우

復覓驢하면 終爲不了禪師이리라.
부 멱 려　　종 위 불 료 선 사

❀

재(纔)：겨우 ～하자마자.
취벌(就筏)：뗏목에 오름.
사(舍)：버림.
방시(方是)：바야흐로 ～이다.
무사도인(無事道人)：도를 깨달아 번뇌와 얽매임에서 벗어난 사람.
기려우부멱려(騎驢又復覓驢)：나귀를 타고 또 다시 나귀를 찾음. 전등록에 '마음이 바로 부처인 줄 깨닫지 못하면 이는 곧 나귀를 타고 있으면서 다시 나귀를 찾는 것'이라고 했음.
불료선사(不了禪師)：도를 깨닫지 못한 사이비 중.

<풀이>

뗏목은 강을 건너기 위한 도구이다. 뗏목에 오르면 바로

강을 건너 목적지로 가야만 할 것이다. 이와 마찬가지로 불경은 해탈할 방도를 가르치는 수단에 지나지 않는다. 그러므로 일단 해탈한 사람은 더 이상 그것에 매달릴 필요는 없다. 또한 모든 중생은 부처가 될 수 있는 성품을 지니고 있다. 다시 말하자면 자신의 마음이 곧 부처인 것이다. 이것을 모르는 사람은 마치 나귀(불성을 상징함)를 타고 있으면서 다시 나귀를 찾는 격이므로 끝내 깨달음의 경지에 들 수 없는 것이다.

72

권세 있고 부귀한 이들이 용처럼 다투고 영웅호걸들이 범처럼 싸우지만 냉정한 눈으로 이것을 본다면 마치 개미가 비린고기에 모여들고 파리떼가 다투어 피를 빠는 것과 같다. 시비가 벌떼처럼 일어나고 득실이 고슴도치 바늘처럼 일어서지만 냉정한 마음으로 이것을 맞는다면 마치 풀무로 쇠를 녹이며 끓는 물로 눈을 녹임과 같다.

權貴龍驤하고 英雄虎戰하니 以冷眼視之하면 如蟻聚羶하고
권 귀 룡 양 　　영 웅 호 전 　　이 랭 안 시 지 　　여 의 취 전

如蠅競血이니라. 是非蜂起하고 得失蝟興하니 以冷情當之하
여 승 경 혈 　　시 비 봉 기 　　득 실 위 흥 　　이 랭 정 당 지

면 如冶化金하고 如湯消雪이니라.
　 여 야 화 금 　　여 탕 소 설

❖

권귀(權貴) : 권력과 부귀.

용양(龍驤) : 용처럼 날뜀.

냉안(冷眼) : 냉정한 눈, 냉철한 안목.

의취전(蟻聚羶) : 개미가 비린내나는 고기에 모여듦.

승경혈(蠅競血) : 파리떼가 다투어 피를 빠는 것.

시비(是非) : 옳고 그름.

봉기(蜂起) : 벌떼처럼 일어남.

득실(得失) : 얻고 잃음, 이익과 손해. 이득과 손실.

위홍(蝟興) : 고슴도치 털처럼 일어섬.

야화금(冶化金) : 풀무가 쇠를 녹임.

탕소설(湯消雪) : 끓는 물이 눈을 녹임.

<풀이>

　권세 있는 사람들은 남보다 더 많이 가져보겠다고 다투
며, 영웅들은 야심을 채우기 위해 사납게 싸운다. 그러나
좀더 차원을 높여 살펴보면 이는 마치 개미들이 고깃덩이에
모여드는 것과 같고, 파리떼들이 피고름을 빠는 것처럼 저
속한 일이다. 시시비비를 따지는 일이 벌떼처럼 일어나고
이해득실을 따지는 일이 고슴도치 털처럼 일어서지만 이를
보다 깊이 살펴보면 모두 우리의 이기심의 소산에 지나지
않는다. 그러므로 자신이 조금 손해본다는 마음으로 이를
맞이한다면 풀무가 쇠를 녹이고 끓는 물이 눈을 녹임과 같
이 어렵지 않게 해결할 수 있는 것이다.

73

　물욕에 얽매이면 우리의 삶이 애달픈 것임을 깨닫게 되

고, 본성에 따라 유유히 노닐면 우리의 삶이 즐거운 것임을 깨닫게 된다. 그 애달픔을 알면 속세의 욕심이 그대로 사라져 버리게 되고, 그 즐거움을 알면 성인의 경지에 저절로 이르게 된다.

羈鎖於物欲하면 覺吾生之可哀하고 夷猶於性眞하면 覺吾生
기 쇄 어 물 욕　　　각 오 생 지 가 애　　　이 유 어 성 진　　　각 오 생

之可樂하나니 知其可哀하면 則塵情이 立破하고 知其可樂하
지 가 락　　　지 기 가 애　　　즉 진 정　　입 파　　　지 기 가 락

면 則聖境이 自臻이니라.
즉 성 경　　자 진

❁

기쇄(羈鎖) : 굴레와 자물쇠, 얽매임.

이유(夷猶) : 편안하고 여유가 있음.

진정(塵情) : 속세의 욕심.

입파(立破) : 곧 깨어짐, 그 자리에서 사라짐.

성경(聖境) : 성인의 경지.

자진(自臻) : 저절로 이르게 됨.

<풀이>

　물욕에 얽매이면 자신의 삶을 괴롭히게 되지만 본성에 따라 편안하고 한가롭게 지내면 자신의 삶도 그대로 살만 하다는 것을 깨닫게 된다. 그러므로 우리가 물욕에 따르는 생활이 너무 괴롭다고 느껴질 때 곧 속세의 욕망이 사라지게 되고, 자연의 품 속에서 유유히 삶을 즐기면 이미 달관한 경지에 들어서게 되는 것이다. 인생이란 이렇듯 마음먹기에 달렸음을 알면서도 그 실천이 어렵다.

74

　가슴속에 조그마한 물욕도 없으면 번뇌는 이미 눈이 화롯불에 녹고 얼음이 햇볕에 녹음과 같으리라. 눈앞에 스스로 한 조각 밝은 빛이 있으면 달이 늘 푸른 하늘에 있고 그림자가 물결에 있음을 볼 수 있으리라.

胸中에 既無半點物欲이면 已如雪消爐焰氷消日하고 眼前에
흉 중　기 무 반 점 물 욕　　이 여 설 소 로 염 빙 소 일　　안 전

自有一段空明이면 時見月在靑天影在波니라.
자 유 일 단 공 명　　시 견 월 재 청 천 영 재 파

❖

흉중(胸中) : 가슴속.
반점(半點) : 조금, 약간.
노염(爐焰) : 화로의 불꽃.
일단(一段) : 한 조각.
공명(空明) : 달이 물 속에 비침, 마음이 고요하고 밝음을 뜻함.

<풀이>

　마음속에 약간의 욕심도 없으면 이미 번뇌는 화롯불에 눈이 녹고, 햇볕에 얼음이 녹듯이 사라지게 된다. 또한 스스로 맑고 밝은 마음을 늘 간직한다면 물 속에 비친 달그림자처럼 고요하고 그윽한 경지를 체험하게 된다.

75

시상은 패릉교 위에 있으니 나직이 읊조리매 숲과 골짜기가 문득 탁 트이고, 맑은 흥취는 경호 기슭에 있으니 혼자서 거닐매 산과 냇물이 서로 비치도다.

詩思는 在霸陵橋上이라 微吟就에 林岫가 便已浩然하고 野
시사　　재 패 릉 교 상　　미 음 취　　임 수　　변 이 호 연　　야

興은 在鏡湖曲邊이라 獨往時에 山川이 自相映發이니라.
흥　　재 경 호 곡 변　　독 왕 시　　산 천　　자 상 영 발

❖

시사(詩思) : 시상(詩想).

패릉교(霸陵橋) : 당의 수도 장안의 동쪽에 있는 다리. 길 떠나는 사람을 전송하는 장소로도 유명함. 전당시화(全唐詩話)에 의하면 정계(鄭綮)에게 어떤 사람이 찾아와 최근에 지은 시가 있느냐고 묻자 '시상은 패릉교의 풍설 속과 나귀의 등에 있으니 무엇으로써 이를 얻겠는가'라고 대답했다고 함.

미음취(微吟就) : 떠오르는 시상을 나직이 읊조리는 것.

임수(林岫) : 숲과 골짜기.

호연(浩然) : 넓고 활달한 모습, 시원스럽게 탁 트인 모양.

야흥(野興) : 맑은 흥취.

경호(鏡湖) : 절강성 소흥현 남쪽에 있는 호수. 당서(唐書) 은일전(隱逸傳)에 의하면 하지장이 고향으로 돌아가기를 청원하니 현종이 경호, 섬주의 두 고을을 하사하고 친히 시를 지어 석별의 정을 나누었다고 함.

영발(映發) : 서로 바치는 것.

<풀이>

　시적 영감은 호사스러운 생활에서 얻어지는 것이 아니라 꾸밈이 없는 자연풍물 속에서 얻어지니, 이런 시흥을 작은 소리로 읊조리면 숲과 골짜기가 화답해 주는 것 같아 시원스레 탁 트인 기운을 맛보게 된다. 또한 속세를 벗어난 맑은 흥취는 경호기슭과 같은 깨끗한 곳에서 얻을 수 있으니 그런 곳을 홀로 거닐면 산과 냇물이 서로 어울리는 멋진 풍경을 볼 수 있게 된다.

76

　엎드리기를 오래한 새는 반드시 높이 날고, 먼저 핀 꽃은 홀로 일찍 진다. 이를 알면 발을 헛디딜 근심을 면할 수 있고, 서두르는 마음도 사라질 것이다.

伏久者는 飛必高하고 開先者는 謝獨早하니 知此면 可以免
복 구 자　　비 필 고　　개 선 자　　사 독 조　　지 차　　가 이 면

蹭蹬之憂하고 可以消躁急之念하리라.
층 등 지 우　　가 이 소 조 급 지 념

❖

사(謝) : 꽃이 지는 것.
층등(蹭蹬) : 발을 헛디디는 것.
조급지념(躁急之念) : 조급하게 서두르는 마음.

<풀이>

초(楚)의 장왕(莊王)은 영명한 군주였다. 그러나 그는 왕

위에 오른 3년 간을 유흥에만 빠져 있었다. 그리고 간언하
는 자는 극형에 처한다는 포고령을 내렸다. 죽음을 각오한
오거라는 신하가 임금을 뵙고 아뢰었다. "상감마마! 소신
이 수수께끼를 들려 드리겠나이다." "그래, 말해 보라."
"상감마마! 3년 동안 날지도 않고 울지도 않는 새가 있습
니다. 무슨 새이겠습니까?" 장왕이 대답하였다. "3년을 날
지 않았더라도 한 번 날면 저 하늘 끝까지 이를 것이다. 3
년을 울지 않았더라도 한 번 울면 세상을 깜짝 놀라게 할
것이다. 경이 말한 뜻을 알겠노라."

그러나 몇 개월이 흘러가도 장왕은 놀기만 하였다. 이번
에는 소종이 간언하러 나섰다. 그러자 장왕이 으름짱을 놓
는다. "간하는 자는 처형된다는 것을 알고 있겠지?", "임
금님의 어리석음을 깨우칠 수만 있다면 신은 죽어도 여한이
없겠나이다." 이 말을 들은 장왕은 놀이를 그치고 나라일에
힘을 기울였다. 먼저 함께 유흥을 즐겼던 간신배들을 내쫓
고 새로운 사람을 발탁하였다. 특히 목숨을 걸고 간언한
오거, 소종을 백관의 우두머리로 임명하였다. 장왕이 노는
일에 빠져 있었던 것은 신하들을 살피며 인재를 뽑아 쓰기
위한 치밀한 계략이었던 것이다. 그는 마침내 초나라를 강
국으로 만들고 춘추시대의 패자(覇者)로 군림하게 된다. 이
렇게 엎드리기를 오래한 새는 반드시 높이 나는 것이다.

77

나무는 뿌리로 돌아간 뒤에야 꽃과 가지와 잎이 헛된 영

화였음을 알게 되고, 사람은 관 뚜껑을 덮은 다음에야 자
손과 재물이 소용없음을 알게 된다.

樹木은 至歸根而後에 知華蕚枝葉之徒榮하고 人事는 至蓋
수목　　지귀근이후　　지화악지엽지도영　　　인사　　지개

棺而後에 知子女玉帛之無益이니라.
관이후　　지자녀옥백지무익

❖

귀근(歸根) : 잎이 떨어져 뿌리로 돌아감.
화악(華蕚) : 꽃과 꽃받침, 꽃을 뜻함.
도영(徒榮) : 헛된 영화.
개관(蓋棺) : 관 뚜껑을 덮음.
자녀(子女) : 자손.
옥백(玉帛) : 주옥과 비단, 곧 재물.
무익(無益) : 쓸데없음, 소용없음.

＜풀이＞

나무는 겨울이 오면 앙상하게 줄기와 뿌리 부분만 남는
다. 봄과 여름철에 무성했던 꽃과 잎사귀는 한갓 흘러간
영화에 지나지 않게 되는 것이다. 사람도 죽음에 이르러서
야 한평생 쌓아올린 모든 것, 즉 사회적 지위, 재물, 자손
등이 별다른 의미가 없음을 알게 된다. 우리의 삶은 이렇게
무상하고 죽음의 길에는 동반자조차 없다.

78

진공은 공이 아니니, 형상에 집착함도 참이 아니고 형상을 깨뜨리는 것도 참이 아니다. 묻노니, 세존께서 무어라 말씀하셨는가? '속세에 있으면서 속세를 벗어나라. 욕망을 따름도 괴로움이요, 욕망을 끊는 것도 또한 괴로움이니 우리 스스로 몸과 마음을 갈고 닦기에 달린 것이니라.'

眞空은 不空이니 執相도 非眞이요 破相도 亦非眞이라. 問世
진공   불공   집상   비진   파상   역비진   문세

尊은 如何發付오 在世出世하라. 徇欲이 是苦요 絶欲도 亦
존   여하발부   재세출세   순욕   시고   절욕   역

是苦니 聽吾儕善自修持하라.
시고   청오제선자수지

❀

진공(眞空) : 참다운 공(空), 삼라만상의 본체, 만물의 실체.
집상(執相) : 현상에 집착하는 것.
파상(破相) : 현상을 없애는 것(無)으로 봄.
세존(世尊) : 석가모니.
발부(發付) : 의견을 말함.
재세출세(在世出世) : 세속에 살면서 세속을 벗어남.
순욕(徇欲) : 욕망을 따름.
청(聽) : 맡김.
오제(吾儕) : 우리들.
수지(修持) : 마음을 닦고 몸가짐을 단정히 함.

<풀이>

우리가 몸담고 있는 현상계를 전혀 허무한 것으로 보는 것은 치우친 생각이다. 그러나 전적으로 참된 것으로 믿는 것도 치우친 생각이다. 모든 현상은 없는 것 같으면서 이루어져 있고〔진공(眞空)〕, 있는 것 같으면서도 없는 것〔묘유(妙有)〕으로 이루어져 있기 때문이다. 석가모니는 이 점에 대해 이렇게 말하고 있다. '속세에 살면서도 속세를 초월하라. 욕망에 따르는 것도 괴로움이요, 욕망을 끊는 것도 괴로움이다. 그러니 들으라. 우리들이 평소 마음을 닦고 몸가짐을 단정히 해야 한다는 것을.'

79

의로운 선비는 나라를 사양하고 탐욕한 사람은 한 푼을 다투니 그 인품은 하늘과 땅의 차이이나 명예를 좋아함은 이익을 좋아함과 다를 바가 없다. 천자는 나라를 다스리고 거지는 먹을 것을 달라고 외치니 그 신분은 하늘과 땅의 차이이나 애타는 마음은 애타는 목소리와 그 무엇이 다르리오.

烈士는 讓千乘하고 貪夫는 爭一文하나니 人品은 星淵也나
열사   양천승   탐부   쟁일문   인품   성연야

而好名은 不殊好利요, 天子는 營家國하고 乞人은 號饔飱하
이호명   불수호리   천자   영가국   걸인   호옹손

나니 位分은 霄壤也나 而焦思는 何異焦聲이리오.
      위분   소양야   이초사   하이초성

❖

열사(烈士) : 정의를 존중하는 선비.

천승(千乘) : 전차 천 대를 동원할 수 있는 나라. 제후가 다스
　　리는 나라.

일문(一文) : 한 푼.

인품(人品) : 사람의 품격.

성연(星淵) : 하늘과 땅 차이.

호명(好名) : 명예를 좋아함.

불수(不殊) : 다를 바가 없음.

영(營) : 다스림, 경영함.

옹손(饔飧) : 아침밥과 저녁밥.

위분(位分) : 지위와 신분.

소양(霄壤) : 하늘과 땅 차이.

초사(焦思) : 마음을 애태움, 마음이 초조함.

초성(焦聲) : 애타게 외치는 소리.

<풀이>

　의리를 존숭(尊崇)하는 선비는 나라를 준다고 해도 받지
않으며, 욕심이 많은 수전노는 한 푼을 다투니 그 인품에는
하늘과 땅의 차이가 있다. 그러나 명예를 좋아하는 것과
물질적 이득을 좋아함은 그 세속적인 성격에 있어서는 별
다른 차이가 없는 것이다. 천자는 무소불위의 권세로 나라
를 다스리고, 거지는 아침, 저녁으로 끼니를 구걸하고 있
다. 그 지위와 신분은 하늘과 땅 차이라고 하겠으나 매사에
신경을 쓰고 애를 태워야 하는 점에서는 별다른 차이가 없
는 것이다.

80

　세상맛을 속속들이 알고 나면 비가 되건 구름이 되건 모두 맡겨 둔 채 눈뜨는 것조차 귀찮게 된다. 사람의 마음을 모두 깨닫게 되면 소라고 부르건 말이라고 부르건 부르는 대로 맡겨 둔 채 머리만 끄덕일 뿐이다.

飽諳世味하면 一任覆雨飜雲하여 總慵開眼하고 會盡人情하
포 암 세 미 　일 임 복 우 번 운 　　총 용 개 안 　　회 진 인 정

면 隨教呼牛喚馬하여 只是點頭니라.
　수 교 호 우 환 마 　　지 시 점 두

❖

포암(飽諳) : 속속들이 앎.

세미(世味) : 세상살이의 단맛. 쓴맛.

일임(一任) : 모두 맡김.

복우번운(覆雨飜雲) : 손바닥을 엎으면 비가 되고, 뒤집으면 구름이 됨. 두보의 빈교행에 나오는 구절.

총(總) : 다, 모두, 도무지.

용(慵) : 게으름, 귀찮은 것.

회진(會盡) : 모두 깨닫게 됨.

수교(隨教) : 하는 대로 맡겨 버림.

호우환마(呼牛喚馬) : 소라고 부르건, 말이라고 부르건 부르는 대로 내버려 둠, 남들의 칭찬이나 헐뜯음에 아랑곳하지 않음. 장자 천도편(天道篇)에 나옴.

점두(點頭) : 머리를 끄덕임.

<풀이>

세상살이의 쓰고 단맛을 모두 맛보고 산전과 수전을 다 겪은 이는 변덕스럽고 야비한 인심에 대해 달관하게 된다. 또한 사람을 많이 겪고 인정에 대해 깨달은 이는 남들이 자신을 칭찬을 하든 비방을 하든 관심이 없어 고개만 끄덕 이게 된다.

81

오늘날의 사람들은 오로지 무념에 힘쓰지만 끝내 생각을 없앨 수는 없다. 다만 지나간 생각에 머물지 않고 앞으로의 생각을 맞지 아니하며, 지금의 인연에 따라서 일처리를 한 다면 자연히 점차 무념무상의 경지에 들어가게 될 것이니라.

今人은 專求無念이나 而終不可無하나니 只是前念不滯하고
금 인 　 전구무념 　 　 이종불가무 　 　 　 지시전념불체

後念不迎하며 但將現在的隨緣하여 打發得去면 自然漸漸入
후념불영 　 　 단장현재적수연 　 　 타발득거 　 자연점점입

無니라.
무

❖

무념(無念) : 생각함이 없음, 사념이 없음, 무아의 경지.
전념(前念) : 지나간 생각.
불체(不滯) : 머물지 않음, 구애받지 않음.
수연(隨緣) : 인연에 따름.
타발(打發) : 타개함, 처리함.

입무(入無) : 무념무상의 경지에 들어감.

<풀이>

사람들은 무아(無我)의 경지에 들려고 애쓰지만 그럴수록
그것과는 거리가 멀어지게 된다. 다만 지나간 상념에 구애
받지 않고 앞으로 닥칠 일도 생각지 않으며 오직 현재의
인연을 좇아 일처리를 해 나간다면 차츰 무아와 무념의 경
지에 들어가게 될 것이다.

82

뜻이 우연히 맞으면 곧 멋진 경지를 이루고, 자연에서
나온 것이라야 겨우 참된 맛을 보게 된다. 만일 조금이라도
고쳐서 벌려 놓는다면 그 맛은 곧 줄어든다. 백거이가 이
르기를 '뜻은 일이 없을 때가 즐겁고 바람은 저절로 불어
올 때가 맑다'고 했으니 참으로 의미 있도다, 그 말씀이
여 !

意所偶會면 便成佳境하고 物出天然이면 纔見眞機하니 若加
의 소 우 회   변 성 가 경   물 출 천 연   재 견 진 기   약 가

一分調停布置하면 趣味便減矣니라. 白氏云하되 意隨無事
일 분 조 정 포 치   취 미 변 감 의   백 씨 운   의 수 무 사

適이요 風逐自然淸이라 하니 有味哉라 其言之也여.
적   풍 축 자 연 청   유 미 재   기 언 지 야

✤

우회(偶會) : 우연히 맞음.

천연(天然) : 자연스러움.

재(纔) : 비로소, 겨우.

진기(眞機) : 참된 작용, 참된 기틀.

조정(調停) : 고침.

포치(布置) : 벌려 놓음, 배치함.

백씨(白氏) : 당(唐)의 시인 백거이(白居易).

적(適) : 자적함.

유미재(有味哉) : 의미 있도다.

<풀이>

우연히 자신의 마음에 맞는 것은 아름답게 느껴지고 사물은 자연 그대로가 가장 멋이 있다. 만일 이것에 사람이 기교를 부려 고치고 다시 배열해 놓으면 이미 참된 멋은 잃게 된다. 당나라의 시인 백낙천은 '마음은 일이 없을 때가 쾌적하고 바람은 저절로 불어 올 때가 시원하다'고 했다. 의미 있는 말이다.

83

천성이 맑으면 배고플 때 밥을 먹고 목마를 때 물을 마실지라도 몸과 마음은 편안할 수 있다. 그러나 마음이 물욕으로 어둡고 어지러우면 비록 선을 말하고 게송을 풀이할지라도 모두 정신을 희롱할 뿐이다.

性天이 澄徹하면 卽饑喰渴飮이라도 無非康濟身心이요 心地
성 천 징 철   즉 기 식 갈 음   무 비 강 제 신 심   심 지가 沈迷하면 縱談禪演偈라도 總是播弄精魂이니라.
　침미　　　종담선연게　　　총시파롱정혼

❖

성천(性天) : 본성, 천성.

징철(澄徹) : 매우 맑고 투명함.

기식갈음(饑喰渴飮) : 배고플 때 먹고 목마를 때 마심. 평범한
　일상생활.

강제(康濟) : 편안함.

심지(心地) : 마음.

침미(沈迷) : 마음이 물욕으로 어둡고 어지러워짐.

종(縱) : 비록.

담선(談禪) : 선(禪)을 이야기함.

연게(演偈) : 게(偈)를 풀이함. 게(偈)는 불가의 고승들이 깨달
　음의 경지를 읊은 일종의 시.

총시(總是) : 모두 ~이다.

파롱(播弄) : 희롱함.

정혼(精魂) : 정신과 넋.

<풀이>

　본성을 맑고 깨끗하게 지켜 나갈 수 있다면 비록 배고플
때 먹고 목마를 때 물을 마시는 평범한 일상생활에서도 몸
과 마음이 다 편안할 수 있다. 그러나 마음이 물욕에 얽매
여 있으면 비록 입으로는 선을 말하고 오묘한 게송을 풀이
할지라도 모두 정신과 넋을 농락하는 일일 뿐이다.

84

 사람의 마음에는 참된 경지가 있으니, 거문고나 피리가
아니더라도 저절로 편안하고 즐거워지며 향을 피우고 차를
끓이지 않아도 스스로 맑고 향기로워진다. 모름지기 생각을
깨끗이 하고 마음을 비우며 근심을 잊고 육신마저 잊어버
려야 비로소 그 속에서 노닐 수 있으리라.

人心에 有個眞境하여 非絲非竹이라도 而自恬愉하고 不煙不
인심   유개진경   비사비죽   이자념유   불연불

茗이라도 而自淸芬하니 須念淨境空하고 慮忘形釋이라야 纔
명   이자청분   수념정경공   여망형석   재

得以游衍其中이니라.
득 이 유 연 기 중

❖

개(個) : 하나의, 일종의.

진경(眞境) : 참된 깨달음의 경지.

사죽(絲竹) : 거문고와 피리.

염유(恬愉) : 편안하고 즐거움.

연(煙) : 향을 사르는 연기(香煙).

명(茗) : 차(茶).

청분(淸芬) : 맑고 향기로움.

염정(念淨) : 생각이 깨끗함, 생각이 맑음.

경공(境空) : 심경을 비움.

여망(慮忘) : 근심을 잊음.

형석(形釋) : 형체를 푸는 것. 육신이 있는 것조차 잊음.

유연(游衍) : 즐겁게 노는 것, 거닐음, 소요.

<풀이>

　사람의 마음속에는 참된 경지가 있어서 음악이 없어도 마음이 즐거워지고 향이나 차가 없어도 스스로 향기로워진다. 요컨대 생각을 깨끗이 하여 근심을 잊고 자신의 육신의 존재 여부까지 잊어버리면 자유와 즐거움을 누릴 수 있는 것이다. 열자에는 이와 같은 무아경(無我境)을 재미있는 우화로 이야기하고 있다.

　송(宋)의 양리(陽里)에 사는 화자(華子)라는 이는 중년에 망각증에 걸려 모든 일을 하나도 기억하지 못하였다. 가족들은 점술사와 의원을 찾았으나 치료에 도움을 받지는 못하였다. 그때 마침 노나라에서 온 선비가 그 병을 고치겠다고 나섰다. 그가 말했다. "이 병은 점괘나 약물이나 기도로는 고칠 수가 없고 오로지 생각을 바꾸도록 해야 합니다. 즉 무심(無心)을 유심(有心)으로 무려(無慮)를 유려(有慮)로 해야 치료가 됩니다." 그리고 나서 그는 환자와 7일간을 한 방에서 보내었다. 그러자 몇 년을 끌던 병이 낫게 되었다. 그러나 화자는 깨어난 후 크게 화를 내며 처자와 선비를 내쫓고 말았다. 사람들이 그 까닭을 묻자 화자가 대답하였다. "전에 망각증에 걸렸을 때는 하늘과 땅이 있는 것조차 깨닫지 못하였는데 이제 문득 깨어나서 지나간 일을 알게 되니 수십 년 간의 존망·득실·슬픔과 즐거움, 좋아함과 싫어함이 한꺼번에 떠올라 내 마음을 괴롭히고 있소. 이제 어찌 이전과 같은 망각의 기쁨을 다시 누릴 수 있겠소?"라고 하였다(열자 주목왕편).

85

금은 광석에서 나오고 옥은 돌에서 나오나니, 환상이 아
니면 참된 실상을 찾을 수 없도다. 도를 술잔 속에서 얻고
신선을 꽃 속에서 만남은 비록 아취가 있으나 속세를 벗어
난 것은 아니니라.

金自鑛出하고 玉從石生하니 非幻이면 無以求眞이라. 道得
금 자 광 출　　　　옥 종 석 생　　　　비 환　　　　무 이 구 진　　　　도 득

酒中하고 仙遇花裡는 雖雅나 不能離俗이니라.
주 중　　　　선 우 화 리　　　수 아　　　불 능 이 속

❖

자(自) : ～로부터.

광(鑛) : 광석.

환(幻) : 환상(幻想). 현상계(現象界)를 뜻함.

진(眞) : 실체, 실상(實相).

도득주중(道得酒中) : 진(晉)의 죽림칠현(竹林七賢)이 술을 마시
　　는 중에 노자의 도(道)를 깨달았다는 고사에서 나온 말임.

선우화리(仙遇花裡) : 도연명의 도화원기(桃花源記)에 있는 이야
　　기. 어떤 어부가 복사꽃을 따라 올라가 무릉도원에 이르렀
　　다고 함.

아(雅) : 아취.

<풀이>

값비싼 황금도 광석에서 나온 것이며 아름다운 옥돌도
보통 돌에서 골라 낸 것이다. 이와 마찬가지로 영구불변의

실재의 세계는 동전의 양면처럼 현상의 세계와 불가불리의 관계에 있다. 그러므로 진대의 죽림칠현이 취중에 노자의 도(道)를 깨달았다는 고사나 어떤 어부가 복사꽃을 따라 올라가 무릉도원에 이르러 선인을 만났다는 이야기는 아취는 있지만 속세를 초탈한 것은 아니니라.

86

천지 가운데의 만물과 인간윤리 중의 모든 감정과 세계 속의 수많은 일들은 속된 눈으로 보면 하나하나가 각각 다르지만 깨달은 눈으로 보면 모두 같은 것이니, 어찌 번거롭게 분별하며, 취하고 버리리오.

天地中萬物과　人倫中萬精과　世界中萬事는　以俗眼觀하면
천지중만물　　인륜중만정　　세계중만사　　이속안관

紛紛各異나 以道眼觀하면 種種是常이니 何煩分別하며 何用
분분각이　　이도안관　　　종종시상　　　하번분별　　　하용

取捨리요.
취사

만정(萬精) : 온갖 감정.

속안(俗眼) : 속된 안목.

분분(紛紛) : 뒤섞여 어수선함, 각양각색.

도안(道眼) : 깨달은 사람의 안목, 달관한 사람의 안목.

종종(種種) : 가지가지.

상(常) : 늘 같음, 차이가 없음.

번(煩) : 번거로움.
하용(何用) : 무엇으로써.
취사(取捨) : 취하고 버림.

<풀이>

이 세상에 있는 만물과 인간관계에서 오는 모든 감정,
세계 안에서 일어나는 온갖 일들은 속된 사람의 눈으로는
천차만별로 보이지만, 깨달은 사람의 안목으로는 모두 같은
모습일 뿐이다. 그러므로 구태여 무엇을 취하고 무엇을 버
려야 할 필요는 없는 것이다.

87

정신이 왕성하면 베이불을 덮은 좁은 방 속에서도 천지의
온화한 기운을 얻고, 입맛이 좋으면 명아주국에 밥을 먹은
뒤에도 삶의 담박한 참맛을 안다.

神酣하면 布被窩中에 得天地沖和之氣하고 味足이면 藜羹飯
신 감   포 피 와 중   득 천 지 충 화 지 기   미 족   여 갱 반

後에 識人生澹泊之眞이니라.
후   식 인 생 담 박 지 진

신감(神酣) : 정신력이 왕성함.
포피(布被) : 베이불.
와중(窩中) : 작은 방 속. 와(窩)는 움집, 토굴을 뜻함.
충화(沖和) : 부드럽고 조화로움, 치우치지 않고 화평함.

미족(味足) : 입맛이 왕성함.
여갱(藜羹) : 명아주로 끓인 국.
담박(澹泊) : 맑고 깨끗함, 담담함, 담백함.

<풀이>

정신적으로 만족감과 의욕에 차 있는 사람은 토굴 같은 방 속에서 베이불을 덮고 자는 생활에서도 천지의 조화로운 기운을 만끽할 수 있다. 또한 입맛이 왕성하면 명아주국에 밥 말아 먹어도 인생의 맑고 깨끗한 진미를 알게 된다.

88

얽매임과 벗어남은 다만 자신의 마음에 달린 것이니 깨달음을 얻으면 푸줏간과 술집도 극락정토가 된다. 만일 그렇지 못하면 비록 거문고와 학을 벗삼고 꽃과 풀을 심고 가꾸어, 그 즐거움이 맑을지라도 악마의 방해는 늘 있을 것이다. 옛말에 이르기를 '그칠 수 있다면 속세도 참된 경지가 되고, 깨달음이 없으면 절간도 속세의 집이 된다'고 했는데, 참말이로다.

纏脫은 只在自心이니 心了면 則屠肆糟廛도 居然淨土요 不
전 탈   지 재 자 심   심 료   즉 도 사 조 전   거 연 정 토   불

然이면 縱一琴一鶴과 一花一卉로 嗜好雖淸이라도 魔障終在
연   종 일 금 일 학   일 화 일 훼   기 호 수 청   마 장 종 재

니라. 語에 云하되 能休면 塵境도 爲眞境이요 未了면 僧家도
어   운   능 휴   진 경   위 진 경   미 료   승 가

是俗家라 하니 信夫로다.
시 속 가   신 부

❖

전탈(纏脫) : 얽매임과 벗어남.

심료(心了) : 마음으로 깨닫는 것.

도사(屠肆) : 푸줏간.

조전(糟廛) : 술집, 주점.

거연(居然) : 그대로.

정토(淨土) : 극락정토, 극락세계.

종(縱) : 비록.

기호(嗜好) : 즐기고 좋아하는 것.

마장(魔障) : 악마의 방해.

종재(終在) : 끝내 있음.

어운(語云) : 소강절의 시임.

휴(休) : 그만둠, 쉼, 벗어남.

진경(塵境) : 속세.

진경(眞境) : 참된 경지. 깨달은 경지.

승가(僧家) : 스님의 사회, 절간.

속가(俗家) : 속세의 집.

신(信) : 진실로, 참으로.

부(夫) : 감탄사임.

<풀이>

  속박도 해탈도 모두 자신의 마음에 달려 있다. 깨달음을
얻은 이는 비록 푸줏간이나 술집에서 살아도 그 곳이 바로
서방정토가 되고 깨달음을 얻지 못한 이는 겉으로는 운치
있는 생활을 해도 끝내 마음의 장애는 남게 된다. 그러므
로 소옹은 번뇌에서 벗어나면 속세도 깨달은 경지가 되고 그

렇지 못하면 절간에 있어도 속세에 사는 것과 같다고 했는
데 진실로 옳은 말이다.

89

  좁은 방에서도 온갖 시름 다 버리면 어찌 '단청기둥에
구름이 날고 구슬발을 걷고 비를 본다'고 말할 게 있으리
오. 술 석 잔 마신 후 모든 이치를 깨닫는다면 오직 거문
고를 달빛 아래 비껴 타고 피리를 바람결에 읊조릴 줄 알
리라.

斗室中이라도 萬慮都捐하면 說甚畫棟飛雲하고 珠簾捲雨하
두 실 중   만 려 도 연   설 심 화 동 비 운   주 렴 권 우

며, 三杯後에 一眞自得하면 唯知素琴橫月하고 短笛吟風이
    삼 배 후   일 진 자 득   유 지 소 금 횡 월   단 적 음 풍

니라.

                              ❖

두실(斗室) : 좁은 방.
만려(萬慮) : 모든 걱정, 온갖 시름.
도연(都捐) : 모두 버림.
심(甚) : 하(何 : 어찌, 무엇)와 같음.
화동(畫棟) : 단청을 입힌 기둥. 왕발의 등왕각서에 '아침에는
    단청 올린 기둥에 나는 남포의 구름, 저녁에는 주렴 밖에
    뿌려지는 서산의 비'〔화동조비남포운(畫棟朝飛南浦雲)이요 주렴
    모권서산우(朱簾暮捲西山雨)라〕라는 싯구가 있음.
삼배후(三杯後) : 이백의 시, 월하독작에 '석 잔으로 큰 도를

깨닫고 한 말로 자연과 하나가 되노라'〔삼배통대도(三杯通大道)
하고 일두합자연(一斗合自然)이라〕라는 구절이 있음.

일진(一眞) : 모든 진리.

소금(素琴) : 장식이 없는 거문고.

<풀이>

비록 비좁은 방에서 가난한 삶을 누릴망정 세상의 근심
걱정에서 벗어날 수만 있다면 고대광실의 호화로움을 부러
워할 것이 없다. 술 마신 후 삶을 달관하며 달빛 아래 거
문고를 타고, 바람결에 피리를 분다면 이 또한 그윽한 경
지가 아니겠는가.

90

모든 소리가 고요한 가운데 갑자기 한 마리 새소리를 들
으면 온갖 그윽한 멋을 불러일으키고, 모든 초목이 시들어
떨어진 뒤에 문득 한 줄기 아름다운 꽃을 보면 무한한 삶의
기운이 꿈틀거린다. 가히 본성은 늘 메마르지 않고 정신은
사물에 부딪혀 피어나는 것임을 알리로다.

萬籟寂寥中에 忽聞一鳥弄聲하면 便喚起許多幽趣하고 萬卉
만 뢰 적 료 중   홀 문 일 조 롱 성   변 환 기 허 다 유 취   만 훼

摧剝後에 忽見一枝擢秀하면 便觸動無限生機하니 可見性天
최 박 후 홀 견 일 지 탁 수   변 촉 동 무 한 생 기   가 견 성 천

은 未常枯槁하고 機神은 最宜觸發이로다.
  미 상 고 고   기 신   최 의 촉 발

❖

만뢰(萬籟) : 삼라만상의 소리.

적료(寂寥) : 고요하고 쓸쓸함.

농성(弄聲) : 지저귀는 소리.

유취(幽趣) : 그윽한 운치, 그윽한 멋.

만훼(萬卉) : 모든 풀, 온갖 초목.

최박(摧剝) : 벗겨짐, 시들어 떨어짐.

탁수(擢秀) : 꽃이 핌. 수(秀)는 수(穗 : 이삭)를 뜻함.

변(便) : 문득.

촉동(觸動) : 사물에 닿아 움직임.

생기(生機) : 생생발전하는 작용, 생동하는 기운, 살아 움직이
　는 기운.

성천(性天) : 천성, 본성.

고고(枯槁) : 마르고 시듦.

기신(機神) : 활동하는 정신.

최의(最宜) : ～에 가장 알맞음.

촉발(觸發) : 사물에 닿아서 움직임, 사물에 닿아서 피어남.

<풀이>

　삼라만상이 고요한 가운데 홀연히 한 마리 새 울음소리가
들려 오면 그윽한 멋을 느끼게 되고, 늦가을 싸늘한 기운
속에 한 떨기 국화꽃을 보게 되면 자연의 살아 움직이는
작용에 깊은 감명을 받게 된다. 이와 같이 사람의 본성은
언제나 무미건조하지 않고 사물에 닿아서 새롭게 피어나는
것이다.

91

백거이는 말하기를 '몸과 마음을 놓아 버린 다음 되어가는 대로 맡김만 못하다'고 했고, 조보지는 말하기를 '몸과 마음을 거두어 고요히 선정(禪定)으로 돌아감만 못하다'고 하였다. 놓아 버리면 넘쳐서 미치광이가 되고, 거두어들이면 메마르고 삭막하게 될 뿐이다. 오로지 몸과 마음을 잘 다루자면 그 자루를 손에 잡고 거두고 놓음을 마음대로 해야 한다.

白氏云하되 不如放身心하여 冥然任天造라 하고 晁氏云하되
백 씨 운   불여방신심   명연임천조   조 씨 운

不如收身心하여 凝然歸寂定이라 하니 放者는 流爲猖狂하고
불여수신심   응연귀적정   방자   유위창광

收者는 入於枯寂하니 唯善操身心的은 欛柄在手하여 收放
수자   입어고적   유선조신심적   파병재수   수방

自如니라.
자여

❖

백씨(白氏) : 당나라의 시인 백거이. 자(字)는 낙천(樂天).

불여(不如) : ~만 못하다.

명연(冥然) : 눈을 감은 모습.

천조(天造) : 하늘의 조화.

조씨(晁氏) : 송나라의 시인 조보지(晁補之).

응연(凝然) : 움직이지 않는 모양.

적정(寂定) : 잡념을 버리고 선(禪)의 경지에 들어감.

창광(猖狂) : 미치광이.
고적(枯寂) : 마른나무처럼 생기가 없음.
유(唯) : 오직.
선조(善操) : 잘 다룸, 잘 조종함.
파병(欛柄) : 자루.
재(在) : ～에.
자여(自如) : 마음대로 함. 자유자재. 자유로이 함.

<풀이>

　몸과 마음을 바로잡는 데는 백낙천처럼 하늘의 조화에 맡겨 버리는 것과 조보지처럼 잡념을 버리고 선(禪)의 경지에 드는 법이 있다. 그러나 전자의 경우 너무 방임해 버림으로 미치광이처럼 될 것이요, 후자의 경우 지나치게 졸라맴으로 마른나무처럼 생기가 사라지게 된다. 그러므로 몸과 마음의 자루를 움켜잡고 때와 장소에 따라 풀어 놓고 졸라맴을 알맞게 행하는 것이 가장 현명한 방법이 될 것이다.

92

　눈 내린 밤에 달 밝은 하늘을 보면 마음이 문득 맑아지고, 봄바람의 따스한 기운을 만나면 뜻 또한 절로 녹아 부드러워진다. 이렇게 자연과 사람의 마음이 한데 어울려 틈이 없느니라.

當雪夜月天하면 心境이 便爾澄徹하고 遇春風和氣면 意界가
당 설 야 월 천　　심 경　　변 이 징 철　　　우 춘 풍 화 기　　의 계

亦自冲融하나니 造化人心이 混合無間이니라.
역 자 충 융　　　조 화 인 심　　혼 합 무 간

❖

변이(便爾) : 문득.
징철(澄徹) : 맑고 탁 트임, 깨끗하고 막힘이 없음.
의계(意界) : 뜻, 생각, 의식, 심경.
충융(冲融) : 융화, 녹아 부드러워지는 것.
조화(造化) : 자연의 섭리, 자연의 변화.

<풀이>

눈 내린 밤의 달 밝은 하늘을 대하면 우리의 마음은 한결
깨끗해지고, 봄바람이 온화한 기운을 실어나르면 우리의 생
각 또한 저절로 부드러워진다. 이와 같이 자연의 조화와
사람의 마음은 혼연일체가 되는 것이다.

93

글은 꾸밈이 없음으로 나아가고 도는 꾸밈이 없음으로
이루어지니, 이 꾸밈이 없음에 무한한 뜻이 있다. 만일
'복사꽃 핀 마을에 개가 짖고, 뽕나무 사이에서 닭이 운다'
고 하면 얼마나 소박한가. 그러나 '찬 연못에는 달이 비치
고 고목에는 까마귀가 운다'라고 하면 비록 교묘하기는 하
나 문득 쓸쓸하고 삭막한 분위기를 느끼게 될 것이다.

文以拙進하고　道以拙成하나니　一拙字에　有無限意味니라.
문 이 졸 진　　　도 이 졸 성　　　일 졸 자　　유 무 한 의 미

如桃源犬吠와 桑間鷄鳴이 何等淳龐고 至於寒潭之月과 古
여도원견폐   상간계명   하등순롱   지어한담지월   고

木之鴉하여는 工巧中에 便覺有衰颯氣象矣로다.
목지아   공교중   변각유쇠삽기상의

❀

졸(拙) : 서투르고 세련되지 못함, 꾸밈이 없고 순수함.
도원견폐(桃源犬吠) : 복사꽃 핀 마을에 개가 짖고……. 도연명
    의 도화원기에서 인용한 글임. 전원의 순박한 풍경을 묘사한
    것임.
하등(何等) : 얼마나.
순롱(淳龐) : 순박하고 진실함.
한담(寒潭) : 차가운 연못.
아(鴉) : 까마귀.
공교(工巧) : 교묘함.
쇠삽(衰颯) : 쇠퇴하여 처량함, 쓸쓸하고 삭막함.

<풀이>

　문장은 꾸밈이 없이 진솔하게 쓸 때 발전하며 도(道) 또
한 꾸밈이 없는 순박한 마음가짐에서 터득될 수 있다. 그
러므로 졸자(拙字)에는 깊은 뜻이 담겨 있다. 사실 '복사꽃
핀 마을에 개가 짖고, 뽕나무 사이에서 닭이 운다'는 글은
농촌의 순박한 풍물을 잘 그려 낸 것이다. 그러나 '차가운
못에 달이 비치고, 고목에 까마귀가 운다'는 글은 기교적으
로는 나무랄 데가 없으나 쓸쓸하고 불길한 그림자가 보이는
것 같아 그다지 호감이 가는 글은 아니다. 요컨대 문장을
지음이나 진리를 탐구함에 있어 졸박(拙朴)함이 기교나 세
련됨보다 더욱 바람직한 것이다.

94

스스로 사물을 부리는 이는 얻었다 하여 기뻐하지 아니하고, 잃었다 하여 또한 근심하지 않으니 대지가 다 그의 노니는 곳이다. 스스로 사물의 부림을 받는 이는 역경을 미워하고 순경에 애착심을 가지니 털끝만한 일에도 문득 얽매이게 된다.

以我轉物者는 得固不喜하고 失亦不憂하여 大地盡屬逍遙하
이 아 전 물 자   득 고 불 희   실 역 불 우   대 지 진 속 소 요

며 以物役我者는 逆固生憎하고 順亦生愛하여 一毛便生纏
　 이 물 역 아 자   역 고 생 증   순 역 생 애   일 모 변 생 전

縛이니라.
박

❖

이아전물(以我轉物) : 자신의 뜻대로 사물을 부림.
고(固) : 본디.
진속소요(盡屬逍遙) : 모두 노니는 곳임, 다 소요자적하는 곳임.
역(役) : 사역됨, 부림을 받는 것.
역(逆) : 역경, 고난.
순(順) : 순탄한 처지.
일모(一毛) : 털끝만한 일, 아주 작은 일.
전박(纏縛) : 얽매임, 구속됨, 속박당함.

＜풀이＞

자신이 사물의 주인이 되어 그것을 스스로의 의지대로

부릴 줄 아는 이는 명리(名利)를 얻었다고 해서 기뻐하거나 또 잃었다고 해서 근심하지도 않는다. 이런 사람에게는 이 세상 모든 것이 다 한가로이 노닐 수 있는 장소가 된다. 그러나 외물에 사역당하는 이는 늘 피동적이므로 고난에 처하면 증오심을 참지 못하고, 순탄한 처지에 지나치게 애착을 가져 작은 일에도 몸과 마음이 얽매이게 된다. 그러므로 이런 사람은 단 하루도 번뇌에서 벗어날 수 없는 것이다.

95

원리가 비어 고요하면 현상도 따라서 고요해지니, 현상을 버리고 원리만 잡으려 함은 그림자를 버리고 형체만 머물게 하려는 것과 같다. 마음이 비면 바깥 사물도 비는 것이니, 바깥 사물을 버리고 마음만을 보존하려 함은 비린 고기를 모으면서 쉬파리를 쫓으려는 것과 같다.

理寂則事寂하나니 遣事執理者는 似去影留形이요 心空則境
이 적 즉 사 적   견 사 집 리 자   사 거 영 류 형   심 공 즉 경

空하나니 去境存心者는 如聚羶却蚋니라.
공   거 경 존 심 자   여 취 전 각 예

❖

이(理): 형이상학적 원리.

적(寂): 공적(空寂).

사(事): 현상.

견사(遣事): 현상을 버림, 사물을 무시함.

집리(執理) : 원리를 고집함, 본체에 집착함.
경(境) : 환경, 인식의 대상이 되는 바깥 사물.
전(羶) : 비린내나는 고깃덩이.
각(却) : 물리침, 쫓음.
예(蚋) : 쉬파리, 모기.

<풀이>

형이상학적 원리와 현상은 물체와 그림자처럼 불가불리의 관계에 있다. 그러므로 현상을 무시하고 원리에만 매달리는 것은 그림자를 제거하고 형체만을 남겨 두려 함과 같다. 또한 마음이 비면 바깥 사물도 절로 비게 된다. 그러므로 바깥 사물을 버리고 마음만을 지키려 함은 말하자면 비린 냄새를 풍기는 고깃덩이를 모으면서 쉬파리를 쫓는 것처럼 불가능한 일이다.

96

한가히 지내는 이의 맑은 흥취는 오로지 유유자적함에 있다. 그러므로 술은 권하지 않는 것으로 기쁨을 삼고, 바둑은 다투지 않음을 이김으로 하며, 피리는 구멍이 없음을 좋게 여기고, 거문고는 줄이 없음을 고상하게 여기며, 만남은 기약을 하지 않음으로써 참되고, 손님은 맞아들이거나 배웅을 하지 않음을 편하게 여기는 것이다. 만약 한번 겉치레에 이끌리고 형식에 사로잡힌다면 곧 속세의 괴로움의 바다에 떨어지리라.

幽人淸事는 總在自適이라 故로 酒以不勸으로 爲歡하고 棋
유 인 청 사 총 재 자 적 고 주 이 불 권 위 환 기

以不爭으로 爲勝하며 笛以無腔으로 爲適하고 琴以無絃으로
이 부 쟁 위 승 적 이 무 강 위 적 금 이 무 현

爲高하며 會以不期約으로 爲眞率하고 客以不迎送으로 爲坦
위 고 회 이 불 기 약 위 진 솔 객 이 불 영 송 위 탄

夷하나니 若一牽文泥迹하면 便落塵世苦海矣리라.
이 약 일 견 문 니 적 변 락 진 세 고 해 의

❖

유인(幽人) : 세속을 벗어나 한가히 지내는 은자.

청사(淸事) : 맑은 흥취. 풍류(風流).

자적(自適) : 마음내키는 대로 함.

기(棋) : 바둑.

적(笛) : 피리.

무강(無腔) : 구멍이 없음.

금(琴) : 거문고.

무현(無絃) : 줄이 없음.

기약(期約) : 기약함, 약속함.

진솔(眞率) : 참되고 솔직함.

영(迎) : 마중.

송(送) : 전송, 배웅.

탄이(坦夷) : 평탄함, 마음이 편함.

견문(牽文) : 겉치레에 이끌리는 것. 번문(繁文).

니적(泥迹) : 형식에 사로잡힘. 욕례(褥禮).

고해(苦海) : 괴롭고 풍파가 많은 이 세상.

<풀이>

한가하게 지내는 은사(隱士)의 깨끗한 풍류는 얽매이지
않고 마음내키는 대로 하는 데 있다. 그러므로 술은 권하지

않고 알아서 마시며, 바둑은 이기려고 하거나 내기를 하지
않고, 악기의 연주에는 곡조와 음율에 지나치게 사로잡히지
않으며, 서로 약속은 하지 않고, 손님이 와도 마중이나 배
웅은 하지 않는다. 그러나 만약 겉치레와 형식에 얽매인다
면 다시 번거롭고 풍파가 많은 속세로 되돌아가게 되는 것
이다.

둘이서 마주앉아 마시노라니 산에는 꽃이 피고,
한 잔 한 잔 또 한 잔을 끝없이 기울이노라.
나 취해서 자려고 하니 그댄 돌아갔다가,
내일 아침 마음 내키면 거문고 안고 또 오게.

兩人對酌山花開하니
양 인 대 작 산 화 개

一杯一杯復一杯라.
일 배 일 배 부 일 배

我醉欲眠卿且去리니
아 취 욕 면 경 차 거

明朝有意抱琴來하라.
명 조 유 의 포 금 래

— 이백의 '산중여유인대작'(山中與幽人對酌)에서 —

97

이 몸이 태어나기 이전에는 어떤 모습이었을까를 생각해
보고, 또한 이 몸이 죽은 후에는 어떤 모습이 될까를 생각

해 보라. 그러면 온갖 생각이 재처럼 식어지고 한 조각 본
성만이 고요히 남아, 저절로 만물을 벗어나 창조 이전의
세계에서 노닐게 되리라.

試思未生之前에 有何象貌하고 又思旣死之後에 作何景色하
시 사 미 생 지 전　유 하 상 모　　우 사 기 사 지 후　작 하 경 색

면　則萬念灰冷하고　一性寂然하여　自可超物外遊象先이니
　　즉 만 념 회 랭　　일 성 적 연　　자 가 초 물 외 유 상 선

라.

❖

상모(象貌): 모양.
경색(景色): 경치, 상태, 모습.
만념(萬念): 온갖 생각.
회랭(灰冷): 재처럼 식음.
일성(一性): 본성.
적연(寂然): 고요함.
물외(物外): 현상계의 바깥.
상선(象先): 천지 창조 이전의 상태, 절대경, 만물이 생겨나기
　이전의 상황.

<풀이>

　내가 이 세상에 태어나기 이전의 모습과 죽은 후에 될
모습을 가만히 생각해 보라. 그러면 모든 집착과 욕심이
덧없는 것임을 깨닫게 되며, 오로지 순수한 성품만이 남아
상대적인 현상계를 벗어나 천지와 만물이 생겨나기 이전의
절대의 세계에서 노닐게 될 것이다.

98

병이 든 뒤에야 건강이 보배임을 생각하고 어지러운 일을
맞은 뒤에야 평화가 복임을 생각하면 일찍 아는 지혜가 아
니다. 요행을 바람이 재앙의 근본임을 알고 삶에 집착함이
죽음의 원인임을 미리 알면 그것은 뛰어난 식견이다.

遇病而後에 思強之爲寶하고 處亂而後에 思平之爲福은 非
우 병 이 후　　사 강 지 위 보　　　처 란 이 후　　사 평 지 위 복　　비

蚤智也라. 倖福而先知其爲禍之本하고 貪生而先知其爲死
조 지 야　　　행 복 이 선 지 기 위 화 지 본　　　탐 생 이 선 지 기 위 사

之因이면 其卓見乎인저.
지 인　　　기 탁 견 호

❖

평(平) : 평화.

조지(蚤智) : 빠른 지혜, 선견지명. 조(蚤 : 벼룩, 일찍)는 조(早)
˙와 통함.

행(倖) : 요행.

선지(先知) : 미리 알다.

탐생(貪生) : 삶을 탐냄, 삶에 집착함.

탁견(卓見) : 뛰어난 식견.

<풀이>

병이 고황에 든 다음에야 건강의 소중함을 생각하고 사
변을 맞은 뒤에야 평화가 복임을 깨닫는다면 이는 결코
선견지명이 아니다. 요행을 바람이 재앙의 씨앗임을 알고 구

차스레 삶에 집착하여 불로장생을 구함이 도리어 죽음의
원인임을 안다면 이는 탁월한 식견인 것이다.

99

배우는 분 바르고 연지 찍어 붓끝으로 예쁘고 추함을 나
타내지만 문득 노래가 끝나고 막이 내리면 예쁘고 추함은
어디에 있는가. 바둑 두는 이는 앞뒤를 다투면서 바둑돌로
승패를 겨루지만 문득 판이 끝나고 돌을 거두면 승패는 어
디에 있는가.

優人은 傳粉調硃하여 效妍醜於毫端이나 俄而오 歌殘場罷하
우 인　부분조주　　효연추어호단　　아 이　가잔장 파

면 妍醜何存이며 奕者는 爭先競後하여 較雌雄於著子나 俄
　 연추하존　　혁자　쟁선경후　　교자웅어착자　아

而오 局盡子收하면 雌雄安在리오.
이　 국진자수　　자웅안재

❖

우인(優人) : 배우.
부(傳) : 붙임, 바름.
조주(調硃) : 연지를 찍음.
효(效) : 나타냄.
연추(妍醜) : 예쁘고 추함.
호단(毫端) : 붓끝.
아이(俄而) : 이윽고.
가잔장파(歌殘場罷) : 노래가 끝나고 막이 내림.
혁자(奕者) : 바둑 두는 사람.

쟁선경후(爭先競後) : 선후수(先後手)를 다툼.
자웅(雌雄) : 암수, 승부, 승패.
착자(著子) : 바둑돌.
국진(局盡) : 판이 끝남.
안(安) : 어디에.

<풀이>

배우는 화장을 하고 무대에 오르지만 연극이 끝나고 막이
내리면 붓끝에서 나온 예쁨과 추함은 모두 지워지고 만다.
또한 바둑을 두는 사람은 선수와 후수를 다투며 바둑돌에
승패를 걸지만 이윽고 판이 끝나고 돌을 거두게 되면 승패
도 사라져 버린다. 우리의 삶도 이와 마찬가지이다. 생전에
는 부귀와 명리에 혈안이 되지만 생을 마감하는 날엔 다만
빈손이 될 뿐이다.

100

바람과 꽃이 시원하고 산뜻하며, 눈과 달이 맑고 깨끗하
나 오직 고요한 이 만이 그 주인이 되고, 물과 나무가 번
성하고 메마르며, 돌과 대나무가 사라지고 자라나나 홀로
한가한 이만이 제 것으로 할 수 있느니라.

風花之瀟洒와 雪月之空淸은 唯靜者爲之主요 水木之榮枯
풍 화 지 소 쇄   설 월 지 공 청   유 정 자 위 지 주   수 목 지 영 고

와 竹石之消長은 獨閑者操其權이니라.
죽 석 지 소 장   독 한 자 조 기 권

❖

소쇄(瀟洒) : 시원하고 산뜻함, 맑고 깨끗함.

설월(雪月) : 눈과 달.

공청(空清) : 맑고 깨끗함.

유(唯) : 오직.

정자(靜者) : 고요히 사는 사람.

위지주(爲之主) : 그것의 주인이 됨.

영고(榮枯) : 무성함과 시들음.

소장(消長) : 사라지고 자라남.

조기권(操其權) : 그 권리를 잡음, 그 권한을 장악함.

<풀이>

　시원한 바람과 예쁜 꽃, 밝은 달과 깨끗한 흰 눈 등은 참으로 아름다운 풍물이지만 오직 마음이 고요한 사람만이 그것을 감상할 수 있다. 또한 물가의 나무, 돌틈에서 자라는 대나무는 계절에 따라 변하여 인생의 성쇠를 말해 주는 것 같으나 다만 욕심이 없고 마음이 한가한 사람만이 그런 변화를 느낄 수 있는 감수성을 지니고 있다.

101

　시골 늙은이는 닭고기와 막걸리를 말하면 매우 기뻐하지만 고급 음식을 물으면 알지 못하고 무명 두루마기와 베잠방이를 말하면 아주 좋아하지만 예복을 물으면 알지 못한다. 이는 천성이 온전하므로 그 바라는 바도 담박한 것이니, 그야말로 삶의 첫째가는 경지인 것이다.

田父野叟는　語以黃鷄白酒면　則欣然喜하나　問以鼎食하면
전 부 야 수　　어 이 황 계 백 주　　즉 흔 연 희　　문 이 정 식

則不知하고　語以縕袍短褐하면　則油然樂하나　問以袞服하면
즉 부 지　　어 이 온 포 단 갈　　즉 유 연 락　　문 이 곤 복

則不識하나니　其天이　全故로　其欲이　淡이라　此是人生第一
즉 불 식　　　기 천　　전 고　　기 욕　　담　　차 시 인 생 제 일

個境界니라.
개 경 계

❖

전부야수(田父野叟) : 시골에서 농사짓는 늙은이.

황계(黃鷄) : 깃털이 누런 닭.

백주(白酒) : 막걸리.

흔연(欣然) : 기뻐하는 모습.

정식(鼎食) : 값비싼 고급요리.

온포(縕袍) : 솜을 넣은 무명 두루마기.

단갈(短褐) : 짧은 베잠방이.

유연(油然) : 구름이 떠오르는 모양, 왕성하게 일어나는 모양.

곤복(袞服) : 높은 벼슬아치가 입는 관복.

천전(天全) : 타고난 성품을 온전히 지니고 있음, 순박한 성품
　　을 제대로 간직함.

제일개(第一個) : 으뜸가는, 첫째가는.

경계(境界) : 경지.

<풀이>

　시골에서 농사짓는 노인은 닭고기와 막걸리를 이야기하면
좋아하지만 귀인들이 즐기는 고급요리는 전혀 알지 못한다.
또한 무명도포와 짧은 베잠방이를 말하면 기뻐하지만 고관
대작의 예복에 대해서는 도무지 아는 바가 없다. 이는 바로

그들의 순박한 성품이 조금도 때가 묻지 않아 바라는 바가
담박하기 때문이며, 삶의 참된 경지인 것이다.

102

마음에 망령된 생각이 없는데 어찌 마음을 비쳐 볼 필요
가 있겠는가. 석가모니가 말한 '마음을 비쳐 보라'고 한
것은 오히려 그 장애를 더할 뿐이다. 만물은 본시 한 물건
인데 어찌 가지런하기를 기다리겠는가. 장주가 말한 '만물
을 가지런히 한다'고 한 것은 스스로 같은 것을 갈라 놓는
것이다.

心無其心이니 何有於觀이리요. 釋氏曰觀心者는 重增其障이
심 무 기 심   하 유 어 관   석 씨 왈 관 심 자   중 증 기 장

니라. 物本一物이니 何待於齊리오. 莊生曰齊物者는 自剖其
물 본 일 물   하 대 어 제   장 생 왈 제 물 자   자 부 기

同이니라.
동

❖

무기심(無其心) : 그 마음이 없음. 여기서는 망령된 생각이나
　사심이 없음을 뜻함.
석씨(釋氏) : 석가모니.
관심(觀心) : 마음을 살펴 사념을 없애는 것.
중증(重增) : 거듭 더함.
장(障) : 장애.
물본일물(物本一物) : 상대적인 현상의 세계를 벗어나 본질적인
　차원에서 보면 만물은 일체임.

장생(莊生) : 장자. 이름은 주(周).

제물(齊物) : 만물을 가지런히 하는 것. 모든 사물을 평등하고 일체로 봄.

부기동(剖其同) : 같은 것을 갈라 놓아 차별함.

<풀이>

마음에 사념이 없으면 마음으로써 마음을 비쳐 볼 필요는 없을 것이다. 그러므로 석가여래가 마음을 비쳐 보라고 한 것은 사념이 없는 이에게는 도리어 의혹만 더해 줄 뿐이다. 또한 현상의 세계에서는 만물은 천차만별로 이루어졌지만 근원적인 차원에서 살펴보면 모두가 동일한 것이므로 우열이 있을 수 없다. 그러므로 장자가 만물을 가지런히 한다고 한 것은 도리어 원래 하나인 것을 나누어 놓는 차별의식을 심어 줄 뿐이다.

103

피리와 노래소리가 바야흐로 무르익을 때에 문득 옷소매를 떨쳐 훌쩍 떠나감은 마치 달인이 손을 놓고 낭떠러지 위를 걷는 것과 같아 부럽고, 시간이 이미 다한 때에 여전히 쉬지 않고 밤길을 걷는 것은 마치 속된 선비가 몸을 고해에 빠뜨리는 것 같아 우습다.

笙歌正濃處에 便自拂衣長往하니 羨達人撒手懸崖하며 更漏
생 가 정 농 처   변 자 불 의 장 왕   선 달 인 살 수 현 애   경 루

已殘時에 猶然夜行不休하니 哎俗士沈身苦海니라.
이 잔 시   유 연 야 행 불 휴   소 속 사 침 신 고 해

❖

생가(笙歌) : 피리 불고 노래 부름.

정(正) : 바야흐로.

농처(濃處) : 무르익을 때.

불의(拂衣) : 옷깃을 떨침.

선(羨) : 부러워함.

달인(達人) : 달관한 사람.

살수현애(撒手懸崖) : 낭떠러지 위를 손을 놓고 거니는 것.

경루(更漏) : 물시계.

이잔(已殘) : 거의 다 없어짐.

불휴(不休) : 쉬지 않음.

소(哂) : 소(笑 : 웃을, 웃음)와 같음.

속사(俗士) : 속인.

침신(沈身) : 몸을 빠뜨림.

<풀이>

주흥이 한창 무르익을 때 옷깃을 떨치고 자리를 뜨는 사람은 마치 도리에 통달한 사람이 벼랑 위를 손을 놓고 걷는 것 같아 부럽고, 밤 늦은 시간에도 명리를 얻기 위해 분주히 다니는 사람을 보면 마치 제 몸을 고해에 빠뜨리는 것 같아 딱하고 우습기만 하다.

104

마음을 아직 붙잡지 못했다면 마땅히 시끄러운 속세를 떠나 이 마음이 욕심낼 만한 것을 보지 못하게 하고 마음이 흐트러지지 않게 하여 나의 고요한 마음의 바탕을 맑게 해야 할 것이다. 마음을 이미 굳게 잡았거든 마땅히 다시 몸을 속세에 두고 이 마음으로 하여금 욕심낼 만한 것을 보아도 어지럽혀지지 않게 하여 나의 원만한 마음의 작용을 길러야 할 것이다.

把握未定이어든 宜絶跡塵囂하여 使此心으로 不見可欲而不
파 악 미 정　　　　의 절 적 진 효　　　사 차 심　　　불 견 가 욕 이 불

亂하여 以澄吾靜體하며 操持旣堅이어든 又當混跡風塵하여
란　　이 징 오 정 체　　　조 지 기 견　　　우 당 혼 적 풍 진

使此心으로 見可欲而亦不亂하여 以養吾圓機니라.
사 차 심　　　견 가 욕 이 역 불 란　　　이 양 오 원 기

※

파악(把握) : 굳게 잡음.

진효(塵囂) : 시끄러운 속세.

정체(靜體) : 고요한 마음의 바탕.

조지(操持) : 꽉 잡음, 굳게 잡음.

풍진(風塵) : 어지러운 속세.

불란(不亂) : 동요되지 않음, 흔들리지 않음.

원기(圓機) : 원만한 마음의 작용.

<풀이>

마음이 유혹에 흔들리거든 당분간 조용한 곳에서 수양에 힘쓰도록 해야 한다. 이미 마음이 안정되어 동요되지 않을 자신이 있으면 은둔생활을 떠나 다시 속세에 돌아가도록 하라. 만일 욕심낼 만한 것을 보고도 끝내 마음이 흔들리지 않는다면, 원만한 삶을 누릴 수 있을 것이다.

105

　　고요함을 좋아하고 시끄러움을 싫어하는 이는 흔히 사람을 피함으로써 고요함을 찾지만, 뜻이 사람 없음에 있다면 이는 바로 자아에 사로잡힌 것이요, 마음이 고요함에 집착한다면 그것이 바로 동요의 근본임을 모르고 있기 때문이다. 이래서야 어찌 남과 나를 하나로 보고 움직임과 고요함을 모두 잊는 경지에 이르리오.

　　喜寂厭喧者는 往往避人以求靜하나니 不知케라 意在無人하
　　희 적 염 훤 자　　왕 왕 피 인 이 구 정　　　부 지　　의 재 무 인

면 便成我相하고 心著於靜하면 便是動根이라 如何到得人我
　　변 성 아 상　　심 착 어 정　　변 시 동 근　　여 하 도 득 인 아

一視하고 動靜兩忘的境界리오.
일 시　　동 정 량 망 적 경 계

❧

희적염훤(喜寂厭喧)：고요함을 즐기고 시끄러움을 싫어함.

왕왕(往往)：흔히, 자주.

구정(求靜)：고요함을 찾음.

아상(我相)：망상에 의한 자아의 모습을 참된 나로 보고 집착
　　함.

착(著)：매달림, 집착함.

동근(動根)：동요의 근본.

인아일시(人我一視)：남과 나를 하나로 보고 차별을 두지 않음.

양망(兩忘)：둘 다 잊음.

경계(境界)：경지.

<풀이>

　고요함을 좋아하고 시끄러움을 싫어하는 이들 중에는 아예 사람을 피하여 은거생활을 하는 경우가 있다. 그러나 숨어 사는 목적이 다만 사람을 피하는 데 있다면 그 마음은 아직도 자아에 사로잡혀 있는 것이다. 그리고 고요함을 찾는 마음은 동시에 모든 동요의 기틀이 되기도 한다. 그러므로 이런 차원에서는 남과 나를 일체로 보고 차별을 버리며, 또한 고요함과 시끄러움의 구분 자체를 초탈하는 그런 드높은 경지에는 이르지 못하는 것이다.

106

　산중에 살면 가슴속이 맑고 깨끗하여 대하는 것마다 모두 아름다운 생각이 든다. 외로운 구름과 들의 학을 보면 속세를 벗어난 듯하고, 돌틈에 흐르는 시내와 샘물을 만나면 때 묻은 마음을 씻어 주는 듯하며, 늙은 전나무와 찬 매화를 어루만지면 꿋꿋한 절개가 우뚝 솟아나고, 모래밭의 갈매기와 사슴, 고라니를 벗하면 마음의 번거로움을 모두 잊게 된다. 그러나 만약 한번 속세에 뛰어들게 되면 비록 외물과 상관치 않을지라도 이 몸 또한 부질없는 존재가 될 것이다.

山居하면　胸次淸洒하여　觸物皆有佳思하니　見孤雲野鶴에
산 거　　　흉차청쇄　　　촉물개유가사　　　견고운야학

而起超絕之想하고遇石澗流泉에而動澡雪之思하며撫老檜寒
이기초절지상　　　우석간류천　이동조설지사　　무로회한

梅에 而勁節挺立하고 侶沙鷗麋鹿에 而機心頓忘이라. 若一
매   이 경 절 정 립   여 사 구 미 록   이 기 심 돈 망   약 일

走入塵寰하면 無論物不相關이나 卽此身이 亦屬贅旒矣리라.
주 입 진 환   무 론 물 불 상 관   즉 차 신   역 속 췌 류 의

❖

흉차(胸次) : 가슴속.

청쇄(清洒) : 맑고 깨끗함.

촉물(觸物) : 사물과 접촉함.

초절(超絶) : 세속을 벗어남, 속세를 초월함.

석간류천(石澗流泉) : 돌틈에 흐르는 시내와 샘물.

조설(澡雪) : 씻어서 깨끗이 함. 설(雪)은 씻다는 뜻임.

무(撫) : 어루만짐.

노회한매(老檜寒梅) : 늙은 전나무와 찬 매화.

경절(勁節) : 굳은 절개.

정립(挺立) : 우뚝 솟아남.

여(侶) : 짝함, 벗삼음.

사구(沙鷗) : 모래밭의 갈매기.

미록(麋鹿) : 고라니와 사슴.

기심(機心) : 움직이는 마음, 계교(計巧)를 꾸미는 마음, 꾀를
　　　　　생각해 내는 마음.

돈망(頓忘) : 갑자기 잊음.

진환(塵寰) : 속세. 환(寰)은 세계, 천하를 뜻함.

췌류(贅旒) : 췌(贅)는 혹, 류(旒)는 면류관 앞뒤에 늘어뜨린
　　　　　구슬 장식, 곧 쓸모 없는 물건을 뜻함.

＜풀이＞

번거로운 속세를 떠난 산속에서 생활하면 가슴속이 맑고
시원해진다. 외로이 흘러가는 조각구름과 무심하게 날고 있

는 학을 보면 문득 세속을 초탈한 듯한 생각이 들며, 바위
틈에서 흘러나오는 샘물을 만나면 명리에 찌든 마음이 모두
깨끗해지는 것만 같고, 곧고 우람하게 자란 전나무와 차가
운 눈 속에서 피어나는 매화를 어루만지면 굳센 절개가 마
음속에서 솟아오르는 것만 같으며, 물가의 갈매기와 사슴을
벗삼으면 이들의 순수한 모습에 동화되어 계교를 꾸미는
나쁜 마음이 사라진다. 그러나 다시 어지러운 속세에 뛰어
들면 이 몸 또한 어쩔 수 없이 혼탁해질 것이다.

107

흥겨움이 때때로 일어나 풀밭을 발벗고 한가로이 거니노
라면 들새도 겁내지 않고 벗이 되어 주며, 경치가 마음에
들어 떨어지는 꽃 아래 옷자락을 풀고 우두커니 앉아 있노
라면 흰구름이 슬며시 다가와 곁에 머문다.

興逐時來면 芳草中에 撤履閑行하나니 野鳥도 忘機時作伴이
홍 축 시 래　　방 초 중　　철 리 한 행　　　　야 조　　망 기 시 작 반

요, 景與心會면 落花下에 披襟兀坐하나니 白雲이 無語漫相
　　경 여 심 회　　낙 화 하　　피 금 올 좌　　　　백 운　　무 어 만 상

留로다.
류

❖

축시(逐時) : 때를 따라.
철리(撤履) : 신발을 벗음.
한행(閑行) : 한가로이 거님.

야조(野鳥) : 들새.

망기(忘機) : 마음을 놓음, 경계심을 버림.

작반(作伴) : 짝이 됨, 벗이 됨.

경(景) : 경치, 풍경.

여심회(與心會) : 마음에 맞음.

피금(披襟) : 옷자락을 풀어 헤침.

올좌(兀坐) : 우두커니 앉아 있음. 올(兀)은 우뚝한 모양을 뜻
　　함.

만(漫) : 느긋하고 한가로운 모습, 느리고 제멋대로 임.

상류(相留) : 곁에 머물음.

<풀이>

흥취가 일어날 때 맨발로 향기로운 풀밭 속을 산책하면
들새들도 마음을 놓고 친구가 되어 준다. 또한 경치가 마
음에 들어 지는 꽃 아래 허리띠를 풀고 편안히 앉아 있으면
흰구름도 말없이 다가와 곁에 머문다. 그야말로 사람과 자
연이 하나가 되는 그윽한 경지인 것이다.

108

인생의 복과 재앙은 모두 마음에서 이루어진다. 그러므로
석가여래가 말하기를 '욕심이 불같이 타오르면 그것이 바로
불구덩이요, 탐애(貪愛)에 빠지면 그것이 문득 고해가 되는
것이다. 한 생각이 맑고 깨끗하면 거센 불길도 연못이 되
며, 한마음에 깨달음이 있으면 배는 저 언덕에 오른다'고
했다. 이와 같이 생각이 조금만 달라도 경지가 크게 달라

지니, 어찌 삼가지 않을 수 있겠는가?

人生福境禍區는 皆念相造成이라 故로 釋氏云하되 利慾熾
인생복경화구　개념상조성　　고　석씨운　　이욕치

然이면 卽時火坑이요 貪愛沈溺하면 便爲苦海나 一念淸淨하
연　　즉시화갱　　탐애침닉　　변위고해　일념청정

면 烈焰成池하고 一念警覺하면 船登彼岸이라 하니 念頭稍異
　　열염성지　　일념경각　　선등피안　　　　염두초이

면 境界頓殊니 可不愼哉아.
　　경계돈수　가불신재

❖

복경(福境)：행복의 경지.
화구(禍區)：재앙의 구역.
조성(造成)：만들어짐, 이루어짐.
치연(熾然)：거세게 타오르는 모양.
화갱(火坑)：불구덩이.
탐애(貪愛)：탐내고 집착하는 것.
침닉(沈溺)：빠짐.
열염(烈焰)：거센 불길.
경각(警覺)：경계하고 깨닫는 것.
피안(彼岸)：저 언덕. 죽고 나는 괴로움을 벗어난 열반의 경지.
　생사(生死)의 경계를 차안(此岸：이 언덕)이라고 함.
염두(念頭)：마음.
초(稍)：조금.
돈수(頓殊)：크게 다름, 크게 차이가 남.
가불신재(可不愼哉)：가히 삼가지 않을 수 있겠는가, 가히 신
　중하지 않을 수 있겠는가.

＜풀이＞

복과 재앙, 극락과 연옥이 모두 사람의 마음에서 이루어
진다. 그러므로 부처님이 이르기를 '욕망의 뜨거운 불꽃이
타오르면 이는 곧 멸망의 불구덩이요, 집착에서 헤어나지
못하면 몸을 고해에 던지게 된다. 그러나 마음이 담박하고
순수하면 탐욕의 불꽃도 사라져 고요한 연못처럼 되고, 마
음에 깨달음이 있어 세속의 번뇌와 욕망을 떨쳐 버린다면
마침내 열반경에 들게 된다'고 하였다. 이와 같이 마음이
조금만 달라져도 경지 또한 크게 차이가 나니, 어찌 신중
하지 않을 수 있으리오.

109

새끼줄 톱이 나무를 자르고, 물방울도 돌을 뚫으니, 도를
배우는 이는 모름지기 힘써 찾기를 더해야만 한다. 물이
모이면 내를 이루고, 참외도 익으면 꼭지가 빠지니, 도를
얻으려는 이는 한결같이 하늘의 작용에 맡길 것이니라.

繩鋸木斷하고 水滴石穿하니 學道者는 須加力索이니라. 水
승 거 목 단   수 적 석 천   학 도 자   수 가 력 색   수

到渠成하고 瓜熟蒂落하니 得道者는 一任天機니라.
도 거 성   과 숙 체 락   득 도 자   일 임 천 기

❧

승거목단(繩鋸木斷) : 새끼줄로 오랫동안 톱질하면 나무가 잘라
　진다고 함.
수적석천(水滴石穿) : 물방울도 계속 떨어지면 돌에 구멍을 뚫을

수 있다고 함. 앞의 구절과 함께 노력의 중요성을 강조한
말임.

역색(力索) : 힘써 찾음, 힘써 구함.

수도거성(水到渠成) : 물이 모이면 시냇물을 이룸.

과숙체락(瓜熟蒂落) : 참외가 익어 꼭지가 떨어짐. 체(蒂)는 꼭
지.

천기(天機) : 천지 자연의 오묘한 작용.

<풀이>

세상의 모든 일에 가장 중요한 것은 정성과 노력일 것이
다. 무슨 일이나 부단한 노력이 없으면 유종의 미를 거둘
수 없는 것이다. 도를 얻으려고 하는 이는 더욱 그것이 필
요하다. 열자 탕문편(湯問篇)에 이런 이야기가 수록되어 있
다. 태행산(太行山)은 둘레가 7백 리나 되는 큰 산인데, 원
래는 기주 남쪽, 하양 북쪽에 자리잡고 있었다. 그런데 북
산(北山)의 우공(愚公)이란 아흔 살 가까운 늙은이는 이 두
산을 앞에 놓고 살기 때문에 드나들 때마다 불편하였다.

어느 날 노인은 식구들을 모아 놓고 이렇게 말하였다.
"나는 너희들과 함께 높은 산을 깎아 평평하게 하고 예주
남쪽으로 길을 내 한수 남쪽까지 갈 수 있도록 하고 싶다.
너희들은 이 안을 어떻게 생각하는가?" 우공의 아내가 반
대하고 나섰다. 그러나 나머지 식구들이 찬성했음으로 이를
무마할 수 있었다. 우공은 아들, 손자를 데리고 산을 허물
기 시작하였다. 겨우 세 사람이 돌을 깨고 흙을 파서 삼태
기에 담아 발해로 옮겼다. 우공의 이웃에 살고 있는 7, 8세
짜리 소년도 이 일을 도왔다. 그러나 한 해에 겨우 두 번
흙과 돌을 버리고 오는 실정이었다. 그러자 하곡에 사는

지수란 노인이 이를 딱하게 여겨 이렇게 말렸다. 「자넨 어찌 그리 어리석은가. 그 많은 흙과 돌을 어떻게 치우겠는가?」 그러나 우공은 이렇게 말하였다. "이 사람아, 자넨 소견이 좁아서 탈이야. 내가 죽더라도 자식이 있지 않은가. 그 자식이 또 자식을 낳고 그 손자가 다시 자식을 낳지 않겠는가. 이렇게 사람은 자자손손 이어갈 수 있지만 산은 더 불어나는 일은 없지 않은가. 그러니 언젠가는 평지가 될 날이 오지 않겠나?"

지수는 기가 막혀 입을 다물었다. 산신령이 이 말을 듣고 크게 놀랐다. 그는 옥황상제에게 이 일을 말려 주도록 호소하였다. 그러나 옥황상제는 우공의 정성에 느끼는 바 있어 힘이 센 과아씨의 아들을 시켜 두 산을 들어 하나는 삭동에 두고 또 하나는 옹남으로 옮기게 했다. 이리하여 기주 남쪽에서 한수 남쪽에 이르는 지역에는 산이 없게 되었다고 한다. 이 우화는 끊임없는 노력과 정성의 중요함을 강조한 것이다.

110

마음이 쉬면 문득 달이 뜨고 바람이 불어 오니 사람 사는 세상이 반드시 고해만은 아니다. 마음이 멀면 수레의 먼지와 말발굽 자국이 저절로 없어지니, 어찌 자연을 그리워하여 병이 들겠는가?

機息時에 便有月到風來하나니 不必苦海人世요 心遠處에
기 식 시　　변 유 월 도 풍 래　　불 필 고 해 인 세　　심 원 처

自無車塵馬迹이어늘 何須痼疾丘山이리오.
자 무 거 진 마 적   하 수 고 질 구 산

❖

기(機) : 마음의 활동, 마음의 움직임.

고해인세(苦海人世) : 괴로움이 많은 인간 세상.

심원(心遠) : 마음이 속세에서 멀어짐. 도연명의 시에 '마음이
　속세에서 머니 사는 데가 곧 외진 곳이라'〔심원지자편(心遠地
　自偏)이라〕는 구절이 있음.

거진마적(車塵馬迹) : 수레의 먼지와 말발굽 자국.

고질구산(痼疾丘山) : 산수를 사랑함이 고질이 됨. 천석고황(泉
　石膏肓)과 같은 뜻임.

<풀이>

　마음속에 도사린 욕심을 버린다면 마치 밝은 달과 서늘한
바람처럼 상쾌한 기분이 되니, 사람 사는 세상이 반드시
괴로움만 있는 것은 아닐 것이다. 또한 내 마음이 속세와
멀어지면 비록 사는 곳이 저자거리일지라도 늘 고요함에
잠길 수 있다. 그러므로 구태여 조용한 곳을 찾아 산으로
들어가야 할 필요는 없다. 이렇게 속세를 벗어나는 것은
마음의 경지에 달린 것이다.

111

　풀과 나뭇잎이 시들어 떨어지면 곧 밑뿌리에서 새싹이
돋아나고, 계절이 비록 얼어붙은 때라도 끝내 날아오르는
재 속에 봄기운이 되돌아온다. 만물을 죽이는 기운 속에서

도 자라나게 하는 뜻이 늘 으뜸이 되나니, 이로써 천지의
마음을 볼 수 있노라.

草木은 纔零落하면 便露萌穎於根底하고 時序는 雖凝寒이나
초목   재영락   변로맹영어근저   시서   수응한

終回陽氣於飛灰니라. 肅殺之中에 生生之意가 常爲之主하
종회양기어비회   숙살지중   생생지의   상위지주

니 卽是可以見天地之心이니라.
   즉시가이견천지지심

❖

재(纔) : 겨우.

영락(零落) : 시들어 떨어짐.

노(露) : 드러냄.

맹영(萌穎) : 싹.

시서(時序) : 계절의 차례, 절기.

응한(凝寒) : 얼어붙는 추위, 엄동, 혹한.

비회(飛灰) : 옛날 중국에서는 대통 속에 갈대의 재를 넣어 동
  지가 되면 저절로 날아오게 하는 풍습이 있었음.

숙살(肅殺) : 만물을 죽이는 찬 기운.

생생(生生) : 만물을 나고 자라게 함.

상위지주(常爲之主) : 늘 주인이 됨. 언제나 으뜸으로 삼음.

<풀이>

　동지는 겨울의 극한이면서도 동시에 새봄의 시작이기도
하다. 그러므로 옛날 중국에서는 갈대를 태운 재를 대통에
넣어 이날 저절로 날아오게 하여 동지임을 알렸다. 그것은
혹독한 추위 속에서 한 줄기 봄기운이 잉태되어 있음을
축하한 것이다. 그 동안 약해만 가던 태양은 또 다시 소생하

여 생명의 근원으로써의 역할을 멈추지 않는 것이다. 이렇
게 천지자연은 만물을 죽이는 겨울의 찬 기운 속에서도 나
고 자라게 함을 으뜸삼고 있다. 그래서 시인 셸리는 '겨울
이 오면 봄 또한 멀겠는가?(If winter comes, can spring be
far behind?)라는 구절로 서풍부의 마지막을 장식했는지도
모를 일이다.

112

　비 개인 뒤 산빛을 바라보면 경치의 아름다움을 새로이
깨닫게 되며, 고요한 밤에 종소리를 들으면 그 울림이 한결
맑고도 높다.

雨餘에 觀山色하면 景象이 便覺新妍하고 夜靜에 聽鐘聲하면
우여　관산색　　경상　　변각신연　　　야정　　청종성

音響이 尤爲淸越이니라.
음향　　우위청월

⚜

우여(雨餘) : 비가 온 뒤에.
경상(景象) : 경치, 풍경.
신연(新妍) : 새로이 아름다움.
야정(夜靜) : 고요한 밤.
청월(淸越) : 맑고 높음.

＜풀이＞

비가 온 뒤에 산을 바라보면 초목이 물기를 머금어 더욱

푸르고 생기가 흘러 넘치며 모든 것이 고요히 잠든 한밤중에 어디선가 들려 오는 종소리는 그 음향이 더욱 맑고도 격조가 높다.

113

높은 곳에 오르면 사람의 마음이 넓어지고, 흐르는 물가에 다다르면 사람의 뜻이 원대해지며, 비나 눈이 오는 밤에 글을 읽으면 사람의 정신이 맑아지고, 언덕 위에 올라 휘파람을 불면 사람의 홍취가 높아지느니라.

登高하면 使人心曠하고 臨流하면 使人意遠하며 讀書於雨雪
등 고   사 인 심 광   임 류   사 인 의 원   독 서 어 우 설

之夜면 使人神淸하고 舒嘯於丘阜之巓하면 使人興邁니라.
지 야   사 인 신 청   서 소 어 구 부 지 전   사 인 홍 매

심광(心曠) : 마음이 넓어짐.

유(流) : 흐름, 즉 물을 뜻함.

의원(意遠) : 뜻이 원대함.

신청(神淸) : 정신이 맑아짐.

서소(舒嘯) : 천천히 휘파람을 불음.

구부(丘阜) : 언덕.

전(巓) : 산마루.

홍(興) : 홍겨움, 홍취.

매(邁) : 뛰어남, 고매함.

<풀이>

　높은 산에 오르면 시야가 탁 트여 우리의 마음도 활달해
지고, 끝없이 흐르는 물가에 이르면 우리의 포부도 멀고
커지며, 눈비 오는 고요한 밤에 책을 읽게 되면 우리의 정
신도 맑아진다. 또한 산언덕에 올라가 휘파람을 불면 기분
이 유쾌해져 마음속에 쌓인 불만도 해소된다. 이렇게 자연
의 품 속에서 우리의 몸과 마음은 저절로 깨끗해지고, 흥취
또한 고매해지는 것이다.

114

　마음이 넓으면 만종의 녹봉도 질항아리와 같고, 마음이
좁으면 한오라기의 터럭도 수레바퀴와 같도다.

心曠하면　則萬鍾도　如瓦缶하고　心隘하면　則一髮도　似車輪
심 광　　　즉 만 종　　여 와 부　　　심 애　　　즉 일 발　　사 거 륜
이니라.

❖

만종(萬鍾) : 많은 녹봉, 월급. 1종(鍾)은 6곡(斛) 4두(斗), 즉
　　여섯 섬 네 말(64말)임
와부(瓦缶) : 질그릇.
심애(心隘) : 마음이 좁음.
일발(一髮) : 한 올의 터럭.
사거륜(似車輪) : 수레바퀴처럼 크게 보임.

<풀이>

　마음이 넓어 속이 트인 사람은 높은 벼슬아치의 봉록도
질그릇같이 대단치 않게 여기지만 마음이 좁아 시야가 꽉
막힌 사람은 사소한 이득도 수레바퀴같이 크게 보며 이해
타산에만 급급하는 것이다.

115

　바람과 달, 꽃과 버들이 없으면 자연의 조화도 이루어지
지 못하고, 정욕과 기호가 없으면 마음의 본바탕도 이루어
지지 못한다. 다만 내가 주인이 되어 사물을 부리고 내가
사물의 부림을 당하지 않는다면, 곧 즐기는 것과 바라는
것도 하늘의 작용 아님이 없고, 속세의 마음도 이법(理法)의
경지가 되는 것이다.

無風月花柳면　不成造化하고　無情欲嗜好면　不成心體라　只
무 풍 월 화 류　　불 성 조 화　　　무 정 욕 기 호　　불 성 심 체　　지

以我轉物하고　不以物役我면　則嗜慾도　莫非天機요　塵情도
이 아 전 물　　불 이 물 역 아　　즉 기 욕　막 비 천 기　진 정

卽是理境矣니라.
즉 시 리 경 의

❖❖

조화(造化) : 조물주의 재주.
기호(嗜好) : 즐기고 좋아함.
심체(心體) : 마음의 본체, 마음의 바탕.
이아전물(以我轉物) : 내 의지로 사물을 부림.

이물역아(以物役我) : 사물이 나를 부림.
기욕(嗜慾) : 기호와 정욕.
천기(天機) : 하늘의 작용.
진정(塵情) : 속세의 마음, 속세의 감정.
이경(理境) : 진리의 경지. 천리(天理)의 경지, 이법의 경지

<풀이>

무심하게 불어오는 바람과 저 하늘에 떠 있는 밝은 달, 예쁘게 피어나는 꽃과 버들은 모두 조물주의 조화로 이루어진 풍물이다. 그리고 이런 것들이 없는 삭막한 자연을 상상할 수는 없다. 또한 정욕과 기호도 인간성의 바탕을 이루는 요소들이다. 만일 사람에게 이런 것이 없다면 나무나 돌로 만들어진 인형에 지나지 않을 것이다. 그러므로 정욕과 기호를 무조건 부정적인 시각으로 볼 필요는 없다. 다만 내가 마음의 주체가 되어 바깥 사물을 다스려 나갈 수 있다면 정욕과 기호와 세속적인 감정까지 모두 하늘의 작용에 부합될 수 있는 것이다.

116

자기 한몸에 대하여 그 한몸을 모두 깨달은 이는 바야흐로 능히 만물을 만물에게 맡길 수 있고, 천하를 천하에 돌려주는 이는 바야흐로 능히 속세에 살면서 속세를 초월할 수 있는 것이다.

就一身하여 了一身者는 方能以萬物로 付萬物하며 還天下
취 일 신　　요 일 신 자　　방 능 이 만 물　　부 만 물　　환 천 하

於天下者는　方能出世間於世間이니라.
어 천 하 자　　방 능 출 세 간 어 세 간

❖

취(就) : 나아감, ~에 대하여, ~에 관하여.

요(了) : 깨닫는 것.

방(方) : 바야흐로.

부(付) : 맡기는 것, 붙임, 부여함.

출세간어세간(出世間於世間) : 속세에 살면서도 속세를 벗어나는
　것. 차안(此岸 : 이 언덕, 곧 생사의 경계)이 즉 피안(彼岸 : 저
　언덕, 곧 열반의 세계)이 되는 그런 경지임.

<풀이>

　자기 한몸의 이치와 분수를 스스로 깨우친 사람은 만물을
각기 타고난 본성에 맡기며 간섭하거나 제 것으로 삼으려고
하지 않는다. 또한 천하에 대하여 자신의 의지를 관철하려
는 사람보다 천하 사람들의 뜻에 맡기는 사람이야말로 괴
로움 많은 이 세상을 살기 좋은 곳으로 만들 수 있는 것이
다. 그는 세속에 몸 담고 있으면서도 세속을 초탈한 사람
이다.

117

　사람이 지나치게 한가하면 엉뚱한 생각이 몰래 일어나며,
너무 바쁘면 참된 성품이 드러나지 못한다. 그러므로 군자
는 몸과 마음에 근심을 품지 않을 수 없고, 풍월의 멋 또한
즐기지 않을 수 없는 것이다.

人生이 太閒하면 則別念이 竊生하고 太忙하면 則眞性이 不
인생 태한   즉별념 절생   태망   즉진성 불

現하나니 故로 士君子는 不可不抱身心之憂하고 亦不可不耽
현   고 사군자 불가불포신심지우   역불가불탐

風月之趣니라.
풍월지취

❖

태(太) : 너무, 지나치게.

한(閒) : 한가함.

별념(別念) : 잡념, 엉뚱한 생각.

절생(竊生) : 몰래 생겨남, 슬며시 일어남.

태망(太忙) : 너무 바쁨, 지나치게 분주함.

진성(眞性) : 참된 성품, 본성.

불현(不現) : 나타나지 않음, 드러나지 못함.

포(抱) : 안다, 지니다, 품다.

탐(耽) : 즐김.

풍월지취(風月之趣) : 자연을 즐기는 취미. 청풍명월(淸風明月)
의 멋.

<풀이>

사람은 너무 한가하면 슬며시 잡념이 생겨 나쁜 길로 빠
져들기 쉽다. 그러므로 어느 정도의 긴장과 근심은 몸과
마음의 건강을 위해서도 필요한 것이다. 사람은 또한 일에
얽매여 지나치게 바쁜 생활을 하다 보면 참된 인간성을 발
현하지 못하게 된다. 이런 삶은 단순히 기차바퀴가 고정된
레일 위를 달리듯이 나날을 기계적인 틀 속에서 보내게 되
는 것이다. 이래가지고서야 윤택한 삶을 누린다고 할 수
없다. 그러므로 이따금 틈을 내어 자연의 풍요로움을 가까

이하는 여유와 멋을 지녀야 하는 것이다.

118

　사람의 마음은 흔히 흔들리는 데서 본성을 잃게 된다. 만약 한 가지 생각도 일어남이 없이 맑은 마음으로 고요히 앉아 있으면, 구름이 일어나면 한가로이 함께 가고, 빗방울이 떨어지면 서늘하게 함께 맑아지며, 새가 지저귀면 흐뭇하게 느끼고, 꽃이 떨어지면 뚜렷이 절로 깨달을 것이니 어디인들 참 경지가 아니며 무엇인들 참된 작용이 아니리오.

人心은 多從動處에 失眞하니 若一念不生하고 澄然靜坐하면
인심　다종동처　실진　　약일념불생　　징연정좌

雲興而悠然共逝하고 雨滴而冷然俱淸하며 鳥啼而欣然有會
운흥이유연공서　　우적이냉연구청　　조제이흔연유회

하고 花落而瀟然自得하리니 何地非眞境이며 何物非眞機리
화락이소연자득　　하지비진경　　하물비진기

오.

❖

다(多) : 많이, 흔히.
종(從) : ~을 따라서.
실진(失眞) : 진심을 잃음, 본성을 잃게 됨.
일념(一念) : 한 가지 생각.
징연(澄然) : 맑은 모양.
정좌(靜坐) : 고요히 앉아 있음.

유연(悠然) : 한가한 모양.

서(逝) : 가다.

우적(雨滴) : 빗방울이 떨어짐.

냉연(冷然) : 서늘한 모습.

제(啼) : 울다.

흔연(欣然) : 기쁜 모양.

회(會) : 마음에 맞음, 회심, 회득.

소연(瀟然) : 깨끗한 모양.

자득(自得) : 도리를 깨달음.

진경(眞境) : 참된 경지, 깨달음의 경지.

진기(眞機) : 천지 자연의 참다운 작용, 진정한 활동.

<풀이>

사람의 마음은 본시 맑은 것이지만 정욕의 포로가 되면
그 본성을 잃는다. 그러므로 잡념을 버리고 고요히 앉아
흘러가는 흰구름, 떨어지는 빗방울, 지저귀는 새들, 지는
꽃잎 등을 바라보면 눈에 보이는 사물마다 모두 천지 자연
의 참된 작용이 들어 있음을 알게 된다. 다시 말하자면 우
리가 몸 담고 있는 어느 곳이나 다 이치에 맞는 참된 경지
요, 어느 사물의 활동에나 모두 하늘의 조화가 들어 있음을
깨닫게 되는 것이다.

119

자식이 태어날 때 그 어미는 위험하고, 돈꾸러미가 쌓
이게 되면 도둑이 엿보니 어찌 기쁨은 근심이 아니랴 ! 가난

은 씀씀이를 아끼게 하고 병이 들면 몸을 보양하니 어찌 근심은 기쁨이 아니랴! 그러므로 세상 이치를 터득한 이는 순경과 역경을 같이 보며, 기쁨과 근심을 모두 잊어버린다.

子生而母危하고 鏹積而盜窺하나니 何喜非憂也리오. 貧可以
자 생 이 모 위　　강 적 이 도 규　　　하 희 비 우 야　　　빈 가 이

節用하고 病可以保身하나니 何憂非喜也리오. 故로 達人은
절 용　　병 가 이 보 신　　　하 우 비 희 야　　　고　　달 인

當順逆一視하며 而欣戚兩忘이니라.
당 순 역 일 시　　　이 흔 척 량 망

❖

강(鏹) : 전대, 돈.
규(窺) : 엿봄.
절용(節用) : 절약해서 씀, 씀씀이를 아낌.
달인(達人) : 세상의 이치를 터득한 사람.
순역(順逆) : 순경과 역경, 행운과 시련.
일시(一視) : 하나로 봄, 동일시함.
흔척(欣戚) : 기쁨과 슬픔.

<풀이>

소설 이방인과 페스트를 발표하여 제2차 대전 이후의 유럽 문단에서 각광을 받던 실존주의 계열의 작가 알베르 카뮈는 급기야 1957년 노벨 문학상을 받는 영광을 누리게 된다. 그는 그 상금으로 산 멋진 승용차를 타고 친구들과 함께 드라이브를 즐겼다. 그러나 좋은 일에는 악마가 끼여든다는 속담처럼 카뮈는 그만 불의의 교통사고로 갑자기 세상을 떠나고 만다. 이렇게 행운이 오자마자 비운이 닥치는 것은 흔히 있는 일이다. 운명의 여신의 따스한 미소 뒤에는

늘 악의에 찬 심술이 숨어 있는 것이다. 세상 이치를 터득
한 이는 삶의 이와 같은 양면성을 꿰뚫어보며 행운과 시련
자체를 모두 잊어버리는 초월적인 자세로 유유히 살아가는
것이다.

120

귀는 마치 세찬 바람이 골짜기를 울림과 같이하여 지나간
뒤에 소리를 남기지 않으면 시비도 함께 사라진다. 마음은
마치 달빛이 연못에 잠김과 같이하여 텅 비어 집착치 않으
면 곧 바깥 사물과 나를 다 잊게 된다.

耳根은 似飂谷投響하여 過而不留면 則是非俱謝하고 心境은
이근   사표곡투향   과이불류   즉시비구사   심경

如月池浸色하여 空而不著하면 則物我兩忘이니라.
여월지침색   공이불착   즉물아량망

❖

이근(耳根) : 귀. 불교에서 말하는 여섯 가지의 감각기관 중의
　　하나임.
표(飂) : 회오리바람.
투향(投響) : 메아리침, 소리를 울림.
구사(俱謝) : 함께 사라짐, 함께 물러감.
월지침색(月池浸色) : 달빛이 연못에 잠김, 달빛이 연못에 비침.
불착(不著) : 집착하지 않음.
물아(物我) : 바깥 사물과 나.

<풀이>

　회오리 바람이 골짜기에 불어와 소리를 내더라도 바람은
지나가면 소리도 남지 않는다. 남의 시비하는 말이 들려
오더라도 한쪽 귀로 듣고 한쪽 귀로 흘려 버리면 그것에
말려 들지 않는다. 달빛이 연못에 스며들어 환하게 빛나도
텅 비어 아무 곳에도 붙지는 않는다. 이와 같이 우리의 마
음도 비워 두고 집착하지 않는다면 바깥 사물과 나를 구분
하는 의식조차 점점 사라지게 된다. 그야말로 물아일체의
절대의 경지인 것이다.

121

　세상 사람들은 영화와 명리에 얽매어 있어 걸핏하면 티끌
세상이니 괴로움의 바다니 하고 말하지만, 구름은 희고 산
은 푸르며 냇물은 흐르고 바위는 우뚝하며 꽃은 피고 새는
노래하며 골짜기가 응답하고 나무꾼이 노래하는 것을 알지
못한다. 티끌 세상도 아니요, 괴로움의 바다도 아니건만 그
들은 스스로 자기 마음을 티끌로 하고 괴롭게 할 따름이다.

世人은 爲榮利纏縛하여 動曰塵世苦海라 하며 不知雲白山
세인　위영리전박　　동왈진세고해　　　　부지운백산

靑하고 川行石立하며 花迎鳥笑하고 谷答樵謳하나니 世亦不
청　　천행석립　　　화영조소　　곡답초구　　　　세역부

塵이요 海亦不苦언마는 彼自塵苦其心爾니라.
진　　해역불고　　　피자진고기심이

영리(榮利) : 영화와 명리(名利).

전박(纏縛) : 얽매임, 구속당함, 속박.

동왈(動曰) : 흔히 말함.

진세(塵世) : 티끌세상, 어지러운 속세.

고해(苦海) : 괴로움과 고통이 많은 이 세상.

초구(樵謳) : 나무꾼이 노래함.

진고(塵苦) : 진세와 고해.

이(爾) : ~할 뿐이다, ~할 따름이다.

<풀이>

사람들은 흔히 티끌세상이니 괴로움의 바다니 하는 표현으로 이 세상을 말하고 있다. 그러나 냉철히 생각하면 이 세상은 괴로움만 있는 곳은 아니다. 만일 우리들이 시선을 돌려 자연을 살펴보면 거기에는 깨끗하고 아름다운 세계가 펼쳐져 있음을 알게 될 것이다. 흘러가는 흰구름, 푸르른 산, 흐르는 시냇물, 우뚝 선 기암기석, 흐드러지게 핀 꽃, 지저귀는 새들은 정말 꾸밈이 없고 소박한 정경인 것이다. 우리들이 스스로를 괴롭히는 집착에서 벗어나 한 발자국 물러서서 삶을 관조하는 여유로움만 있다면 이와 같은 순수한 세계는 바로 우리들 자신의 것이 될 수 있으리라.

122

꽃은 반쯤 핀 것을 보고 술은 약간 취하도록 마시면, 그 가운데 크게 아름다운 멋이 있다. 만약 꽃이 활짝 피고 술이 흠씬 취하기에 이르면 곧 좋지 못한 상태를 이루게 되니, 가득 찬 처지에 있는 이는 당연히 이를 생각해야 한다.

花看半開하고 酒飮微醺하면 此中에 大有佳趣니라. 若至爛
화 간 반 개   주 음 미 훈   차 중   대 유 가 취   약 지 란

熳酕醄면 便成惡境하나니 履盈滿者는 宜思之니라.
만 모 도   변 성 악 경   이 영 만 자   의 사 지

❈

미훈(微醺) : 약간 취함.
가취(佳趣) : 아름다운 멋, 아름다운 취미.
난만(爛熳) : 한창 무르녹음, 꽃이 활짝 핀 모습.
모도(酕醄) : 술에 흠뻑 취함.
악경(惡境) : 나쁜 상태, 재앙의 경지.
영만(盈滿) : 가득 찬 상태, 부귀 영화의 절정에 다다름.

<풀이>

꽃은 반쯤 피었을 때가 보기에 좋고 술은 약간 거나해질 정도로 마시는 것이 아름다운 흥취가 된다. 만일 꽃이 만발한다면 곧 지게 되며 술을 지나치게 마시면 몸과 마음의 건강을 해치게 된다. 이와 같이 가득 차면 기우는 것이 세상의 이치이므로 조금 아쉬운 듯한 시점에서 만족하는 것이 좋다. 너무 높이 올라간 용은 후회함이 있다(항룡유회 : 亢龍有悔)는 주역의 교훈이나 물건은 성함이 지나면 죽게 됨이 당연하다(물과성이당살 : 物過盛而當殺)는 구양수의 말도 이 점을 강조한 것이다. 그러므로 부귀와 영화의 절정에 있는 이는 이와 같은 이치를 명심하고 언제나 겸허한 자세로 삶을 영위해야 할 것이다.

123

산나물은 사람이 물대어 가꾸지 않아도 절로 자라고, 들새는 사람이 먹여 기르지 않아도 절로 살건만, 그 맛은 모두 향기롭고 맑다. 우리도 능히 세상법도에 물들지 아니하면, 그 품격이 세속과 멀어져 별 다르지 않으랴.

山肴는 不受世間灌漑하고 野禽은 不受世間豢養이로되 其味
산효　　불수세간관개　　야금　　불수세간환양　　　　기미

皆香而且冽하니 吾人도 能不爲世法所點染하면 其臭味不逈
개향이차렬　　오인　능불위세법소점염　　　기취미불형

然別乎아.
연별호

❖

산효(山肴) : 산나물.
관개(灌漑) : 물을 댐, 가꿈.
야금(野禽) : 들새.
환양(豢養) : 먹여서 기름, 사육함.
열(冽) : 차가움, 맑은 것.
세법(世法) : 세상의 법도, 세속의 명리(名利).
점염(點染) : 물들어 더럽혀짐.
취미(臭味) : 냄새와 맛, 품위·품격·인격을 뜻함.
형연(逈然) : 아득히 먼 모습.

<풀이>

산나물은 사람이 가꾸지 않아도 저절로 잘 자라고, 들새는 사람이 사료를 주지 않아도 스스로의 힘으로 살아간다.
그리고 이것들의 맛과 향기는 뛰어나 인공적인 농축산물에
비할 바 아니다. 이렇게 자연은 신비하고 무한한 힘을 가
졌다. 만일 사람도 세상의 명리에 얽매이거나 현혹되지 않
는다면 그 품격은 참으로 고상할 것이다.

124

　꽃을 가꾸고 대를 심으며 학과 놀고 물고기를 바라보는
데도, 또한 한갓 스스로 깨닫는 바가 있어야 한다. 만약
한낱 그 광경에만 끌려 거죽의 화려함만을 즐긴다면 이는
우리 유가의 '입과 귀로만 하는 학문'이요, 불가의 '일체만
물은 공(空)'일 뿐이니, 어찌 아름다운 멋이 있으리오!

栽花種竹하고　玩鶴觀魚도　又要有段自得處니　若徒留連光
재 화 종 죽　　　완 학 관 어　　우 요 유 단 자 득 처　　약 도 류 련 광

景하여　玩弄物華면　亦吾儒之口耳요　釋氏之頑空而已니　有
경　　　완 롱 물 화　　역 오 유 지 구 이　　석 씨 지 완 공 이 이　　유

何佳趣리오.
하 가 취

❖

유련(留連)：반하고 빠지는 것.
완롱(玩弄)：감상하고 즐기는 것.
물화(物華)：겉모습의 아름다움, 거죽의 화려함.
구이(口耳)：구이지학(口耳之學). 귀로 들을 것을 단순히 입으
　　로 말하는 것으로 그침, 깨달음과 실천이 없는 무익한 학문.

완공(頑空) : 소승불교에서는 일체만물을 공(空)으로 봄.
이이(而已) : ~할 뿐이다. ~할 따름이다.

<풀이>

꽃을 가꾸고 대나무를 심으며 학과 친하고 물고기를 바
라보는 취미는 물론 고상하다. 그러나 자연을 가까이하고
완상(玩賞)하는 멋을 지니고 있다 할지라도 그 가운데 스며
있는 이치를 깨닫지 못한다면, 그것은 다만 수박 겉핥기
식의 피상적인 취미에 지나지 않는다. 이것은 바로 순자가
언급한 '귀로 들은 것은 입으로 말하기만 하는 소인들의
학문의 천박함'이나, 소승불교의 '일체만물은 그저 공(空)
일 뿐이다'라는 주장처럼 자연의 이법을 깊이 체득했다고
볼 수는 없다. 자연을 사랑하고 학문에 정진하는 궁극적인
목적은 결국 자연 속에 내재된 이법을 깨우쳐 그것을 몸소
실천하는 것임은 두말할 필요도 없다.

125

산림의 선비는 가난하나 깨끗하게 살아 스스로 높은 멋이
넉넉하고, 들의 농부는 거칠지만 꾸밈이 없어 천진스러움
을 다 지니고 있다. 만약 한번 몸을 잃어 시장바닥의 거간꾼이
된다면 이는 차라리 구렁에 빠져 죽을망정 오히려 정신과
몸을 깨끗이 함만 못하리로다.

山林之士는　清苦而逸趣自饒하고　農野之夫는　鄙略而天眞
산 림 지 사　　청 고 이 일 취 자 요　　　농 야 지 부　　비 략 이 천 진

渾具하나니　若一失身市井駔儈면　不若轉死溝壑이라도　神骨
혼 구　　　약 일 실 신 시 정 장 괴　　불 약 전 사 구 학　　　신 골

猶淸이니라.
유 청

❖

청고(淸苦) : 청백빈고(淸白貧苦).　가난하지만　깨끗하게　살아
　감.
일취(逸趣) : 세속을 초월한 취미, 높고 뛰어난 취미.
요(饒) : 풍부함, 넉넉함.
비략(鄙略) : 거칠고 꾸밈이 없음, 거칠고 소박함.
혼구(渾具) : 다 지님, 모두 갖춤.
시정(市井) : 저자거리, 시장바닥.
장괴(駔儈) : 거간꾼, 중개인.
불약(不若) : ～함만 같지 못하다, ～하는 것만 못하다.
전(轉) : 굴러 떨어짐.
구학(溝壑) : 도랑과 골짜기.
신골(神骨) : 정신과 육체, 마음과 몸.

<풀이>

　산림에 숨어 사는 선비는 비록 가난하지만 스스로 세속을
벗어난 고상한 품격을 지니고 있다. 들의 농부는 비록 거
칠지만 순수한 본성을 그대로 간직하고 있다.그러나 한번
저자거리에 몸을 담게 된다면 이는 차라리 산림에 묻혀 지내
다가 죽더라도 몸과 마음을 깨끗이 간직함만 못한 것이다.

126

분에 넘치는 복과 까닭없는 얻음은 조물주의 낚싯밥이 아니면 곧 인간세상의 함정이다. 이런 곳에서는 눈을 높이 두지 않으면 그 속임수에 넘어가지 않을 사람이 드물 것이다.

非分之福과 無故之獲은 非造物之釣餌면 即人世之機阱이니
비분지복　　무고지획　　비조물지조이　　즉인세지기정

此處에 著眼不高하면 鮮不墮彼術中矣리라.
차처　　착안불고　　　선불타피술중의

❖

비분(非分) : 분수에 넘침.
무고(無故) : 까닭이 없음.
획(獲) : 얻음, 이득.
조물(造物) : 조물주.
조이(釣餌) : 낚싯밥. 이(餌)는 미끼.
기정(機阱) : 함정.
착안(著眼) : 눈을 둠.
선(鮮) : 드물다.
불타(不墮) : 떨어지지 않음, 빠지지 않음.
술(術) : 기술, 술책, 속임수.

<풀이>

분수에 맞지 않은 복과 까닭없는 횡재는 화근이 될 뿐이다. 그것은 운명의 여신이 우리에게 던진 미끼가 아니면 다른 사람들이 파 놓은 함정이기 때문이다. 이런 경우 욕심이 많은 사람은 쉽사리 그 함정에 빠질 수밖에 없다. 그러므로 탐욕을 버리고 안목을 원대한 곳에 두어야만 이들의 속임수에 넘어가지 않게 되는 것이다. 불로소득을 탐하다가 자신의 명성과 위신에 먹칠을 하고만 인사들이 어찌 한둘이겠는가.

127

삶은 본디 한갓 꼭두각시 놀음이니 다만 그 밑동을 손에 쥐고 있어야 한다. 한 가닥의 실도 헝클어짐이 없어 감고 푸는 것이 자유로워야 움직이고 멈춤이 내 뜻에 있게 되니, 털끝만큼도 남의 간섭을 받지 않아야 곧 이 무대에서 벗어날 수 있으리라.

人生은 原是一傀儡니 只要根蒂在手니라. 一線不亂하여 卷
인생　　원시일괴뢰　　지요근체재수　　　일선불란　　　권

舒自由하고 行止在我하여 一毫不受他人提掇하면 便超出此
서자유　　행지재아　　일호불수타인제철　　　변초출차

場中矣리라.
장중의

❖

괴뢰(傀儡) : 꼭두각시.

지(只) : 다만.

근체(根蒂) : 뿌리, 근본.

일선불란(一線不亂) : 한 가닥의 실도 헝클어지지 않음.

권서(卷舒) : 감고 푸는 것.

행지(行止) : 움직이고 멈춤.

일호(一毫) : 털끝만큼도, 추호도.
제철(提掇) : 간섭.
초출(超出) : 벗어남.
장중(場中) : 마당, 삶의 무대.

<풀이>

우리의 삶을 꼭두각시 놀음에 비유할 수도 있다. 즉 인형을 조종하는 사람이 그 밑부분을 잡고 또 실을 헝클어지지 않게 하여야 움직이고 멈춤을 자기 마음대로 조종할 수 있게 된다. 우리도 또한 남의 간섭을 받음이 없이 자율적인 입장에서 삶을 영위할 때 비로소 이 연극무대와도 같은 세상에서 자유를 누릴 수 있는 것이다.

128

한 가지 이로운 일이 일어나면 한 가지 해로운 일도 생긴다. 그러므로 천하는 늘 일없는 것을 복으로 여긴다. 옛사람의 시를 읽으니 이르기를 '그대에게 권하노니 제후에 봉하는 일은 말하지 말라. 한 장수가 공훈을 세움에는 만 사람의 뼈가 마르느니라'고 하였고, 또 이르기를 '천하가 늘 평화롭다면 칼이 갑 속에서 천 년을 썩어도 아깝지 않으리라'고 하였다. 비록 영웅의 마음과 맹렬한 기상이 있을지라도 자기도 모르는 사이에 얼음과 눈 녹듯이 사라지리라.

一事起면 則一害生하나니 故로 天下常以無事爲福이니라.
일 사 기　　즉 일 해 생　　　고　　천 하 상 이 무 사 위 복

讀前人詩에 云하되 勸君莫話封侯事하라 一將功成萬骨枯니
독 전 인 시   운   권 군 막 화 봉 후 사   일 장 공 성 만 골 고

라 하고 又云하되 天下常令萬事平이면 匣中不惜千年死라 하
       우 운   천 하 상 령 만 사 평   갑 중 불 석 천 년 사

니 雖有雄心猛氣나 不覺化爲氷霰矣리라.
   수 유 웅 심 맹 기   불 각 화 위 빙 산 의

❊

전인시(前人詩) : 이 시는 조송(曹松)이 황소의 난으로 백성들이
    고통을 받던 당희종 건부 6년(AD 879년) 기해년(己亥年)에
    지은 것으로 추정됨. 칠언 절구로 기해세(己亥歲)란 제목이
    붙음. 전쟁의 잔학성과 모순을 규탄한 시임.
봉후사(封侯事) : 제후에 봉하여 지는 일.
만골고(萬骨枯) : 수많은 사람이 죽어 그 해골이 마르고 있음.
우운(又云) : 작자가 밝혀지지 않음.
갑(匣) : 칼집.
불석(不惜) : 아깝지 않음.
사(死) : 사장됨.
웅심맹기(雄心猛氣) : 영웅다운 마음과 용맹스러운 기상.
빙산(氷霰) : 얼음과 싸락눈.

<풀이>

복된 일이 있으면 반드시 불행한 일이 따르게 되어 있다.
그러므로 일이 없는 것이 가장 큰 복이 된다. 한 장수가
공을 세우려면 수많은 이름없는 병사들이 죽어야만 하니
공을 세워 입신영달할 야심을 품지 말라고 당말의 시인 조
송은 노래한 바 있다. 또 어떤 무명시인은 천하가 평화스
럽다면 비록 날카로운 칼이 천 년을 칼집에서 썩은들 아까
울 것이 있겠는가 라고 읊은 바 있다. 이런 시구를 읽으면

야심과 기개에 찬 영웅적인 인물일지라도 자기도 모르는
사이에 그런 기상이 싸락눈 녹듯이 사라지게 될 것이다.

129

음란하던 여인이 극단에 이르면 여승이 되고, 일에 열중
하던 이가 격해지면 중이 되는 수가 있다. 깨끗해야 할 사
문(沙門)이 늘 음란과 사악의 소굴이 됨이 이와 같도다.

淫奔之婦가 矯而爲尼하고 熱中之人도 激而入道하니 淸淨
음분지부　　교이위니　　열중지인　　격이입도　　청정

之門이 常爲婬邪淵藪也가 如此로다.
지문　　상위음사연수야　　여차

❖

음분(淫奔) : 음란함, 음탕함.

교(矯) : 극단에 이름.

니(尼) : 여승.

격(激) : 과격해짐.

입도(入道) : 불문(佛門)에 들어감.

청정지문(淸淨之門) : 불문을 뜻함.

음(婬) : 음란함. 음(淫)과 통함.

사(邪) : 사악함.

연수(淵藪) : 물고기가 모여드는 연못과 새, 짐승이 모이는 숲,
　　소굴.

<풀이>

평소 음란하던 여인이 극단이 이르면 그런 삶과 결별하기 위해 여승이 되는 수도 있고, 일에 파문혀 지내던 이가 어떤 충격적인 사건으로 속세에 뜻을 잃고 절간에 들어가는 경우가 있다. 이리하여 맑고 순수해야 될 불문이 이런 출신으로 채워지게 되는 것이다.

130

물결이 하늘 높이 솟을 때 배 안에서는 두려움을 몰라도 배 밖의 사람은 가슴이 서늘해지며, 미친 사람이 좌중을 욕할 때 자리에 있는 이는 경계할 줄 몰라도 자리 밖의 사람은 혀를 차게 된다. 그러므로 군자는 몸은 비록 일 속에 파문혀 있을 지라도, 마음은 일 밖으로 벗어나야 하는 것이다.

波浪이 兼天에 舟中은 不知懼나 而舟外者寒心하고 猖狂이
파랑 겸천 주중 부지구 이주외자한심 창광

罵座에 席上은 不知警이나 而席外者咋舌하나니 故로 君子는
매좌 석상 부지경 이석외자색설 고 군자

身雖在事中이나 心要超事外也니라.
신수재사중 심요초사외야

파랑(波浪) : 파도, 물결.
겸천(兼天) : 하늘에 맞닿음.
한심(寒心) : 가슴이 서늘해짐, 마음이 조마조마함.

창광(猖狂) : 미쳐 날뛰는 것.
매좌(罵座) : 좌중에 대고 욕함.
색설(咋舌) : 혀를 참, 혀를 깨묾.

<풀이>

　파도가 높이 쳐서 배가 심하게 흔들릴 경우 배 안의 사람은 이 광경을 직접 보지 못하지만 바깥에서 바라보는 이들은 가슴이 조마조마해지는 것이다. 주정꾼이 마구 욕지거리를 하며 추태를 부려도 같은 자리에 앉은 사람들은 취하여 모르지만 바깥에서 이를 바라보는 사람들은 눈살을 찌푸리게 된다. 이와 같이 군자는 몸은 비록 일에 파묻혀 있더라도 마음은 그것을 벗어나 객관적인 안목을 갖추어야 하는 것이다.

131

　인생에서 한 푼을 덜고 줄이면 곧 그만큼 일에서 벗어날 수 있다. 즉 사귐을 줄이면 시끄러움을 면할 수 있고, 말을 줄이면 잘못이 적어지며, 생각을 줄이면 정신이 소모되지 아니하고, 총명함을 줄이면 본성을 고스란히 간직할 수 있다. 저들이 날로 줄이기를 구하지 않고 날로 더하기만을 구함은 참으로 삶을 속박하는 것이니라.

人生이　減省一分하면　便超脫一分하나니　如交遊減하면　便
인생　　감생일분　　　변초탈일분　　　　여교유감　　　변

免紛擾하고 言語減하면 便寡愆尤하며 思慮減하면 則精神不耗
면분요　　언어감　　　변과건우　　　사려감　　　즉정신불모

하고 聰明減하면 則混沌可完이니라. 彼不求日減하고 而求日
　　 총 명 감 　　 즉 혼 돈 가 완 　　　　 피 불 구 일 감 　　 이 구 일

增者는 眞桎梏此生哉로다.
증 자 　　 진 질 곡 차 생 재

❖

감생(減省) : 덜어서 줄이는 것.

일분(一分) : 조금.

분요(紛擾) : 분쟁으로 시끄러움.

과(寡) : 적어짐, 드물게 됨.

건우(愆尤) : 잘못, 허물, 과실.

혼돈(混沌) : 천지개벽 이전의 상태, 본성을 뜻함.

질곡(桎梏) : 차꼬와 수갑, 속박, 구속.

<풀이>

사람이 세상을 살아가는 데는 무엇이든 덜고 줄이면 그만큼 세속적인 속박에서 벗어나 자유를 누리게 된다. 사람들과의 교제를 줄이면 시끄러운 일도 줄어들 것이요, 말을 삼가면 잘못도 적어지고 잡념을 줄이면 정신적으로 안정되며, 총명함을 줄이면 타고난 성품을 제대로 간직할 수 있다. 그러나 세상 사람들은 덜어 내고 줄이기는커녕 날마다 늘리고 더할 궁리만 하니 이는 자기의 몸과 마음을 스스로 속박하는 셈이다. 참으로 안타까운 일이다.

132

천지운행의 추위와 더위는 피하기 쉬워도 세태인정의 뜨

거움과 차가움을 없애기는 어렵다. 세태인정의 뜨거움과 차가움을 없애기는 쉬워도 내 마음의 얼음과 숯불을 버리기는 어렵다. 이 마음속의 얼음과 숯불을 버릴 수만 있다면 가슴속은 따뜻하고 부드러운 기운으로 가득 차서 이르는 곳마다 봄바람이 일 것이다.

天運之寒暑는 易避나 人世之炎涼은 難除하고 人世之炎涼
천운지한서   이피   인세지염량   난제   인세지염량

은 易除나 吾心之氷炭은 難去니 去得此中之氷炭하면 則滿
  이제   오심지빙탄   난거   거득차중지빙탄   즉만

腔이 皆和氣하여 自隨地에 有春風矣리라.
강   개화기   자수지   유춘풍의

❈

천운(天運) : 천지의 운행.

염량(炎涼) : 뜨거움과 차가움, 즉 인정의 변덕을 뜻함.

난제(難除) : 제거하기 어려움, 없애기 어려움.

빙탄(氷炭) : 얼음과 숯불, 남을 차갑게 대하고 따뜻하게 대하는 마음의 변덕.

만강(滿腔) : 가슴에 가득 참.

수지(隨地) : 이르는 곳마다, 가는 곳마다.

<풀이>

춘하추동 사계절의 날씨보다도 더 변덕이 심한 것은 세상인정일 것이다. 즉 권세 있고 돈 많은 이에게는 늘 사람들이 따르고 빌붙게 마련이나 그가 어쩌다 몰락하게 되면 언제 보았느냐는 식의 냉담함을 보이는 것이 세상인정이다. 그리고 이런 세상인정의 변덕보다 더 심한 것은 내 마음의 변덕일 것이다. 만약 이 마음속의 변덕만 없앨 수 있다면

가슴속엔 화기가 흘러 넘쳐 이르는 곳마다 봄바람이 일어날
것이다.

133

　차는 좋은 것만을 구하지 않으면 차주전자 또한 마르지
않을 것이요, 술은 향기로운 것만을 찾지 않으면 술통 또한
비지 않는다. 장식 없는 거문고는 줄이 없어도 늘 고르며,
짧은 피리는 구멍이 없어도 저절로 즐겁도다. 비록 복희씨
는 뛰어넘기 어려우나 혜강·완적과는 벗할 수 있으리라.

茶不求精하니 而壺亦不燥하고 酒不求冽하니 而樽亦不空하
차 불 구 정　　　이 호 역 부 조　　　주 불 구 렬　　　이 준 역 불 공

며 素琴은 無絃이나 而常調하고 短笛은 無腔이나 而自適하면
　　소 금　　무 현　　　이 상 조　　　단 적　　무 강　　　이 자 적

縱難超越羲皇이나 亦可匹儔嵇阮이니라.
종 난 초 월 희 황　　　역 가 필 주 혜 완

❖

정(精) : 가장 좋은 것. 최상품, 극상품.
호(壺) : 병, 차주전자.
부조(不燥) : 마르지 않음.
열(冽) : 맑고 향기 그윽함.
소금(素琴) : 장식이 없는 거문고.
무강(無腔) : 구멍이 없음.
희황(羲皇) : 중국 고대의 전설적인 임금인 복희씨(伏羲氏).
필주(匹儔) : 짝지음, 벗삼음, 필적함.
혜완(嵇阮) : 혜강(嵇康)과 완적(阮籍). 서진(西晉)시대 죽림칠

현에 속하는 인사들임. 죽림(竹林) 속에서 술과 청담(淸談)
으로 세월을 보내며 번거로움을 잊고자 함.

<풀이>

선비의 생활은 늘 조촐하고 소박해야 한다. 차는 고급품
을 찾지 않으니 늘 끓여 마실 수 있고 술은 청탁을 가리지
않으니 언제나 가까이 할 수 있다. 이런 가운데 자연의 음
악에 귀 기울이며 유유히 살아간다면 비록 태고의 천자인
복희씨의 경지에는 미치지 못하더라도 죽림칠현과는 짝이
될 수 있으리라.

134

불가의 수연(隨緣)과 우리 유가의 소위(素位) 이 네 글자
는 바로 바다를 건너는 부낭(浮囊)이다. 대체로 세상길은
아득하여 한마음으로 완전함을 구한다면 만 갈래 생각이
어지러이 일어나게 되나니, 인연에 좇아 편하게 살면 어디
를 가든 안심입명(安心立命)을 얻지 못함이 없으리로다.

釋氏隨緣과 吾儒素位의 四字는 是渡海的浮囊이라 蓋世路
석 씨 수 연   오 유 소 위   사 자   시 도 해 적 부 낭   개 세 로

茫茫하여 一念求全하면 則萬緒紛起하나니 隨寓而安이면 則
망 망   일 념 구 전   즉 만 서 분 기   수 우 이 안   즉

無入不得矣리라.
무 입 부 득 의

❖

석씨(釋氏) : 석가여래, 불가.

수연(隨緣) : 인연을 따르는 것.

소위(素位) : 자기의 본분을 지킴, 현재의 지위나 신분에 따라
　서 처신하며 분수 밖의 일은 바라지 않음.

부낭(浮囊) : 구명대.

망망(茫茫) : 아득히 먼 모양.

만서(萬緒) : 온갖 생각의 실마리.

분기(紛起) : 어지러이 일어남.

수우(隨寓) : 처지에 따라, 인연에 따라.

무입부득(無入不得) : 어디를 가든 안심입명(安心立命)을 얻지
　못함이 없음.

<풀이>

　불교에서는 세상만사는 모두 인연에 따라서 일어난다고
보며, 유가에서는 현재의 지위와 신분에 맞게 처신하라고
말하고 있다. 사실 인생항로는 너무나 아득하고 험하므로
지나친 성취욕에 사로잡힌다면 온갖 번뇌가 어지러이 일어
나게 된다. 이럴 때마다 인연에 따르고 분수에 맞추어 욕
심없이 살아간다면 어디에 가든 편안한 삶을 누릴 수 있는
것이다.

不朽 Books - 고전

학영사의 '불후 북스 - 고전' 은 현대에 맞게 번역, 주해하여
쉽게 이해할 수 있는 영원한 고전입니다.

논어 / 장자 / 채근담 / 손자병법 / 명심보감

옮긴이 | 김석환
펴낸이 | 이호섭
대 표 | 하성규
펴낸곳 | 학영사
　　　　　경기도 파주시 교하읍 문발리 출판문화정보산업단지
　　　　　535-7 세종출판벤처타운 2층
　　　　　Tel.031-947-2393　Fax.031-943-2394
출판등록 | 제406-2008-000062호

*파본은 구입하신 곳에서 바꾸어 드립니다.